I

Hannah Kent

De laatste rituelen

Vertaald door Martine Vosmaer en Karina van Santen

CARGO

2013
DE BEZIGE BIJ
AMSTERDAM

De vertaalsters ontvingen voor deze vertaling een werkbeurs van het Nederlands Letterenfonds.

Dit project is mede tot stand gekomen met steun van de Australische regering via de kunstenfondsen en het adviesorgaan van de Australia Council for the Arts.

Voor de vertaling van de psalmen van Hallgrímur Pétursson (p. 104 en 340) is gebruikgemaakt van de vertaling van Adriaan Faber: *Passiepsalmen*, Boekencentrum, Zoetermeer, 2009.

Cargo is een imprint van Uitgeverij De Bezige Bij, Amsterdam

Oorspronkelijke titel *Burial Rites*
Oorspronkelijke uitgever Picador, Sydney
Omslagontwerp Studio Jan de Boer
Omslagillustratie © Andrew Gibson/Hollandse Hoogte
Foto auteur Nicholas Purcell
Vormgeving binnenwerk CeevanWee, Amsterdam
Druk Koninklijke Wöhrmann, Zutphen
ISBN 978 90 234 7989 5
NUR 302

www.uitgeverijcargo.nl
www.slaughter-house.nl

Over IJslandse namen

IJslanders kennen van oudsher een systeem van naamgeving waarbij de achternaam van een kind is samengesteld uit de voornaam van zijn of haar vader met het achtervoegsel -són of -dóttir. Agnes *Magnúsdóttir* is dus Agnes Magnúsdochter. Door dit systeem kan het gebeuren dat de leden van een IJslandse familie allemaal een andere achternaam hebben.

Over de uitspraak van het IJslands

Om de uitspraak te vereenvoudigen zijn in deze druk voor namen niet alle IJslandse letters gebruikt. De medeklinkers ð (Ð) en þ (Þ) zijn respectievelijk vervangen door 'd' en 'th'.

IJslands wordt geschreven met het Latijnse alfabet, waaraan verschillende tekens zijn toegevoegd: Áá, Éé, Íí, Óó, Úú, Ýý, Ðð (edh), Þþ (thorn), Ææ en Öö.

De letter thorn (þ) wordt uitgesproken als de *th* in het Engelse *think*, en de edh (ð) is daar de stemhebbende variant van (zoals de *th* in het Engelse *that*).

De letters *c*, *q*, *w* en *z* worden niet gebruikt, behalve voor woorden en namen van niet-IJslandse afkomst. Verder klinken i en y als de *i* in *kip*, en í en ý als *ie* in *zien*. De in onbruik geraakte z klinkt als s, net als in alle Noord-Germaanse talen. De klemtoon valt op de eerste lettergreep van een woord.

Voor mijn ouders

‘Slecht was ik vooral voor wie ik liefhad.’

– *Laxdæla Saga*

PROLOOG

Ik moest sterven, zeiden ze. Ik had mensen van hun adem beroofd, en nu moesten ze mij van mijn adem beroven, zeiden ze. Ik stel me voor dat we allemaal kaarsvlammetjes zijn, vettig-helder flakkerend in het donker en de huilende wind, en in de stilte van de kamer hoor ik voetstappen, verschrikkelijke voetstappen die dichterbij komen, dichterbij komen om me uit te blazen en mijn leven te laten vervliegen in een grijze krinkeling van rook. Ik zal opgaan in de lucht en de nacht. Ze zullen ons allemaal uitblazen, een voor een, tot er alleen nog hun eigen licht is waarbij ze zichzelf zien. Waar zal ik dan zijn?

Soms denk ik dat ik de boerderij weer zie, brandend in het donker. Soms voel ik de pijn van de winter in mijn longen, en denk ik dat ik de vlammen weerspiegeld zie in de zee, het water zo vreemd, zo met licht bespikkeld. Er was die nacht een moment dat ik omkeek. Ik keek om naar het vuur, en als ik aan mijn huid lik, proef ik nog het zout. De rook.

Het was niet altijd zo koud.

Ik hoor voetstappen.

HOOFDSTUK EEN

OPENBARE KENNISGEVING

Op donderdag de 24ste maart 1828 zal te Illugastadir een veiling worden gehouden van have en goed uit de nalatenschap van de boer Natan Ketilsson. Er zijn enkele paarden, een koe, een aanzienlijk aantal schapen, hooi en meubelstukken, een zadel, een hoofdstel, en vele borden en schalen. Dit alles zal worden verkocht indien een fatsoenlijk bod wordt uitgebracht. Alle have en goed zal naar de hoogst biedende gaan. Indien de veiling niet mogelijk is vanwege slecht weer, zal ze worden verdaagd en de volgende dag gehouden worden, ijs en weder dienende.

Districtscommissaris
Björn Blöndal

De 20ste maart 1828

Aan de Weleerwaarde Jóhann Tómasson,

Dank U voor Uw gewaardeerde brief van de 14de, waarin U verzocht om inlichtingen aangaande de wijze waarop wij de teraardebestelling hebben verzorgd van Pétur Jónsson van Geitaskard, die volgens zeggen vermoord en verbrand is in de nacht van de 13de op de 14de van deze maand, tezamen met Natan Ketilsson. Zoals Uwe eerwaarde zal beseffen, waren er enige twijfels gerezen over de vraag of zijn beenderen in gewijde grond begraven mochten worden. Zijn veroordeling en straf wegens roof, diefstal en het ontvangen van gestolen goederen zou volgen op zijn proces voor het Hooggerechtshof. We hebben echter geen brieven uit Denemarken ontvangen. De rechter van het Landelijke Gerechtshof heeft Pétur de 5de februari van het vorige jaar schuldig bevonden, en veroordeeld tot vier jaar dwangarbeid in het Rasphus te Kopenhagen, maar op het moment dat hij werd vermoord bevond hij zich op vrije voeten. Daarom, in antwoord op Uw vraag, zijn zijn beenderen met christelijke rituelen begraven, naast Natan, aangezien deze nog niet beschouwd kon worden als behorende tot de lieden die zich buiten de christelijke levenswijze hebben gesteld. Deze lieden zijn duidelijk omschreven in de brief van Zijne Majesteit de Koning van de 30ste december 1740 waarin een lijst is opgenomen van alle personen die de christelijke begrafeniseer ontzegd zal worden.

Districtscommissaris
Björn Blöndal

De 30ste mei 1829
Eerw. T. Jónsson
Breidabólstadur, Vesturhóp

Aan hulpdominee Thorvardur Jónsson,

Ik hoop dat u deze brief in goede gezondheid en zegenrijk in uw werk voor de Heer in Vesturhóp ontvangt.

In de eerste plaats wil ik u mijn enigszins verlate gelukwensen doen toekomen wegens het succesvol afronden van uw studie in het zuiden van IJsland. Uw parochianen zeggen dat u een vlijtige jongeman bent, en ik juich uw besluit toe om u naar het noorden te begeven teneinde onder toezicht van uw vader uw ambt als hulpdominee aan te vangen. Het doet me veel genoegen te weten dat er nog rechtschapen mannen bestaan die bereid zijn hun plichten jegens de mens en God te vervullen.

In de tweede plaats schrijf ik u in mijn hoedanigheid van Districtscommissaris teneinde u een gunst te vragen. Zoals u zult weten is over onze gemeenschap onlangs de schaduw van de misdaad gevallen. De Illugastadir-moorden, die vorig jaar werden gepleegd, zijn in hun gruwelijkheid zinnebeeldig voor de corruptie en goddeloosheid van deze provincie. Als Districtscommissaris voor Húnavatn kan ik geen maatschappelijke dwaling tolereren, en na de voorziene toestemming van het Hooggerechtshof in Kopenhagen, ben ik voornemens de Illugastadir-moordenaars terecht te stellen. Het is met deze gebeurtenis voor ogen dat ik om uw assistentie verzoek, hulpdominee Thorvardur.

Zoals u zich zult herinneren, heb ik de geschiedenis van de moorden beschreven in een brief die ik bijna tien maanden ge-

leden rondstuurde onder de geestelijkheid, met de opdracht stichtelijke preken te houden. Sta me toe te herhalen wat is voorgevallen, deze keer om u in de gelegenheid te stellen u een zeer gedegen mening over de misdaad te vormen.

Afgelopen jaar, in de nacht van de 13de op de 14de maart, begingen drie lieden een ernstige en laaghartige daad tegen twee mannen, met wie u wellicht bekend bent: Natan Ketilsson en Pétur Jónsson. Pétur en Natan werden aangetroffen in de verbrande resten van Natans boerderij, Illugastadir, en nader onderzoek van de lichamen onthulde wonden van opzettelijk toegebrachte aard. Deze ontdekking leidde tot een onderzoek, waaruit een proces voortvloeide. Op de 2de juli van het afgelopen jaar zijn de drie personen die beschuldigd werden van deze moorden – een man en twee vrouwen – schuldig bevonden in het districtsgerechtshof, voorgezeten door mijzelve, en veroordeeld tot de dood door onthoofding: 'Wie iemand slaat, dat hij sterft, die zal zekerlijk gedood worden.' De doodvonnissen werden op de 27ste oktober van het vorige jaar herbevestigd door het Landelijke Gerechtshof, dat bijeenkwam in Reykjavik. De zaak wordt op het ogenblik onderzocht door het Hooggerechtshof van Kopenhagen, en waarschijnlijk zal mijn oorspronkelijke vonnis ook daar worden herbevestigd. De naam van de veroordeelde man is Fridrik Sigurdsson, de zoon van de boer in Katadalur. De vrouwen zijn werkmeiden, genaamd Sigrídur Gudmundsdóttir en Agnes Magnúsdóttir.

Deze veroordeelden bevinden zich voorlopig in verzekerde bewaring hier in het noorden, en zullen daar blijven tot het moment van hun terechtstelling. Fridrik Sigurdsson is door dominee Jóhann Tómasson meegenomen naar Thingeyrar, en Sigrídur Gudmundsdóttir is overgeplaatst naar Midhóp. Agnes Magnúsdóttir zou tot haar terechtstelling in Stóra-Borg in bewaring worden gehouden, maar om redenen die ik niet mag onthullen, zal ze volgende maand worden overgebracht naar een nieuwe plaats van bewaring in Kornsá, in de vallei geheten Vatnsdalur. Ze is ontevreden over haar huidige geestelijk raadsman, en heeft een van haar weinige rechten benut om een andere priester te vragen. Ze vroeg om u, hulpdominee Thorvardur.

Met enige aarzeling benader ik u voor deze taak. Ik ben me ervan bewust dat uw verantwoordelijkheden tot dusverre beperkt zijn gebleven tot de godsdienstige opvoeding van de jongste leden uwer parochie, dus van ontegenzeglijke waarde, doch van weinig politiek belang. U zult zelf toegeven dat u over een te geringe ervaring beschikt om te weten hoe u deze veroordeelde vrouw naar de Heer en Zijn oneindige genade zou kunnen begeleiden, in welk geval ik u uw onwil niet euvel zal duiden. Het is een last die ik zelfs node op de schouders van ervaren geestelijken zou leggen.

Mocht u echter de verantwoordelijkheid op u willen nemen om Agnes Magnúsdóttir voor te bereiden op haar ontmoeting met de Heer, dan zult u verplicht zijn Kornsá regelmatig te bezoeken, indien het weer zulks toelaat. U dient Gods woord te verkondigen en berouw en erkenning van de gerechtigheid in te boezemen. Laat niet gevleidheid uw beslissing beïnvloeden, evenmin als verwantschap, mocht die bestaan tussen u en de veroordeelde. En voor alles geldt, dominee, indien u zich geen eigen mening kunt vormen, komt u dan om de mijne.

Ik verblijf in afwachting van uw antwoord, dat u aan mijn bode kunt overbrengen.

Districtscommissaris
Björn Blöndal

Hulpdominee Thorvardur Jónsson was in het kleine boerenhuis naast de kerk van Breidabólstadur bezig de haard te repareren met nieuwe stenen, toen hij zijn vader in de deuropening hoorde kuchen.

'Er staat een bode uit Hvammur buiten, Tóti. Hij vraagt naar jou.'

'Naar mij?' Van verbazing liet hij een brok steen uit zijn hand vallen. Het viel op de vloer van aangestampte aarde en miste op een haar zijn voet. Dominee Jón siste geërgerd, bukte onder de deurpost door en duwde Tóti zacht opzij.

'Ja, naar jou. Hij staat te wachten.'

De bode was een knecht in een versleten jas. Hij bekeek Tóti van top tot teen voordat hij iets zei. 'Dominee Thorvardur Jónsson?'

'Dat ben ik. Gegroet. Eigenlijk ben ik hulpdominee.'

De knecht haalde zijn schouders op. 'Ik heb een brief voor u van de districtscommissaris, de edelachtbare Björn Blöndal.' Hij haalde een papier uit zijn jas en gaf dat aan Tóti. 'Ik heb orders om hier te wachten terwijl u dit leest.'

De brief was warm en klam doordat hij tussen de kleren van de knecht had gezeten. Tóti verbrak het zegel en zag dat de brief diezelfde dag was geschreven; hij ging op het hakblok voor de deur zitten en begon te lezen.

Toen hij Blöndals brief uit had, keek hij op en zag de knecht naar hem staren. 'Nou?' spoorde de knecht hem met opgetrokken wenkbrauwen aan.

'Pardon?'

'Uw antwoord aan de districtscommissaris? Ik heb niet de hele dag.'

'Mag ik met mijn vader overleggen?'

De knecht zuchtte. 'Vooruit dan maar.'

Hij vond zijn vader in de *badstofa*, waar hij met langzame bewegingen de dekens op zijn bed rechttrok.

'Ja?'

'Hij komt van de districtscommissaris.' Tóti gaf hem de opengevouwen brief en wachtte terwijl zijn vader las, zonder te weten wat hij moest doen.

Zijn vader vouwde de brief met een uitgestreken gezicht op en gaf hem terug. Hij zweeg.

'Wat moet ik zeggen?' vroeg Tóti ten slotte.

'Dat is jouw keuze.'

'Ik ken haar niet.'

'Nee.'

'Ze is niet van onze parochie?'

'Nee.'

'Waarom heeft ze om mij gevraagd? Ik ben maar een hulpdominee.'

Zijn vader draaide zich weer om naar zijn bed. 'Misschien zou je haar die vraag moeten stellen.'

De knecht zat op het hakblok zijn nagels schoon te maken met een mes. 'Nou? Wat voor antwoord moet ik de districtscommissaris overbrengen van de húlpdominee?'

Tóti antwoordde voordat hij wist wat hij had besloten. 'Zeg tegen Blöndal dat ik bereid ben Agnes Magnúsdóttir te ontmoeten.'

De knecht keek ongelovig. 'Gaat het dáár allemaal om?'

'Ik moet haar geestelijk raadsman worden.'

De knecht staarde hem aan en barstte plotseling in lachen uit. 'Mijn god,' mompelde hij. 'Ze kiezen een muis om een kat te temmen.' En vervolgens besteeg hij zijn paard en verdween achter de heuvelrand, terwijl Tóti daar nog stond, de brief een eind van zich afhoudend, alsof die elk moment in brand kon vliegen.

—

Steina Jónsdóttir was bezig gedroogde mest op het erf naast het plaggenhuis van haar familie te stapelen, toen ze het snelle geklipklop van paardenhoeven hoorde. Ze veegde de modder van haar rokken, stond op en gluurde om de hoek van de povere boerderij om beter zicht te hebben op het ruiterpad dat door het dal liep. Er naderde een man in een felrode mantel. Ze zag hem de richting van hun boerderij op komen en omdat ze in een flits van paniek besefte dat ze hem zou moeten begroeten, trok ze zich terug achter het huis, spoog snel in haar handen om ze schoon te maken en veegde haar neus af aan haar mouw. Toen ze terugkwam op het erf, stond de ruiter te wachten.

'Dag, jongedame.' De man nam met een geamuseerde blik Steina en haar vuile rokken op. 'Ik zie dat ik je in je werk heb gestoord.' Steina keek hoe hij afsteeg en elegant zijn been over zijn paard zwaaide. Voor zo'n grote man landde hij vederlicht op zijn voeten. 'Weet je wie ik ben?' Hij keek of hij een glimp van herkenning zag.

Steina schudde haar hoofd.

'Ik ben de districtscommissaris, Björn Audunsson Blöndal.' Hij knikte haar even toe en verschikte iets aan zijn mantel, die was opgesierd met zilveren knopen, zag Steina.

'U komt uit Hvammur,' mompelde ze.

Blöndal glimlachte geduldig. 'Ja. Ik ben je vaders meerdere. Ik moet hem spreken.'

'Hij is niet thuis.'

Blöndal fronste zijn wenkbrauwen. 'En je moeder?'

'Ze zijn op bezoek in het zuiden van de vallei.'

'Ik begrijp het.' Hij staarde naar de jonge vrouw, die stond te wriemelen en zenuwachtig haar ogen naar de velden liet afdwalen. Her en der wat sproetjes op haar neus en voorhoofd onderbraken de verder bleke huid. Haar ogen waren bruin en stonden ver uit elkaar en ze had een flinke spleet tussen haar voortanden. Ze had iets tamelijk onaantrekkelijks, vond Blöndal. Hij zag de dikke vuilranden onder haar nagels.

'U zult later terug moeten komen,' opperde Steina ten slotte.

Blöndal verstrakte. 'Mag ik tenminste binnenkomen?'

'O. Als u wilt. U kunt uw paard daar vastbinden.' Steina beet op haar lip terwijl Blöndal de teugels om een paal op het erf bond, daarna draaide ze zich om en rende bijna naar binnen.

Blöndal volgde haar, hij moest zich bukken voor de lage ingang van het boerderijtje. 'Komt je vader vandaag terug?'

'Nee,' was het bruuske antwoord.

'Hoe uiterst onfortuinlijk,' klaagde Blöndal, struikelend door de donkere gang waar Steina hem voorging naar de badstofa. Hij was corpulent geworden sinds zijn aanstelling als districtscommissaris en was gewend aan de ruimere woning van geïmporteerd hout die hem en zijn familie in Hvammur ter beschikking stond. De povere huisjes van de pachters en boeren waren hem tegen gaan staan, met hun benauwde kamers van turf dat in de zomer wolken stof afgaf, waardoor zijn longen geïrriteerd raakten.

'Commissaris...'

'Districtscommissaris.'

'Neem me niet kwalijk, districtscommissaris. Pabbi en mamma, ik bedoel, Jón en Margrét, komen morgen terug. Of de dag daarna. Hangt van het weer af.' Steina gebaarde naar de kant van de kamer waar een grijs wollen gordijn als afscheiding tussen de badstofa en een kleine woonkamer diende. 'Gaat u daar maar zitten,' zei ze. 'Ik ga mijn zusje zoeken.'

Lauga Jónsdóttir, Steina's jongere zusje, was aan het wieden in de schrale moestuin een eindje van het huis vandaan. Omdat ze over haar werk gebogen stond, had ze de districtscommissaris niet zien aankomen, maar ze hoorde haar zusje al roepen lang voordat ze in het zicht kwam.

'Lauga! Waar ben je? Lauga!'

Lauga kwam overeind en veegde haar vuile handen af aan haar schort. Ze riep niet terug naar haar zusje, maar wachtte geduldig tot Steina, rennend en struikelend over haar lange rokken, haar in het oog kreeg.

'Ik heb je overal gezocht!' riep Steina buiten adem.

'Wat is er in hemelsnaam met je aan de hand?'

'De commissaris is er!'

'Wie?'

'Blöndal!'

Lauga staarde haar zusje aan. 'Districtscommissaris Björn Blöndal? Veeg je neus af, Steina, je hebt snot.'

'Hij zit in de woonkamer.'

'Waar?'

'Je weet wel, achter het gordijn.'

'Je hebt hem daar in zijn ééntje achtergelaten?' Lauga keek ongelovig.

Steina trok een grimas. 'Kom alsjeblieft met hem praten.'

Lauga wierp een blik op haar zusje, knoopte toen snel haar vuile schort af en liet het tussen de lavasplanten vallen. 'Soms begrijp ik niet wat er in jouw hoofd omgaat, Steina,' mompelde ze terwijl ze snel naar het huis liepen. 'Een man als Blöndal in onze badstofa laten zitten duimendraaien.'

'In de woonkamer.'

'Wat maakt dat voor verschil? En je hebt hem vast ook de melkwei voor het werkvolk te drinken gegeven.'

Steina keek haar zusje met een paniekerig gezicht aan. 'Ik heb hem niets gegeven.'

'Steina!' Lauga ging over op een drafje. 'Hij zal denken dat we boeren zijn!'

Steina keek hoe haar zusje zich een weg baande tussen de graspollen door. 'We zíjn ook boeren,' mompelde ze.

Lauga waste snel haar gezicht en handen, en greep een nieuw schort van Kristín, de werkmeid van de familie, die zich bij het horen van een vreemde stem in de keuken had verschanst. Ze trof de districtscommissaris aan het houten tafeltje in de woonkamer, verdiept in een vel papier. Met verontschuldigingen voor de onhoffelijke ontvangst van haar zusje bood ze hem een bord koude schapenstoof aan, wat hij gretig, zij het ietwat verongelijkt accepteerde. Ze stond stilletjes terzijde terwijl hij at en keek hoe zijn dikke lippen zich om het vlees sloten. Misschien zou haar pabbi van districtsambtenaar tot een hogere rang bevorderd worden. Misschien zou hij een uniform krijgen, of een toelage van de Deense Kroon. Of er zouden nieuwe jurken komen. Een nieuw huis. Meer werkvolk.

Blöndal schraapte met zijn mes over het bord.

'Wilt u misschien wat *skyr* en room, districtscommissaris?' vroeg ze, toen ze het lege bord wegnam.

Blöndal zwaaide met zijn handen voor zijn borst alsof hij het aanbod wilde afslaan, maar aarzelde even. 'Nou, vooruit dan. Dank je wel.'

Lauga bloosde en liep weg om de zachte kaas te halen.

'En ik zou geen bezwaar hebben tegen koffie,' riep hij haar achterna toen ze onder het gordijn door dook.

'Wat wil hij?' vroeg Steina, die bij het vuur in de keuken hurkte. 'Ik hoor niets, behalve hoe jij door de gang heen en weer stampt.'

Lauga stak haar het lege bord toe. 'Hij heeft nog niets gezegd. Hij wil skyr en koffie.'

Steina wisselde blikken met Kristín, die met haar ogen rolde. 'We hebben geen koffie,' zei Steina zacht.

'Jawel. Ik zag vorige week nog wat in de provisiekamer.'

Steina aarzelde. 'Ik... ik heb het opgedronken.'

'Steina! De koffie is niet voor ons! Die bewaren we voor speciale gelegenheden!'

'Gelegenheden? De commissaris komt nooit op bezoek.'

'De distríctscommissaris, Steina!'

'De knechten komen straks terug uit Reykjavik. Misschien hebben we dan weer.'

'Dat is dán. Wat moeten we nú?' Geërgerd duwde Lauga Kristín naar de provisiekamer. 'Skyr en room! Snel.'

'Ik wilde weten hoe het smaakte,' verdedigde Steina zich.

'Nu is het te laat. Geef hem dan maar verse melk. Breng alles naar binnen als het klaar is. Of nee, laat Kristín het doen. Je ziet eruit of je met de paarden door de modder hebt gerold.' Lauga wierp een vernietigende blik naar de mest op Steina's kleren en liep de gang weer in.

Blöndal zat op haar te wachten. 'Jongedame, ik veronderstel dat je je afvraagt waarom ik je familie met een bezoek vereer.'

'Ik heet Sigurlaug. Of Lauga, als u wilt.'

'Juist. Sigurlaug.'

'Heeft het met mijn vader te maken? Hij is...'

'Naar het zuiden, ja, ik weet het. Je zusje heeft het me verteld, en... O kijk, daar is ze.'

Lauga draaide zich om en zag Steina van achter het gordijn komen, met de zachte kaas, room en bessen in de ene smerige hand en de melk in de andere. Lauga wierp haar zusje een nijdige blik toe toen Steina per ongeluk de rand van het gordijn door de skyr haalde. Gelukkig leek de districtscommissaris het niet te merken.

'Meneer,' mompelde Steina. Ze zette de kom en de beker op de tafel voor hem neer en maakte een onhandig knicksje. 'Dat het u moge smaken.'

'Dank je,' antwoordde Blöndal. Hij monsterde goedkeurend de skyr en keek weer op naar de twee zussen. Hij glimlachte flauw. 'Wie is de oudste?'

Lauga gaf Steina een por, maar die bleef zwijgend naar het felle rood van zijn uniform staren.

'Ik ben jonger, districtscommissaris,' zei Lauga ten slotte met een glimlach om haar kuiltjes te laten zien. 'Een jaar. Steinvör wordt deze maand eenentwintig.'

'Iedereen noemt me Steina.'

'Jullie zijn allebei heel knap,' zei Blöndal.

'Dank u, meneer.' Lauga gaf Steina weer een por.

'Dank u,' mompelde Steina.

'Jullie hebben allebei het blonde haar van je vader, maar ik zie dat jij de blauwe ogen van je moeder hebt,' zei hij met een hoofdknik naar Lauga. Hij schoof de onaangeroerde kom room naar haar toe en pakte de beker melk. Hij rook eraan en zette hem weer op tafel.

'Alstublieft, meneer, neem wat,' zei Lauga met een knikje naar de kom.

'Dank je, maar ik ben plotseling verzadigd.' Blöndal voelde in de zak van zijn mantel. 'Ik zou dit liever met de heer des huizes hebben besproken, maar aangezien districtsambtenaar Jón hier niet is en dit niet kan wachten tot hij terugkeert, zie ik dat ik het aan zijn dochters moet vertellen.' Hij pakte zijn vel papier en legde het opengevouwen op tafel zodat ze het konden lezen.

'Ik neem aan dat jullie op de hoogte zijn van de gebeurtenis die zich vorig jaar op Illugastadir heeft voorgedaan?' vroeg hij.

Steina verschoot van kleur. 'Bedoelt u de moorden?'

Lauga knikte, haar blauwe ogen plotseling groot en ernstig. 'De rechtszaak is in uw huis gehouden.'

Blöndal boog zijn hoofd. 'Ja. De moord op Natan Ketilsson de herborist en Pétur Jónsson. Aangezien deze uiterst betreurenswaardige en gruwelijke tragedie zich heeft afgespeeld in het district Húnavatn, dat onder mijn jurisdictie valt zoals jullie ongetwijfeld weten, was het mijn verantwoordelijkheid om samen met de magistraat en het landelijke gerechtshof in Reykjavik een soort regeling te treffen met betrekking tot de verdachten.'

Lauga pakte het papier en liep naar het raam om bij het licht te kunnen lezen. 'Dus het is allemaal voorbij.'

'Integendeel. De drie verdachten zijn in oktober jongstleden voor de rechtbank van dit land schuldig bevonden aan zowel moord als brandstichting. De zaak is nu overgedragen aan het hooggerechtshof in Kopenhagen, in Denemarken. De koning...' en hier pauzeerde Blöndal om meer effect te sorteren, '...de koning zelf moet van de misdaad horen, en *mijn* oorspronkelijke doodvonnis goedkeuren. Zoals je kunt lezen, zijn ze ieder tot de doodstraf veroordeeld. Het is een overwinning voor het recht, dat zul je ongetwijfeld met me eens zijn.'

Lauga knikte afwezig, nog steeds lezend. 'Worden ze niet naar Denemarken gestuurd?'

Blöndal glimlachte en wipte achterover op de houten stoel, waardoor de hakken van zijn laarzen van de grond kwamen. 'Nee.'

Lauga keek verbaasd naar hem op. 'Maar, meneer, vergeef me mijn onwetendheid, waar zullen ze dan worden...?' Haar stem stierf weg.

Blöndal schoof zijn stoel achteruit en kwam naast haar bij het raam staan, zonder acht te slaan op Steina. Hij keek naar buiten door de gedroogde schapenblaas die voor het venstergat was gespannen om als ruit te dienen, en zag een kleine ader over het doffe oppervlak kronkelen. Hij huiverde. Zijn eigen huis had glazen ruiten.

'Ze zullen hier worden terechtgesteld,' zei hij ten slotte. 'In IJsland. In het noorden van IJsland om precies te zijn. De voorzittende magistraat in Reykjavik en ik hebben besloten dat dat...' Hij zweeg even nadenkend. '...economischer zou zijn.'

'Echt waar?'

Blöndal fronste naar Steina, die hem argwanend opnam. Ze rukte het papier uit Lauga's hand.

'Ja, hoewel ik niet zal ontkennen dat de terechtstelling onze gemeenschap ook een gelegenheid biedt om getuige te zijn van de gevolgen van ernstige misdrijven. Dit moet zorgvuldig worden aangepakt. Zoals je al had opgemerkt, slimme Sigurlaug, worden misdadigers van dergelijk allooi gewoonlijk naar het buitenland gestuurd voor hun straf, omdat daar kerkers en zo meer zijn. Nu besloten is dat de drie in IJsland zullen worden terechtgesteld, in het district waar ze hun misdaad hebben gepleegd, hebben we een vorm van verzekerde bewaring nodig tot de datum en plaats van de terechtstelling zijn vastgesteld.

Zoals jullie natuurlijk weten, hebben we in Húnavatn geen factorijen, of herbergen die we kunnen gebruiken om gevangenen onder te brengen.' Blöndal draaide zich om en liet zich weer in de stoel zakken. 'Daarom heb ik besloten ze op boerderijen te plaatsen, in huis bij rechtschapen christenen, die hen tot inkeer zullen brengen door hun goede voorbeeld, en die voordeel kunnen trekken van het werk dat deze gevangenen verrichten terwijl ze hun vonnis afwachten.'

Blöndal leunde over de tafel naar Steina, die hem aanstaarde met één hand voor haar mond en de andere om de brief geklemd. 'IJslanders,' ging hij verder, 'die in staat zullen zijn hun plicht als overheidsambtenaren te vervullen door logies beschikbaar te stellen.'

Lauga keek de districtscommissaris verbijsterd aan. 'Kunnen ze niet in Reykjavik gevangen gehouden worden?' fluisterde ze.

'Nee. Daar zijn kosten aan verbonden.' Hij zwaaide met zijn hand door de lucht.

Steina kneep haar ogen tot spleetjes. 'U zet ze híér? Bij ons? Omdat de rechtbank van Reykjavik ze niet naar het buitenland wil sturen vanwege de kosten?'

'Steina,' waarschuwde Lauga.

'Jullie familie zal gecompenseerd worden,' zei Blöndal met een frons.

'Wat worden we geacht te doen? Ze aan onze bedstijlen ketenen?'

Blöndal kwam langzaam in zijn volle lengte overeind. 'Ik heb geen keuze,' zei hij op een onverwacht lage en dreigende toon. 'De functie van jullie vader brengt verantwoordelijkheden met zich mee. Ik weet zeker dat hij mijn beslissing niet in twijfel zal trekken. Kornsá heeft gebrek aan mankracht om het land te bewerken, en daarnaast zijn er de financiële omstandigheden van jullie familie.' Hij liep naar Steina en keek neer op haar vuile gezichtje in het schemerlicht. 'Bovendien, Steinvör, zal ik niet toestaan dat jullie familie alle drie de veroordeelden opneemt. Het gaat maar om één van de vrouwen.' Hij legde een zware hand op haar schouder zonder zich iets aan te trekken van haar afwerende reactie. 'Je bent toch zeker niet bang voor je eigen geslacht?'

Toen Blöndal vertrokken was, ging Steina terug naar de woonkamer en pakte de onaangeroerde kom skyr. De room was gestold aan de rand. Ze beefde van frustratie en woede en drukte de kom hard op de tafel, bijtend op haar onderlip. Ze schreeuwde geluidloos, hoopte dat de kom zou breken. Ten slotte zakte de woedeaanval weg en ging ze terug naar de keuken.

—

Er zijn momenten waarop ik me afvraag of ik niet al dood ben. Dit is geen leven; wachten in het donker, in de stilte, in een kamer die zo bedompt is dat ik de geur van frisse lucht vergeten ben. De po zit zo vol met mijn uitwerpselen dat hij dreigt te overstromen als iemand hem niet snel komt legen.

Wanneer zijn ze voor het laatst gekomen? Het is nu allemaal één lange nacht.

De winter was beter. In de winter zaten de mensen van Stóra-Borg net zozeer gevangen als ik; we deelden met z'n allen de badstofa wanneer de sneeuw het huis belaagde. Ze hadden lampen voor de wakende uren, en wanneer de olie opraakte kaarsen om het donker op afstand te houden. Toen kwam de lente en verhuisden ze me naar de voorraadkamer. Ze lieten me alleen zonder licht en er was geen middel om de uren bij te houden, geen manier om de dag van de nacht te onderscheiden. Nu heb ik als enig gezelschap de boeien om mijn polsen, de aarden vloer, een onttakeld weefgetouw, verlaten in een hoek, en een oude, kapotte spintol.

Misschien is het al zomer. Ik hoor de voetstappen van de knechten door de gang gaan, het kraken van een deur als ze heen en weer lopen. Soms hoor ik het schelle, zangerige gelach van werkmeiden als ze buiten met elkaar babbelen, en ik weet dat het weer zachter is, dat de wind zijn tanden kwijt is. En ik sluit mijn ogen en stel me de vallei voor tijdens de lange zomerdagen, als de zon de botten van de aarde verwarmt tot de zwanen zich verzamelen bij het meer, en de wolken optrekken om de hoogte van de hemel te onthullen: helder, helder blauw, zo helder dat je zou kunnen huilen.

—

Drie dagen nadat Björn Blöndal de dochters van Kornsá had bezocht, waren hun vader, de districtsambtenaar van Vatnsdalur, Jón Jónsson, en zijn vrouw Margrét op weg naar huis.

Jón, een licht gebogen, pezige man van vijfenvijftig winters, met sneeuwblond haar en grote oren, waardoor hij niet erg snugger leek, liep voor hun paard uit en leidde het geoefend bij de teugels over de ongelijke grond. Zijn vrouw zat op de zwarte merrie, vermoeid door de reis, hoewel ze dat niet zou toegeven. Ze zat met haar kin een beetje omhoog, haar hoofd recht op een magere, wiebelende nek. Haar blik gleed van hoeve naar hoeve toen ze langs de kleine boerenbedrijven van de Vatnsdalur-vallei kwamen, en ze kneep alleen haar smalle ogen dicht wanneer ze een hoestbui kreeg. Als die afgelopen was, leunde ze opzij van het paard om te spugen, veegde haar mond schoon met een punt van haar sjaal, en prevelde een kort gebed. Haar man keek af en toe naar haar om wanneer ze dat deed, alsof hij bang was dat ze van het paard zou tuimelen, maar afgezien daarvan vervolgden ze ononderbroken hun reis.

Margrét, die zich zojuist opnieuw had afgemat met een gemene blafhoest, spoog in het gras en drukte haar handen tegen haar borst tot ze weer op adem was. Toen ze sprak, klonk haar stem schor.

'Kijk eens, Jón, bij Ás hebben ze er een koe bij.'

'Hmmm?' Haar man was in gedachten verzonken.

'Ik zei,' herhaalde Margrét, haar keel schrapend, 'bij Ás hebben ze er een koe bij.'

'Is dat zo?'

'Het verbaast me dat je het zelf niet hebt gezien.'

'Juist.'

Margrét knipperde tegen het stoffige licht en onderscheidde de vage vorm van de boerderij Kornsá in de verte.

'Bijna thuis.'

Haar man gromde instemmend.

'Dat zet je aan het denken, hè, Jón? Wij zouden wel een koe erbij kunnen gebruiken.'

'We zouden nog veel meer erbij kunnen gebruiken.'

'Een koe erbij zou prettig zijn. De extra boter. We zouden ons een extra knecht voor de oogst kunnen veroorloven.'

'Als de tijd daar is, Margrét, lieveling.'

'Als de tijd daar is, ben ik dood.'

De woorden kwamen er verbitterder uit dan ze bedoelde. Jón antwoordde niet, maar mompelde tegen het paard om het aan te sporen, en Margrét keek bozig naar de achterkant van zijn rijhoed, omdat ze wilde dat hij zich omdraaide. Toen hij door bleef sjokken, haalde ze nog een keer diep adem en tuurde weer in de richting van Kornsá.

Het was laat in de middag en het licht verbleekte boven de hooivelden, langzaam uit de hemel verjaagd door lage wolken die zich in het oosten samenpakten. Plekken oude sneeuw op de bergkam leken afwisselend dof grijs, en, als de wolken wegschoven, oogverblindend wit. Zomervogels schoten over de hooivelden om de insecten te vangen die erboven dansten en er klonk het vragend geblaat van schapen die door jongens de vallei in werden gedreven naar de boerderijen.

Op Kornsá kwamen Lauga en Steina het huis uit om water te halen bij de bergstroom; Lauga wreef in haar ogen tegen het zonlicht en Steina liet afwezig de emmer langs haar zij slingeren op de maat van haar stappen. Ze zeiden niets.

De twee zusjes hadden de afgelopen dagen in volkomen stilzwijgen gewerkt en alleen tegen elkaar gepraat als ze om de schep vroegen of wilden weten welk vat gezouten kabeljauw het eerst geopend moest worden. Het zwijgen, dat was begonnen met een ruzie na het bezoek van de districtscommissaris, was vervuld van woede en angst. Ze waren allebei uitgeput van de inspanning zo min mogelijk tegen de ander te zeggen. Lauga, gefrustreerd door de koppigheid en onhandigheid van haar zusje, liep voortdurend te denken aan wat haar ouders over het bezoek van Blöndal zouden zeggen. Steina's lompe reactie op het nieuws dat Blöndal kwam brengen kon hun maatschappelijke status beïnvloeden. Björn Blöndal was een machtig man en zou het niet prettig vinden tegengesproken te worden door een snotneus van een meid. Wist Steina niet hoe afhankelijk hun familie was van Blöndal? Dat ze gewoon hun plicht zouden doen?

Steina probeerde helemaal niet aan de moordenares te denken. Ze werd al misselijk bij de gedachte aan de misdaad zelf, en bij de herinnering aan de harteloze manier waarop de commissaris hun de misdadigster had opgedrongen kneep haar keel dicht van woede. Lauga was de jongste, die hoefde haar niet te vertellen wat ze wel en niet moest doen. Hoe kon zij precies weten welke sociale plichtplegingen van je verwacht werden door dikke mannen in rode jassen? Nee. Het was beter om er maar helemaal niet aan te denken.

Steina liet haar schouder zakken onder het gewicht van haar emmer en gaapte breeduit. Lauga, die naast haar liep, moest er onwillekeurig ook van gapen, en heel even kruisten hun blikken en zagen ze elkaars vermoeidheid, tot Lauga kortaf opmerkte dat ze haar hand voor haar mond moest houden, waarop Steina nors naar de grond staarde.

De zachte stralen van het middaglicht waren warm op hun gezicht toen ze naar het water liepen. Er stond geen wind en het was zo kalm in de vallei dat de twee vrouwen langzamer begonnen te lopen, zich aanpasten aan de stilte in de lucht. Ze naderden de rotsen langs de beek toen Lauga, die zich had omgedraaid om haar rok uit een doornstruik los te trekken, in de verte een paard zag aankomen.

'O!' hijgde ze.

Steina draaide zich om. 'Wat nu weer?'

Lauga knikte in de richting van het paard. 'Het zijn pabbi en mamma,' zei ze ademloos. 'Ze zijn terug.' Ze tuurde door het heiige zonlicht over de velden. 'Ja, ze zijn het,' zei ze, als tegen zichzelf. Opeens duwde ze opgewonden haar emmer in Steina's handen en beduidde dat ze moest doorlopen naar de beek. 'Vul jij ze maar. Je kunt ze allebei wel dragen, hè? Het is beter als ik... ik ga. Om het vuur aan te steken.' Ze gaf Steina een zet tegen haar schouder, harder dan bedoeld, en maakte toen rechtsomkeert.

De braamranken langs het pad bleven aan haar kousen haken toen ze terugrende naar huis, overmand door opluchting. Nu kon pabbi de kwestie van Agnes Magnúsdóttir en de districtscommissaris afhandelen.

Ze duwde de deur van de boerderij open, liep de donkere gang door en ging linksaf de keuken in. Kristín had een middag vrij genomen om tijdens de afwezigheid van haar meesteres haar familie op te zoeken, maar de haard rookte nog van het vuur van die ochtend. Lauga stapelde hem snel vol met gedroogde mest, en verstikte in haar haast bijna de omhoogschietende vlammen. Hoe zou haar vader reageren op het nieuws van het bezoek van de districtscommissaris? Hoe lang zou Agnes vastgehouden worden op Kornsá? Ze had niet eens meer de brief die hij haar had laten zien, want Steina had hem in het vuur gegooid tijdens hun ruzie.

Maar toch, dacht Lauga, en hing een pot aan een haak boven de vlammen, zodra pabbi het wist, zou hij het heft in handen nemen.

Ze stookte het vuur in de haard nog wat op met de blaasbalg en draafde toen door de gang om haar hoofd naar buiten te steken. Er ging weer een huivering van paniek langs haar ruggengraat. Wat zou hij doen? Ze trok haar hoofd weer naar binnen en ging de provisiekamer in om te verzamelen wat ze nog kon vinden voor een soep. Er was nog maar een klein beetje gerst over. Ze moesten wachten tot de knechten terug waren van de handelaars in het zuiden.

Lauga struikelde bijna over de verhoogde drempel en liep naar de voorraadkamer om wat schapenvlees voor in de pan te halen. Het had geen zin gerookt lamsvlees af te snijden deze tijd van het jaar, maar er waren een paar plakken bloedworst over van de winter, erg zuur, maar nog goed.

We eten met zijn allen in de badstofa. Dan vertel ik het, besloot Lauga. Ze hoorde het geluid van paardenhoeven op de aarde van het erf buiten.

Komið þið sæl!' Lauga stapte het huis uit, veegde het stof van de mest van haar handen en duwde snel haar haar onder haar kapje. 'Ik ben blij dat jullie allebei veilig terug zijn.'

Haar vader Jón liet het paard tot stilstand komen en lachte

naar haar van onder zijn rijhoed. Hij hief een blote hand als begroeting en stapte naar voren om haar een snelle, formele kus te geven.

'Kleine Lauga. Hoe is het gegaan?' Hij draaide zich om naar het paard om een paar pakketten die op de rug waren gebonden af te laden.

'Dag, mamma.'

Margrét keek op Lauga neer en wierp haar een warme blik toe, hoewel haar lippen nauwelijks bewogen. 'Dag, Sigurlaug,' zei ze.

'Je ziet er goed uit.'

'Ik leef nog,' antwoordde ze.

'Ben je moe?'

Margrét negeerde de vraag en liet zich moeizaam op de grond glijden. Lauga omhelsde verlegen haar moeder, streek met haar hand over de neus van de merrie en voelde de neusgaten trillen, de hete, vochtige adem in haar handpalm.

'Waar is je zusje?'

Lauga keek even naar de rotsen waar de beek was, maar zag geen beweging. 'Water halen voor het eten.'

Margrét trok haar wenkbrauwen op. 'Ik dacht dat ze hier zou zijn om ons te begroeten.'

Lauga keerde zich weer naar haar vader, die de pakketjes van het zadel op de grond legde. Ze haalde diep adem. 'Pabbi, ik moet je straks iets vertellen.'

Hij begon het touw dat stijf om de merrie gebonden was los te maken. 'Is er een dode?'

'Wat?'

'Hebben we dieren verloren?'

'O. O nee, niet zoiets,' antwoordde Lauga en voegde er bij nader inzien 'God zij dank' aan toe. Ze ging dichter bij haar vader staan. 'Misschien moet ik het je onder vier ogen vertellen,' zei ze zacht.

Haar moeder hoorde haar. 'Wat je te zeggen hebt, kun je aan ons allebei vertellen, Lauga.'

‘Ik wil je niet ongerust maken, mamma.’

‘Ach, ik ben zo vaak ongerust,’ zei Margrét met een plotselinge glimlach. ‘Dat krijg je met kinderen en werkvolk om voor te zorgen.’ En nadat ze haar man op het hart had gedrukt de resterende bagage niet in een plas te leggen, nam Margrét wat pakjes en ging naar binnen, met Lauga achter zich aan.

Jón was de badstofa binnengegaan en tegen de tijd dat Lauga binnenkwam met de kommen soep zat hij naast zijn vrouw.

‘Ik dacht dat een warm maal jullie goed zou doen,’ zei ze.

Jón keek op naar Lauga, die voor hem stond met het dienblad. ‘Mag ik eerst even andere kleren aantrekken?’

Lauga aarzelde, zette het blad op het bed naast haar moeder, liet zich op haar knieën zakken en begon de banden rond Jóns schoenen los te maken. ‘Ik moet jullie allebei iets vertellen.’

‘Waar is Kristín?’ vroeg Margrét scherp terwijl Jón achteroverleunde op zijn ellebogen en zijn dochter de vochtige sok van zijn voet liet trekken.

‘Steina heeft haar een halve dag vrij gegeven,’ antwoordde Lauga.

‘En waar is Steina?’

‘O, ik weet het niet. Hier ergens.’ Lauga voelde haar maag samenknijpen van angst, zich bewust van de kritische blikken van haar ouders. ‘Pabbi, districtscommissaris Blöndal is op bezoek geweest toen jullie weg waren,’ fluisterde ze.

Jón kwam half overeind en keek neer op zijn dochter. ‘De districtscommissaris?’ herhaalde hij.

Margrét balde haar handen tot vuisten. ‘Wat wilde hij?’ vroeg ze.

‘Hij had een brief voor je, pabbi.’

Margrét staarde naar Lauga. ‘Waarom heeft hij geen knecht gestuurd? Weet je zeker dat het Blöndal was?’

‘Mamma, alsjeblieft.’

Jón zweeg. 'Waar is de brief?' vroeg hij toen.

Lauga wrikte de laars van zijn andere voet en liet hem op de grond vallen. Modder barstte van het leer.

'Steina heeft hem verbrand.'

'Waarom in hemelsnaam? Goeie god!'

'Mamma! Het geeft niet. Ik weet wat erin stond. Pabbi, we worden gedwongen om...'

'Pabbi!' Steina's stem galmde door de gang. 'Je raadt nooit wie we gevangen moeten houden in ons huis!'

'Gevangen?' Margrét keerde zich om naar haar oudste dochter, die de kamer binnen kwam stormen. 'O, Steina, je bent doorweekt.'

Steina keek naar haar drijfnatte schort en haalde haar schouders op. 'Ik had de emmers laten vallen en moest terug om ze weer te vullen. Pabbi, Blöndal dwingt ons om Agnes Magnúsdóttir hier in huis vast te houden!'

'Agnes Magnúsdóttir?' vroeg Margrét geschokt aan Lauga.

'Ja, de moordenares, mamma!' riep Steina uit terwijl ze haar natte schort losmaakte en het onverschillig op het bed naast zich smeet. 'Die Natan Ketilsson heeft vermoord!'

'Steina! Ik wilde het net aan pabbi uitleggen...'

'En Pétur Jónsson, mamma.'

'Steina!'

'O, Lauga, alleen omdat jij het zo graag wilde vertellen.'

'Je hoort me niet in de rede te...'

'Meisjes!' Jón stond op, met uitgestrekte armen. 'Genoeg. Begin bij het begin, Lauga. Wat is er gebeurd?'

Lauga haalde diep adem en vertelde haar ouders alles wat ze nog wist van het bezoek van de districtscommissaris; haar gezicht werd rood toen ze herhaalde wat ze zich uit de brief herinnerde.

Voordat ze klaar was, begon Jón zich weer aan te kleden.

'Dit is toch zeker niet iets waartoe we verplicht zijn!' Margrét trok haar man aan zijn mouw, maar Jón schudde haar hand af en weigerde naar het ongeruste gezicht van zijn vrouw te kijken.

'Jón,' fluisterde Margrét. Ze wierp een blik op haar dochters, die allebei met hun handen in hun schoot zwijgend naar hun ouders zaten te kijken.

Jón trok zijn laarzen weer aan en wond de banden om zijn enkels. Het leer piepte toen hij ze straktrok.

'Het is te laat, Jón,' zei Margrét. 'Ga je naar Hvammur? Daar zullen ze allemaal al slapen.'

'Dan maak ik ze wakker.' Hij haalde zijn rijhoed van de spijker, pakte zijn vrouw bij de schouders en schoof haar zacht opzij. Na een knikje bij wijze van afscheid naar zijn dochters beende hij de kamer uit, de gang door, en liet de deur van het huis achter zich dichtvallen.

'Wat moeten we doen, mamma?' klonk Lauga's stem kleintjes uit een donkere hoek van de kamer.

Margrét sloot haar ogen en haalde diep adem.

Een paar uur later was Jón terug op Kornsá. Kristín, die bij thuiskomst na haar vrije middag behoorlijk op haar ziel had gekregen van Margrét, zat verwijtend naar Steina te kijken. Margrét legde haar breiwerk even weg en overwoog juist of ze de meisjes zou overhalen hun ruzie bij te leggen, toen de voordeur krakend openging en ze de zware voetstappen van haar man in de gang hoorde.

Jón kwam binnen en keek meteen naar zijn vrouw. Ze verstrakte.

'En?' Margrét leidde haar man naar zijn bed.

Jón worstelde met de banden van zijn laarzen.

'Alsjeblieft, pabbi,' zei Lauga terwijl ze zich op haar knieën liet vallen. 'Wat zei Blöndal?' Ze schoot naar achteren toen ze zijn laarzen uittrok. 'Komt ze nog steeds hier?'

Jón knikte. 'Het is zoals Steina zei. Agnes Magnúsdóttir zal van haar plaats van bewaring op Stóra-Borg naar ons worden overgebracht.'

'Maar waarom, pabbi?' vroeg Lauga zacht. 'Wat hebben we misdaan?'

'We hebben niets misdaan. Ik ben districtsambtenaar. Ze kan niet bij de eerste de beste familie geplaatst worden. Ze valt onder de verantwoordelijkheid van de gezagsdragers, van wie ik er een ben.'

'Of er niet genoeg gezagsdragers op Stóra-Borg zijn.' Margrét klonk bitter.

'Toch moet ze overgeplaatst worden. Er is een incident geweest.'

'Wat is er gebeurd?' vroeg Lauga.

Jón keek neer op het bleke gezicht van zijn jongste kind. 'Ik weet zeker dat wij ons daar geen zorgen over hoeven te maken,' zei hij ten slotte.

Margrét stootte een korte lach uit. 'Gaan we ons hier gewoon bij neerleggen? Als een hond die op zijn rug gaat liggen?' Haar stem daalde tot een gesis. 'Die Agnes is een moordenares, Jón! We hebben onze meisjes, onze knechten. En Kristín ook! We zijn verantwoordelijk voor anderen!'

Jón wierp zijn vrouw een veelzeggende blik toe. 'Blöndal is van plan ons te compenseren, Margrét. Er is sprake van een schadeloosstelling voor haar hechtenis.'

Margrét zweeg en staarde hem aan. Toen ze sprak, klonk haar stem gedwee. 'Misschien moeten we de meisjes wegsturen.'

'Nee, mamma! Ik wil niet weg,' huilde Steina.

'Het zou voor je eigen veiligheid zijn.'

Jón schraapte zijn keel. 'De meisjes zullen veilig genoeg zijn bij jou, Margrét.' Hij zuchtte. 'Er is nog iets. Björn Blöndal heeft mijn aanwezigheid in Hvammur geëist op de avond dat die vrouw hier aankomt.'

Margrét hapte vol ontzetting naar lucht. 'Je bedoelt dat ík haar moet ontvangen?'

'Pabbi, je kunt mamma niet met haar alleen laten,' huilde Lauga.

'Ze zal niet alleen zijn. Jullie zullen er allemaal zijn. Er zullen gerechtsdienaars uit Stóra-Borg zijn. En een dominee. Daar heeft Blöndal voor gezorgd.'

'En wat is er zo belangrijk in Hvammur dat Blöndal jouw aanwezigheid verlangt op de avond dat hij een misdadigster naar ons huis brengt?'

'Margrét...'

'Nee. Ik blijf erbij. Het is niet eerlijk.'

'We moeten bespreken wie de beul zal zijn.'

'De beul!'

'Alle districtsambtenaren zullen aanwezig zijn, ook uit Vatsnes. Zij komen met de ruiters uit Stóra-Borg mee. We blijven daar slapen en komen de volgende dag terug.'

'En intussen zit ik hier in mijn eentje opgescheept met de vrouw die Natan Ketilsson heeft vermoord.'

Jón keek zijn vrouw kalm aan. 'Je dochters zijn er ook nog.'

Margrét deed haar mond open alsof ze nog meer wilde zeggen, maar besloot ervan af te zien. Ze wierp haar man een boze blik toe, pakte haar breiwerk en begon woest met de naalden te tikken.

Steina keek naar haar vader en moeder van onder gefronste wenkbrauwen en pakte haar avondeten hoewel ze misselijk was. Ze hield de houten kom in haar handen en staarde naar de brokjes schapenvlees die in de vettige soep dobberden. Langzaam pakte ze haar lepel, bracht een hapje naar haar mond en begon te kauwen, tot haar tong een stukje kraakbeen in het vlees vond. Ze bedwong het instinct om het uit te spugen en vermaalde het tussen haar kiezen, waarna ze het zwijgend doorslikte.

—

Sinds ze hebben besloten dat ik weg moet, binden de mannen van Stóra-Borg soms 's avonds mijn benen bij elkaar, zoals ze doen met de voorpoten van paarden, om te zorgen dat ik niet wegloop. Het lijkt of ik elke dag meer een dier voor ze word, gewoon nóg een stom beest om bij elkaar geschraapte restjes aan te voederen en tegen het weer te beschutten. Ze laten me in het donker zitten, gunnen me geen licht en lucht, en als ik verplaatst moet worden, binden ze me vast en leiden me waar ze maar willen.

Ze praten hier nooit tegen me. In de winter in de badstofa kon ik mezelf altijd horen ademen, en dan werd ik bang om te slikken uit angst dat de hele kamer het zou horen. De enige geluiden die me toen gezelschap hielden, waren het ritselen van bijbelbladzijden en gefluister. Ik hoorde mijn naam op de lippen van anderen, en ik wist dat het geen zegenwensen waren. En wanneer ze door de wet gedwongen zijn me de tekst van een brief of proclamatie voor te lezen, doen ze net alsof ze het tegen iemand achter me hebben. Ze weigeren mijn blik te ontmoeten.

U, Agnes Magnúsdóttir, bent schuldig bevonden aan medeplichtigheid aan moord. U, Agnes Magnúsdóttir, bent schuldig bevonden aan brandstichting en samenzwering tot moord. U, Agnes Magnúsdóttir, bent ter dood veroordeeld. U, Agnes. *Agnes.*

Ze kennen me niet.

Ik blijf stil. Ik ben vast van plan mezelf af te sluiten voor de wereld, mijn hart te wapenen en trouw te blijven aan wat nog niet van me is afgenomen. Ik kan mezelf niet laten wegglijden. Ik zal behouden wat ik vanbinnen ben en klem mijn handen strak om alle dingen die ik heb gezien en gehoord en gevoeld. De gedichten die ik maakte terwijl ik waste en maaide en kookte tot mijn handen rauw waren. De sagen die ik uit mijn hoofd ken. Alles wat ik nog heb, laat ik zinken en ik verdwijn onder water. Als ik spreek, zal het in luchtbellen zijn. Ze zullen mijn woorden niet nemen voor wat ze zijn. Ze zullen de hoer zien, de gekkin, de moordenares, het wijf dat bloed laat druipen op het gras en lacht met een mond vol aarde. Ze zullen 'Agnes' zeggen en de spin zien, de heks gevangen in het web van haar eigen noodlottige makelij. Misschien zien ze het lam dat omsingeld wordt door raven, blatend om een verloren moeder. Maar mij zullen ze niet zien. Ik zal er niet zijn.

—

Dominee Thorvárdur Jónsson zuchtte toen hij de kerk uit kwam in de koele, vochtige middaglucht. Er was iets meer dan een maand verstreken sinds hij Blöndals verzoek om de veroordeelde vrouw te bezoeken had aanvaard, en hij had dagelijks getwijfeld aan zijn beslissing. Elke ochtend werd hij verward wakker, alsof hij een nachtmerrie had gehad. Zelfs als hij zijn dagelijkse wandeling naar het kerkje van Breidabólstadur maakte om te bidden en een poos in de stilte te zitten, krampte zijn maag van de zenuwen en beefde zijn lichaam alsof het uitgeput was door de wankelmoedigheid van zijn geest. Vandaag was niet anders geweest. Toen hij op de harde kerkbank naar zijn handen zat te kijken, had hij zich betrapt op de gedachte dat hij ziek zou willen zijn, ernstig ziek, zodat hij een excuus had om niet naar Kornsá te rijden. Hij schrok van zijn tegenzin, en van zijn bereidheid om zijn eigen gezegende gezondheid op te offeren.

Het is nu te laat, dacht hij bij zichzelf toen hij door het treurige tuintje op het kerkhof liep. Je hebt je woord aan de mens en aan God gegeven en er is geen weg terug.

Ooit, voordat zijn moeder was gestorven, had het rond de kerk vol plantjes gestaan die 's zomers paarse bloesem over de randen van de graven lieten vallen. Zijn moeder zei altijd dat de doden de bloemen lieten wuiven om de kerkgangers na de winter te begroeten. Maar na haar dood had zijn vader de wilde bloemen uitgerukt en sindsdien lagen de graven er kaal bij.

De deur naar het boerderijtje van Breidabólstadur stond op

een kier. Toen Tóti naar binnen ging, werd hij misselijk van de zware warmte uit de keuken en de geur van smeltende talg van de kaars in de gang.

Zijn vader stond over de borrelende ketel gebogen en prikte ergens in met een mes.

'Ik denk dat ik nu moet gaan,' meldde Tóti.

Zijn vader keek op van de kokende vis en knikte.

'Ik word vroeg in de avond verwacht om kennis te maken met de familie op Kornsá, en aanwezig te zijn wanneer... Nou ja, wanneer de misdadigster aankomt.'

Zijn vader fronste zijn wenkbrauwen. 'Ga dan, zoon.'

Tóti aarzelde. 'Denkt u dat ik er klaar voor ben?'

Dominee Jón zuchtte en tilde de ketel van de haak boven de kolen. 'Je kent je eigen hart.'

'Ik heb in de kerk gebeden. Ik zou willen weten wat mamma ervan had gevonden.'

Tóti's vader knipperde even met zijn ogen en keek weg.

'Wat vindt ú, vader?'

'Een man moet zich aan zijn woord houden.'

'Maar is het de juiste beslissing? Ik... ik wil u niet onwelgevallig zijn.'

'Je moet proberen de Heer welgevallig te zijn,' mompelde dominee Jón, terwijl hij probeerde met het mes zijn vis uit het hete water te scheppen.

'Wilt u voor me bidden, vader?'

Tóti wachtte op een antwoord, maar dat kwam niet. Misschien vindt hij zichzelf geschikter om moordenaressen te ontmoeten, dacht Tóti. Misschien is hij jaloers dat ze mij heeft gekozen. Hij zag zijn vader een flintertje vis van het mes likken. Ze heeft *míj* gekozen, herhaalde hij in zichzelf.

'Maak me niet wakker als je thuiskomt,' riep dominee Jón toen zijn zoon zich omdraaide en de kamer uit liep.

Tóti legde een zadel op zijn paard en steeg op. 'Daar ga ik dan,' fluisterde hij zacht. Hij drukte voorzichtig zijn knieën in de flanken om zijn paard aan te sporen en keek achterom naar het huis. Het ijle pluimpje keukenrook loste op in de zachte motregen van de middag.

Onderweg door het hoge gras van de vallei rond de kerk probeerde de hulpdominee te bedenken wat hij moest zeggen. Zou hij vriendelijk en gastvrij moeten zijn, of streng en ongenaakbaar, zoals Blöndal? Onder het rijden oefende hij allerlei stembuigingen, verschillende begroetingen. Misschien moest hij wachten tot hij de vrouw zag. Onverwacht ging er een kleine huivering van opwinding door zijn lichaam. Ze was een gewone werkmeid, maar ze was een *moordenares*. Ze had twee mannen vermoord. Als beesten afgeslacht. Hij vormde geluidloos het woord met zijn lippen. Moordenares. *Morðingi*. Het spoelde als melk door zijn mond.

Toen hij over het noordelijke schiereiland reed, met de smalle reep zee aan de horizon, begonnen de wolken op te trekken en baadde de bergpas onverwacht in het zachte rode licht van de late junizon. Druppels water glinsterden helder op de grond, de heuvels waren roze en vaag, en wanneer wolken voor de zon langstrokken dreven er trage schaduwen overheen. Kleine insecten dansten door de lucht, blonken op als stofjes in het zonlicht, en de zoete, vochtige geur van gras dat bijna rijp was om geoogst te worden zweefde door de koele lucht in de valleien. De angst die Tóti's maag zo stevig in zijn greep had gehad verdween naarmate hij meer in stille bewondering raakte voor het landschap dat zich voor hem uitstrekte.

We zijn allen Gods kinderen, dacht hij bij zichzelf. Deze vrouw is mijn zuster in Jezus, en ik, als haar geestelijke broeder, moet haar naar huis leiden. Hij glimlachte en bracht zijn paard in *tölt*. 'Ik zal haar redden,' fluisterde hij.

HOOFDSTUK TWEE

De 3de mei 1828
Undirfell, Vatnsdalur

De veroordeelde Agnes Magnúsdóttir werd in 1795 geboren in Flaga in de parochie Undirfell. In 1809 is ze geconfirmeerd, en werd over haar geschreven dat ze op die leeftijd over 'een voortreffelijk verstand en gedegen kennis en begrip van het christendom' beschikte.

Zo staat geschreven in het Kerkboek van Undirfell.

P. Bjarnason

Ze hebben me uit de kamer gehaald en weer in de ijzers geslagen. Deze keer stuurden ze een gerechtsdienaar, een jonge man met een pokdalige huid en een zenuwachtig lachje. Hij is een knecht uit Hvammur, ik herkende zijn gezicht. Toen zijn lippen van elkaar gingen kon ik zien dat de tanden in zijn mond verrot waren. Zijn adem stonk gruwelijk, maar niet erger dan de mijne; ik weet dat ik smerig ben. Ik ben overdekt met een korst van vuil en alle sappen uit mijn lijf: bloed, zweet, talg. Ik weet niet meer wanneer ik me voor het laatst heb gewassen. Mijn haar voelt aan als vettig touw; ik heb geprobeerd het in vlechten te houden, maar ze zeiden dat ik geen linten mocht hebben en ik denk dat ik er in de ogen van de gerechtsdienaar als een monster uitzag. Misschien was dat de reden waarom hij glimlachte.

Hij haalde me uit die vreselijke kamer, en er kwamen andere mannen bij toen hij me door de donkere gang leidde. Ze zwegen, maar ik voelde ze achter me; ik voelde hun blikken als koude handen in mijn nek. En toen, na tien maanden in een kamer die alleen gevuld was met mijn eigen riekende adem en de stank van een po, werd ik door de gangen van Stóra-Borg naar de modderige binnenplaats gebracht. En het regende.

Hoe kan ik vertellen wat het betekende om weer adem te halen? Ik voelde me herboren. Ik wankelde het licht van de wereld in en zoog diepe teugen frisse zeelucht in. Het was het einde van de dag: de natte mond van de middag sloot zich over mijn hele gezicht. In dat korte moment, toen ze me naar buiten leidden, bloeide mijn ziel op. Ik viel, met mijn rokken in de modder, en hief mijn gezicht naar boven als in gebed. Ik had kunnen huilen van opluchting om het licht.

Een man stak zijn hand uit en trok me omhoog zoals je een distel uitrukt die geworteld is op een plek waar hij niet thuishoort. Toen zag ik pas de menigte die zich had verzameld. Eerst wist ik niet waarom die mensen daar stonden, mannen en vrouwen, zwijgend en starend. En toen begreep ik dat ze niet naar mij staarden. Ik begreep dat die mensen niet míj zagen. Ik was twee dode mannen. Ik was een brandende boerderij. Ik was een mes. Ik was bloed.

Ik wist niet wat ik moest doen in het bijzijn van die mensen. Toen zag ik Rósa, die van een afstand toekeek met haar dochtertje aan de hand. Het was een opluchting iemand te zien die ik kende en ik glimlachte. Maar de glimlach was verkeerd en ontketende de woede van de meute. De gezichten van de dienstmeiden vertrokken en de stilte werd doorbroken door de plotse, korte kreet van een kind: *Fjandi!* Duivel! Het woord spatte de lucht in als een explosie van water uit een geiser. De glimlach viel van mijn gezicht.

Bij het horen van de belediging leek de menigte wakker te worden. Iemand lachte zenuwachtig en het kind werd tot stilte gemaand en weggevoerd door een oudere vrouw. Ze gingen allemaal weer naar binnen of hervatten hun werk, tot ik alleen met de gerechtsdienaren in de motregen stond, mijn kousen stijf van het opgedroogde zweet en mijn hart brandend onder mijn smerige huid. Toen ik weer keek was Rósa verdwenen.

Nu rijden we te paard door het noorden van IJsland, over dit eiland omspoeld door water, somber in zijn oceaan. Nu jagen we achter onze schaduwen aan over de bergen.

Ze hebben me aan het zadel gebonden als een lijk dat naar de begraafplaats wordt gebracht. In hun ogen ben ik al een dode vrouw, bestemd voor het graf. Mijn armen zijn voor mijn lichaam geboeid. Terwijl we in deze vreselijke processie rijden, knellen de ijzers in mijn vlees tot het me zwart voor de ogen wordt. Ik heb inmiddels geleerd het slechtste te verwachten. Sommige bewakers op Stóra-Borg hebben mijn lichaam met kleine mishandelingen getekend, hun haat voor mij vastgelegd, hier en daar een spoor, kneuzingen die als sterrenconstellaties onder mijn huid bloeien, zwarte en gele rook die onder mijn vel gevangen zit. Ik neem aan dat een aantal van hen Natan heeft gekend.

Maar nu voeren ze me naar het oosten, en hoewel ik vastgebonden ben als een lam op weg naar de slachtbank, ben ik dankbaar dat ik terugkeer naar de valleien waar rotsen plaatsmaken voor gras, ook al zal ik daar sterven.

Terwijl de paarden door de graspollen ploeteren, vraag ik me af wanneer ze me zullen doden. Ik vraag me af waar ze me zullen opbergen, opslaan, als boter of gerookt vlees. Als een lijk dat ligt te wachten tot de grond niet meer bevroren is, voordat ze me als een steen in de aarde kunnen stoppen.

Dat soort dingen vertellen ze me niet. In plaats daarvan doen ze me ijzeren boeien om en leiden me rond, en als een koe ga ik waar ik geleid word, en niet schoppen want anders is er het mes. Zijn er het touw en een grimmig einde. Ik laat mijn hoofd hangen, ga waar ze me brengen en hoop dat het niet het graf is, nog niet.

De vliegen zijn erg. Ze kruipen over mijn gezicht en in mijn ogen en ik voel hun pootjes en vleugeltjes prikken. Ze worden aangetrokken door het zweet. Ik kan ze niet wegmeppen, deze boeien zijn te zwaar voor me. Ze zijn gemaakt voor een man, hoewel ze behoorlijk strak tegen mijn huid geschroefd zitten.

Toch is het een opluchting om beweging, de warmte van een paard onder mijn benen te hebben: om ergens leven in te voelen en het niet zo koud te hebben. Ik ben zo lang half bevroren geweest dat het lijkt of de winter zich in mijn merg heeft genesteld. Die eindeloze dagen van donkere opsluiting en hatelijke blikken zouden iedereen rijp op de botten hebben bezorgd. Dus ja, het is beter nu buiten te zijn. Zelfs met de lucht vol vliegen is het beter ergens naartoe te gaan dan langzaam weg te rotten in een kamer, als een lijk in een doodskist.

Afgezien van het zoemen van insecten en het ritme van de paardenhoeven, hoor ik een ver gebulder. Misschien is het de oceaan – het voortdurende beuken van golven tegen het zand van Thingeyrar. Of misschien verbeeld ik het me. De zee gaat in je hoofd zitten. Zoals Natan altijd zei: zodra je haar toelaat, laat ze je nooit meer met rust. Als een vrouw, zei hij. De zee is een zeurkous.

Het gebeurde die eerste lente op Illugastadir. Het licht was gekomen als een opgejaagd wezen, bevend en met grote ogen. De zee was mat – Natan duwde de boot over haar zilverige huid, dompelde zijn riemen in haar flank.

'Kalm als een kerkhof,' had hij lachend gezegd, terwijl zijn armen op en neer gingen met de beweging door het water. Ik hoorde het kraken van hout en het gefluisterde vloeken van de riemen die tegen het oppervlak van de zee kletsten. 'Gedraag je als ik weg ben.'

Niet aan hem denken.

Hoe lang hebben we gereden? Een uur? Twee? Tijd is glibberig als olie. Maar het kan niet meer dan twee uur zijn geweest. Ik ken deze streek. Ik weet dat we nu naar het zuiden gaan, misschien in de richting van Vatnsdalur. Vreemd hoe mijn hart onmiddellijk naar mijn ribben grijpt. Hoe lang geleden is het sinds ik dit deel van het land voor het laatst zag? Een paar jaar? Meer? Er is niets veranderd.

Zo dicht bij huis zal ik nooit meer komen.

We rijden door de vreemde heuvels aan de monding van de vallei en ik hoor raven krassen. Hun donkere vormen lijken kwade voortekenen tegen het schitterende blauw van de hemel. Al die nachten op Stóra-Borg, in dat klamme, ellendige bed, verbeeldde ik me dat ik buiten was en de raven voerde in Flaga. Wrede vogels, raven, maar wijs. Schepsels die niet om hun vriendelijkheid gewaardeerd kunnen worden moeten om hun wijsheid worden gewaardeerd. Als kind keek ik hoe de raven zich verzamelden op het dak van de kerk in Undirfell, in de hoop te ontdekken wie er dood zou gaan. Ik zat op de muur te wachten tot er eentje zijn veren schudde, om te zien welke kant zijn snavel uit wees. Het is een keer gebeurd. Er ging een raaf op de houten gevelpunt zitten en stootte zijn snavel in de richting van Bakki, en later die week verdronk een jongetje, dat opgezwollen en grijs stroomafwaarts werd gevonden. De raaf had het geweten.

Sigga wist niets van nachtmerries en spoken. Op een avond, toen we samen zaten te breien op Illugastadir, hoorden we van over zee de kreet van een raaf die ons tot op het bot verkilde. Ik raadde haar aan om nooit 's avonds een raaf te roepen of te voederen. Vogels die je in het donker hoort krassen zijn geesten, zei ik, en ze zullen je vermoorden zodra ze je zien. Ik weet zeker dat ik haar bang maakte, anders had ze niet de dingen gezegd die ze later zei.

Ik vraag me af waar Sigga nu is. Waarom ze weigerden haar bij mij te laten op Stóra-Borg. Ze haalden haar weg op een ochtend toen ik in de boeien geslagen was, zonder me te vertellen waar ze werd vastgehouden, hoewel ik dat meer dan eens vroeg. 'Weg van jou,' zeiden ze, 'en dat is genoeg.'

'Agnes Magnúsdóttir!'

De man die naast me rijdt heeft een harde uitdrukking op zijn gezicht.

'Agnes Magnúsdóttir. Ik moet u mededelen dat u in hechtenis zult worden gehouden op Kornsá tot het moment van uw terechtstelling.' Hij leest iets voor. Zijn ogen schieten omlaag naar zijn handschoenen. 'Als misdadiger die door het gerechtshof van dit land is veroordeeld, hebt u uw recht op vrijheid verbeurd.' Hij vouwt het papier op en schuift het in zijn handschoen. 'Je zou er beter aan doen niet zo nors te kijken. Het zijn vriendelijke mensen in Kornsá.'

Hier, man. Hier is je glimlach. Is het een goede? Zie je mijn lippen barsten? Zie je mijn tanden?

Hij gaat mijn merrie voorbij en de achterkant van zijn hemd is vochtig van het zweet. Hebben ze het expres gedaan? Uitgerekend Kornsá.

Gisteren, toen ik in de donkere voorraadkamer van Stóra-Borg zat, zou Kornsá de hemel hebben geleken. Een plek uit mijn jeugd, de rivier, het frisse gras, de turfheuveltjes waar in de lente water uit sijpelt. Maar nu zie ik dat het een vernedering zal zijn. De mensen in de vallei zullen me kennen. Ze zullen zich mij herinneren zoals ik was – als baby, als kind, als vrouw die van boerderij naar boerderij trok – en dan zullen ze aan de moorden denken, en dat kind en die vrouw zullen vergeten worden. Ik kan het niet opbrengen om me heen te kijken. Ik staar naar de manen van het paard, naar de luizen die in de haren krioelen en weet niet of ze van de merrie of van mij zijn.

—

Dominee Tóti bukte onder de lage deurpost door en kneep zijn ogen half dicht tegen de rozige gloed van de middernachtszon. Onder aan het noordelijkste veld van de boerderij zag hij een stoet paarden naderen. Hij zocht naar de vrouw tussen de ruiters. De figuurtjes staken klein en donker af tegen de gouden vloed van hooi die hen omringde.

Margrét kwam de deur uit en bleef achter hem staan.

'Ik hoop dat ze een paar mannen achterlaten om ervoor te zorgen dat ze ons niet in onze slaap vermoordt.'

Tóti draaide zich om en keek naar Margréts strakke gezicht. Zij tuurde ook naar de ruiters en haar voorhoofd plooide zich in rimpels. Haar grijze haar was in twee strakke vlechten om haar hoofd gerold, en ze droeg haar beste kapje. Tóti zag dat ze niet meer het vuile schort aanhad waarin ze hem eerder die avond had ontvangen.

'Komen uw dochters ook naar buiten?'

'Ze zijn te moe om op hun benen te staan. Ik heb ze allebei naar bed gestuurd. Ik begrijp niet waarom de misdadigster midden in de nacht moet worden gebracht.'

'Om onrust onder uw buren te vermijden, denk ik,' zei hij tactvol.

Margrét beet op haar onderlip en er verspreidde zich een blos over haar wangen.

'Ik deel mijn huis niet graag met kinderen van de Duivel,' zei ze, haar stem nu een fluistering. 'Dominee Tóti, we moeten duidelijk maken dat we haar gezelschap niet wensen. Laat de vrouw naar een eiland gebracht worden als ze haar niet op Stóra-Borg willen houden.'

'We moeten allemaal onze plicht doen,' mompelde Tóti, met zijn blik op de stoet, die in de richting van de huisweide zwenkte. Hij nam een snuifhoorn uit zijn borstzak en haalde er wat poeder uit. Nadat hij het met zorg in de holte naast de knokkel van zijn linkerduim had gelegd, boog hij zijn hoofd en snoof.

Margrét hoestte en spoog. 'Ook als het betekent dat we 's nachts als varkens worden gekeeld, dominee Tóti? U bent een man, een jonge man weliswaar, maar een man van God. Ik denk niet dat ze ú zal vermoorden. Maar ons? Mijn dochters? Lieve Heer, hoe zullen we rustig kunnen slapen?'

'Ze laten vast een gerechtsdienaar bij u,' prevelde Tóti, nu met zijn aandacht bij een eenzame ruiter die op hen af galoppeerde.

'Dat moet. Anders breng ik haar zelf terug naar Stóra-Borg.'

Margrét wrong haar handen tegen haar buik en wierp een blik op de kleine vlucht raven die geluidloos over de bergrug van Vatnsdalsfjall vloog. Ze leken op as, dwarrelend door de hemel.

'Gelooft u in voortekenen, dominee Tóti?' vroeg Margrét.

'Alleen als ze te verenigen zijn met het christelijk geloof.'

'Weet u wat een vlucht raven betekent?'

Tóti schudde zijn hoofd.

'Een voorteken van onheil. Dominee. Onheil.'

'Is dat zo, vrouw Margrét? Ik dacht dat ze voor wijsheid en behulpzaamheid stonden.'

Margrét kneep haar lippen samen. Tóti keek hoe de raven op de dakrand van de stal neerstreken.

De ruiter die op hen af galoppeerde, bereikte de rand van de huisweide.

'*Komið þið sæl og blessuð*,' riep hij.

'*Drottin blessi yður*. En moge de Heer u zegenen,' antwoordden ze eenstemmig. Margrét en Tóti wachtten tot de man was afgestegen voordat ze naar hem toe gingen. Ze wisselden de formele, gebruikelijke kussen uit. De man was klam van het zweet en rook sterk naar paarden.

'Ze is er,' zei hij buiten adem. 'U zult merken dat ze uitgeput is van de reis.' Hij zweeg weer even, zette zijn hoed af en haalde een hand door zijn bezwete haar. 'Ik denk niet dat ze u last zal bezorgen.'

Margrét snoof.

De man wierp haar een kille glimlach toe. 'We hebben opdracht vannacht hier te blijven om daarvoor te zorgen. We slaan ons kamp op bij de huisweide.'

Margrét knikte plechtig. 'Zolang u het gras maar niet vertrapt. Wilt u wat melk? Wei en water?'

'Graag,' antwoordde de man. 'We zullen u uw gastvrijheid vergoeden.'

'Niet nodig.' Margrét perste haar lippen op elkaar. 'Zorg er liever voor dat die heks uit de buurt van de messen in mijn keuken blijft.'

De man grinnikte en volgde Margrét het plaggenhuis in. Tóti greep zijn arm toen hij langskwam.

'De gevangene heeft gevraagd of ik met haar wilde spreken. Waar is ze?'

De man wees naar het paard dat het verste van de boerderij liep. 'Het is die met die zure bek. De jongere meid blijft in Midhóp. Ze zeggen dat ze de afloop van hoger beroep afwacht.'

'Hoger beroep? Ik dacht dat ze veroordeeld waren?'

'Een heleboel mensen in Vatnsnes hopen dat Sigga gratie krijgt van de koning. Te jong en te lief om dood te gaan.' De man trok een gezicht. 'Niet zoals deze hier. Deze kan behoorlijk opvliegend zijn.'

'Wacht zij ook hoger beroep af?'

De man lachte. 'Ik schat haar kansen niet hoog in. Blöndal staat achter de jongste. Ze zeggen dat die hem aan zijn vrouw doet denken. Deze hier... Nou ja, Blöndal wil een voorbeeld stellen.'

Tóti keek naar de paarden, die nu aan de rand van de huisweide bijeen stonden. De mannen stegen af en waren met hun bagage bezig. Er bleef maar één figuur in het zadel. Hij boog zich naar de man.

'Is er een juiste naam? Hoe moet ik haar...?'

'Gewoon Agnes,' onderbrak de man hem. 'Ze luistert naar de naam Agnes.'

—

We zijn er. De mannen uit Stóra-Borg stijgen af vlak bij de doorgezakte hoeve Kornsá. Er staan twee figuren voor de boerderij, een vrouw en een man, en de ruiter die me mijn verbeurde rechten voorlas loopt naar hen toe. Niemand komt mijn boeien losmaken. Misschien zijn ze me vergeten. De vrouw buigt haar hoofd om naar binnen te gaan, hoestend en spugend als een oud besje, maar de man blijft staan praten met de gerechtsdienaar uit Stóra-Borg.

Links van mij wordt gelachen – twee gerechtsdienaren staan op de grond te pissen. Ik ruik het in de warme lucht. Zoals gebruikelijk heeft niemand gemerkt dat ik de hele dag niet heb gegeten en geen slok water heb gekregen; mijn lippen zijn gespleten als brandhout. Ik voel me net zo als toen ik klein was en honger had, alsof mijn botten groter worden in mijn lichaam, alsof mijn skelet uit me zal beven. Ik bloed al een tijd niet meer. Ik ben geen vrouw meer.

Een van de mannen loopt naar me toe, met snelle grote stappen over de huisweide. Niet naar hem kijken.

'Dag, Agnes. Ik... ik ben dominee Thorvardur Jónsson. Ik ben de hulpdominee uit Breidabólstadur in Vesturhóp.' Hij is buiten adem.

Niet opkijken. Hij is het. Het is dezelfde stem.

Hij kucht, buigt zich dan alsof hij me de gebruikelijke kus wil geven, maar aarzelt, doet een stap naar achteren en struikelt bijna over een graspol. Hij ruikt zeker de opgedroogde pies op mijn kousen.

'Je hebt om mij gevraagd?' Zijn stem is onzeker.

Ik kijk op.

Hij herkent me niet. Ik weet niet of ik opgelucht of teleurgesteld moet zijn. Zijn haar is nog steeds even rood, rood als de middernachtszon. Het lijkt of zijn lokken het licht hebben opgezogen zoals een streng wol de verf opneemt. Maar zijn gezicht is ouder. Magerder.

'Je hebt om mij gevraagd?' zegt hij weer. Als ik hem aankijk, wendt hij zijn blik af en veegt dan nerveus het zweet van zijn bovenlip, waar een spoor van donkere vlekjes achterblijft. Snuif? Hij wil hier niet zijn.

Mijn tong is gezwollen in mijn mond en kan niet in beweging komen om woorden te vormen. En wat zou ik tegen hem moeten zeggen, nu het zover is? Ik peuter aan de korsten op mijn polsen waar de boeien de huid schuren, en er welt bloed op. Hij ziet het.

'Ja. Ik moet... Ik ben blij kennisgemaakt te hebben, maar... het is laat. Je zal wel... eh, ik kom gauw weer langs.' Hij maakt een onhandige buiging, draait zich om en loopt weg, struikelend in zijn haast. Hij gaat weg voordat ik hem kan laten merken dat ik het begrijp. Ik smeer het verse bloed over mijn arm wanneer ik hem naar zijn paard zie strompelen.

Nu ben ik alleen. Ik kijk naar de raven en luister naar het kauwen van de paarden.

—

Toen de mannen van Stóra-Borg hadden gegeten en zich voor de nacht hadden teruggetrokken in hun tenten, verzamelde Margrét de vuile houten nappen en ging weer naar binnen. Ze streek de dekens over haar slapende dochters glad en liep langzaam door de kleine kamer, nu en dan bukkend om plukken droog gras op te rapen die uit de plaggen tussen de dakspanten waren gevallen. Ze werd wanhopig van het stof in de kamer. De muren waren ooit bedekt geweest met Noors hout, maar Jón had de planken verwijderd om een schuld af te betalen aan een boer aan de andere kant van de vallei. Nu lieten de kale turfmuren in de zomer hun aarde en gras op de bedden vallen, en in de winter werden ze zompig, scheidden schimmel af die op de wollen dekens droop en de longen van het gezin aantastte. Het huis begon te ontbinden, een krot dat zijn eigen staat van verval op de bewoners overbracht. Afgelopen jaar waren er twee leden van het werkvolk gestorven aan ziekten die door vocht waren veroorzaakt.

Margrét dacht aan haar eigen hoest en bracht instinctief een hand naar haar mond. Vanaf het moment dat de districtscommissaris het nieuws had gebracht, hadden haar longen steeds vaker rotting uitgestoten. Ze stond elke ochtend op met een gewicht op haar borst. Margrét kon niet zeggen of het angst voor de komst van de misdadigster was, of de opgehoopte droesem in haar longen, maar het deed haar aan het graf denken. Alles stort in, dacht ze.

Een van de gerechtsdienaren was Agnes gaan halen van waar ze haar vastgebonden bij de paarden hadden achtergelaten. Margrét had alleen vanuit de verte een glimp van de vrouw opgevangen toen ze uit de donkere kamers van de boerderij kwam om de mannen hun avondeten te brengen – een blauw waas, een veeg rok die van een paard werd gehesen. Nu bonsde haar hart. Straks zou de moordenares voor haar staan. Ze zou het gezicht van de vrouw zien; haar warmte voelen in de benauwde ruimtes. Wat te doen? Hoe moest je je gedragen tegenover zo'n vrouw?

Was Jón er maar, dacht ze. Hij zou me kunnen vertellen wat ik tegen haar moet zeggen. Je hebt een man, een goede man nodig om te weten hoe je om moet gaan met een vrouw die zich een bed van steen heeft gemaakt.

Margrét ging zitten en plukte afwezig aan het gras in haar hand. Ze had geen moeite gehad met de knechts en meiden die in het huishouden van haar man waren gekomen en gegaan in de afgelopen vier decennia, en evenzoveel boerderijen, maar nu voelde ze zich lamgeslagen door haar eigen onzekerheid en angst. Deze vrouw, deze Agnes, was geen meid, zeker geen gast, en geen pauper. Ze verdiende geen liefdadigheid, en toch, ze was veroordeeld om te sterven. Margrét huiverde. Het licht van de lamp liet haar schaduw over de vloerplanken dansen.

Er klonken doffe voetstappen vanuit de deuropening van de boerderij. Margrét stond snel op en het verzamelde gras dwarrelde naar de vloer toen ze haar gebalde vuist opende. De stem van de gerechtsdienaar dreunde vanuit de duistere gang.

'Vrouw Margrét van Kornsá? Ik heb de gevangene. Mogen we binnenkomen?'

Margrét haalde diep adem en rechtte haar rug. 'Hierheen,' gebood ze.

De gerechtsdienaar kwam als eerste de badstofa binnen, breed grijnzend naar Margrét, die daar stijfjes stond met haar handen om de stof van haar schort geklemd. Ze wierp een blik naar haar slapende dochters en voelde het bloed in haar keel kloppen.

Er viel een korte stilte waarin de gerechtsdienaar met zijn ogen knipperde om aan het schemerduister te wennen, en toen duwde hij plotseling de vrouw de kamer binnen.

Margrét was niet voorbereid op de smerigheid en de erbarmelijke aanblik van de vrouw. De misdadigster droeg iets wat eruitzag als een gewone werkjurk van ruw geweven wol, maar die zat zo vol vlekken en vuil dat de oorspronkelijke blauwe kleur nauwelijks herkenbaar was onder het donkere vet dat zich langs de hals en de mouwen verspreid had. Door een dikke koek opgedroogde modder stond de stof lomp rond het lichaam van de vrouw. Margrét zag geen onderjurk, en de vrouw droeg geen schort. Haar donkerblauwe kousen waren doorweekt en op de enkels gezakt, een ervan was gescheurd zodat een streep bleke huid doorschemerde. Haar schoenen, van robbenvel zo te zien, waren gespleten bij het stiksel, maar zaten onder zo'n laag modder dat je onmogelijk kon zien hoe kapot ze waren. Het haar werd niet door een kapje bedekt en was samengeklit van het vet. Het hing in twee donkere vlechten op haar rug. Een paar lokken waren losgekomen en vielen slap om de hals van de vrouw. Ze ziet eruit alsof ze vanaf Stóra-Borg hierheen is gesleept, dacht Margrét. Het gezicht van de vrouw was verborgen; ze staarde naar de vloer.

'Kijk me aan.'

Agnes hief langzaam haar hoofd. Margrét schrok van de veeg geronnen bloed op de mond van de vrouw, en het roet dat in strepen op haar voorhoofd zat. Er liep een gele kneuzing vanaf haar kin tot in haar hals. Agnes' ogen schoten van de grond naar Margrét, en die deinsde terug voor de felheid, de kleur, die licht en scherp afstak tegen de smerigheid op haar gezicht. Margrét wendde zich tot de gerechtsdienaar.

'Deze vrouw is geslagen.' De gerechtsdienaar zocht naar vermaak op Margréts gezicht en sloeg zijn ogen neer toen hij dat niet vond. 'Waar zijn haar bezittingen?'

'Alleen de kleren die ze aanheeft,' zei de gerechtsdienaar. 'De klerken hebben alles wat ze had afgenomen om haar kost te betalen.'

Gesterkt door een plotselinge golf woede wees Margrét naar de ijzers om de polsen van de vrouw.

'Is het nodig haar vastgebonden te houden als een lam dat rijp is voor de slacht?' vroeg ze.

De gerechtsdienaar haalde zijn schouders op en grabbelde naar een sleutel. Met een paar behendige bewegingen bevrijdde hij Agnes uit de handboeien. Haar armen vielen langs haar zij.

'Nu kunt u gaan,' zei Margrét tegen de gerechtsdienaar. 'Een van jullie mag binnenkomen wanneer ik naar bed ga, maar ik wil even een moment alleen met haar.'

Zijn ogen gingen wijd open. 'Weet u dat zeker?' vroeg hij. 'Het is niet veilig.'

'Zoals ik zei, ik zal u roepen wanneer ik naar bed ga. U kunt voor de deur wachten en ik schreeuw wel als dat nodig mocht zijn.'

De gerechtsdienaar aarzelde, knikte en vertrok toen met een saluut. Margrét keerde zich naar Agnes, die onbeweeglijk midden in de kamer stond.

'Jij,' zei ze, 'kom mee.'

Margrét wilde de vrouw niet aanraken, maar het gebrek aan licht binnen dwong haar Agnes bij de arm te nemen om haar de goede kant uit te leiden. Ze voelde de botten in haar pols, bloedkorsten tegen haar vingertoppen. De vrouw stonk naar verschaalde urine.

'Hierheen.' Margrét liep langzaam naar de keuken en bukte onder de lage deurpost door.

De keuken werd verlicht door de smeulende sintels van het vuur in de verhoogde stenen haard, en door een kleine opening in het rieten dak die als schoorsteen diende. Een zwak rozig licht viel op de vloer van aangestampte aarde en verlichtte de rook die in de ruimte hing. Margrét leidde Agnes naar binnen en draaide zich toen naar haar om.

'Trek je kleren uit. Je moet je wassen als je onder mijn dekens gaat slapen. Ik wil niet dat je dit huis nog meer luizen bezorgt dan we hier al moeten verdragen.'

Agnes' gezicht vertoonde geen emotie. 'Waar is het water?' vroeg ze hees.

Margrét aarzelde en liep toen naar een grote ketel die op de kolen stond. Ze stak haar hand erin, haalde het vaatwerk dat te weken stond eruit en hees de ketel op de grond.

'Daar,' zei ze. 'En het is warm. Schiet nu maar op. Het is al na middernacht.'

Agnes keek naar de ketel en zakte plotseling op de grond. Eerst dacht Margrét dat ze flauw was gevallen, maar ze besefte al snel dat ze zich vergiste. Ze zag hoe Agnes haar hoofd over de ketel boog en handenvol vettig water in haar mond schepte, even gulzig hijgend en drinkend als een beest aan de trog. Het water droop langs haar kin en hals, en gleed in de stijve plooien van haar jurk. Zonder na te denken boog Margrét zich en duwde Agnes' voorhoofd van de ketel weg.

De vrouw viel achterover op haar ellebogen en slaakte een kreet, terwijl het water uit haar mond borrelde. Margréts hart sloeg over bij het geluid. Agnes had haar ogen half gesloten, haar mond stond open. Margrét had eerder mensen zo gezien, uitzinnig van drank, of van angst, of van verdriet dat toeslaat wanneer er vele doden vallen in huis.

Agnes jammerde en wreef met de rug van haar hand over

haar mond en toen over haar jurk. Ze duwde zich omhoog van de grond en probeerde op te staan.

'Ik heb dorst.'

Margrét knikte, terwijl haar hart nog bonkte in haar borst.

'Vraag de volgende keer om een beker,' zei ze.

—

Toen dominee Tóti terugkeerde naar de boerderij van zijn vader bij de kerk van Breidabólstadur was hij doorweekt van het zweet. Hij had snel gereden vanaf Kornsá, met zijn hielen in de flanken van het paard, terwijl de wind zijn gezicht ranselde en het bloed naar zijn wangen joeg.

Hij vertraagde tot stapvoets en leidde zijn paard, dat het schuim om de mond had, naar een hekje bij de ingang van de boerderij. Hij steeg met trillende benen af. De wind was aangewakkerd en drong door het dichte weefsel van zijn kleren, zodat zijn bezwete huid afkoelde en begon te jeuken. Zijn kaken stonden gespannen. Zijn handen beefden toen hij de teugels om het hekje wond.

Er kwamen dichte wolken opzetten vanuit zee en het licht verdween snel, hoewel het niet lang na de zomerzonnewende was. Tóti trok zijn vochtige kraag hoger in zijn nek en drukte zijn hoed stevig op zijn hoofd. Nadat hij zijn paard een klap op de flank had gegeven liep hij de flauwe helling naar de kerk op. Hij voelde zich als een natte lap die was uitgewrongen en in een knoedel op de grond achtergelaten. Die noordelijke dagen, met hun dralende lichtstralen, de blijvende gloed, brachten hem van zijn stuk. Hij kon niet schatten hoe laat het was zoals op school in het zuiden.

Het begon te regenen en de storm won aan kracht, geselde het hoge gras, en sloeg de halmen plat tegen de grond voordat ze weer naar de hemel werden gezwiept. Het gras leek zilver in het afnemende licht.

Tóti ging met grote stappen de heuvel op, zijn spieren rekkend onder het lopen, en dacht na over zijn ontmoeting met de vrouw. *De* vrouw. De misdadigster. *Agnes.*

Als eerste was hem opgevallen hoe ze, vastgebonden aan het zadel, haar benen over het paard had gespreid zodat ze niet zou wegglijden. Toen had hij haar geroken, de scherpe, penetrante geur van een verwaarloosd lichaam, van ongewassen kleren en vers zweet, geronnen bloed en iets anders van tussen die gespreide benen. Een stank die bij vrouwen hoorde. Hij bloosde bij de gedachte daaraan.

Maar het was niet haar geur waar hij onpasselijk van was geworden. Ze had eruitgezien als een vers lijk, net uit het graf gedolven. Warrig zwart haar in vette strengen, en het bruingrijs van vuil in de poriën van haar huid. Melaatse kleuren.

Hij had zich willen omdraaien, willen vluchten bij de aanblik. Als een lafaard.

Ineengedoken tegen het striemen van regen en wind, schold Tóti zichzelf inwendig uit. Wat ben je voor een man als je wilt wegrennen bij de aanblik van geschonden vlees? Wat voor priester zul je zijn als je niet bestand bent tegen tekenen van lijden?

Hij was nog het meest van zijn stuk gebracht door een opvallend felle kneuzing op haar kin. Een rijpe, gele kleur, als van gedroogde eidooier. Tóti vroeg zich af met hoeveel kracht die was veroorzaakt. De ruwe hand van een man die haar bij de keel greep. Een touw dat haar aan ketenen had gebonden. Een val.

Er zijn zoveel manieren waarop iemand letsel kan oplopen, dacht Tóti. Hij kwam bij het kerkhof en stuntelde met het hek.

Misschien was het een ongeluk geweest. Misschien had ze het zelf gedaan.

De hulpdominee haastte zich over het stenen pad naar de kerk, zonder naar de beschaduwde graven en hun houten kruisen te kijken. Met een grove sleutel die hij uit zijn zak haalde liet hij zich binnen. Hij was opgelucht toen hij de houten deur achter zich dicht kon trekken en het lage grommen van de wind kon buitensluiten. Binnen heerste volmaakte kalmte. Het enige geluid was het lichte roffelen van regen tegen het raam van de kerk, een opening bespannen met vissenhuid.

Tóti nam de hoed van zijn hoofd en haalde een hand door zijn haar. De vloerplanken kraakten toen hij naar de kansel liep. Hij bleef even staan en tuurde naar de muurschildering achter het altaar. Het Laatste Avondmaal.

Het fresco was lelijk: een enorme tafel met een gedrongen Jezus. Judas, die zich in de schaduw ophield, was een soort komische trol. De kunstenaar was de zoon van een plaatselijke handelaar met een Deense vrouw en connecties in de regering. Op een zondag na de dienst had Tóti de handelaar met dominee Jón horen praten; hij deed zijn beklag over de afbladderende verf van de oude muurschildering en noemde zijn zoon, het kunstzinnige talent dat de jongen een beurs in Kopenhagen had bezorgd. Als dominee Jón hem wilde toestaan zijn uitzonderlijke toewijding aan de parochie te tonen, zou hij met liefde alle noodzakelijke materialen aanschaffen en de arbeid van zijn zoon schenken zonder dat het de kerk iets hoefde te kosten. Natuurlijk had Tóti's vader, die spaarzaam van aard was, toegestaan dat het oude fresco werd overgeschilderd.

Tóti miste het. Het was een fraaie voorstelling uit het Oude Testament geweest, van Jacob die worstelt met de engel, het gezicht van de man tegen de schouder van de engel en zijn vuist vol heilige veren.

Tóti zuchtte en liet zich langzaam op zijn knieën zakken. Hij legde zijn hoed op de vloer, vouwde zijn handen stijf tegen zijn borst en begon hardop te bidden.

'O Hemelse Vader, vergeef me mijn zonden. Vergeef me

mijn zwakte en angst. Help me mijn lafheid te overwinnen. Geef me de kracht om de aanblik van lijden te verdragen, zodat ik Uw werk kan doen en troost kan bieden aan hen die dit lijden ondergaan.

Heer, ik bid voor de ziel van deze vrouw die een verschrikkelijke zonde heeft begaan. Ik smeek U, geef mij de woorden zodat ik haar tot berouw kan aansporen.

Ik beken dat ik bang ben. Ik weet niet wat ik tegen haar moet zeggen. Ik voel me niet op mijn gemak, Heer. Ik smeek U, behoed mijn hart voor de... de *afschuw* die deze vrouw me inboezemt.'

Tóti bleef enige tijd op zijn knieën zitten. Pas toen hij dacht aan het paard dat in regen en wind vastgebonden stond, kwam hij eindelijk overeind en draaide de kerkdeur achter zich op slot.

—

Margrét werd de volgende dag vroeg wakker. De gerechtsdienaar die in het bed tegenover haar sliep om haar te beschermen tegen de misdadigster lag te snurken. De reutelende ademhaling was haar dromen binnengedrongen en had haar gewekt.

Margrét draaide zich in haar bed om naar de muur en propte de punten van de deken in haar oren, maar het raspende gesnurk van de man vulde haar hoofd. De slaap was nu weg. Ze ging op haar rug liggen en keek door de onverlichte kamer naar de plek waar de gerechtsdienaar lag. Zijn stugge blonde haar stak in vettige plukken omhoog en zijn mond lag open op zijn kussen. Margrét zag de pukkels op zijn kin.

Dus zo beschermen ze me tegen een moordenares, dacht ze. Ze sturen een jongen die als een blok ligt te slapen.

Ze wierp een blik naar de gevangene, die in een van de meidenbedden aan de andere kant van de kamer lag. De vrouw lag stil te slapen. Haar dochters sliepen ook. Margrét kwam omhoog op haar ellebogen om beter te kijken.

Agnes.

Margrét vormde in stilte het woord.

Het lijkt verkeerd om haar met een christelijke naam aan te spreken, dacht Margrét. Hoe zouden ze haar op Stóra-Borg hebben genoemd, vroeg ze zich af. Gevangene? Beklaagde? Veroordeelde? Misschien hadden ze haar wel ontboden met de afwezigheid van een naam, de stilte waar een naam zou moeten zijn.

Margrét huiverde en trok de deken over zich heen. Agnes' ogen waren stijf gesloten en haar mond was dicht. De slaapmuts die Margrét haar had gegeven, was tijdens de nacht losgeraakt en had haar donkere haar bevrijd. Het lag als een vlek over het kussen.

Vreemd om eindelijk de vrouw te zien na een maand van afwachten, dacht Margrét. Een maand van angst ook. Van gespannen angst, als een vislijn die blijft haken aan iets wat toch, onvermijdelijk, uit de diepte moet worden opgehesen.

In de dagen en nachten nadat Jón was teruggekomen van de ontmoeting met Blöndal had Margrét geprobeerd zich voor te stellen hoe ze zich tegen de moordenares zou gedragen, en hoe de vrouw eruit zou zien.

Wat is dat voor vrouw die mannen vermoordt?

De enige moordenaressen die Margrét kende, waren de vrouwen uit de sagen, en dan nog hadden die mannen gedood met woorden; een opdracht aan een knecht om minnaars af te maken of de dood van verwanten te wreken. Die vrouwen moordden van een afstand en hielden hun handen schoon.

Maar deze tijd is geen sagentijd, had Margrét gedacht. Deze vrouw is geen sagenvrouw. Ze is een landloze werkmeid die is grootgebracht op pap van mos en armoede.

Terwijl ze daar in haar bed lag, dacht Margrét aan Hjördis, haar lievelingsmeid, die nu dood was en begraven lag op het kerkhof van Undirfell. Ze probeerde zich Hjördis als moordenares voor te stellen. Probeerde zich voor te stellen dat Hjördis haar in haar slaap met een mes stak, op dezelfde manier als Natan Ketilsson en Pétur Jónsson waren gedood. Die slanke vingers strak om een heft, de geluidloze voetstappen in de nacht.

Het was onmogelijk.

Lauga had Margrét gevraagd of ze dacht dat er uiterlijke tekenen zouden zijn van het kwaad dat een mens tot moord aanzet. Een bewijs van de duivel: een hazenlip, een scheve tand, een moedervlek: een klein uiterlijk gebrek. Er moest een waarschuwing zijn, een manier om het te weten, zodat rechtschapen mensen op hun hoede konden zijn. Nee, had Margrét gezegd, ze vond het allemaal bijgeloof, maar Lauga was niet overtuigd.

Margrét had zich in plaats daarvan afgevraagd of de vrouw mooi zou zijn. Ze wist, zoals iedereen in het noorden, dat de befaamde Natan Ketilsson een talent had gehad om schoonheid te ontdekken. Mensen hadden hem een tovenaar genoemd.

Margréts buurvrouw, Ingibjörg, had gehoord dat Agnes de reden was dat Natan zijn verhouding met Dichteres-Rósa had verbroken. Ze hadden zich afgevraagd of het betekende dat de meid mooier zou zijn dan Rósa. Het was niet zo moeilijk te geloven dat een mooie vrouw tot moord in staat was, dacht Margrét. Zoals ze in sagen zeggen: *Opt er flagð í fögru skinni.* Een heks heeft vaak een blanke huid.

Maar deze vrouw was noch lelijk noch een schoonheid. Opvallend misschien, maar niet van het soort dat hongerige blikken van jongemannen trekt. Ze was heel slank, elfen-slank zoals de zuidelijken het zouden noemen, en van gemiddelde lengte. De vorige avond in de keuken had Margrét het gezicht van de vrouw vrij lang gevonden, en de hoge jukbeenderen en rechte neus waren haar opgevallen. Afgezien van de beurse plekken was haar huid bleek, en ze leek nog bleker door dat donkere haar. Ongewoon haar. Zeldzaam, dat soort haar voor een vrouw in deze streken, dacht Margrét. Zo lang, zo donker van kleur: inktachtig bruin, bijna zwart.

Margrét trok de dekens op tot aan haar kin terwijl het gesnurk van de gerechtsdienaar onophoudelijk doorrommelde. Het lijkt wel of er een lawine aankomt, dacht ze geërgerd. Ze was moe en haar borst was zwaar van het slijm.

Beelden van de vrouw drongen zich op achter Margréts gesloten ogen. De dierlijke manier waarop Agnes uit de ketel had gedronken. Haar onvermogen om zichzelf uit te kleden. De handen van de vrouw hadden aan de banden gemorreld, maar haar vingers waren gezwollen en wilden niet buigen. Margrét was gedwongen geweest haar te helpen en had met haar vingertoppen de opgedroogde modder van Agnes' jurk gepeuterd zodat de rijgsnoeren losgemaakt konden worden. In de benauwdheid van de kleine keuken had Margrét, ondanks de verhullende rook, gekokhalsd van de stank van de kleren en Agnes' ranzige lichaam. Ze had haar adem ingehouden toen ze de riekende wol van Agnes' huid trok en haar hoofd afgewend toen de jurk van die magere schouders op de grond viel, waar een wolk opgedroogde modder opwaaide.

Magrét herinnerde zich Agnes' schouderbladen. Messcherp staken ze uit de ruwe stof van haar onderkleding, die vergeeld was rond de hals en gevlekt en groezelig bruin onder de oksels.

Margrét zou vóór het ontbijt alle kleren van de vrouw moeten verbranden. Ze had ze in een hoek van de keuken laten liggen, omdat ze ze niet in de badstofa wilde hebben. Er kropen vlooien door het weefsel.

Op de een of andere manier was ze erin geslaagd de meeste drek en smerigheid van het lichaam van de misdadigster te wassen. Agnes had geprobeerd zichzelf te wassen, had zwakjes de vochtige lap over haar ledematen gehaald, maar het vuil zat al zo lang op haar huid dat het in haar poriën leek te zijn gedrongen. Uiteindelijk had Margrét haar mouwen opgerold, haar tanden op elkaar gezet, de lap afgepakt en Agnes geboend tot het water dat uit de lap gewrongen werd zwart was. Terwijl ze haar waste, had Margrét – ondanks zichzelf – gezocht naar de smetten die volgens Lauga te zien moesten zijn, een teken van de moordenares. Alleen de ogen van de vrouw hadden iets verraden. Ze leken anders, dacht Margrét. Heel blauw en helder, maar een te lichte kleur om mooi gevonden te worden.

Het lichaam van de vrouw was een slagveld van mishandeling. Zelfs Margrét, die gewend was aan wonden, aan de onvermijdelijke kwalen die het gevolg waren van hard werk en ongelukken, was geschokt geweest.

Misschien had ze Agnes' huid te hard geboend, dacht Margrét, terwijl ze haar hoofd onder het kussen duwde in een poging het gorgelende gesnurk van de gerechtsdienaar uit te bannen. Een paar van de wonden van de vrouw waren opengebarsten en hadden vocht afgescheiden. De aanblik van vers bloed had Margrét heimelijk bevrediging geschonken.

Ze had Agnes ook haar haar laten onderdompelen. Het water in de ketel zat te vol slik en vuil, dus had Margrét een gerechtsdienaar gevraagd vers water uit de bergbeek te halen. Terwijl ze wachtten, had ze de wonden van de vrouw met een zalf van zwavel en reuzel verzorgd.

'Dat is de remedie van Natan Ketilsson zelf,' had ze gezegd, met een schuine blik om de reactie van de vrouw te peilen. Agnes had niets gezegd, maar Margrét dacht dat ze de spieren in haar hals had zien aanspannen. 'God hebbe zijn ziel,' had ze gemompeld.

Toen het haar van Agnes zo goed en zo kwaad als het ging gewassen was met het ijskoude water en de meeste bloedende wonden met reuzel waren gestelpt, had Margrét haar de onderkleding en het beddengoed van Hjördis gegeven. Hjördis had de onderjurk waar Agnes nu in sliep gedragen toen ze doodging. Margrét betwijfelde of het veel uitmaakte als er een tikje besmetting was blijven hangen. De nieuwe eigenares zou toch snel dood zijn.

Vreemd om je voor te stellen dat de vrouw die in een bed nog geen drie meter van haar vandaan sliep, al heel binnenkort onder de grond zou liggen.

Margrét zuchtte en ging weer rechtop in bed zitten. Agnes had nog steeds niet bewogen. De gerechtsdienaar snurkte door. Margrét keek hoe hij een hand in zijn kruis stak en hoorbaar begon te krabben. Ze wendde haar ogen af, en vond het grappig en een beetje ergerlijk dat deze man haar enige bescherming was.

Ze kon net zo goed opstaan en een begin maken met het ontbijt van de gerechtsdienaren, dacht ze. Skyr misschien. Of gedroogde vis. Ze vroeg zich af of ze genoeg boter overhad, en wanneer het werkvolk uit Reykjavik zou terugkomen met nieuwe voorraden.

Toen ze haar slaapmuts losmaakte, wierp Margrét een laatste blik op de slapende vrouw.

Haar hart bonsde in haar keel. In de schemerige hoek van de badstofa lag Agnes op haar zij rustig naar Margrét te kijken.

HOOFDSTUK DRIE

Over de misdaad wordt gezegd dat Fridrik Sigurdsson, bijgestaan door Agnes Magnúsdóttir en Sigrídur Gudmundsdóttir, rond middernacht het huis van Natan Ketilsson binnendrong en Natan en Petúr Jónsson, die daar te gast was, met een mes en een hamer stak en sloeg tot de dood intrad. Vervolgens, aangezien de lichamen duidelijk zichtbaar hevig bloedden en besmeurd waren, hebben ze deze verbrand door de boerderij in vlammen te doen opgaan opdat hun duivelse werk niet aan het licht zou komen. Fridrik kwam tot deze duivelse daad vanuit zijn haat jegens Natan en een begeerte tot stelen. De moord werd uiteindelijk ontdekt. De districtscommissaris kreeg argwaan, en toen de halfverbrande lichamen werden onthuld, was hij ervan overtuigd dat deze drie als boevenbende hadden gewerkt.

Uit de Processen van het Hooggerechtshof van 1829

In de voorraadkamer van Stóra-Borg droomde ik niet. Opgerold op de houten latten met een schimmelige paardenhuid voor de warmte, kwam de slaap naar me toe als een mager stroompje, kabbelde tegen mijn lichaam, maar dompelde me nooit in vergetelheid. Er was altijd wel iets waar ik wakker van werd – het geluid van voetstappen, of het krassen van de po over de vloer als een meid hem kwam legen, de bedwelmende stank van pies. Soms, als ik stillag met mijn ogen stijf dicht, en elke gedachte uit mijn geest duwde, druppelde de slaap terug. Mijn geest zweefde tussen bewustzijn en onbewustzijn, tot er een piepklein kiertje licht de kamer in kroop, en de meiden me wat gedroogde vis toeschoven. Sommige dagen denk ik dat ik sinds de brand eigenlijk niet meer heb geslapen, en dat slapeloosheid een straf van God is. Of zelfs van Blöndal: mijn dromen werden me tegelijk met mijn bezittingen afgenomen om voor mijn hechtenis te betalen.

Maar vannacht, hier in Kornsá, droomde ik van Natan. Hij kookte kruiden voor een drankje, en ik keek naar hem, terwijl ik mijn handen over de plaggenwand van de smidse liet gaan. Het was zomer en er zat een vleug roze in het licht. De kruiden voor het drankje hadden een sterke geur, die me omringde terwijl ik daar stond. Ik ademde de bitterzoete lucht in en voelde een trage golf geluk over me heen spoelen. Ik was eindelijk weg uit de vallei. Natan draaide zich glimlachend om. Hij had een bekerglas in zijn hand, gevuld met schuim dat hij van de trekkende kruiden had geschept, en er sloeg damp vanaf. Hij zag eruit als een tovenaar, met zijn zwarte kamgaren kousen en de rook die uit zijn hand oprees. Natan stapte door de poel zonlicht en ik spreidde mijn armen voor hem, lachend, met het gevoel dat ik kon sterven van liefde, maar toen ik dat deed, gleed het bekerglas uit zijn hand en viel te pletter op de grond, en duisternis stroomde als olie de kamer in.

Ik weet niet zeker of ik sinds die droom heb geslapen.

Natan is dood.

Ik word elke ochtend wakker met een schok van verdriet in mijn hart.

Het enige wat helpt is mijn gedachten weer onder water duwen, terug naar de droom, terug naar het gouden moment dat me omhulde voordat het bekerglas brak. Of me Brekkukot voorstellen, toen mamma bij me was. Als ik me concentreer zie ik haar in het bed tegenover het mijne slapen, en Jóas, de kleine Jóas, krabbend aan zijn vlooienbeten. Ik zal ze met mijn nagel tegen mijn duim pletten.

Maar de herinneringen die ik naar boven haal zijn koud. Ik weet wat er na Brekkukot komt. Ik weet wat er met mamma gebeurt, en met Jóas.

Als ik mijn ogen opendoe, zie ik Margrét wakker in haar bed liggen. Ze woelt en draait en plukt afwezig aan haar deken. Haar slaapmuts zit een beetje los en ik kan haar grijze haar zien, naar boven getrokken en in strakke vlechten gedraaid, zelfs als ze gaat rusten. Ik kan bijna de omtrek van haar schedel zien.

Haar gezicht is een vlek, gedeeltelijk verborgen door de deken die ze om zich heen heeft getrokken. Ze heeft zich omgedraaid en bestudeert de slapende gerechtsdienaar aan de andere kant van de kamer.

De gerechtsdienaar snurkt en de boerin klikt afkeurend met haar tong. Ik hoor je, oude vrouw. Heb je er nu al genoeg van? Probeer eens een jaar met hen en hun harde handen, hun harde blikken.

Het gedroogde zeewier in haar kussen ritselt als ze haar

hoofd omdraait. Ze ziet me. Ze hapt even naar adem en grijpt met een hand naar haar hart.

Ik had voorzichtiger moeten zijn. Laat je nooit betrappen op staren. Dan denken ze dat je iets van ze wilt.

'Je bent wakker. Mooi.' De boerin strijkt het haar over haar voorhoofd glad en werpt me een korte blik toe, misschien omdat ze niet weet hoe lang ik naar haar heb liggen kijken.

'Sta op,' zegt ze.

Ik gehoorzaam. De houten latten zijn koel onder mijn voeten.

Margrét geeft me een meidendracht van blauwe wol en we kleden ons in stilte aan. Ze houdt de snurkende gerechtsdienaar angstvallig in het oog. Ik trek de ruwe stof over mijn hoofd en kijk de kamer rond. Er liggen nog twee mensen in de bedden te slapen. Werkvolk, misschien. Er is geen tijd om uit te vinden wie het zijn – Margrét leidt me door de bedompte gang van het huis, en staat alleen even stil om aan een plag te trekken die los is geraakt en in flarden over een balk hangt.

'Valt uit elkaar,' mompelt ze.

Ze loopt zo snel dat ik niet in de andere kamers van de boerderij kan kijken. Het is geen groot huis, maar ik herinner me van de eerste keer dat ik hier was een voorraadkamer voor tonnen, en dat kamertje daar, met de emmers en ketels en een melkschaal, dat moet de melkschuur zijn, of misschien hebben ze er een provisiekamer van gemaakt. We komen langs de keuken. Mijn kleren uit Stóra-Borg liggen op een hoopje in een hoek.

Het is al een prachtige dag buiten. Het gras is nat van een nachtelijke regenbui en de halmen schitteren helder in het licht van de opkomende zon. Er staat een stevige wind die rimpels blaast over de plassen op het erf. Ik zie nu de kleine dingen.

'Zoals je ziet,' begint Margrét en struikelt bijna over een stuk wrakhout dat van de stapel voor het huis is getuimeld.

‘Zoals je ziet, is hier een hoop werk te doen.’

Dit zijn haar eerste woorden na de opdracht dat ik me aan moest kleden. Ik zeg niets en houd mijn ogen neergeslagen. Ik zie dat de zoom van haar rok een donkere rand heeft van jarenlang over de grond strijken.

Margrét gaat rechtop staan en zet haar handen op haar heupen, alsof ze zichzelf groter wil maken. Haar nagels zijn tot op het leven afgekloven.

‘Ik hoef tegenover jou geen geheim te maken van mijn ergernis. Ik wil je niet in mijn huis. Ik wil je niet bij mijn kinderen in de buurt.’

Die slapende lichamen waren haar kinderen.

‘Ik ben gedwongen je hier vast te houden, en jij...’ Ze aarzelt even. ‘Jij bent gedwongen vastgehouden te worden.’

Onze schouders zetten zich schrap tegen de ochtendwind die onze jurk tegen onze benen ranselt. Toen ik klein was, liet mijn pleegmamma, Inga, me zien hoe ik de stof van mijn rok kon uitspreiden tegen een windvlaag en kon doen of ik vleugels had. Het voelde als vliegen. Op een dag, zei ze, zou de wind me optillen en zou ik meegeblazen worden, en iedereen in de vallei zou opkijken en mijn onderjurk zien. Daar moest ik altijd om lachen.

‘Mijn man Jón is in Hvammur, maar hij komt vanochtend terug. Ons werkvolk kan elk moment terug zijn om met het hooien te beginnen. Met nukkigheid schiet je niets op. Ik weet niet wat je op Stóra-Borg hebt gedaan, maar laat me je wel vertellen, je krijgt hier de kans niet om misbruik van ons te maken.’

Ze weet niets.

‘Zo.’ Ze vouwt haar handen strak voor haar middel. ‘Ik heb begrepen dat je een positie als dienstmeid had voordat...’ Ze zwijgt.

Voordat wat? Voordat de schedels van Natan Ketilsson en Pétur Jónsson werden ingetimmerd?

'Ja, boerin.'

Ik schrik als ik mijn stem hardop hoor. Het lijkt een leven geleden dat ik vrijuit heb gesproken.

'Een dienstmeid?' Ze heeft me niet gehoord boven de wind uit.

'Ja, dienstmeid. Sinds mijn vijftiende. Daarvoor was ik losse werkmeid.'

Ze is opgelucht.

'Je kunt spinnen en breien en koken en de dieren verzorgen?'

Dat zou ik in mijn slaap kunnen.

'Kun je met een mes overweg?'

Mijn maag krampt. 'Pardon, boerin?'

'Kun je hooien? Kun je met een zeis overweg? God weet hoeveel werkvolk nog nooit gras heeft gemaaid, ik begrijp dat het tegenwoordig niet meer gebruikelijk is dat vrouwen maaien, maar we zijn een boerderij met weinig werklui en...'

'Ik kan met de zeis overweg.'

'Mooi. Nou, wat mij betreft zul je werken voor de kost. Ja, je zult betalen voor de overlast. Ik kan geen misdadigster gebruiken, wel een meid.'

Misdadigster. Het woord blijft in de lucht hangen. Zwaar, ongevoelig voor het geweld van de wind.

Ik wil mijn hoofd schudden. Dat woord hoort niet bij mij, wil ik zeggen. Het past niet bij mij of bij wie ik ben. Het is een willekeurig woord, en het hoort bij een heel ander iemand.

Maar wat heeft het voor zin om tegen taal te protesteren?

Margrét schraapt haar keel.

'Ik tolereer geen geweld. Ik pik geen gelanterfant. Eén brutaliteit, één misstap, één teken van luiheid of stelen of konkelfoezen, en ik gooi je het huis uit. Ik sleur je aan je haren uit deze boerderij als het moet. Is dat duidelijk?'

Ze wacht niet op antwoord. Ze weet dat ik geen keuze heb.

'Ik zal je het vee laten zien,' zegt ze, diep inademend. 'Ik melk de ooien en de koe terwijl jij...'

Haar ogen glijden van de mijne naar de volgende boerderij in de vallei. Iets heeft haar aandacht getrokken.

—

Snæbjörn, de boer van Gilsstadir, kwam de helling op lopen. Naast hem een van zijn zeven zonen, Páll, die deze zomer de schapen van Kornsá zou hoeden. Daarachter volgde Snæbjörns vrouw Róslín, die hen nauwelijks kon bijhouden, met twee van haar jongste dochters op sleeptouw.

'God beware me,' mompelde Margrét. 'Daar heb je de horden.' Toen kwam ze opeens in beweging en greep Agnes bij de arm. 'Ga naar binnen,' fluisterde ze. Ze trok Agnes achter de boerderij en gaf haar een dringende duw in de richting van de deur. 'Naar binnen! Nu.'

Agnes aarzelde in de deuropening en keek even naar Margrét voordat ze in de duisternis van het huis verdween.

'*Sæl og blessuð*,' riep Snæbjörn. Hij was een stevige, lange man met rode wangen en dof blond haar dat in zijn ogen hing. 'Lekker weertje!'

'Ja, inderdaad,' antwoordde Margrét kortaf. Ze wachtte tot hij dichterbij was. 'Ik zie dat Páll en jij bezoekers hebben meegenomen.'

Snæbjörn lachte schaapachtig. 'Róslín wilde beslist meekomen. Ze heeft net gehoord van je, eh, onfortuinlijke situatie. Zei dat ze wilde zien of alles goed met je was.'

'Wat aardig van haar,' mompelde Margrét.

Róslín was binnen gehoorsafstand gekomen. 'Wat een lekker weertje!' riep ze terwijl ze als een kind een arm in de lucht stak. 'Laten we hopen dat het aanhoudt tot het hooien. Goedemorgen, Margrét!'

Snæbjörns vrouw was hoogzwanger van haar elfde; haar

buik stak ver voor haar uit, waardoor de voorkant van haar jurk omhoogkwam, boven haar gezwollen enkels die nat waren van de dauw. Haar brede gezicht was rood aangelopen door de inspanning van de wandeling en ze hijgde met deinende borsten boven haar bolle buik.

'Ik dacht, kom, ik ga eens met Snæbjörn en Páll mee om je een bezoekje te brengen.' Haar vijfjarige dochter struikelde bijna over een graspol en gaf Margrét een afgedekt bord. 'Roggebrood,' zei Róslín. 'Dacht dat je wel toe was aan een kleine traktatie.'

'Dank je.'

'O, hemeltjelief, wat ben ik buiten adem. Te oud om in deze toestand te zijn, maar ze blijven komen.' Róslín klopte opgewekt op haar buik.

'Inderdaad,' merkte Margrét zuur op.

Snæbjörn kuchte en keek van Róslín naar Margrét. 'Kom, laten wij mannen aan het werk gaan. Is Jón in de buurt, Margrét?'

'In Hvammur.'

'Heel goed. Nou, ik zet Páll aan het werk en kijk even naar die zeis, als je het niet erg vindt dat ik in de smidse rondrommel.' Hij draaide zich om naar zijn vrouw en dochters. 'Houd Margrét niet te lang van haar bezigheden, hoor, Róslín?' Hij glimlachte even naar allebei, draaide zich om en liep weg met grote, gelijkmatige passen, de jongen zacht voor zich uit duwend.

Róslín lachte zodra hij buiten gehoorsafstand was. 'Mannen, hè? Kunnen niet stilstaan. Ga met je zusje spelen, Sibba. Niet te ver gaan. In de buurt blijven, hoor.' Róslín schoof haar dochters uit de weg en wierp tijdens het praten blikken naar de boerderij, alsof ze iemand zocht. Margrét zette het bord roggebrood op haar heup. De zoete lucht in combinatie met de warme, vochtige geur van Róslín maakte haar misselijk. Ze kreeg een hoestbui waar haar lichaam zo heftig van schokte dat Róslín het bord met brood moest grijpen voordat het in het gras viel.

'Stil maar, Margrét. Rustig ademen. Nog steeds niet beter?'

Margrét wachtte tot de krampen voorbij waren en spoog toen een taaie klont in het gras. 'Niets aan de hand. Het is gewoon een winterhoestje.'

Róslín giechelde. 'Maar het is hoogzomer.'

'Het gaat best,' snauwde Margrét.

Róslín wierp haar een overdreven medelijdende blik toe. 'Natuurlijk, als jij het zegt. Maar daarom ben ik eigenlijk gekomen vandaag. Ik maak me een beetje zorgen om je.'

'O?' mompelde Margrét. 'Waarom in hemelsnaam?'

'Nou, je slechte longen natuurlijk, maar ik heb de afgelopen weken ook geruchten gehoord. Allemaal onzin, vanzelfsprekend, maar toch...' Róslín hield haar hoofd schuin en haar dikke gezicht plooide zich in een lach met kuiltjes. 'O heden, ik loop veel te hard van stapel en vergeet te vragen of je het druk hebt.' Ze gluurde over Margréts schouder naar de boerderij, met een hand tegen haar voorhoofd om haar ogen tegen de zon te beschermen. 'Ik hoop niet dat ik stoor. Het leek of er iemand bij je was. Een vrouw met donker haar. Bezoek?' Róslín veinsde beleefd dat ze niet geïnteresseerd was.

Margrét zuchtte geërgerd. 'Je hebt goede ogen, Róslín.'

'O. Ingibjörg misschien?' vroeg Róslín met opgetrokken wenkbrauwen. 'Dan ga ik, en laat jullie twee vriendinnen met rust.'

Margrét onderdrukte de neiging om haar ogen ten hemel te slaan. 'Nee.'

'Natuurlijk niet, het is te vroeg voor een bezoek van haar,' zei Róslín met een knipoog. 'Een nieuwe meid? Je kunt altijd wel hulp gebruiken bij het hooien.'

'Nou, niet precies...'

'Een familielid dan?' ging Róslín verder en kwam een stap dichterbij.

Margrét zuchtte. Ze schraapte haar keel omdat ze besefte dat ze niet aan Róslíns kruisverhoor kon ontkomen. 'De vrouw die je zag is bij ons geplaatst door districtscommissaris Björn Audunsson Blöndal.'

'O, heus? Wat vreemd. Waarom in hemelsnaam?'

'De vrouw heet Agnes Magnúsdóttir. Ze is een van de meiden die zijn veroordeeld voor de moord op Natan Ketilsson en Pétur Jónsson, en ze is bij ons in hechtenis tot de dag van haar terechtstelling.' Margrét kruiste haar armen ferm voor haar borst en keek Róslín uitdagend aan.

Róslín slaakte een gilletje en zette het brood op de grond om beter haar afschuw te kunnen tonen.

'Agnes! Van Agnes en Fridrik? De moordenaars van Natan Ketilsson!' Ze bracht haar handen naar haar rode wangen en staarde Margrét met grote ogen aan. 'Maar, Margrét! Dat is precies de reden waarom ik hier ben! Ósk Jónsdóttir zei dat ze met Soffia Jónsdóttir had gesproken, haar broer werkt als knecht in Hvammur, en die vertelde dat Blöndal had besloten Agnes weg te halen uit Stóra-Borg omdat ze niet het risico konden lopen dat zo'n belangrijke familie werd afgeslacht...'

Róslín zweeg toen ze haar fout inzag. Margrét perste haar lippen op elkaar en staarde haar aan.

'O, Margrét, ik bedoelde niet...' Haar ronde wangen werden nog roder.

'Ja, Róslín. Het is waar dat Blöndal de moordenares bij ons heeft geplaatst, en dat Jón en ik daar geen van beiden iets over te zeggen hadden. Maar de redenen voor zijn besluit zijn alleen Blöndal zelf bekend.'

Róslín knikte meelevend. 'Natuurlijk. Ósk is ook een vreselijke roddelkont.'

'Ja.'

Róslín bleef knikken, deed toen een stap naar voren en legde haar hand op Margréts schouder. 'Ik heb zo met je te doen, Margrét.'

'Waarom dan wel?'

'Nou, dat je een *moordenares* onder je dak moet dulden! Dat je gedwongen bent elke dag naar haar afschuwelijke gezicht te kijken! Dat je erg bang zult zijn, voor je eigen hachje en voor je man en je arme dochters!'

Margrét snoof. 'Haar gezicht is niet zo afschuwelijk,' zei ze, maar Róslín luisterde niet.

'Ik weet trouwens best veel van die zaak, Margrét, en laat me je waarschuwen, ik heb duivelse dingen gehoord over het verdorven drietal dat de goede Natan Ketilsson en Pétur Jónsson van het leven heeft beroofd!'

'Goed is niet een woord dat veel mensen voor Natan en Pétur zouden gebruiken.'

'O! Maar ze waren wel goed! Ze hebben natuurlijk fouten gemaakt...'

'Pétur heeft dertig schapen de keel afgesneden, Róslín. Hij was een dief.'

'Maar toch waren het nobele IJslanders. O, en denk aan Natans familie! Zijn broer Gudmundur, en zijn vrouw en al hun kleine kinderen. Ze zijn naar Illugastadir gegaan, moet je weten, om de boerderij en Natans werkplaats te herstellen.'

'Róslín, als ik het goed heb gehoord, bracht Natan meer tijd door in de bedden van getrouwde vrouwen dan in zijn werkplaats op Illugastadir!'

Róslín was overdonderd. 'Margrét?'

'Ik wil alleen maar zeggen...' Margrét aarzelde, draaide zich om en keek naar de donkere ingang van het huis. 'Niets is eenvoudig,' mompelde ze ten slotte.

'Je vindt toch niet dat ze het verdienden om te sterven?'

Margrét snoof. 'Natuurlijk niet.'

Róslín keek haar onderzoekend aan. 'Je weet toch dat ze schuldig is?'

'Ja, ik weet dat ze schuldig is.'

'Mooi. Laat me je dan vertellen dat je beter op je hoede kunt zijn bij... Hoe heet ze ook weer?'

'Agnes,' antwoordde Margrét zacht. 'Dat wist je wel, Róslín.'

'Ja, Agnes Magnúsdóttir, dat is het. Wees voorzichtig. Ik weet dat je er niet veel aan kunt doen, maar vraag de districtscommissaris om een bewaker die haar in de gaten kan houden. Houd haar handen vastgebonden! Ze zeggen dat Agnes de ergste van de drie veroordeelden is. De jongen, Fridrik, stond onder haar invloed, en ze heeft het andere meisje gedwongen op wacht te staan, en haar aan de deurpost vastgebonden om te zorgen dat ze niet ontsnapte!' Róslín deed een stap naar voren en bracht haar gezicht dicht bij dat van Margrét. 'Ik heb gehoord dat zij degene is die Natan achttien keer heeft gestoken. Achter elkaar!'

'Achttien keer, is het heus?' mompelde Margrét. Ze wenste vurig dat Snæbjörn zijn vrouw zou komen halen.

'In de buik en de keel.' Roslins gezicht gloeide van opwinding. 'En – o, de Heer zegene ons – zelfs in het gezicht! Ik heb gehoord dat ze het mes in zijn óógkas heeft geramd. Doorboord als een eidooier!' Róslín greep Margrét ruw bij haar schouder. 'Als ik jou was zou ik geen oog dichtdoen met haar in dezelfde kamer! Ik zou nog liever in de koeienstal slapen dan dat risico lopen. O, Margrét, ik kan niet geloven dat de geruchten waar zijn! Moordenaars, zo dichtbij! Deze parochie gaat naar de bliksem. Erger dan de dingen die je over Reykjavik hoort. En zíj, daarnet, precies op de plek waar mijn dochters spelen. Ik krijg er de rillingen van. Kijk maar naar mijn armen – overal kippenvel! Ach, arme Margrét, wat moet je nu?'

'Ik red me wel,' zei Margrét kordaat en nam het bord met roggebrood weer van Róslín over.

'Echt waar? En waar is Jón om je te beschermen?'

'In Hvammur, bij Blöndal. Zoals ik al zei.'

'Margrét!' Róslín wierp haar handen in de lucht. 'Het is gemeen van Blöndal om jou en de meisjes alleen te laten met die vrouw! Weet je wat, ík blijf bij je.'

'Geen sprake van, Róslín,' zei Margrét ferm, 'maar bedankt voor je medeleven. Kom, ik vind het vervelend om je weg te sturen, maar de schapen melken zichzelf niet.'

'Zal ik je helpen?' vroeg Róslín. 'Geef mij het brood maar, dan breng ik het voor je naar binnen.'

'Tot ziens, Róslín.'

'Als ik haar zou zien, kon ik misschien inschatten hoeveel gevaar je loopt. Hoeveel gevaar wij lopen! Wat let haar om 's nachts rond te sluipen?'

Margrét nam Róslín bij de elleboog en draaide haar in de richting van waar ze gekomen was. 'Dank voor je bezoek, Róslín, en dank voor het roggebrood. Doe voorzichtig, daar.'

'Maar...'

'Tot ziens, Róslín.'

Róslín keek nog eens om naar de boerderij, glimlachte zuur en sjokte plomp de helling af naar Gilsstadir. Haar dochtertjes huppelden achter haar aan. Margrét bleef met haar armen voor haar borst gekruist staan kijken hoe ze wegliepen, tot ze niet meer dan stipjes in de verte waren, en toen hurkte ze en hoestte tot haar tong glibberig was. Ze spoog een natte fluim in het gras. Daarna stond ze langzaam op, draaide zich om en liep terug naar het huis.

—

Als ik de badstofa binnenkom, zie ik dat de gerechtsdienaar die daar sliep weg is. Hij moet naar zijn vrienden zijn gegaan; ik hoor door het raam mannen praten in een mengeling van Deens en IJslands. Ze hebben waarschijnlijk niet gezien dat de boerin me weer naar binnen duwde. De twee slapende dochters zijn ook weg. Ik ben alleen.

Ik ben alleen.

Er is geen wakend oog, geen bewaker bij de deur, geen touw, geen kluister, geen slot, en ik ben helemaal in mijn eentje, ongeboeid. Ik raak verlamd bij het idee. Er zal toch wel iemand door een sleutelgat kijken? Er zal toch wel iemand zijn lichaam tegen een spleet in de muur hebben gedrukt om te zien wat ik ga doen, om de kamer binnen te stormen en met een vinger als een mes naar mijn keel te wijzen?

Maar er is niemand. *Geen levende ziel.*

Ik sta midden in de kamer en laat mijn ogen aan het donker wennen. Ja, ik ben helemaal alleen, en er trekt een huivering van vreugde over mijn huid, als de trilling op het oppervlak van een pan water die aan de kook raakt. Op dit moment kan ik alles doen: ik kan het huis bekijken, of gaan liggen, of hardop praten, of zingen. Ik kan dansen, of vloeken, of lachen, en niemand zal het weten.

Ik zou kunnen ontsnappen.

Een bel angst trekt omhoog langs mijn ruggengraat. Het gevoel op ijs te staan en het opeens te horen kraken onder je gewicht – opwindend en angstaanjagend tegelijk. Op Stóra-Borg droomde ik van ontsnappen. Van de sleutel van mijn boeien vinden en vluchten – ik had nooit bedacht waar ik naartoe zou gaan. Er was nooit een kans. Maar hier, nu, zou ik het erf af kunnen glippen en langs de andere kant van de vallei kunnen rennen, weg van de hoeven, om daar te wachten tot ik in het donker kon ontsnappen naar de hooglanden, waar de hemel me zou bedekken met haar ruwe, grijze hand. Ik zou naar de hei kunnen vluchten. Laten zien dat ze me niet opgesloten kunnen houden, dat ik een dief van de tijd ben en de uren die me ontzegd zijn zal stelen!

Stofjes zweven in het zonlicht dat binnenvalt door het gedroogde vlies voor de raamopening. Ik staar ernaar en de opwinding van ontsnappen wordt weggezogen, als water in een geiser. Ik zou alleen de ene doodstraf voor de andere ruilen.

Daarboven in de hooglanden huilen sneeuwstormen als vissersweduwen, en de wind schuurt de huid van je gezicht. De winter komt als een stomp in het donker. De onbewoonde plekken zijn wreed als een beul.

Met zwakke knieën strompel ik naar mijn bed. Wanneer ik mijn ogen sluit, drukt de stilte van de kamer me neer als een hand.

Zodra mijn hart tot rust is gekomen, kijk ik naar de plaats waar de gerechtsdienaar heeft geslapen, de geknoedelde sprei waaronder de versleten matras zichtbaar is. Hij had de beddenplank terug moeten zetten – dat brengt ongeluk. Als het bed nog warm is, is hij misschien dichtbij. Het voelt opdringerig om de kale matras aan te raken, maar die is koud. De man is weg. Mijn bed is opgemaakt. Ik haal mijn handen over de dunne deken, die kaal is van het vele gebruik. Hoeveel andere lichamen hebben hier vóór mij gelegen? Hoeveel nachtmerries zijn onder deze lap geboren?

De vloer is met planken bedekt, maar de muren en het plafond niet, en de plaggen moeten nodig gerepareerd worden; repen gedroogde zoden zijn naar binnen gezakt en dun geworden, waardoor er kieren in de muren zitten en het tocht in de kamer. Het zal koud zijn in de winter.

Maar misschien ben ik voor die tijd dood.

Snel! Duw die gedachte weg.

Dood gras hangt luguber uit het schuine plafond, als ongewassen haar. Aan de balken zijn een paar handgesneden ornamenten bevestigd en aan de latei boven de ingang is een kruis getimmerd.

Zingen ze hier in de winter psalmen? Misschien vertellen ze in plaats daarvan de sagen – ik heb liever een verhaal dan een gebed. Daar heb ik ooit slaag voor gekregen op deze boerderij, Kornsá, toen ik klein was en als pleegkind op de huisweide de schapen moest hoeden. Boer Björn vond het niet prettig dat ik de sagen beter kende dan hij. Houd maar liever de schapen gezelschap, Agnes. Boeken die door de mens en niet door God zijn geschreven, zijn valse vrienden en niet geschikt voor jouw soort.

Ik zou hem hebben geloofd als mijn pleegmoeder Inga er niet was geweest, met haar lessen die ze me toefluisterde wanneer hij 's avonds was ingedommeld.

Bij de ingang, naast het bed van de boerin, hangt een grijs wollen gordijn dat aan een lat is gespijkerd. Ik neem aan dat het als deur naar de volgende kamer dient. Het gordijn is te kort en door de kier boven de grond zijn de poten van een tafel te zien. Ze zijn een beetje gesplinterd, alsof iemand eraan heeft geknaagd.

De badstofa is bijna nog even kaal als al die jaren geleden, hoewel er tussen de schuine balken en de muursteunen plankjes zijn getimmerd die als kast dienen. Er staan en liggen de gebruikelijke dingen op – houten kokers, schapenhoorns, een pijp, visgraten, wanten en breinaalden. Onder een van de bedden staat een kleine, beschilderde kist. Een eenzame pantoffel wacht op reparatie. De vertrouwdheid van dagelijkse dingen kan troostrijk zijn. Ooit had ik dit soort dingen. Mijn witte zak met droogbloemen. De steen die mamma me gaf voordat ze wegging. Die zal je geluk brengen, Agnes. Het is een tover-steen. Als je hem onder je tong legt, kun je met de vogels praten.

Die steen zat dagenlang in mijn mond. Als de vogels mijn vragen al begrepen, namen ze nooit de moeite antwoord te geven.

Kornsá in het district Húnavatn. Ik werd als zesjarige op de drempel afgeleverd met een kus en een steen van mamma, en nu ben ik hier weer heen gesleept, drieëndertig winters oud, vanwege twee dode mannen en een brand. Ik heb op meer noordelijke boerderijen gewerkt dan gebruikelijk zou zijn geweest. Maar armoede krabt deze huizen kaal tot ze er allemaal hetzelfde uitzien, en wat ze allemaal gemeen hebben is de afwezigheid van dingen die er horen te zijn. Ik had net zo goed mijn hele leven op dezelfde plek kunnen blijven.

Dit is het dus. Kornsá, mijn laatste wrede hoek. Het laatste bed, het laatste dak, de laatste vloer. Het laatste van alles brengt pijnlijke slagen toe, alsof er niets anders over zal zijn dan rook van verlaten vuren. Ik moet doen of ik nog steeds een meid ben, of dit mijn nieuwe dienstje is, en ik moet denken aan alle taken die ik zal vervullen, en hoe ik kan zorgen dat mijn meesteres de vaardigheid van mijn vingers opmerkt. Als ik maar hard werkte, dacht ik altijd, zou ik op een dag huishoudster worden. Maar niet hier. Niet op Kornsá.

Kornsá. Het tolt maar rond in mijn hoofd, zodat ik het heel voorzichtig hardop moet zeggen om de klank te voelen. Ik zeg tegen mezelf dat het gewoon de zoveelste boerderij is, en dreun zacht de namen op van alle plaatsen waar ik heb gewoond. Het is als een bezwering: Flaga, Beinakelda, Litla-Giljá, Brekkukot, Kornsá, Gudrúnarstadir, Gilsstadir, Gafl, Fannlaugarstadir, Búrfell, Geitaskard, Illugastadir.

Van al die namen is er één fout. Eén is een nachtmerrie. De traptrede die je mist in het donker.

De naam is alles wat verkeerd ging. Illugastadir, de boerderij bij de zee, waar de zachte lucht zingt van de metaalklanken uit de smidse, en zeemeeuwen krijsen, en robben omrollen in hun vet. Illugastadir, waar de nacht verlicht is door vuur, waar rook de vroege ochtend in wentelt om de sterren op te slokken, en in puin, nog steeds Illugastadir, dat dode lichamen wiegt in zijn kooi van verbrande balken.

Buiten barsten de gerechtsdienaren in lachen uit. Een van hen praat over zijn rijke neef in Helgavatn.

'We zouden er langs moeten gaan om hem van zijn brandewijn af te helpen!' stelt iemand voor.

'Ja! En van zijn vrouw en dochters!' roept een ander. Ze lachen weer.

Blijft er iemand om te zorgen dat ik niet wegloop? Om te

zorgen dat ik de lampen niet aansteek, voor het geval ik de vlam op de grond gooi? Om te zorgen dat ik mijn handen schoonhoud en mijn tong stil en mijn benen bij elkaar en mijn ogen neergeslagen?

Ik ben nu eigendom van de Kroon.

Ik hoop dat ze vandaag allemaal vertrekken.

Als ik mijn oren spits om het gesprek van de gerechtsdienaren te volgen, zie ik dat er iets verstopt ligt onder het bed tegenover het mijne, iets glimmends. Het is een zilveren broche, een vreemd voorwerp in een kamer zonder enige weelde. Is hij gestolen? Dat zou niet zo vreemd zijn in deze vallei, waar mensen schapen vangen en het brandmerk uit de oren snijden voordat de kudde zich weer verspreidt, en waar mannen hun nagels laten groeien om beter munten op te kunnen pakken. Menige stelende boer of knecht in deze contreien heeft de zweep van de wet gevoeld. Zelfs Natan droeg de littekens van zijn eigen kennismaking met de berkenroede in zijn jeugd.

Ik raap de broche op. Hij is onverwacht zwaar.

'Leg neer.' Er staat een slanke jonge vrouw met haar benen wijd, haar armen een beetje opzij. 'Die is van mij.'

Ik laat de broche vallen en we schrikken allebei als hij de grond raakt. Het meisje is tenger gebouwd en klein, met lichte wimpers die afsteken tegen het donkerblauw van haar ogen. Haar hoofd is bedekt met een doek. Er zit een klein knobbeltje op haar neus.

'Steina!' Het meisje heeft zich niet verroerd, maar kijkt alleen naar me vanuit de deuropening. Ze is bang voor me, denk ik.

Er komt nog een meisje binnen. Het moet haar zusje zijn, alleen is ze langer, met donkere ogen, en haar neus is bezaaid met sproeten. 'Róslín en haar kroost zijn...' Ze zwijgt als ze me ziet.

'Ze zat aan mijn confirmatiecadeau.'

'Ik dacht dat mamma haar mee naar buiten had genomen?'

'Ik ook.'

Ze staren. 'Mamma! Mamma! Kom hier!'

Margrét komt binnensloffen, intussen haar mond afvegend. Ze ziet de zilveren broche op de grond bij mijn voeten en het bloed trekt uit haar gezicht. Haar mond valt open.

'Ze zat eraan, mamma. Ik heb haar betrapt.'

Margrét sluit haar ogen en haalt haar hand over haar lippen alsof ze pijn heeft. Ik wil haar arm aanraken. Ik wil haar geruststellen. Ze komt naar me toe, woedend nu, en ik hoor de klap voordat ik hem voel. Een korte knal. Een tintelende pijnscheut.

'Wat heb ik gezegd?' schreeuwt ze. 'Je mag nergens aankomen in dit huis!' Zwaar ademend priemt ze haar hand naar mijn gezicht. 'Je mag van geluk spreken dat ik dit voorval niet meld.'

'Ik ben geen dievegge,' zeg ik.

'Nee, je bent een moordenares.' Het meisje met de blauwe ogen spuugt de woorden uit, er verschijnen kuiltjes in haar wangen. Haar hoofddoek is weggeschoven en een lok witblond haar valt op haar voorhoofd. Haar gezicht is rood aangelopen.

'Lauga,' waarschuwt Margrét, 'neem Steina mee naar de keuken.' Ze gaan weg. Margrét grijpt mijn mouw. 'Meekomen,' zegt ze en ze sleurt me de kamer uit. 'Je kunt bewijzen dat je berouw hebt door te werken als een paard.'

—

Hulpdominee Tóti werd in de vroege uren van de ochtend wakker en kon niet meer in slaap komen. Vandaag werd hij weer op Kornsá verwacht. Nadat hij met tegenzin was opgestaan en zich had aangekleed, liep hij naar buiten, de frisse, schone ochtendlucht in, en begon aan zijn werk op de boerderij en in de kerk. Hij dreef de kleine kudde schapen die aan zijn vader toebehoorde bijeen en molk ze met overdreven zorg, waarbij hij hun naam fluisterde en zijn vingers over hun donzige oren liet gaan.

Twaalf uur kwam en ging, en de zon vervloeide met de hemel. Tóti gaf hun koe Ýsa voer en water, en begon toen het wasgoed van de natuurstenen kerkmuur te halen dat zijn vader daar te drogen had gelegd.

'Dat hoef je niet te doen,' zei dominee Jón, die uit de boerderij naar hem toe kwam lopen.

'Ik vind het niet erg,' zei Tóti met een glimlach. Hij plukte een graszaadje uit een sok.

Zijn vader haalde zijn schouders op. 'Ik dacht dat je in Vatnsdalur zou zijn.'

Tóti's gezicht betrok.

'Waarom houd je je met de was bezig als je haar moet opzoeken?'

Tóti zweeg even en keek naar Jón, die een broek uitsloeg in de wind.

'Ik weet niet wat ik moet zeggen,' zei hij, en na een korte stilte: 'Wat zou jij tegen haar zeggen?'

Zijn vader gaf hem met zijn ruwe hand een klap op zijn schouder en keek hem dreigend aan. 'Schiet op,' zei hij. 'Wie zegt dat je iets moet zeggen? Ga.'

—

Margrét neemt me mee naar de andere kant van het erf om me het veldje lavas en engelwortel te laten zien, en dan help ik haar bij het melken van de schapen. Ik denk dat ze me niet meer alleen durft te laten. De kleine jongen die daarnet is gekomen heeft de dieren al bijeengedreven. Margrét zegt tegen me dat hij Páll heet, maar stelt ons niet aan elkaar voor en hij komt niet bij me in de buurt, ook al staart hij met open mond.

Dan verbranden we mijn jurk.

Ik heb hem twee jaar geleden gemaakt. Sigga en ik maakten er ieder een, een werkjurk, blauw en eenvoudig, van de stof die Natan ons had gegeven.

Als ik had geweten dat de jurk waar ik op ploeterde mijn enige warmte zou zijn in een kamer die riekte naar zure huid. Als ik had geweten dat de jurk op een dag in het donker haastig aangetrokken zou worden, en doorweekt zou raken van het zweet toen ik in het heksenuur naar Stapar rende, hard genoeg schreeuwend om de doden te wekken.

Margrét geeft me wat warme melk uit de emmer te drinken, en dan gaan we naar de keuken, waar haar dochters bezig zijn het vuur op te bouwen met mest. Ze drukken zich tegen de muur als ik binnenkom.

'Haal de ketel van de haak, Steina,' zegt Margrét tegen het onaantrekkelijke meisje. Dan verzamelt ze mijn bevuilde kleren uit de hoek en gooit ze zonder pardon in het vuur.

'Zo.' Ze klinkt tevreden.

We kijken hoe de wollen jurk smeult tot onze ogen prikken van de rook en Margrét hoest, en we gedwongen zijn ergens anders te gaan werken terwijl mijn kleren branden. De dochters gaan de provisiekamer in.

Die jurk was mijn laatste eigendom. Er is nu niets meer in de wereld wat ik bezit; zelfs de warmte die mijn lichaam afgeeft wordt weggenomen door de zomerbries.

De kruidentuin van Kornsá is overwoekerd en wild, omringd door een ruwe stenen muur die aan één kant is afgebrokkeld. De meeste planten hebben zaad geschoten, bevroren wortels rotten in het warmere weer, maar er zijn wormkruid en kleine bittere kruiden die ik me herinner uit Natans werkplaats op Illugastadir, en de engelwortel geurt zoet.

We wieden, zoeken de graspollen die door de gezondere planten heen woekeren en trekken ze uit de aarde. Ik geniet van het meegeven van de wortels en de melk op mijn vingers als de stengels knakken, hoewel mijn longen branden. Ik ben verzwakt. Maar ik laat me niet kennen.

Heerlijk om neer te hurken met mijn rok om me heen getrokken, de geur van de rook van het mestvuur in mijn haar. Margrét werkt als een bezetene en ademt zwaar. Wat denkt ze? Haar nagels zijn zwart van het vuil, en ze krabbelt woest in de aarde. Haar ogen zijn roodomrand van de rook in de keuken. Als ze haar keel schraapt, hoor ik het slijm rochelen.

'Ga naar het huis en vraag mijn dochters hier te komen,' zegt ze opeens. 'Schep dan de as uit de haard en werk die door de aarde.'

De gerechtsdienaren zijn op het erf bezig hun paarden te zadelen als ik onbegeleid bij het huis terugkom. Ze zwijgen. 'Alles in orde?' roept een van hen naar Margrét, en ze stelt hen gerust met een zwaai van een smerige hand.

De deur naar het huis staat open, waarschijnlijk om de stinkende rook te verdrijven. Ik stap over de hoge drempel.

Ik vind de dochters in de provisiekamer, bezig met het afromen van de melk van gisteren. De jongste ziet me als eerste en stoot haar zusje aan. Ze doen allebei een paar stappen achteruit.

'Jullie moeder wil graag dat jullie haar gaan helpen.' Ik knik even en ga opzij om ze langs te laten. De jongste glipt meteen de kamer uit, zonder me uit het oog te verliezen.

Het oudste meisje aarzelt. Hoe wordt ze ook weer genoemd? Steina. *Steen*. Ze kijkt me vreemd aan en legt langzaam haar spaan neer.

'Volgens mij ken ik jou,' zegt ze.

Ik zeg niets.

'Je hebt hier eerder in de vallei als meid gewerkt, toch?'

Ik knik.

'Ik ken je. Ik bedoel, we zijn elkaar een keer tegengekomen. Jij ging net weg uit Gudrúnarstadir toen wij erheen gingen om het pachtcontract te halen. We zijn elkaar onderweg tegengekomen.'

Wanneer zou dat zijn geweest? Mei 1819. Hoe oud kan ze toen zijn geweest? Niet ouder dan tien.

'We hadden een hond bij ons. Een zwart-witte. Ik herinner me jou omdat hij begon te blaffen en tegen je op te springen en pabbi hem van je af trok, en toen hebben we ons eten gedeeld.'

Het meisje kijkt onderzoekend naar mijn gezicht.

'Jij was de vrouw die we onderweg naar Gudrúnarstadir zijn tegengekomen. Herinner je je mij? Je vlocht het haar van mijn zusje en gaf ons ieder een ei.'

Twee kleine meisjes die aan een ei zaten te zuigen aan de kant van de weg, de rokzomen doorweekt van de modder. Een vaag beeld van een magere hond die zijn weerspiegeling in het water achternajoeg, en de hemel opengebroken grijs en weids. Drie raven die op een rij vlogen. Een goed voorteken.

'Steina!'

De wandeling van Gudrúnarstadir naar Gilsstadir in een ijskoude lente. 1819. Honderd kleine walvissen gestrand bij Thingeyrar. Een slecht voorteken.

'Steina!'

'Ik kom, mamma!' Steina draait zich naar me toe. 'Ik heb gelijk, hè? Dat was jij.'

Ik doe een stap naar haar toe.

De boerin komt binnenstormen. 'Steina!' Ze kijkt naar mij, dan naar haar dochter. 'Naar buiten.' Ze grijpt het meisje bij de arm en sleurt haar de kamer uit. 'De as. Nu.'

Buiten pakt de wind een handvol as van mijn jurk uit de emmer en smijt die naar het blauw van de hemel. De grijze vlokken fladderen en tuimelen, en lossen op in de lucht. Is dit geluk, deze warmte tegen mijn borst? Alsof iemands hand daar ligt?

Ik kan hier misschien net doen alsof ik mijn oude zelf ben.

—

Zullen we beginnen met een gebed?' vroeg de hulpdominee, Thorvardur Jónsson.

Agnes en hij zaten voor de ingang van het huis, op een kleine stapel gestoken plaggen die klaarlagen voor reparaties aan het huis. De dominee had zijn Nieuwe Testament in de ene hand en in de andere een tamelijk slappe snee roggebrood met boter, die hij van Margrét had gekregen. Er was paardenhaar van zijn kleren op gekomen.

Agnes beantwoordde de vraag van de dominee niet. Ze zat licht gebogen, met haar vingers in haar schoot, naar de rij vertrekkende gerechtsdienaren te staren. Er zat as in haar haar. De wind was gaan liggen en af en toe onderbrak een kreet of een lachsalvo van de mannen de zacht scheurende geluiden waarmee Margrét en haar dochters onkruid uit de kruidentuin rukten. De oudste keek voortdurend op naar de dominee en de misdadigster.

Tóti wierp een blik op het boek dat hij in zijn hand had en schraapte zijn keel.

'Denk je dat we met een gebed zouden moeten beginnen?' vroeg hij nog een keer, iets luider, omdat hij dacht dat Agnes hem niet had gehoord.

'Wat moeten we met een gebed beginnen?' vroeg ze kalm.

'N-nou,' stotterde Tóti overrompeld. 'Je genade.'

'Mijn genade?' herhaalde Agnes. Ze schudde even haar hoofd.

Tóti stak haastig het brood in zijn mond en kauwde snel voordat hij het met een schrokkend geluid doorslikte. Hij veegde zijn handen aan zijn hemd af, bladerde door de bladzijden van zijn Nieuwe Testament en verschoof op de plaggen. Ze waren nog nat van de regen van die nacht en hij voelde het vocht in zijn broek trekken. Een domme plek om te gaan zitten, dacht hij. Hij had binnen moeten blijven.

‘Ik heb ruim een maand geleden een brief gekregen van districtscommissaris Blöndal, Agnes,’ zei hij, en zweeg even. ‘Is het goed als ik je Agnes noem?’

‘Zo heet ik.’

‘Hij vertelde dat je niet gelukkig was met de dominee op Stóra-Borg en een andere geestelijke wenste om tijd met je door te brengen, voordat... Voordat, nou, voordat...’ Tóti’s stem stierf weg.

‘Voordat ik doodga?’ opperde Agnes.

Tóti knikte even. ‘Hij zei dat je om mij had gevraagd.’

Agnes haalde diep adem. ‘Dominee Thorvardur...’

‘Noem me Tóti. Dat doet iedereen,’ onderbrak hij haar. Hij bloosde en had meteen spijt van zijn familiariteit.

Agnes zweeg even onzeker. ‘Dominee Tóti, dan. Waarom wil de districtscommissaris volgens u dat ik tijd doorbreng met een geestelijke?’

‘Nou... Ik veronderstel vanwege, ik bedoel, we willen, Blöndal en de geestelijkheid, en ik... We willen dat je terugkeert tot God.’

Agnes verhardde haar blik. ‘Ik denk dat ik snel genoeg tot Hem terugkeer. Met een zwaai van de bijl.’

‘Dat is niet wat ik... ik bedoelde het niet in die zin...’ Tóti zuchtte. Het ging precies zo slecht als hij gevreesd had. ‘Je hebt toch om me gevraagd? Maar ik heb de tijd genomen om in het kerkboek van Breidabólstadur te kijken, en daar sta je niet in vermeld.’

‘Nee,’ antwoordde Agnes. ‘Dat kan ook niet.’

‘Je bent nooit een parochiaan van mij of mijn vader geweest?’

‘Nee.’

‘Waarom vraag je dan om mij als we elkaar nog nooit hebben ontmoet?’

Agnes staarde hem aan. ‘U herkent me niet, hè?’

Tóti was van zijn stuk gebracht. De vrouw had beslist iets

bekends, maar hoe hij in zijn geest ook door beelden bladerde van vrouwen die hij had gekend of ontmoet – dienstmeiden, moeders, echtgenotes, kinderen – hij kon Agnes niet plaatsen.

'Het spijt me,' zei hij.

Agnes haalde haar schouders op. 'U hebt me al een keer geholpen.'

'O ja?'

'Over een rivier. Op uw paard.'

'Waar was dat?'

'Bij Gönguskörd. Ik had op Fannlaugarstadir gewerkt en kwam daar net vandaan.'

'Dus je komt uit het district Skagafjördur?'

'Nee. Ik kom uit deze vallei. Vatnsdalur. Het district Húnavatn.'

'En ik heb je een rivier over geholpen?'

'Ja. Het wed was overstroomd en u kwam toevallig langs op uw paard net toen ik op het punt stond te voet het water over te steken.'

Tóti dacht na. Hij was vele malen door Gönguskörd gekomen, maar kon zich niet herinneren een jonge vrouw te hebben ontmoet. 'Wanneer was dat?'

'Zes of zeven jaar geleden. U was jong.'

'Ja, dat moet wel,' zei Tóti. Er viel een korte stilte. 'Komt het door die vriendelijkheid dat je nu om mij hebt gevraagd?' Hij bekeek haar gezicht eens goed. Ze ziet er niet uit als een misdadigster, dacht hij. Niet sinds ze zich heeft gewassen.

Agnes tuurde met half dichtgeknepen ogen over de vallei. Haar gezicht was ondoorgrondelijk.

'Agnes...' Tóti zuchtte. 'Ik ben maar een hulpdominee. Mijn opleiding is nog niet voltooid. Misschien heb je een bevoegd geestelijke nodig, of iemand uit je eigen district die je kent? Er zal toch nog wel iemand zijn die goed voor je is geweest? Wie was je dominee hier?'

Agnes veegde een lok donker haar achter haar oor. 'Ik heb

niet veel geestelijken ontmoet die ik mocht, en zeker geen van wie ik zou durven beweren dat ze me kennen,' zei ze.

Een paar raven zwenkten door het dal en landden op het stapelmuurtje, en Tóti en Agnes zagen allebei Margréts hoofd erachter omhoogkomen. 'Lastposten!' riep ze. Er vloog een kluit aarde over de muur, en de vogels vlogen verontwaardigd krassend op. Tóti keek lachend naar Agnes, maar Agnes' gezicht stond strak.

'Dat zullen ze niet prettig vinden,' mompelde ze in zichzelf.

'Kijk,' zei Tóti en haalde diep adem. 'Als je een geestelijk raadsman zoekt, dan beschouw ik het als mijn plicht je te bezoeken. Als districtscommissaris Blöndal dat wenst, zal ik je leiden in je gebeden, zodat je het pad dat voor je ligt met geloof en waardigheid kunt volgen. Ik zal het als mijn verantwoordelijkheid beschouwen je geestelijke troost en hoop te bieden.'

Tóti zweeg. Hij had deze toespraak gerepeteerd toen hij naar de boerderij reed, en was tevreden dat hij eraan gedacht had 'geestelijke troost' te zeggen. Dat klonk paternalistisch en zelfverzekerd, alsof hij in een verheven staat van geestelijke zekerheid verkeerde: de staat waarin hij zou moeten verkeren, al had hij vaag en hinderlijk het gevoel dat dit niet het geval was.

Maar toch, hij was niet gewend zo formeel te spreken, en zijn handen zweetten op het flinterdunne papier van de bijbel. Hij sloot het boek zorgvuldig, zodat hij geen bladzijden kreukelde, en veegde zijn handen af aan zijn dijen. Nu zou een goed moment zijn om uit de Schrift te citeren, zoals zijn vader placht te doen, maar het enige waaraan hij kon denken was een plotselinge begeerte naar zijn snuifhoorn.

'Misschien heb ik me vergist, dominee.' Agnes' stem was afgemeten en kalm.

Tóti wist niet wat hij moest zeggen. Hij keek naar de beurse plekken op haar gezicht en beet op zijn lip.

'Misschien is het beter als u in Breidabólstadur blijft. Ik dank u, maar... Denkt u werkelijk...?' Ze sloeg haar handen voor haar mond en schudde haar hoofd.

'Lieve kind, niet huilen!' riep hij en stond op van de plaggen.

Agnes nam haar handen weg. 'Ik huil niet,' zei ze vlak. 'Ik heb me vergist. U noemt me een kind, dominee Thorvardur, maar u bent zelf nauwelijks meer dan een kind. Ik was vergeten hoe jong u bent.'

Daar had Tóti geen antwoord op. Hij staarde haar aan, knikte nors en zette vlug zijn hoed weer op zijn hoofd. Hij wenste haar goedendag.

Agnes zag hoe hij langs het stenen muurtje liep om afscheid te nemen van Margrét en de meisjes. De dominee en de vrouwen stonden een paar minuten met elkaar te babbelen en haar kant uit te kijken. Agnes probeerde te verstaan wat ze zeiden, maar de wind was aangewakkerd en blies hun woorden weg van haar. Pas toen Tóti zijn hoed lichtte voor Margrét en naar de paal liep waar zijn paard aan vast stond, hoorde Agnes Margrét roepen: 'Je kunt nog eerder bloed uit een steen knijpen, zou ik denken!'

—

De rest van de dag gaat voorbij met werken – met wieden en de armzalige kruiden verzorgen. Ik luister naar het geblaat van schapen in de verte. De arme beesten zien er mager en vlekkerig uit nu de winterwol kortgeleden van hun rug is geplukt. Nadat de priester vertrokken was, hebben de dochters, Margrét en ik een avondmaal van gedroogde vis met boter gegeten. Ik zorgde dat ik elk hapje twintig keer kauwde. Toen gingen we terug naar de moestuin, en nu ga ik proberen de muur te repareren; de keien die verschoven zijn trek ik weg en ik sorteer ze op de grond, en dan herbouw ik hem, pas de stenen in elkaar en geniet van hun gewicht in mijn handen.

Ik heb zo vaak het gevoel dat ik nauwelijks besta, dat het voelen van gewicht me herinnert aan mijn eigen aanwezigheid.

Margrét en ik werken in stilte; ze praat alleen tegen me als ze me een opdracht geeft. Het lijkt of onze gedachten naar andere dingen gaan, en ik bedenk hoe vreemd het is dat het lot me heeft teruggevoerd naar Kornsá, waar ik als kind woonde. Waar ik voor het eerst leerde wat rouwen was. Ik denk na over de wegen die ik ben ingeslagen, en ik denk na over de dominee.

Thorvardur Jónsson, die Tóti genoemd wil worden, als een boerenzoon. Hij lijkt te onervaren voor zijn positie. Er is een zachtheid in zijn stem, en in zijn handen. Ze zijn niet lang en gevlekt door tincturen zoals die van Natan waren, of vlezig als de handen van boerenknechten, maar klein, en smal en schoon. Hij legde ze op zijn bijbel toen hij tegen me praatte.

Ik heb me vergist. Ze veroordelen me ter dood en ik vraag een jongen om me daarop voor te bereiden. Een roodharige jongen, die zijn boterham met boter opschrokt en naar zijn paard hobbelt met een nat zitvlak, dat is de jongeman van wie ze hopen dat hij me op mijn knieën zal krijgen, vervuld van gebed. Dit is de jongeman van wie ik hoop dat hij me zal kunnen helpen, al kan ik niet bedenken waarmee en hoe.

De enige die zou begrijpen hoe ik me voel is Natan. Hij kende me zoals je de seizoenen kent, de getijden kent. Kende me als de geur van rook, wist wat ik was en wat ik wilde. En nu is hij dood.

Misschien zou ik tegen hem moeten zeggen, arme jongen, ga terug naar de pastorie en terug naar je geliefde boeken. Ik had het mis: er is niets wat je voor me kunt doen. God heeft zijn kans gehad om me te bevrijden, en om redenen die alleen aan Hem bekend zijn, heeft Hij me aan tegenspoed genageld, en hoe ik ook heb geworsteld, ik ben volkomen van onheil doordrenkt; ik ben tot het heft met noodlot doorboord.

HOOFDSTUK VIER

Aan de waarnemend gouverneur van Noordoost-IJsland,

Excellentie, ik dank U voor Uw doorluchtige brief van de 10de januari van dit jaar, betreffende de telastlegging van moord, brandstichting en andere misdrijven jegens beklaagden Fridrik, Agnes en Sigrídur, waarvoor dezen ter dood zijn veroordeeld. Mag ik zo vrij zijn U in antwoord op Uw schrijven mede te delen dat B. Henriksson, de smid welke was aangezocht de bijl te smeden die gebruikt zal worden bij de terechtstelling, de prijs van vijf zilveren rijksbankdaalders opgaf voor zijn werk en de materialen, naar aanleiding van mijn voorstellen aangaande de uitvoering en de grootte van de bijl op de 30ste december van het afgelopen jaar. Na ontvangst van de brief van Uwe Excellentie echter, meende ik, in overeenstemming met Uwe Excellentie, dat het beter zou zijn voor dezelfde prijs een bredere bijl aan te schaffen in Kopenhagen, en dat is de reden waarom ik vervolgens de handelaar Simonsen heb verzocht zulks voor mij te verzorgen.

Deze zomer kwam de desbetreffende Heer Simonsen bij mij met de bijl, en hoewel deze precies gemaakt was volgens mijn aanwijzingen, was ik verbaasd van Simonsen te vernemen dat hij negenentwintig rijksbankdaalders had gekost. Bij het bestuderen van de rekening constateerde ik dat deze som juist was, en derhalve was ik gedwongen Herr Simonsens rekening te betalen uit de fondsen die door Uwe Excellentie voor deze zaak beschikbaar zijn gesteld.

Nu ik de vrijheid neem U uiteen te zetten waarom deze

fondsen zijn overschreden, vraag ik U nederig of deze uitgave niet zou moeten worden afgetrokken van de gelden die voor deze zaak zijn uitgetrokken, en die, tezamen met andere uitgaven, dienen om de detentie van de gevangenen te bekostigen. Ik vraag Uwe Excellentie eveneens nederig wat we geacht worden te doen met voornoemde bijl nadat hij voor de terechtstellingen is gebruikt.

Met de meeste hoogachting, Uw nederige en gehoorzame dienaar.

Districtscommissaris van Húnavatn
B. Blöndal

Tóti was uit Kornsá vertrokken met het vaste voornemen Blöndal te schrijven dat hij terugkwam op zijn belofte om Agnes te bezoeken. Zijn tweede gesprek met de misdadigster was een mislukking geweest; hij was zelfs niet voorgegaan in een eenvoudig gebed. Maar de gedachte dat hij zou moeten uitleggen waarom hij al na twee bezoeken van mening was veranderd, vervulde hem met angst en schaamte, en hij stelde het schrijven van de brief uit. Ik zal het morgen doen, nam hij zich elke nieuwe dag in Breidabólstadur voor, maar nu waren er twee weken verstreken, de boeren maakten zich op voor de oogst van half juli en hij had zelfs zijn ganzenveer nog niet opgepakt.

Op een avond zat Tóti in stilte te lezen, samen met dominee Jón, toen zijn vader het grijze hoofd hief en vroeg: 'Bidt de moordenares?'

Tóti aarzelde voordat hij antwoordde. 'Dat weet ik niet zeker.'

'Hmmf,' mompelde dominee Jón. 'Zorg dat je het te weten komt.' Hij tuurde met tranende ogen naar zijn zoon totdat Tóti een blos over zijn wangen en hals voelde vlammen. 'Je bent een dienaar van de Heer. Maak jezelf niet te schande, jongen,' zei zijn vader, voordat hij terugkeerde naar zijn Heilige Schrift.

De volgende ochtend stond Tóti vroeg op om Ýsa te melken. Met zijn voorhoofd tegen de warme flank van de koe gedrukt luisterde hij naar het gelijkmatige ritme van de melk die in de houten emmer spoot. Hij werd besprongen door gedachten aan Agnes die naast hem zat. Zijn vader wist dat hij Agnes niet bezocht. Hij zou zich schamen als hij wist dat zijn zoon de verantwoordelijkheid voor de boetedoening van één vrouw niet aankon. Maar wat moest je met een vrouw die niet bereid was te boeten? Wat had Agnes gezegd? Ze had nog nooit een geestelijke ontmoet die ze de moeite waard vond. Ze leek niet godsdienstig, en dat belachelijke toespraakje dat hij had verzonnen over geestelijke troost – al die verheven woorden hadden geen enkel effect gehad. Wat wilde ze dan van hem? Waarom had ze om hem gevraagd, als ze niet over God wilde praten? Over de dood en de hemel en de hel en het woord van de Heer? Omdat hij haar een rivier over had geholpen? Het was ontmoedigend. Waarom vroeg ze geen vriend of familielid om haar te helpen zich neer te leggen bij het einde van haar leven?

Misschien had ze in de hele wereld geen vriend meer over. Misschien wilde ze over andere dingen praten. Zoals het oversteken van de Gönguskördpas in een natte lente. Of waarom ze was weggegaan uit de Vatnsdalurvallei om verder in het oosten te gaan werken, of waarom ze het niet op geestelijken had. Tóti sloot zijn ogen en voelde onder zijn voorhoofd hoe Ýsa rusteloos haar warme gewicht van de ene kant naar de andere verplaatste. Om haar te kalmeren citeerde hij Hallgrímur Pétursson: 'Uw kruisweg te betreden is al wat ik begeer. Vergeef mijn wankele schreden: 'k volg U van verre Heer.' Hij deed zijn ogen open en citeerde de laatste regel opnieuw.

Tegen de tijd dat de emmer vol was, had hij besloten opnieuw naar Kornsá te gaan.

In de vallei hing nog de ochtendnevel, waardoor Tóti's uitzicht op de bergen werd belemmerd toen hij door de spookachtige krinkels die boven het gras dreven reed. Hij huiverde van de kou en begroef zijn handen in de warmte van de manen van zijn paard. Vandaag zal ik de dingen rechtzetten met Agnes, dacht hij.

Tegen de tijd dat Tóti zijn paard tot stapvoets vertraagde, over de drie vreemde heuvels van Thrístapar aan het begin van de vallei, naar de groene keel van Vatnsdalur, kwam het ochtendzonlicht over de wolken stromen. Het werd weer een stralende dag. Algauw zouden gezinnen met hun werkvolk overal op de huisweiden staan met een zeis in de hand en het gesneden gras uitspreiden om te drogen, en de geur van gemaaid gras zou de vallei vullen. Maar nu, zo vroeg in de ochtend, zag Tóti alleen de besneeuwde toppen van de bergen, hun bruine massa nog verborgen door de strook langzaam optrekkende mist. Hij hoorde een onverwachte kreet en zag hoe Páll, de herdersjongen van Kornsá, de schapen over de helling dreef, nog wat vaag in de nevel. Tóti leidde zijn paard naar de oever van de rivier die door de vallei slingerde, passeerde Kornsá op enige afstand, en reed verder tot de doorgezakte boerderij van Undirfell.

Er verscheen een grote, ongeschoren boer aan de deur.

'*Blessuð*. Gegroet. Ik ben Haukur Jónsson.'

'*Sæl*, Haukur. Ik ben hulpdominee Thorvardur Jónsson. Is de dominee van Undirfell hier?'

'Pétur Bjarnason? Nee, die woont hier niet. Maar hij is niet ver weg. Kom binnen.'

Tóti volgde de logge vorm van de boer naar binnen. Het huis was groter dan de meeste die hij had gezien. Er waren op z'n minst acht mensen in de badstofa die bezig waren zich aan te kleden en door elkaar heen praatten. Een jong meisje met grote ogen hield een krijsende, rood aangelopen peuter op schoot, en twee meiden probeerden een jongetje in zijn kleren te worstelen terwijl hij meer geïnteresseerd was in zijn bikkelspel. Toen ze Tóti zagen, hielden ze op met praten.

'Ga hier zitten, alstublieft,' zei Haukur met een gebaar naar een plek op een bed naast een stokoude vrouw die haar verschrompelde gezicht uitdrukkingsloos naar Tóti richtte. 'Dit is Gudrún. Ze is blind. Ik zal de dominee voor u gaan halen, als u het niet erg vindt om te wachten.'

'Dank u,' zei Tóti.

De boer vertrok en al snel stormde een frisse jonge vrouw de badstofa binnen. 'Dag! Dus u komt uit Breidabólstadur? Kan ik u iets te drinken aanbieden? Ik ben Dagga.'

Tóti schudde zijn hoofd en Dagga trok de peuter uit de armen van het meisje en legde haar tegen haar schouder. 'Arm kind, is de hele nacht wakker geweest, lag te krijsen dat de doden ervan wakker zouden worden.'

'Mankeert ze iets?'

'Mijn man denkt dat het koliek is, maar ik maak me zorgen dat het erger is. Weet u iets van geneeskunde, dominee?'

'Ik? O nee. Niet meer dan uzelf, het spijt me.'

'Geeft niet. Des te spijtiger dat Natan Ketilsson dood is, God hebbe zijn ziel.'

Tóti staarde haar aan. 'Wat zegt u nu?'

Het meisje in de hoek liet zich horen. 'Hij heeft me van kinkhoest genezen.'

'Was hij een huisvriend?' vroeg Tóti.

Dagga trok haar neus op. 'Nee. Geen vriend, maar hij was nuttig om erbij te halen als er kinderen ziek waren of een aderlating nodig hadden. Toen de kleine Gulla daar kinkhoest had, is hij een paar nachten gebleven, terwijl hij zijn kruiden mengde en in boeken in een vreemde taal keek. Rare man.'

'Hij was een tovenaar.' De oude vrouw naast hem had gesproken. De familie keek naar haar.

'Hij was een tovenaar,' herhaalde ze. 'En hij heeft zijn trekken thuis gekregen.'

'Gudrún...' Dagga glimlachte zenuwachtig naar Tóti. 'We hebben een gast. Je maakt de kinderen nog bang.'

'Natan Satan, zo heette hij. Niets wat hij deed, kwam ooit van God.'

‘Stil nou, Gudrún. Het is maar een verhaal.’

‘Wat?’ vroeg Tóti.

Dagga tilde de huilende peuter op haar andere heup. ‘Hebt u het niet gehoord?’

Tóti schudde zijn hoofd. ‘Nee, ik heb in het zuiden schoolgegaan. In Bessastadir.’

Dagga trok haar wenkbrauwen op. Nou ja, het is gewoon iets wat mensen in de vallei vertellen. Er zijn hier mensen die beweren dat de moeder van Natan Ketilsson in de toekomst kon zien – ze droomde dingen en dan kwamen ze uit, begrijpt u. En toen ze zwanger was van Natan droomde ze dat er een man naar haar toe kwam die zei dat ze een zoon zou krijgen. De droomman vroeg of ze de jongen naar hem zou willen noemen en toen ze dat toezegde, vertelde de man haar dat zijn naam Satan was.’

‘Ze werd bang,’ onderbrak Gudrún haar met een frons. ‘De priester veranderde het in Natan omdat ze vonden dat dat gepaster was. Toch wisten we allemaal dat er niets goeds van die jongen zou komen. Hij was er een van een tweeling, maar zijn broertje heeft nooit Gods licht gezien – een voor boven, een voor beneden.’ Ze draaide zich langzaam om op het bed en bracht haar gezicht tot vlak bij Tóti. ‘Hij zat nooit om geld verlegen,’ fluisterde ze. ‘Hij deed zaken met de duivel.’

‘Of hij was gewoon een vingervlugge herborist die een vorstelijk bedrag vroeg voor zijn diensten,’ bracht Dagga er vrolijk tegenin. ‘Zoals ik al zei, het is gewoon iets wat mensen zeggen.’

Tóti knikte.

‘Hoe dan ook, wat brengt u naar Vatnsdalur, dominee?’

‘Ik ben de priester van Agnus Magnúsdóttir.’

De glimlach verdween van het gezicht van de vrouw. ‘Ik hoorde dat ze naar Kornsá is gebracht.’

‘Ja.’ Tóti zag de twee dienstmeiden een blik wisselen. Naast hem kreeg Gudrún een hoestaanval. Hij voelde druppels speeksel in zijn nek belanden.

'Het proces werd in Hvammur gevoerd,' ging Dagga verder.

'Ja.'

'Ze komt hier uit de vallei, weet u.'

'Daarom ben ik hier,' zei Tóti. 'In Undirfell, bedoel ik. Ik wil uit het kerkboek iets over haar leven te weten komen.'

De vrouw trok een zuur gezicht. 'Ik zou u wel wat over haar leven kunnen vertellen.' Ze aarzelde, gaf de meiden opdracht de kinderen mee naar buiten te nemen en wachtte tot ze de kamer uit waren voordat ze verderging. 'Ze had het altijd al in zich,' zei Dagga met zachte stem en een zijdelingse blik naar Gudrún, die tegen de muur was gezakt en leek in te dutten.

'Hoe bedoelt u?' vroeg Tóti.

De vrouw trok een gezicht en boog zich naar hem toe. 'Ik zeg het niet graag, maar Agnes Magnúsdóttir heeft nooit om iemand anders dan zichzelf gegeven, dominee. Ze was er altijd op gebrand het beter te krijgen. Wilde altijd hogerop komen.'

'Was ze arm?'

'Bastaard pauper met een achterbaks karakter, niet wat je noemt een fatsoenlijke meid.'

Tóti kromp ineen bij de woorden van de vrouw. 'Jullie waren geen vriendinnen.'

Dagga lachte. 'Nee, niet echt. Agnes was van een ander soort.'

'En wat voor soort is dat?'

Dagga aarzelde. 'Er zijn lui die tevreden zijn met hun lot en de mensen in hun omgeving, dominee, God zij dank. Maar zij niet.'

'Maar kent u haar?'

De vrouw zette haar jengelende kind op haar andere heup. 'Nooit een badstofa met haar gedeeld, maar over haar gehoord, dominee. Ik ken haar zoals we iedereen in de vallei kennen. Er was een gedicht over haar in deze streek, toen ze jonger was. Mensen waren dol op haar vroeger, ze noemden haar Búrfell-Agnes. Maar toen ze ouder werd, werd ze bitter. Kon geen man vasthouden, er was iets met haar. Geen rust in haar kont. Deze vallei is klein en ze had de reputatie een scherpe tong en losse rokken te hebben.'

Iemand schraapte zijn keel in de deuropening. De boer was terug met een andere man die gapend aan de stoppels in zijn hals stond te krabben.

'Dominee Thorvardur Jónsson, mag ik u voorstellen? Dominee Pétur Bjarnason.'

De kerk van Undirfell was een kleine kapel met niet meer dan zes banken en alleen staanplaatsen achterin. Niet groot genoeg voor alle boeren in de vallei, dacht Tóti, toen dominee Pétur afwezig een ijzeren brilletje op zijn neus omhoogduwde.

'Ah, hier is de sleutel.' De dominee bukte zich over een kist naast het altaar en begon aan het slot te morrelen. 'Je zei dat je in Kornsá logeert?'

'Nee, ik ga alleen op bezoek,' zei Tóti.

'Jij liever dan ik, denk ik. Hoe gaat het met de familie daar?'

'Ik ken ze niet goed.'

'Nee, ik bedoel, hoe nemen ze het op – de moordenares in huis?'

Tóti dacht aan Margréts hatelijke woorden de avond dat Agnes uit Stóra-Burg aankwam. 'Een beetje geschokt misschien.'

'Ze zullen hun plicht doen. Een aardig gezin. De jongste dochter is een schoonheid. Die kuiltjes in haar wangen. Vlijtig en heel bijdehand.'

'Lauga is dat toch?'

'Precies. Steekt haar zusje de loef af.' De dominee hees een groot, in leer gebonden boek op het altaar. 'Daar is het. Zo, hoe oud is ze, jongen?'

Tóti verstijfde van ergernis dat hij jongen werd genoemd. 'Ik weet het niet zeker. Over de dertig, vermoed ik. U kent haar niet?'

De dominee snoof. 'Ik ben hier zelf pas één winter.'

'Dat is jammer. Ik had gehoopt iets over haar karakter van u te horen.'

De priester lachte smalend. 'Natan Ketilssons dode lichaam lijkt me anders een goede aanwijzing voor haar karakter.'

'Misschien. Maar ik zou graag iets weten over haar leven vóór de gebeurtenissen in Illugastadir.'

Dominee Pétur Bjarnason keek geringschattend naar Tóti. 'Je bent wel erg jong om haar priester te zijn.'

Tóti bloosde. 'Ze heeft om mij gevraagd.'

'Nou, als er iets het vermelden waard is over haar karakter zal het in het kerkboek staan.' Dominee Pétur sloeg voorzichtig de vergeelde bladzijden met kriebelig handschrift om. 'Hier is ze. 1795. Dochter van Ingveldur Rafusdóttir en Magnús Magnússon op de boerderij Flaga. Ongehuwd. Onwettig kind. Geboren de 27ste oktober en de volgende dag aangegeven. Wat wilde u verder weten?'

'Haar ouders waren niet getrouwd?'

'Dat staat hier. Er staat: "De vader woont in Stóridalur. Geen verdere bijzonderheden." Wat wilt u nog meer weten? Zullen we haar confirmatie opzoeken? Die staat erin. Districtscommissaris Blöndal heeft me die een paar maanden geleden volledig laten opschrijven.' De priester snoof en duwde de bril weer omhoog op zijn neus. 'Hier is de aantekening. Leest u zelf maar.' Hij deed een stap opzij zodat Tóti zich over de bladzij kon buigen.

'De 22ste mei 1809,' las Tóti hardop. 'Geconfirmeerd op veertienjarige leeftijd samen met...' Hij zweeg even om te tellen. 'Vijf anderen. Maar dan moet ze dertien zijn geweest.'

'Wat bedoel je?' De dominee draaide zich om van het raam waar hij naar buiten had staan kijken.

'Er staat dat ze veertien was. Maar in mei zou ze dertien zijn geweest.'

De priester haalde zijn schouders op. 'Dertien, veertien. Wat maakt het uit?'

Tóti schudde zijn hoofd. 'Niets. Hier, wat staat hier?'

De priester boog zich over het boek. Tóti ving een vleug van zijn adem op. Die rook naar brandewijn en vis.

'Laat eens zien. Drie van deze kinderen – Grímur, Sveibjörn en Agnes – hebben de hele *Kverið* uit hun hoofd geleerd. Dan gaat het verder. U weet wel, het gebruikelijke commentaar.'

'Heeft ze het goed gedaan?'

'Er staat dat ze "een voortreffelijk verstand en een gedegen kennis en begrip van het christendom" had. Jammer dat ze uiteindelijk de leer niet heeft gevolgd.'

Tóti negeerde de laatste opmerking. 'Een voortreffelijk verstand,' herhaalde hij.

'Dat staat er. Kom, dominee Thorvardur. Wilt u ons nog langer hier in de kou stambomen laten opzoeken, of zullen we teruggaan naar dat mooie vrouwtje van Haukur voor een lekker ontbijtje en koffie, als het er is?'

—

'Dominee Tóti!' Margrét deed open, nog geen drie seconden nadat de jongeman krachtig had aangeklopt. 'Wat aardig dat u ons opzoekt. We dachten dat u misschien weer terug was naar het zuiden. Kom binnen.' Ze hoestte en duwde de deur verder open, en Tóti zag dat ze een zware zak op haar heup droeg.

'Kom,' bood hij aan, 'laat me die van u overnemen.'

'Doe geen moeite, doe geen moeite,' bromde Margrét terwijl ze hem de gang in wenkte. 'Ik kan dat heel goed zelf. Het werkvolk is terug uit Reykjavik.' Ze draaide zich met een bleke glimlach naar hem toe.

'O ja,' antwoordde Tóti. 'Terug van de handelaren.'

Margrét knikte. 'Niet slecht. Geen graankalanders in het meel, niet zoals afgelopen jaar. Zout en suiker ook.'

'Dat doet me deugd.'

'Wilt u koffie?'

'U heeft koffie?' Tóti was verbaasd.

'We hebben alle wollen stof verkocht en wat gerookt vlees. Jón is bezig de zeisen te slijpen voor de oogst. Zin in een drupje?' Ze leidde hem de badstofa in en trok het gordijn naar de zitkamer opzij. 'Wacht hier maar,' zei ze en slofte weg, nog steeds met de zak op haar heup.

Tóti ging op de stoel zitten en volgde met zijn vingers de nerf in het hout van de tafel. Hij hoorde Margrét in de keuken in een hoestbui losbarsten.

'Dominee Tóti?' fluisterde een stem van achter het gordijn. Tóti stond op en trok voorzichtig het gordijn opzij. Agnes loerde door de kier en knikte naar hem.

'Agnes. Hoe is het met je?'

'Het spijt me. Ik moest alleen...' Ze gebaarde naar een spoel wol die op de andere stoel in de kamer lag. Tóti deed een stap opzij en tilde het gordijn op zodat ze binnen kon komen.

'Blijf alsjeblieft,' zei hij. 'Ik ben hier om jou te spreken.'

Agnes pakte de spoel. 'Margrét heeft me gevraagd om...'

'Ga alsjeblieft zitten, Agnes.' Ze gehoorzaamde en ging op het puntje van de stoel zitten.

'Daar ben ik!' Margrét kwam vief de kamer weer in met een blad waarop koffie en een bord roggebrood met boter stonden. Ze zag plotseling dat Agnes in de kamer was.

Tóti stond op. 'Ik hoop dat u Agnes even kunt missen,' zei hij. 'Ik ben alleen gekomen om met haar te spreken.' Margrét staarde hem aan. 'Orders van Blöndal,' grapte hij met een flauwe glimlach.

Margrét perste haar lippen op elkaar en knikte. 'Doe met haar wat u wilt, dominee Tóti. Verlos me van haar.' Ze zette het blad met een bonk op tafel, maakte rechtsomkeert en rukte het gordijn dicht. Agnes en Tóti luisterden hoe haar voetstappen over de aarden vloer van de gang stampten. Een deur sloeg dicht.

'Goed dan.' Tóti ging aan de tafel zitten en trok een gezicht naar Agnes. 'Heb je zin in een beetje koffie? Er is één kopje, maar ik weet zeker...' Agnes schudde haar hoofd. 'Neem dan alsjeblieft wat brood. Ik ben net op bezoek geweest in Undirfell en de vrouw des huizes daar heeft me volgestopt met skyr.' Hij schoof het bord naar Agnes en schonk zichzelf koffie in, waarna hij er wat suiker in schudde uit de stopfles. Vanuit zijn ooghoek zag hij Agnes een hoekje van het brood scheuren en in haar mond stoppen. Hij glimlachte.

'Kennelijk heeft het werkvolk goede zaken gedaan voor hun meesters.' Tóti voelde hoe de hete koffie zijn tong verbrandde toen hij een slokje nam. Zijn eerste reactie was het uit te spugen, maar hij was zich bewust van Agnes' lichte ogen die hem in de gaten hielden en wurgde hikkend de kokendhete vloeistof door zijn keel.

'Hoe bevalt het je hier, Agnes?'

Agnes slikte haar brood door en staarde hem aan. Haar gezicht was iets voller geworden en de beurse plek in haar hals was bijna helemaal weggetrokken.

'Je ziet er goed uit.'

'Ze geven me beter te eten dan op Stóra-Borg.'

'En kun je het goed vinden met de familie?'

Een aarzeling. 'Ze verdragen me.'

'Wat vind je van Jón, de districtsambtenaar?'

'Hij weigert met me te praten.'

'En de dochters?'

Agnes zei niets en Tóti ging verder: 'Lauga lijkt de lieveling van de dominee in Undirfell te zijn. Hij zegt dat ze buitengewoon intelligent is voor een vrouw.'

'En haar zusje?'

Tóti nam nog een slok koffie en zweeg even. 'Dat is een goed meisje.'

'Een goed meisje,' herhaalde Agnes.

'Ja. Eet nog wat.'

Agnes pakte de rest van het brood. Ze at snel, met haar vingers dicht bij haar mond en zoog de boter eraf toen ze klaar was. Tóti staarde onwillekeurig naar het vettige roze van haar lippen.

Hij dwong zijn blik weer naar de koffiekop voor hem. 'Ik neem aan dat je je afvraagt waarom ik ben teruggekomen.'

Agnes groef met haar duimnagel een kruimel tussen haar tanden uit en zweeg.

'Je noemde me een kind,' zei Tóti.

'Ik heb u beledigd.' Ze leek niet geïnteresseerd.

'Ik was niet beledigd,' loog Tóti. 'Maar je hebt het mis, Agnes. Ja, ik ben jong, maar ik heb drie lange jaren doorgebracht op de school van Bessastadir in het zuiden, ik spreek Latijn en Grieks en Deens, en God heeft me uitverkoren om je naar je verlossing te leiden.'

Agnes keek hem staalhard aan. 'Nee, ík heb u gekozen, dominee.'

'Laat me je dan helpen!'

De vrouw zweeg even. Ze bleef tussen haar tanden peuteren en veegde toen haar handen aan haar schort af. 'Als u met me wilt praten, praat dan op een normale manier. De dominee op Stóra-Borg praatte tegen me alsof hij de bisschop zelf was. Hij verwachtte dat ik aan zijn voeten zou gaan liggen janken. Hij wilde niet luisteren.'

'Waar wilde je hem naar laten luisteren?'

Agnes schudde haar hoofd. 'Elke keer als ik iets zei, verdraaiden ze mijn woorden en kaatsten ze naar me terug als een belediging of beschuldiging.'

Tóti knikte. 'Je zou willen dat ik op een gewone manier met je praat. En misschien zou je willen dat ik naar je luister?'

Agnes nam hem aandachtig op, leunde naar voren op haar stoel zodat Tóti plotseling de merkwaardige kleur van haar ogen opmerkte. De blauwe irissen waren licht als ijs, met grijze vlekjes rond de pupil, maar werden ingesloten door een dunne zwarte cirkel.

'Wat wilt u horen?' vroeg ze.

Tóti leunde naar achteren in zijn stoel. 'Ik ben vanochtend in de kerk van Undirfell geweest. Ik heb je daar opgezocht in het kerkboek. Je zei dat je hier uit de vallei kwam.'

'Stond ik erin?'

'Ik vond de notitie van je geboorte en confirmatie.'

'Dus nu weet u hoe oud ik ben.' Ze glimlachte kil.

'Misschien zou je me iets meer kunnen vertellen over je geschiedenis. En je familie.'

Agnes haalde diep adem en begon de wol van de spoel langzaam om haar vingers te wikkelen. 'Ik heb geen familie.'

'Dat is onmogelijk.'

Ze trok de wol strak om haar knokkels en haar vingertoppen kleurden donker van het opgehoopte bloed. 'U heeft misschien hun naam in dat boek van u gezien, dominee, maar ik had net zo goed als wees kunnen worden opgetekend.'

'Hoe komt dat?'

Er klonk een kuchje achter het gordijn en onder de zoom waren een paar schuifelende schoenen van vissenhuid te zien.

'Kom binnen,' riep Tóti. Agnes wikkelde snel de wol van haar vingers toen het gordijn opzij werd getrokken en Steina's sproetige gezicht verscheen.

'Neem me niet kwalijk dat ik stoor, dominee, maar mamma vraagt om haar.' Ze maakte een haastig gebaar naar Agnes, die uit haar stoel wilde opstaan.

'We zitten te praten,' zei Tóti.

'Neem me niet kwalijk, dominee. Het is de oogst. Ik bedoel,

het is midden juli, dus vanaf vandaag is het hooien. Tenminste, zolang de zon blijft.'

'Steina, ik ben helemaal uit...'

Agnes legde zachtjes een hand op zijn schouder, met een strenge blik die hem het zwijgen oplegde. Hij staarde naar haar hand, haar lange bleke vingers, de roze blaar op haar duim. Toen ze zijn blik opmerkte, haalde Agnes haar hand even snel weg als ze hem had neergelegd. 'Komt u morgen weer, dominee. Als u wilt. We kunnen praten terwijl de dauw van het hooi droogt.'

—

Misschien is het jammer dat ik heb gezworen mijn verleden in me opgesloten te houden. In Hvammur, tijdens het proces, pikten ze naar mijn woorden als vogels. Angstaanjagende vogels, in rood gekleed met de borst vol zilveren knopen, en scheve koppen en scherpe bekken, op zoek naar schuld als naar bessen aan een struik. Ze lieten me niet op mijn eigen manier vertellen wat er gebeurd was, maar namen mijn herinneringen aan Illugastadir, aan Natan, en verwrongen ze tot iets akeligs; ze verdraaiden mijn verklaring van die nacht en zorgden dat ik boosaardig leek. Alles wat ik zei werd van me afgepakt en veranderd tot het niet meer mijn verhaal was.

Ik dacht dat ze me zouden geloven. Toen ze de trom sloegen in die kleine kamer en Blöndal het 'Schuldig' uitsprak, kon ik alleen maar denken: als je beweegt, verbrokkel je. Als je ademt, bezwijk je. Ze willen je laten verdwijnen.

Na het proces vertelde de priester uit Tjörn me dat ik zou branden als ik niet terugblikte op de zonde van mijn leven en om vergeving bad. Alsof bidden de zonde zomaar kan uitrukken. Elke vrouw weet dat een draad die eenmaal geweven is, op die plaats blijft zitten; de enige manier om een fout te herstellen is alles uit te halen.

Natan geloofde niet in de zonde. Hij zei dat het de zwakke plek in zijn karakter is die de mens kenmerkt. Zelfs de natuur trotseert haar eigen regels omwille van de schoonheid, zei hij. Omwille van de schepping. Om haar eigen bloed heet te houden. Dat begrijp je wel, Agnes.

Dat zei hij nadat het tweekoppige lam was geboren op Stapar. Een van de knechten was naar Illugastadir gerend om het te vertellen, maar tegen de tijd dat Natan en ik arriveerden, was het lam dood. De boer had het meteen gedood omdat hij dacht dat het vervloekt was. Natan vroeg of hij het kadaver mocht zien zodat hij het kon ontleden, kon ontdekken hoe het gevormd was, en toen hij het lam opgroef, kwam een van de vrouwen op hem af en beet hem toe: 'Laat de duivel voor zijn eigen soort zorgen.' Ik zag hoe hij haar in haar gezicht uitlachte.

We droegen het vreemde ding naar zijn werkplaats, maar ik was overdekt met bloed en aarde, en misselijk, dus liet ik het slachten aan Natan over. Sigga en ik aten de flinters vlees die hij eraf sneed niet, en hoewel hij ons ondankbaar noemde, hoewel hij ons inwreef dat hij heel wat muntstukken had betaald voor het mismaakte lijk, had hij zelf ook niet zoveel eetlust. We lieten het vlees als aas voor de vos liggen. De tweelingschedel bewaarde hij in zijn werkplaats, het bot had de kleur van verse room.

Ik vraag me af of de dominee me ziet als dat lam. Een rariteit. Vervloekt. Hoe zien mannen vrouwen als ik toch?

Maar de priester is nauwelijks een man. Hij is teer als een kind, zonder de drukte en domheid van de jeugd. In mijn herinnering was hij groter. Ik weet niet goed wat ik van hem moet denken.

Misschien is hij gewoon een talentvolle leugenaar. God weet dat ik genoeg mannen heb ontmoet om te weten dat ze liegen dat ze barsten zodra ze van de borst af zijn.

Ik moet bedenken wat ik tegen hem ga zeggen.

—

De mist was opgelost in het blauw van de dag en de natte kralen op het gras waren opgedroogd tegen de tijd dat de familie van Kornsá zich verzamelde aan de rand van de huisweide om met hooien te beginnen: districtsambtenaar Jón aan de ene kant met twee knechten die net waren teruggekeerd uit Reykjavik – Bjarni en Gudmundur –, allebei met lang blond haar en een baard, en Kristín, Margrét en Lauga aan de andere kant. Ze stonden allemaal zwijgend te wachten totdat Steina en Agnes zich bij de kring voegden. Steina kwam struikelend het erf over en Agnes kwam achter haar aan, een sjaal om haar gevlochten haar knopend.

'Daar zijn we,' zei Steina opgewekt. Agnes knikte naar Jón en Margrét. De knechten keken naar haar en toen naar elkaar.

Jón boog zijn hoofd. 'Heer, wij danken U voor het goede weer dat U ons voor de oogst heeft gezonden. We bidden dat het U goeddunkt ons in deze tijden te behoeden, ons van gevaar en ongelukken te vrijwaren en ons het hooi te verschaffen dat we nodig hebben om te leven. In de naam van Jezus, amen.'

De boerenknechten mompelden hun amens en pakten hun lange zeisen. Die waren net gehaard en aangezet, en de ijzeren bladen glommen fel. Gudmundur, een kleine gespierde man van achtentwintig, testte zijn zeis op de haren van zijn pols en toen hij zich ervan had overtuigd dat hij voldoende was gewet, draaide hij hem snel rechtop en haalde hem over het gras aan zijn voeten. Hij keek op en zag dat Agnes zijn bewegingen volgde.

'Gudmundur en Bjarni,' zei de districtsambtenaar. 'Jullie maaien met Kristín en...' Jón aarzelde, en wierp een korte blik op Agnes. De boerenknechten volgden zijn ogen en staarden.

'Geef je haar een zeis?' vroeg Bjarni, een vale man, terloops. Hij lachte nerveus.

Margrét schraapte haar keel. 'Agnes en Kristín maaien samen met jullie tweeën en met Jón. Steina, Lauga en ik gaan harken en keren.' Ze keek dreigend naar Gudmundur, die naar Bjarni grijnsde en naast zijn voeten op de grond spuugde.

'Geef ze zeisen,' zei Jón kalm, en Gudmundur liet zijn eigen zeis op de grond vallen. Hij draaide zich om, pakte de andere twee, gaf er een aan Kristín, die een verlegen buiginkje maakte, en hield toen de andere aan Agnes voor. Ze stak haar arm uit om hem aan te pakken, maar Gudmundur weigerde los te laten. Heel even stonden ze daar, allebei met een hand om de steel van de zeis geklemd, tot Gudmundur plotseling losliet. Agnes struikelde naar achteren en de zeis ging rakelings langs haar enkel. Bjarni onderdrukte een lach.

'Ga de harken halen, meisjes,' zei Jón, zonder zich iets aan te trekken van het gegrinnik van de boerenknechten en Lauga die onwillekeurig moesten lachen om Agnes' verschrikte blik naar haar been.

'Ben je gewond?' fluisterde Steina tegen Agnes toen ze langsliep. Agnes schudde haar hoofd, met de kaken stijf op elkaar. Margrét keek naar haar dochter en fronste haar wenkbrauwen.

—

Ik laat mijn lichaam in een ritme komen. Ik zwaai heen en weer en laat de zeis met de zwaartekracht omlaag en door het gras gaan, totdat ik in een gestage schommelbeweging kom. Totdat ik het gevoel heb dat ik niet zelf beweeg, maar dat de zon me voortstuwt. Totdat ik een marionet ben van de wind, en van de zeis, en van de lange, trage halen die mijn lichaam voortdrijven. Totdat ik niet meer zou kunnen stoppen al zou ik willen.

Het is een prettig gevoel, mezelf niet helemaal meester te zijn. Zachtjes heen en weer gewiegd te worden, totdat ik vergeet wat het is om onbeweeglijk te zijn. Net als die eerste maanden met Natan, toen mijn hartslag plotseling door me heen fladderde en ik had kunnen sterven, zo gelukkig was ik omdat ik begeerd werd. Toen zijn geur, van zwavel en gestampte kruiden en paardenzweet en de rook uit zijn smidse, me duizelig maakte van genot. Van belofte.

Ik voel me dronken van zomer en zonlicht. Ik wil handenvol hemel pakken en opeten. Wanneer de zeisen scherpe vingers door de halmen halen, maakt het gemaaide gras een hijgend geluid.

Plotseling weet ik dat de knecht, de man die Gudmundur heet, me in de gaten houdt. Hij rekt zijn nek om te staren. Misschien denkt hij dat ik het niet merk.

Veertien was ik toen mannen zo naar me begonnen te kijken. Ik kwam in Gudrúnarstadir in dienst en arriveerde in maart met mijn spullen in een witte tas en een hoofd dat pijn deed van het strak gevlochten haar. Mijn eerste echte betrekking. Er was toentertijd ook een jongeman in dienst. Een lange kerel met een slechte huid, en vanwege de manier waarop hij naar de werkmeiden – Ingibjörg, Helga en mij – keek, meden we hem. Ik hoorde hoe hij zichzelf betastte in het donker – een haastig gescharrel onder de deken, dan een kreun of, soms, een gekerm.

Ik laat mijn lichaam zwaaien, ik laat mijn armen vallen. Ik voel mijn buikspieren samentrekken en draaien. De zeis rijst, valt, rijst, valt, vangt de zon op zijn blad en flikkert het licht terug in mijn ogen – een heldere knipoog van God. Ik houd je in de gaten, zegt de zeis lispelend door de groene zee, terwijl hij de zon vangt en hem naar me terug werpt. De knecht ademt uit, zwaait met zijn zeis, staart brutaal naar mijn blote armen. Ik flits het gras en het licht door de lucht. Ik houd je in de gaten, zegt de zeis.

—

Zoals beloofd kwam dominee Tóti de volgende ochtend vroeg terug op Kornsá, lang voordat de zon was opgekomen vanaf zijn rustplaats aan de horizon boven zee. Zijn lichaam deed pijn van de eerste oogstdag in Breidabólstadur en hij genoot van de plens koude lucht in zijn gezicht en de dunne nevel adem van de merrie toen ze over het pad naar Vatnsdalur reden. Alle nederzettingen in het district waren de vorige dag met hooien begonnen, en de aanblik van de half gemaaide velden, het gras dat in schoven was gezet zodat het hooi niet nat zou worden van de dauw, droeg bij aan een gevoel van orde en voorspoed. Het weelderige noorden, noemden ze het. Overal hipten vogeltjes tussen de stoppels, pikkend naar insecten die kwetsbaar waren geworden door het oogsten, en er stegen rookpluimpjes op uit de schuine daken van de boerderijen en hutten in de vallei.

Bij de grote hoeve van Hvammur, waar Björn Blöndal met zijn familie en werkvolk woonde, aan de andere kant van de rivier maar in het zicht van Kornsá, waren meerdere rokende schoorstenen te zien. In de vlakke houten gevel van de aaneengevoegde plaggenhuizen pronkten ruiten van echt glas die fel blikkerden, zelfs in het zwakke gelige ochtendlicht. Net ogen, dacht Tóti, die in een frivole bui was. Hij had gehoord dat een groot deel van het Illugastadir-proces in de gastenkamer van de hoeve was gehouden, met uitzicht op de slingerende loop van de rivier met zijn franje van goudgeel moerasgras.

Wat zou er in haar hoofd zijn omgegaan toen ze haar in die kamer vertelden dat ze moest sterven, vroeg Tóti zich af, turend naar de hoeve aan de overkant van de rivier. Keek ze uit het raam en zag ze het drijfijs op de rivier? Misschien was het te donker om iets te zien. Misschien hadden ze de ramen met een gordijn bedekt om het licht buiten te sluiten.

Districtsambtenaar Jón stond voor zijn huis samen met een andere man – een soort boerenknecht, dacht Tóti – zeisen te slijpen. Jón stak zijn wetsteen op bij wijze van groet en zette zijn muts weer op voordat hij naar hem toe liep.

'Dominee Thorvardur. God zegene u.'

'En u,' zei Tóti opgewekt.

'U bent hier om met haar te praten?'

Tóti knikte. 'Wat vindt u van Agnes?'

Jón haalde zijn schouders op. 'Het leven gaat door.'

'Is ze een goede werker?'

'Ze is een goede werker, maar...' Hij zweeg.

Tóti glimlachte vriendelijk. 'Het is maar tijdelijk, Jón.' Hij gaf de man een geruststellend klapje op zijn rug, draaide zich om en wilde naar binnen gaan.

'Jón Thórdarson heeft aangeboden om ze te doden,' zei Jón plotseling.

Tóti draaide zich om. 'Wat zegt u?'

'Jón Thórdarson. Hij kwam een paar weken geleden naar Hvammur rijden met het idee dat hij de beul zou spelen voor Fridrik, Sigga en Agnes. Hij zei dat hij de bijl wilde zwaaien voor een pond tabak.' Hij schudde zijn hoofd. 'Een pond tabak.'

'Wat zei Blöndal?'

Jón trok een gezicht. 'Wat denkt u dat hij zei? Thórdarson stelt niets voor. Hij heeft iemand anders in gedachten, hoewel heel wat mensen ertegen zijn.'

Tóti wierp een blik naar de boerenknecht, die tegen de muur van de smidse geleund stond te luisteren. 'En wie dan wel?' vroeg Tóti.

Jón schudde vol afkeer zijn hoofd. Het was de boerenknecht die sprak.

'Gudmundur Ketilsson,' zei hij luid. 'Natans broer.'

'We kunnen binnen gaan zitten als je dat liever hebt,' zei Tóti, bijna struikelend over de stenen naast de snelstromende beek bij Kornsá.

'Ik kijk graag naar het water,' antwoordde Agnes.

'Heel goed.' Tóti veegde het opgespatte water van een grote steen en gebaarde naar Agnes dat ze moest gaan zitten. Hij liet zich naast haar zakken.

De beek van Kornsá bood een goed uitzicht op de rivier. Het was prachtig, maar Tóti kon alleen aan Jóns eerdere woorden over de beul denken. Hij wierp een snelle blik op Agnes' bleke hals tegen het grijs van de steen en stelde zich die doorgesneden voor.

'Hoe was het oogsten gisteren?' vroeg hij in een poging zijn gedachten te ordenen.

'Het was heel warm.'

'Mooi,' antwoordde Tóti.

Agnes deed een greep in haar omslagdoek en haalde er een knot wol en een paar dunne breinaalden uit. 'U wilde me naar mijn familie vragen?'

Tóti schraapte zijn keel en keek hoe haar vingers bewogen toen ze begon te breien. 'Ja. Je bent op Flaga geboren.'

Agnes wees met haar hoofd naar de betreffende hoeve, een doorgezakt plaggenhuis aan de linkergrens van Kornsá. Het stond zo dichtbij dat de stemmen van het werkvolk dat buiten naar elkaar riep op de wind te horen waren. 'Daar ja.'

'Je moeder was niet getrouwd.'

'Dat heeft u uit het kerkboek?' Agnes glimlachte bitter. 'De priesters zorgen altijd dat ze de belangrijke dingen opschrijven.'

'En je vader, Magnús?'

'Magnús was ook ongetrouwd, als u dat bedoelt.'

Tóti aarzelde. 'Bij wie woonde je dan als kind?'

Agnes staarde over de vallei. 'Ik heb op de meeste van deze boerderijen gewoond.'

'Je familie verhuisde steeds?'

'Ik heb geen familie. Mijn moeder heeft me verlaten toen ik zes was.'

‘Hoe is ze gestorven?’ vroeg Tóti vriendelijk. Hij was onthutst toen Agnes lachte.

‘Klinkt mijn leven als zo’n tragisch verhaal? Nee, ze heeft me aan anderen overgelaten, maar ik neem aan dat ze nog leeft. Ik zou het niet weten. Iemand heeft me verteld dat ze spoorloos is. Ze is er op een dag zomaar vandoor gegaan. Dat is alweer een paar jaar geleden.’

‘Hoe bedoel je?’

‘Ik weet niets van mijn moeder. Ik zou haar niet herkennen als ik haar tegenkwam.’

‘Omdat je pas zes winters oud was toen ze je verliet?’

Agnes hield op met breien en keek Tóti recht aan. ‘U moet begrijpen, dominee, het enige wat ik over mijn moeder weet, is wat andere mensen me hebben verteld. Vooral over dingen die ze niet goedkeurden, dat begrijpt u.’

‘Kun je me vertellen wat jou is verteld?’

Agnes schudde haar hoofd. ‘Weten wat iemand heeft gedaan, en weten wie iemand is, zijn heel verschillende zaken.’

Tóti drong aan. ‘Maar Agnes, daden spreken luider dan woorden.’

‘Daden liegen,’ wierp Agnes snel tegen. ‘Soms hebben mensen van meet af aan geen kans, of misschien hebben ze een fout begaan. Wanneer mensen dingen beginnen te zeggen als: ze zal wel een slechte moeder zijn vanwege die fout...’

Toen Tóti niet reageerde, ging ze verder.

‘Het is niet eerlijk. Mensen beweren je te kennen vanwege de dingen die je hebt gedaan, en niet door rustig te luisteren naar wat je zelf te vertellen hebt. Al probeer je een vroom leven te leiden, als je eenmaal een fout hebt begaan in deze vallei, dan wordt die nooit vergeten. Al probeer je te doen wat het beste is. Al fluistert je innerlijke stem: “Ik ben niet zoals jullie zeggen!” – hoe mensen over je denken is bepalend voor wie je bent.’

Agnes zweeg even om op adem te komen. Ze begon steeds

luider te praten en Tóti vroeg zich af waardoor deze plotselinge woordenvloed was uitgelokt.

'Dat is wat er met mijn moeder is gebeurd, dominee,' ging Agnes verder. 'Wie was ze echt? Waarschijnlijk niet zoals men zegt dat ze was, maar ze maakte fouten en anderen hadden hun mening klaar. De mensen hier zorgen ervoor dat je je misstappen nooit vergeet. Ze vinden dat alleen díé dingen de moeite waard zijn om op te schrijven.'

Tóti dacht even na. 'Wat was de fout van je moeder?'

'Ik heb gehoord dat ze er veel heeft gemaakt, dominee. Maar een van die fouten was ik in ieder geval. Ze had pech.'

'Hoe bedoel je?'

'Ze deed wat heel wat vrouwen ongestraft in het geheim doen,' zei Agnes bitter. 'Maar ze was een van die weinigen die de pech hebben dat hun geheim voor iedereen zichtbaar wordt.'

Tóti voelde een warme blos naar zijn gezicht kruipen. Hij liet zijn blik naar zijn handen zakken en schraapte zijn keel.

Agnes keek hem aan. 'Ik heb u weer gekwetst,' zei ze.

Tóti schudde zijn hoofd. 'Ik ben blij dat je me over je verleden vertelt.'

'Mijn verleden heeft uw gevoelens gekwetst.'

Tóti ging verzitten op de steen. 'En je vader?' probeerde hij.

Agnes lachte. 'Welke?' Ze hield op met breien om hem haar aandacht te geven. 'Wat stond er in uw boek over mijn vader?'

'Dat hij Magnús Magnússon heette en dat hij ten tijde van je geboorte op Stóridalur woonde.'

Agnes ging verder met breien, maar Tóti merkte dat ze haar kaken op elkaar klemde. 'Als u met sommige mensen daarginds zou praten, kreeg u misschien een ander verhaal.'

'Hoe komt dat?'

Agnes keek over de rivier naar de boerenhoeven aan de andere kant van de vallei terwijl ze zwijgend met haar vinger de steken op haar naald telde. 'Ik neem aan dat het er niet toe doet of ik eerlijk tegen u ben of niet,' zei ze koel. 'Ik zou alles tegen u kunnen zeggen.'

'Inderdaad, ik hoop dat je me in vertrouwen neemt,' zei Tóti, die haar verkeerd begreep. Hij leunde naar haar toe, in afwachting van wat ze zou gaan zeggen.

'In dat boek van u in Undirfell had Jón Bjarnason, de boer in Brekkukot, moeten staan. Ik heb gehoord dat hij mijn echte vader is, en Magnús Magnússon een ongelukkige knecht die niet beter wist.'

Tóti was verbijsterd. 'Waarom zou je moeder je de dochter van Magnús noemen als dat niet waar was?'

Agnes draaide zich met een flauwe glimlach naar hem toe. 'Hebt u geen idee hoe de wereld in elkaar steekt, dominee?' vroeg ze. 'Jón van Brekkukot is een getrouwd man met genoeg wettige kinderen van zichzelf. O, en een heleboel zoals ik, daar kunt u van op aan. Maar het schijnt een kleinere misdaad te zijn een kind te maken met een ongetrouwde man dan met een man die al verbonden is met een andere vrouw. Dus ik neem aan dat mijn moeder een andere stakker heeft uitgezocht voor de eer mijn vader te zijn.'

Tóti dacht hier even over na. 'En dat geloof je omdat anderen je het hebben verteld?'

'Als ik alles geloofde wat iedereen me ooit over mijn familie heeft verteld, dan zou ik er nog veel slechter aan toe zijn, dominee. Maar je hebt geen opleiding in Kopenhagen of in het zuiden nodig om uit te vissen welke koters bij welke pabbi's horen in deze streek. Het is moeilijk hier iets geheim te houden.'

'Heb je het hem ooit gevraagd?'

'Jón Bjarnason? En wat zou dat voor nut hebben?'

'De waarheid van hem horen, neem ik aan,' opperde Tóti. Hij was teleurgesteld over het gesprek.

'Er bestaat niet zoiets als de waarheid,' zei Agnes terwijl ze opstond.

Tóti stond ook op en begon over het zitvlak van zijn broek te wrijven. 'Er is waarheid in God,' zei hij ernstig omdat hij een kans zag zijn geestelijke plicht te vervullen. 'Johannes 8, vers 32: "En gij zult..."'

'De waarheid verstaan, en de waarheid zal u vrijmaken. Ja, ik weet het, ik weet het,' zei Agnes. Ze raapte haar breiwerk bij elkaar en begon terug te lopen naar de boerderij. 'Niet in mijn geval, dominee Thorvardur,' riep ze naar hem. 'Ik heb de waarheid verteld en u kunt zelf zien hoeveel goed me dat heeft gedaan.'

—

De dominee schiet er niets mee op kerkboeken te lezen, of wat voor boeken dan ook – wat zal hij daarin over mij te weten komen? Alleen de dingen over mij waarvan andere mensen denken dat ze belangrijk zijn.

Toen de dominee mijn naam en geboorte in het kerkboek zag, zag hij toen alleen wat geschreven was en begreep hij alleen de datum? Of zag hij de mist van die dag, en hoorde hij de raven krassen bij de geur van bloed? Stelde hij het zich voor zoals ik het me heb voorgesteld? Mijn huilende moeder die me tegen de klamme warmte van haar huid drukte. Die de blikken meed van de vrouwen in Flaga voor wie ze werkte, omdat ze al wist dat ze weg zou moeten en elders werk zou moeten zoeken. Terwijl ze wist dat geen boer een werkmeid met een pasgeboren baby in dienst neemt.

Als hij dingen over mijn familie te weten wil komen, zal hem dat niet meevallen. Twee vaders en een moeder van wie ik een vaag beeld heb, als van vreemden die in een sneeuwstorm vertrekken. Ik heb maar weinig heldere herinneringen aan haar. Eén is de dag dat ze me verliet. Een andere is van toen ik klein was en naar haar keek in het lamplicht van een winteravond. Het is een herinnering zonder woorden, en een die ik, net als de andere, niet helemaal kan vertrouwen. Herinneringen dwarrelen als losse sneeuw op de wind, of zijn als een koor van geesten die allemaal door elkaar heen praten. Er is alleen steeds het gevoel dat wat voor mij werkelijkheid is, geen werkelijkheid is voor anderen en dat ik het gevaar loop mijn geloof in wat werkelijk gebeurd is te vertroebelen als ik een herinnering met iemand deel. Is de dominee de man uit mijn herinnering of is hij heel iemand anders? Heb ik dat gedaan of was het iemand anders? Magnús of Jón? Het is het vliesje ijs op het water, te dun om te vertrouwen.

Heeft mijn moeder naar haar dochtertje gekeken en gedacht: op een dag laat ik je in de steek? Keek ze naar mijn verkreukelde gezichtje in de hoop dat ik zou doodgaan, of spoorde ze me zwijgend aan om me als een klit aan het leven vast te klampen? Misschien keek ze uit over de vallei, in de mist en de stilte, en vroeg ze zich af wat ze me kon geven. Een leugen als vader. Een bos donker haar. Een ruif om in te slapen. Een kus. Een steen, zodat ik de vogels kon leren verstaan en nooit eenzaam zou zijn.

HOOFDSTUK VIJF

Het gedicht van Dichteres-Rósa voor Agnes Magnúsdóttir, juni 1828

Undrast þarftu ei, baugabrú
þó beiskrar kennir þínu:
Hefir burtu hrífsað þú
helft af lífi mínu.

Verwonder je niet
over mijn bittere verdriet:
De helft van mijn leven
heb jij van me gestolen.

Het antwoord van Agnes Magnúsdóttir aan Rósa, juni 1828

Er mín klára ósk til þín,
angurs tárum bundin:
Ýfðu ei sárin sollin mín,
solar báru hrundin.

Sorg ei minnar sálar herð!
Seka Drottin nádar,
af því Jésus eitt fyrir verð
okkur keypti báðar.

Dit is mijn enige wens voor jou,
in woede en pijn verbonden:
Krab niet mijn wonden open,
vol ongeloof ben ik.

Mijn ziel is vervuld van rouw!
Ik zoek de genade van de Heer.
Vergeet niet, Jezus heeft
ons beiden vrijgekocht.

'Hoe is het om haar hier te hebben, in dezelfde kamer als jij? Ik zou geen oog dichtdoen,' zei Ingibjörg Pétursdóttir.

Margrét keek naar de maaiers van Kornsá die het gras dicht bij de rivier aan het snijden waren. 'O, ik denk niet dat ze ook maar één verkeerde stap zou durven zetten.'

De twee vrouwen zaten uit te rusten op de stapel brandhout voor het huis. Ingibjörg, een kleine, onopvallende vrouw van een boerderij uit de buurt, was bij Margrét op bezoek gekomen omdat ze had gehoord dat haar vriendin vanwege haar hoest niet kon helpen hooien. Hoewel Ingibjörg lang niet zo scherp of vrijmoedig was als Margrét, waren de twee vrouwen boezemvriendinnen en ze zochten elkaar vaak op wanneer de rivier die hun boerderijen van elkaar scheidde zo laag stond dat hij doorwaadbaar was.

'Róslín schijnt te denken dat jullie allemaal in je slaap gewurgd gaan worden.'

Margrét lachte schamper. 'Het zou me niet verbazen als dat precies is wat Róslín wil.'

'Hoe bedoel je?'

'Dat zou die losse tong van haar echt iets te doen geven.'

'Margrét...' waarschuwde Ingibjörg.

'O, Inga. We weten allebei dat haar verstand op de loop is gegaan door al dat kinderen krijgen.'

'De jongste heeft kroep.'

Margrét trok haar wenkbrauwen op. 'Dan zal het niet lang duren voor ze het allemaal hebben. We zullen ze op alle uren van de nacht horen brullen.'

'Ze wordt ook dik.'

Margrét aarzelde. 'Ben je van plan te gaan helpen bij de bevalling? Ze heeft er zoveel gehad dat je zou denken dat ze het wel zelf kan.'

Ingibjörg zuchtte. 'Ik weet het niet. Ik heb een slecht voorgevoel.'

Margrét bestudeerde het ernstige gezicht van haar vriendin. 'Heb je een droom gehad?' vroeg ze.

Ingibjörg deed haar mond open alsof ze iets wilde zeggen, maar bedacht zich. 'Ach, het is vast niets. Hoe dan ook, laten we niet somber zijn. Vertel eens over de moordenares!'

Margrét moest ondanks zichzelf lachen. 'Kijk nou! Je bent net zo erg als Róslín.'

Ingibjörg glimlachte. 'Maar hoe is ze écht? Als persoon. Ben je bang voor haar?'

Margrét dacht even na. 'Ze is helemaal niet zoals ik me een moordenares had voorgesteld,' zei ze ten slotte. 'Ze slaapt, ze werkt, ze eet. Maar allemaal zwijgend. Haar lippen hadden net zo goed dichtgenaaid kunnen zijn, zo weinig zegt ze tegen me. Die jongeman, dominee Thorvardur, zoekt haar de laatste weken weer op, en ik weet dat ze tegen hem praat, maar hij vertelt me niet wat er tussen hen voorvalt. Misschien wel niets.' Margrét staarde over het veld. 'Ik vraag me vaak af wat ze denkt.'

Ingibjörg volgde Margrets blik, en de twee vrouwen keken samen naar de gebogen figuur van Agnes die tussen het hooi met haar zeis naar het gras zwiepte. Het blad flitste fel bij elke zwaai.

'Wie weet?' mompelde Ingibjörg. 'Ik griezel bij de gedachte aan wat zich in dat donkere hoofd van haar afspeelt.'

'De dominee zegt dat haar moeder Ingveldur Rafnsdóttir was.'

Ingibjörg zweeg even. 'Ingveldur Rafnsdóttir. Ik heb ooit een Ingveldur gekend. Een lichtzinnige vrouw.'

'Uit een ravenei komen geen duiven,' viel Margrét bij. 'Het is vreemd om aan Agnes te denken als iemands dochter. Ik kan me niet voorstellen dat mijn meisjes op het idee van zoiets laags en zondigs als moord zouden komen.'

Ingibjörg knikte. 'En hoe gaat het met je meisjes?'

Margrét stond op en veegde het stof van haar rok. 'Ach, je weet wel.' Ze begon weer te hoesten en Ingibjörg wreef haar over de rug.

'Rustig maar.'

'Het gaat wel,' zei Margrét schor. 'Weet je, Steina denkt dat ze haar kent.'

Ingibjörg wierp haar vriendin een nieuwsgierige blik toe.

'Ze denkt dat we haar ontmoet hebben op weg naar Gudrúnarstadir, heel lang geleden.'

'Is Steina weer verhalen aan het verzinnen?'

Margrét huiverde. 'Dat weet alleen Onze Lieve Heer. Ik herinner het me niet. Ik maak me eigenlijk een beetje zorgen om haar. Ze *glimlacht* naar Agnes.'

Ingibjörg lachte. 'O, Margrét! Wanneer heeft een glimlach ooit iemand in moeilijkheden gebracht?'

'Vaak genoeg, zou ik denken!' bitste Margrét. 'Kijk maar naar Róslín. Maar er zijn ook andere dingen. Ik heb Steina erop betrapt dat ze Agnes van alles vraagt, en het valt me op dat ze haar steeds voor boodschappen en dergelijke komt halen. Kijk – ze volgt haar nu, zelfs tijdens het harken.' Ze wees naar Steina, die het hooi keerde vlak bij Agnes. 'Ik weet het niet, ik denk alleen maar aan dat arme meisje Sigga, en ik maak me zorgen dat hetzelfde met haar zal gebeuren.'

'Sigga? De andere meid van Illugastadir?'

'Stel dat Agnes dezelfde invloed op Steina heeft? Haar op het slechte pad brengt. Haar hoofd met slechtheid vult.'

'Je zei net dat Agnes nauwelijks een woord zegt.'

'Ja, tegen mij. Maar ik heb het gevoel dat dat niet geldt voor... Ach, laat ook maar.'

'En Lauga?' vroeg Ingibjörg nadenkend.

Margrét giechelde even. 'O, Lauga vindt het verschrikkelijk dat ze hier is. Dat vinden we allemaal, maar Lauga weigert in het bed naast het hare te slapen. Houdt haar als een havik in de gaten. Geeft Steina een uitbrander als ze maar even naar Agnes kijkt.'

Ingibjörg bezag de kleinste dochter, die het hooi plichtsgetrouw in nette rijen harkte. Naast Lauga's hooiwallen leken die van Steina kronkelig als een kinderhandschrift.

'Wat zegt Jón?'

Margrét snoof. 'Zegt Jón ooit iets? Als ik erover begin, heeft hij het over zijn plicht ten opzichte van Blöndal. Maar ik merk dat hij waakzaam is. Hij vroeg me de meisjes gescheiden van haar te houden.'

'Lastig, op een boerderij.'

'Precies. Ik kan ze even goed scheiden als Kristín de melk en de room.'

'Lieve help.'

'Kristín is hopeloos,' zei Margrét langs haar neus weg.

'Dus maar goed dat je een stel vrouwenhanden erbij hebt,' zei Ingibjörg praktisch. De twee vrouwen verzonken in een vertrouwelijk stilzwijgen.

—

Ik heb vannacht gedroomd van het executieblok. Ik droomde dat ik alleen was en door de sneeuw naar de donkere stomp kroop. Mijn handen en knieën waren gevoelloos van het ijs, maar ik had geen keuze.

Toen ik bij het blok kwam, was het oppervlak groot en glad. Ik rook het hout. Het had niets van het zilte van wrakhout, maar was eerder als een bloeding, als bloed. Zoeter, zwaarder.

In mijn droom trok ik mezelf op en hield mijn hoofd erboven. Het begon te sneeuwen, en ik dacht bij mezelf: dit is de stilte voor de klap. En toen vroeg ik me af hoe de stomp daar was beland, wat voor boom het kon zijn geweest, hier waar geen bomen groeien. Te veel stilte, dacht ik in mijn droom. Te veel stenen.

Dus sprak ik het hout hardop toe. Ik zei: 'Ik zal je water geven alsof je nog leeft.' En bij dat laatste woord werd ik wakker.

De droom beangstigde me. Sinds de hooioogst ben ik hier zo'n beetje in mijn oude leven teruggegleden, en ben ik vergeten boos te zijn. De droom herinnerde me aan wat er te gebeuren staat, hoe snel de dagen aan me voorbijgaan, en nu lig ik wakker in een kamer vol vreemden naar de patronen van takken en turf in het plafond te staren en voel mijn hart rondtollen tot ik het gevoel krijg dat mijn ingewanden gedraaid zijn.

Ik moet mijn behoefte doen. Bevend stap ik uit bed en zoek op de grond naar de nachtemmer. Hij staat onder het bed van een van de knechten en is bijna vol, maar er is geen tijd om hem te legen. Mijn kousen zitten los en glijden moeiteloos naar mijn enkels, en ik hurk en richt een warme stroom plas in de emmer, voel het spetteren tegen mijn dij. Het zweet staat op mijn voorhoofd.

Ik hoop dat niemand wakker wordt en me ziet, en ik wil zo graag klaar zijn en de nachtemmer uit het zicht schuiven dat ik mijn kousen ophijs voordat ik helemaal klaar ben. Er loopt een warm stroompje langs de binnenkant van mijn been als ik de emmer wegduw.

Waarom beef ik zo? Mijn knieën zijn slap als gelei en het is een opluchting om te gaan liggen. Mijn hart ratelt. Natan geloofde altijd dat dromen iets betekenden. Vreemd dat een man die achteloos om het woord van God lachte, wel vertrouwde op het ziedende duister van zijn slapende uren. Hij bouwde zijn kerk uit oudewijvenpraat en de geheime taal van het weer; zag het knipperende oog van God in de hebbelijkheden van de zee, het biddende smelleken, de knarsende tanden van zijn ooien. Als hij me betrapte op breien in de deuropening, verweet hij me dat ik de winter verlengde. 'Denk niet dat de natuur niet op ons let,' waarschuwde hij me. 'Ze is even wakker als jij en ik.' Hij glimlachte naar me. Streek met de gladde breedte van zijn handpalm over mijn voorhoofd. 'En even geheimzinnig.'

Ik dacht dat ik hier een dienstmeid kon zijn. Er is meer dan een maand verstreken op Kornsá en ik ben al vergeten wat er van me zal worden. De dagen van werk hebben me gekalmeerd, hebben mijn lichaam reden gegeven om te rusten, zodat ik diep heb geslapen, onder het oppervlak van dromen vol voortekenen. Tot nu toe.

Het is waar dat ik niet een van hen ben. Afgezien van de dominee en Steina weigeren ze met me te praten, behalve als het echt moet. Maar is dat zo anders dan vroeger, toen ik een laag soort werkmeid was, die de nachtemmer moest legen zoals over een paar uur weer van me gevraagd zal worden? Vergeleken met Stóra-Borg is deze familie welwillend geweest.

Maar straks zal de winter als een enorme golf over de kust rollen – plotseling, heel snel, en de zon en de warmte laten verdwijnen en het land tot in de kern bevroren achterlaten. Alles zal zo snel voorbij zijn. En de dominee: wat is hij jong, en nog steeds weet ik niet wat ik tegen hem moet zeggen. Ik dacht dat hij me kon helpen, zoals hij me over de rivier had geholpen. Maar met hem praten herinnert me er alleen maar aan hoe alles in mijn leven me heeft tegengewerkt, en hoe weinig liefde ik heb gekend.

Ik had verwacht dat hij me meteen zou begrijpen. Ik wil dat hij me begrijpt, maar het is dwaas te denken dat we dezelfde taal spreken. Ik kan net zo goed met een steen in mijn mond tegen hem praten, op zoek naar een taal die we allebei begrijpen.

De dominee komt pas over een paar uur uit Breidabólstadur – het is nog te vroeg om op te staan. Ik vouw mijn handen op de deken en zeg tegen de snaren van mijn hart dat ze moeten ontspannen, en bedenk wat ik hem zal vertellen.

Tóti wil over mijn familie horen, maar wat ik hem heb verteld was niet wat hij wil horen. Hij zal wel niet gewend zijn aan de knoestige stambomen die in deze vallei groeien, waar de takken om elkaar heen kronkelen, en vol doornen zitten.

Ik heb hem niet verteld over Jóas, of Helga. Misschien vindt hij het interessant om te horen dat ik een broer en een zus heb. Ik weet al wat hij gaat vragen: waar zijn ze nu? Waarom komen ze je niet opzoeken, Agnes?

Tja, dominee, zou ik zeggen, de bloedband is niet zo sterk: ze hebben ieder een andere vader, en Helga is dood en begraven. Jóas? Ach, hij is geen man die ergens toe aangezet kan worden, zelfs niet tot een bezoek aan een gedoemde zuster.

O, Jóas. Ik kan de uitgebluste man niet rijmen met de zoete herinnering aan het jongetje van wie ik ooit mocht houden.

We werden meegezeuld in de armen van een gemeenschappelijke moeder. Welke boerderijen? Talloze badstofa's van andere mannen en hun roodogige vrouwen, die zo aardig of wanhopig waren om een vrouw in te huren met drie monden om te voeden, waarvan er 's nachts twee krijsten van de honger omdat ze niet wisten dat dat geen zin had.

Beinakelda eerst. Tot ik drie was, zeggen ze. Alleen mamma en ik. Ik herinner me niets. Het is allemaal schimmig.

Toen Litla-Giljá. Ik herinner me de boerderij niet, maar ik herinner me de man. Illugi de Zwarte noemden ze hem, de vader van mijn broer. Ik zit op de grond met mijn handen door de aarde te wrijven, en dan de man naast me, zijn ogen weggedraaid in zijn hoofd en zijn lichaam kronkelend op de grond als een gestrande vis, en alle vrouwen krijsen als ze het schuim uit zijn mond zien gutsen. Daarna, na afloop, het gekreun dat uit zijn bed komt, en zijn vrouw met haar ranzige huid die mijn gezicht in haar magere nek duwt en zegt: 'Bid voor hem. Bid voor hem.' Waar was mijn moeder? Waarschijnlijk gehurkt boven een po, zoekend naar bloed dat niet kwam.

Ik herinner me het schreeuwen. Illugi, weer gezond, brullend naar zijn vrouw met zijn grote berengezicht, terwijl zij maar niet ophoudt met huilen, en tussen hen in mijn mamma in lange rokken, die overgeeft op de grond.

Illugi ging dood aan die schudziekte tijdens het vissen. Ze zeggen dat hij aan het drinken was en een toeval kreeg, zodat de boot kapseisde en hij tussen zijn netten verdronk. Anderen zeggen dat het een passende straf was voor een man die in vreemde poelen viste, maar dat was het volk dat aan de verkeerde kant van zijn zuipen en vechten had gestaan.

Wat zou de dominee hier allemaal van vinden?

Jóas Illugason, geboren in Brekkukot, de derde boerderij. Als vijfjarige mocht ik de in melk gedrenkte lap tegen zijn zalmroze tandvlees houden. Het echtpaar daar wilde hem houden en opvoeden met hun twee eigen kinderen, en mamma legde uit dat ik ook bij hen ondergebracht zou worden en dat dat het beste was. Het volgende jaar waren we met zijn zevenen een gezin, en ik hielp om het jongetje met haar dat even licht was als het mijne donker in leven te houden. Hij rook naar gesmolten sneeuw en verse room.

Ze moeten van gedachten zijn veranderd. Op een ochtend werd ik wakker geschud door mamma, die me met dikke ogen aankeek. Ik vroeg waarom ze huilde, maar ze zei niets. Ze klom in bed bij Jóas en mij, en ik viel in slaap tegen de warme rondingen van haar lichaam, tot het krassen van de huisraven me wekte en ik mijn bezittingen in een bundel op de vloer zag liggen.

Die ochtend gingen we te voet op weg, terug naar de vallei in een slechtgehumeurde dag vol boze sneeuwbuien. Ik dacht dat ik flauw zou vallen van de honger. We stopten op het erf van Kornsá en voordat ik de melkwei ophad die ik van de vrouw daar had gekregen, fluisterde mamma in mijn oor, drukte een steen in mijn want en vertrok met Jóas op haar rug.

Ik probeerde haar te volgen. Ik schreeuwde. Ik wilde niet achtergelaten worden. Maar al rennend struikelde ik en viel. Toen ik weer was opgekrabbeld, waren mijn moeder en broertje verdwenen, en het enige wat ik kon zien waren twee raven, hun zwarte veren als gif tegen de sneeuw.

Heel lang heb ik gedacht dat die twee vogels mijn mamma en mijn broertje waren. Maar ze gaven nooit antwoord op mijn vragen, ook niet als ik de steen onder mijn tong legde. Jaren later hoorde ik dat mamma me een nieuw halfzusje had gegeven, Helga, bij de boer op Kringla, en dat Jóas nu een pauper was, en toevertrouwd aan de zorg van de parochie. Maar inmiddels had ik mezelf ervan overtuigd dat ik niet meer van hen hield. Ik vond dat ik een betere familie had gevonden, mijn pleeggezin: Inga en Björn, de pachters van Kornsá.

—

'Hoe heb je geslapen, Agnes?' Steina had de vrouw bij het lavasveldje gevonden, waar ze de inhoud van de nachtemmer in de askuil gooide.

'Je wordt nat hierbuiten,' zei Agnes, zonder naar haar te kijken. Ze had met een steen de plakkerige delen van de inhoud uit de emmer verwijderd en veegde hem nu af aan het gras. 'Het gaat regenen.'

'Vind ik niet erg. Ik wilde je even gezelschap houden.' Steina trok haar omslagdoek over haar hoofd. 'Kijk, droog als een muisje.'

Agnes keek haar met een flauwe glimlach aan.

'Moet je zien, Agnes,' zei Steina. Ze wees naar de monding van de vallei, waar een massa laaghangende grijze wolken aan kwam golven uit het noorden.

Agnes stak haar hand uit naar de hemel. 'Het wordt erger. Dat is slecht voor het hooi.'

'Ik weet het. Pabbi is boos. Hij heeft Lauga afgesnauwd omdat ze zijn ontbijt had laten aanbranden, dat doet hij nooit bij haar.'

Agnes keerde zich om naar Steina. 'Weet hij dat je hier bij mij bent?'

'Ik denk van wel.'

'Ik denk dat je weer naar binnen moet,' zei Agnes.

'Om wat te doen? Op mijn kop krijgen van Lauga omdat ik het vuur te hoog heb opgebouwd? Nee, dank je. Ik ben altijd al gelukkiger buiten.'

'Zelfs in de regen?'

'Zelfs in de regen.' Steina gaapte en keek uit over het veld, waar de hooioppers tot schoven waren gebonden om het vocht buiten te houden. 'Al dat werk voor niets.'

'Hoe bedoel je voor niets? De eerstkomende mooie dag gaan we verder en dan komt het af.' Agnes wierp een blik naar het huis. 'Ik denk dat je terug moet naar je moeder,' zei ze.

'O, die vindt het niet erg.'

'Dat vindt ze wel. Ze vindt het niet prettig als je alleen bent met mij,' zei Agnes voorzichtig.

'Je bent hier al weken en weken.'

'Dan nog.' Agnes begon langzaam naar de rivier af te dalen en Steina bleef naast haar lopen.

'Denk je dat de dominee vandaag komt?'

Agnes antwoordde niet.

'Waarover praat hij met je?'

'Dat is mijn zaak,' snauwde ze.

'Wat?'

'Ik zei dat dat mijn zaak is. Het heeft niets met jou of je familie te maken.'

Steina was even overrompeld en bleef een paar passen achter terwijl Agnes verder de heuvel af liep, met de nachtemmer stram aan haar zij.

'Heb ik je uit je humeur gebracht?' vroeg ze.

Agnes stond stil en draaide zich om naar Steina. 'Hoe zou een jonge vrouw als jij me uit mijn humeur kunnen brengen?'

Steina zette haar stekels op. 'Omdat mijn familie je gevangen houdt, en mijn vader niet wil dat iemand met je praat.'

'Heeft hij dat gezegd?' vroeg Agnes.

'Hij vindt dat we je beter niet kunnen storen bij je werk.'

'Hij heeft gelijk.'

Steina haalde Agnes in en pakte zacht haar arm. 'Lauga is bang voor je, weet je. Ze heeft naar Róslín en haar leugens geluisterd. Maar ik geloof geen woord van wat die roddelaarster zegt. Ik herinner me jou van vroeger. Ik weet nog hoe aardig je was, dat je ons zomaar eten gaf.' Steina boog zich dichter naar haar toe. 'Ik geloof niet dat je ze hebt vermoord,' fluisterde ze. Het lichaam van Agnes verstijfde onder haar greep. 'Misschien kan ik je helpen,' opperde Steina vlug.

'Hoe?' vroeg Agnes. 'Zou je me helpen ontsnappen?'

Steina liet haar arm los. 'Ik dacht misschien een smeekschrift,' mompelde ze.

'Een smeekschrift.'

Steina probeerde het opnieuw. 'Een beroep dan. Je weet wel, zoals ze voor Sigga hebben aangetekend.'

Agnes' ogen vlamden. 'Wat?'

'Het beroep. Blöndal heeft beroep voor de andere aangetekend,' stamelde Steina.

'Welke andere?'

'Sigga... je weet wel, de andere meid van Illugastadir. Het liefje van Fridrik.'

Agnes' gezicht was bleek geworden. Ze zette langzaam de nachtemmer in het natte gras en liep naar Steina. 'Blöndal heeft hoger beroep aangetekend voor Sigrídur Gudmundsdóttir?' vroeg ze ernstig.

Steina knikte, een beetje bang. Ze wierp een snelle blik op de steen die Agnes nog in haar hand had. 'Ik hoorde dat pabbi het aan mamma vertelde,' legde ze uit. 'De districtsambtenaren hebben er in Hvammur over gesproken, met Blöndal. Op de dag dat jij hier aankwam.'

Agnes schudde haar hoofd.

'Ik dacht dat je het wist,' fluisterde Steina.

Agnes' ogen lieten Steina's blik los en ze wankelde op haar benen. 'Blöndal?' fluisterde ze binnensmonds. Steina merkte dat Agnes de steen zo stevig omklemde dat haar knokkels wit werden.

'Het spijt me dat ik het je heb verteld.'

Agnes struikelde naar achteren, en liep toen onzeker verder naar de rivier.

'Misschien kunnen we hem overhalen om ook voor jou bij de koning in beroep te gaan!' riep Steina haar achterna. 'Vertel ze wat er echt is gebeurd op Illugastadir!'

Agnes plofte met opbollende rokken op de grond aan de oever van de rivier. Steina dacht dat ze was flauwgevallen en rende naar haar toe, maar toen ze dichterbij kwam, zag ze dat Agnes uitdrukkingloos naar de rivier staarde. Ze huiverde. Op dat moment openden de donkere wolken zich en werden de twee vrouwen overspoeld door een plotselinge, ijskoude stortbui.

'Agnes!' riep Steina en trok haar omslagdoek strakker om haar hoofd. 'Sta op! We moeten beschutting zoeken.' Het geluid van de regen overstemde haar woorden.

Agnes reageerde niet. Ze keek hoe de druppels de snelstromende rivier raakten en het oppervlak braken zodat de weerspiegeling van de bergen woest vervormd werd. Ze had nog steeds de steen in haar hand.

'Agnes!' riep Steina. 'Het spijt me! Ik dacht dat je het wist!' Haar omslagdoek was doorweekt en ze voelde haar jurk zwaar worden van het water. Ze bleef aarzelend op de oever staan, draaide zich toen om en begon de heuvel op te rennen naar het huis. De grond was drassig geworden en ze gleed uit in de modder. Halverwege het veld keek ze om en zag dat Agnes nog zat waar ze haar had achtergelaten. Ze riep nog een keer, en strompelde toen verder het modderige pad op naar de boerderij.

'Lieve help, Steina! Waar ben je in hemelsnaam geweest?' Margrét kwam de gang in stormen om haar oudste dochter, die de deur van de boerderij achter zich dichtsmeet, een standje te geven. 'Je bent half verdronken!'

'Er is iets met Agnes,' hijgde Steina, en ze liet haar doorweekte omslagdoek op de grond vallen.

'Heeft ze je iets aangedaan? O lieve Heer, behoed ons! Ik wist het.' Margrét sloeg haar armen om haar dochter heen, die bibberde van de kou, en trok haar naar zich toe.

'Nee, mamma!' gilde Steina, haar moeder wegduwend. 'Ze heeft hulp nodig, ze is bij de rivier!'

'Wat is er gebeurd?' Lauga was de keuken uit gekomen. 'O, Steina! Je hebt mijn omslagdoek helemaal modderig gemaakt.'

'Kan me niet schelen!' riep Steina. Ze keerde zich weer naar haar moeder. 'Ik heb haar verteld van het beroep voor Sigrídur Gudmundsdóttir en toen werd ze helemaal raar en wit en nu wil ze niet meer opstaan!'

Margrét vroeg aan Lauga: 'Waar heeft ze het over?'

'Agnes!' krijste Steina. Ze veegde met haar mouw de regen van haar gezicht en rende de gang door. 'Ik moet het aan pabbi vertellen.'

Jón zat in de badstofa zijn schoenen te repareren. 'Steina?' vroeg hij, opkijkend van zijn werk.

'Pabbi! Asjeblieft, je moet naar Agnes gaan. Ik heb haar verteld dat Blöndal voor die andere meid van Illugastadir in beroep is gegaan en nu is ze gek geworden.'

Jón schoof onmiddellijk de schoenen van zijn schoot en stond op. 'Waar?' vroeg hij zacht.

'Bij de rivier,' zei Steina, vechtend tegen de tranen. Jón trok zijn laarzen onder zijn bed vandaan en bond ze slordig vast.

'Het spijt me, pabbi, ik dacht dat ze het wist! Ik wilde haar helpen.'

Jón stond op en greep zijn dochter bij haar schouders. Zijn wangen waren rood van woede. 'Ik had gezegd dat je uit haar buurt moest blijven.' Hij wierp een dreigende blik naar zijn dochter, schoof haar opzij en ging de kamer uit, roepend naar Gudmundur, die op zijn bed lag. De boerenknecht stond met tegenzin op. Steina ging zitten en begon te huilen.

Even later kwam Lauga de badstofa in met Kristín naast zich.

'Wat zei pabbi?' vroeg ze zacht, maar toen ze zag waar Steina was gaan zitten: 'O! Sta op, je maakt mijn bed nat.'

'Laat me met rust!' schreeuwde Steina, waarop Kristín een kreetje slaakte en de kamer uit vluchtte. 'Laat me alleen!'

Lauga meesmuilde en schudde haar hoofd. 'Wat ben jij in een slecht humeur, Steina. Wat wilde je doen daarbuiten? Vriendschap sluiten?'

'Loop naar de hel, Lauga!'

Lauga's mond viel open. Ze staarde haar zusje aan alsof ze op het punt stond in huilen uit te barsten, maar toen kneep ze haar ogen tot spleetjes. 'Pas maar op jij,' siste ze. 'Als je zo doorgaat word je net zo gemeen als zij.' Ze draaide zich om en wilde weglopen, maar bleef nog even staan. 'Ik zal voor je bidden,' snufte ze, en ging toen de kamer uit. Steina sloeg haar handen voor haar gezicht en huilde.

—

Ik zit op mijn bed te wachten terwijl Margrét, Jón en hun dochters achter het grijze gordijn in de woonkamer over me praten. Hoewel Margrét sissend fluistert, vang ik de woorden op als ze door de kier tussen deze kamer en de volgende slippen. Mijn handen trillen en ik voel mijn hart bonken. Het is alsof ik zojuist voor mijn leven heb gerend. Het is hetzelfde gevoel als in de rechtbank, toen ik me overal buiten voelde staan.

Ik had een pauper kunnen zijn; ik had hun dienstmeid kunnen zijn, tot die woorden kwamen! Sigga! Illugastadir! Ze ketenen me aan een herinnering die me de adem beneemt. Het zijn magische woorden, de vloek die me in een monster verandert, en nu ben ik Agnes van Illugastadir, Agnes van het vuur, Agnes van de dode lichamen met het bloed dat niet verbrand is en nog kleeft aan de kleren die ik voor hem heb gemaakt. Ze zullen Sigga bevrijden, maar mij zullen ze niet bevrijden omdat ik Agnes ben – bebloede, wetende Agnes. En ik ben zo bang, ik dacht dat het zou lukken. Ik dacht dat ik kon doen alsof, maar ik zie nu dat het niet lukt, nooit zal ik, kan ik hieraan ontsnappen, ik kan niet ontsnappen.

—

De brief was kort, geschreven in gedrongen schuinschrift op een klein stukje papier, en de regels overlapten elkaar in de poging van de schrijver om ruimte te besparen. Tóti nam hem mee naar de badstofa waar hij zijn middagmaal had zitten eten, om hem daar te lezen.

'Blöndal weer?' vroeg zijn vader, zonder op te kijken van zijn vlees.

'Nee,' zei Tóti terwijl zijn ogen snel over het bericht gingen: *Kom snel, het gaat om Agnes Magnúsdóttir. Ik wil het liever niet aan Blöndal vertellen. Uw broeder in Christus, Jón Jónsson.* 'Het komt van Kornsá.'

'Weten ze niet dat het regent? En dat het bovendien zondag is,' mompelde de oudere priester.

Tóti ging aan tafel zitten en staarde naar zijn vader. Er zaten kruimels opgedroogde pap in zijn baard. 'Ik moet erheen,' zei hij.

Dominee Jón ademde zwaar uit. 'Het is zondag,' herhaalde hij.

'Ja, de dag van de Heer,' zei Tóti. 'Voor het werk van de Heer,' voegde hij eraan toe.

Dominee Jón haalde een stukje kraakbeen uit zijn mond, bekeek het, en kauwde toen weer verder.

'Vader?'

'Ik hoop dat Blöndal weet hoe je je afbeult ter wille van hem.'

'Ter wille van God,' zei Tóti zacht. 'Dank u, vader. Ik ben vanavond terug. Of morgen, als het weer slecht is.'

Tóti was tot op het bot doorweekt toen hij bij de pas kwam die naar de Vatnsdalurvallei leidde. Hij zag de bode die het bericht had bezorgd voor zich uit rijden en spoorde zijn merrie aan om hem in te halen.

'Hé daar,' riep Tóti, turend door het dikke vlies van regen.

De man draaide zich om in zijn zadel en Tóti herkende hem als een van de knechten uit Kornsá. Hij droeg robbenhuiden om droog te blijven. 'Dus u bent gekomen!' riep hij terug. 'Dan rijden we met zijn tweeën door dit ellendige weer.'

'Slecht voor het hooi,' zei Tóti, om maar iets te zeggen.

'Vertel mij wat,' snoof de man. 'Ik ben Gudmundur.' Hij stak zijn hand op. 'En u bent de dominee die heeft geprobeerd onze moordenares te redden.'

'Nou, ik...'

'Een gruwelijke toestand,' onderbrak de man hem. 'Ik krijg de koude rillingen van haar.'

'Hoe bedoel je?'

De boerenknecht lachte. 'Ze is wild.'

Tóti gaf zijn paard de sporen om de man bij te houden. 'Wat is er gebeurd? Dat briefje...'

'O, ze heeft een toeval gehad. Mepte Jón en mij van zich af, krabbend en klauwend, bleef maar krijsen, zeiknat, lag als een gekkin in de modder. Ziet u dit?' Hij wees op een blauwe plek op zijn slaap. 'Dit is haar werk. Ik probeerde haar op te tillen en zij probeert mij de hersens in te slaan met een steen. Ze brulde dingen over Blöndal. Net zo'n vertoning als ze op Stóra-Borg schijnt te hebben opgevoerd, de reden waarom ze daar weg moest.'

'Weet je het zeker?' Agnes kwam Tóti zo beheerst voor.

'Ik dacht dat ze me ter plekke ging vermoorden.'

'Waardoor was ze zo van streek?'

De man snoof en veegde zijn neus af met een gehandschoende vinger. 'Al sla je me dood. Een van de meisjes had iets gezegd. Over die andere dienstmeid die ze gepakt hebben. Sigga.'

Tóti keerde zich af en keek naar de plassen op het pad voor hen. Hij voelde zich ziek.

'Ziet er niet slecht uit,' zei Gudmundur met een glinstering in zijn ogen tegen Tóti.

'Pardon?'

'Agnes. Mooi haar en zo,' zei de knecht. 'Maar te lang voor mij. Moet een kop of wat kleiner zijn, weet je wel.' Hij knipoogde naar Tóti en lachte.

Tóti drukte zijn rijhoed steviger op zijn hoofd. Heel even ging het zachter regenen, maar toen ze de vallei in reden, begon het weer te gieten, er joegen grijze schermen over de glooiende aarde voor hen en water viel over de steile rotswanden van de bergen.

Agnes zat in bed toen Tóti de badstofa binnenkwam. Kristín, de werkmeid, bracht een kruk voor hem, en de jongste dochter bekommerde zich om zijn natte kleren. Terwijl Lauga zich vooroverboog om zijn laarzen los te knopen, gluurde

Tóti naar de donkere hoek waar Agnes zat. Ze was akelig stil.

Lauga trok zijn tweede laars uit met een plotselinge ruk waardoor hij bijna van de kruk viel. 'Ik zal jullie alleen laten,' mompelde ze en liep de kamer uit, de laarzen ver voor zich uit gehouden.

Tóti liep op zijn vochtige kousen naar Agnes. Ze hing tegen de houten stijl van haar bed, en toen hij dichterbij kwam zag hij dat haar handen geboeid waren.

'Agnes?'

Agnes opende haar ogen en staarde hem wezenloos aan.

Tóti ging op de rand van haar bed zitten. Haar huid was grijs in het gedimde licht en haar lip was gebarsten en bebloed.

'Wat is er gebeurd?' vroeg hij zacht. 'Waarom hebben ze je weer in de ijzers gedaan?'

Agnes keek naar haar polsen, alsof ze verbaasd was om ze daar te zien. Ze slikte moeizaam. 'Sigga krijgt hoger beroep. Blöndal gaat bij de koning in beroep om de straf die hij haar gegeven heeft te verminderen.' Haar stem brak. 'Ze hebben medelijden met haar.'

Tóti leunde naar achteren en knikte. 'Ik wist het.'

Agnes was geschokt. 'U wist het?'

'Ze hebben ook medelijden met jou,' voegde hij eraan toe omdat hij haar wilde troosten.

'Dat heeft u mis,' siste ze. 'Ze hebben geen medelijden met me, ze haten me. Allemaal. Vooral Blöndal. En hoe zit het met Fridrik? Gaan ze voor hem ook in beroep?'

'Ik geloof van niet.'

Agnes' ogen glinsterden in het schemerdonker. Tóti dacht dat ze misschien huilde, maar toen hij zich vooroverboog, zag hij dat haar ogen droog waren.

'Ik zal u eens wat vertellen, dominee Tóti. Mijn hele leven lang hebben mensen gevonden dat ik te slim was. Slimmer dan goed voor me is, zeiden ze altijd. En weet u wat, dominee? Dat is nu precíés waarom ze geen medelijden met me hebben. Omdat ze denken dat ik te slim ben, te veel weet om hier per ongeluk in beland te zijn. Maar Sigga is dom en mooi en jong, en daarom willen ze haar niet dood zien.' Ze leunde weer tegen de bedstijl, haar ogen tot spleetjes geknepen.

'Ik ben ervan overtuigd dat dat niet waar is,' zei Tóti, in een poging haar te kalmeren.

'Als ik jong en simpel was, denkt u dat iedereen dan beschuldigend naar mij zou wijzen? Nee. Ze zouden Fridrik de schuld geven en zeggen dat hij ons in zijn macht had. Ons gedwongen had Natan te vermoorden omdat hij op zijn geld uit was. Het is geen groot geheim dat Fridrik een beetje wilde hebben van wat Natan had. Maar ze zien dat ik een hoofd op mijn schouders heb, en geloven dat een denkende vrouw niet te vertrouwen is. Geloven dat daar geen ruimte is voor onschuld. En of u het nou leuk vindt of niet, dominee, dát is de waarheid.'

'Ik dacht dat je niet in de waarheid geloofde,' waagde Tóti.

Agnes tilde haar hoofd op van de stijl en staarde hem aan, haar ogen bleker dan ooit. Haar gezicht vertrok. 'Over de waarheid gesproken, ik heb een vraag voor u. U zegt dat God de waarheid spreekt?'

'Altijd.'

'En God zegt: "Gij zult niet doden"?'

'Ja,' zei Tóti voorzichtig.

'Dan gaan Blöndal en de rest tegen God in. Ze zijn hypocriet. Ze zeggen dat ze Gods wil uitvoeren, maar ze doen alleen wat de mens wil!'

'Agnes...'

'Ik probeer van God te houden, dominee. Heus. Maar ik kan niet van die mannen houden. Ik... ik haat ze.' Ze zei de laatste drie woorden langzaam, zich verbijtend, en omklemde de ketting die de ijzers om haar polsen verbond.

Er werd op de deur van de badstofa geklopt en Margrét kwam binnen met haar dochters en Kristín.

'Neem me niet kwalijk, dominee. Let niet op ons. We gaan gewoon zitten werken en praten.'

Tóti knikte ontmoedigd. 'Hoe gaat het met de oogst?'

Margrét blies. 'Al dat natte augustusweer...' Ze ging aan haar breiwerk.

Tóti keek naar Agnes, die bleekjes naar hem glimlachte.

'Ze zijn nu nog banger voor me,' fluisterde ze.

Tóti dacht na. Hij wendde zich tot het groepje vrouwen. 'Margrét? Is het niet mogelijk die boeien af te doen?'

Margrét wierp een blik naar Agnes' polsen en legde haar naalden neer. Ze liep de kamer uit en kwam even later terug met een sleutel. Ze maakte de boeien los.

'Ik leg ze hier neer, dominee,' zei ze stijfjes en tilde de handboeien op de plank boven het bed. 'Voor het geval u ze nodig hebt.'

Tóti wachtte tot Margrét weer aan de andere kant van de kamer was en keek Agnes toen aan. 'Je moet je niet meer zo gedragen,' zei hij met zachte stem.

'Ik was mezelf niet,' zei ze.

'Je zegt dat ze je haten? Geef ze dan niet nog meer reden.'

Ze knikte. 'Ik ben blij dat u hier bent.' Het duurde even voordat ze verder praatte. 'Ik heb vannacht een droom gehad.'

'Een goede, hoop ik.'

Ze schudde haar hoofd.

'Waar heb je van gedroomd?'

'Doodgaan.'

Tóti slikte. 'Ben je bang? Zou je willen dat ik voor je bad?'

'Doe wat u niet laten kunt, dominee.'

'Laten we dan bidden.' Hij wierp even een blik naar het groepje vrouwen voordat hij Agnes' koude, klamme hand in de zijne nam.

'Heer, we bidden vanavond tot U met droefheid in ons hart. Geef ons de kracht om de last te dragen die we opgelegd krijgen, en de moed om ons lot onder ogen te zien.' Tóti zweeg en keek naar Agnes. Hij merkte dat de andere vrouwen luisterden.

'Heer,' ging hij verder, 'ik dank U voor de bewoners van Kornsá, die hun huis en hart hebben opengesteld voor Agnes en mij.' Hij hoorde Margrét haar keel schrapen. 'Ik bid voor hen. Ik bid dat ze mededogen hebben, en vergevingsgezindheid. Sta ons altijd bij, o Heer, in de naam van de Vader en van de Zoon en van de Heilige Geest.'

Tóti kneep in Agnes' hand. Ze keek hem aan, met een ondoorgrondelijke uitdrukking.

'Denkt u dat het mijn lót is om hier te zijn?'

Tóti dacht even na. 'We scheppen ons eigen lot.'

'Dus het heeft niets met God te maken.'

'Het gaat onze kennis te boven,' zei Tóti. Hij legde zacht haar hand weer op de deken. De aanraking van haar koude huid bracht hem in verwarring.

'Ik ben helemaal alleen,' zei Agnes, bijna langs haar neus weg.

'God is bij je. Ik ben hier. Je ouders leven.'

Agnes schudde haar hoofd. 'Ze zouden net zo goed dood kunnen zijn.'

Tóti wierp een snelle blik op de breiende vrouwen. Lauga had Steina's half afgebreide sok uit haar schoot gegrist en haalde de wol uit om een fout te herstellen.

'Heb je geen naaste die ik kan laten komen?' fluisterde hij tegen Agnes. 'Iemand van vroeger?'

'Ik heb een halfbroer, maar alleen de lieve Jezus weet welke badstofa hij op het ogenblik verduistert. Een halfzus ook. Helga. Die is dood. Een nichtje. Dood. Iedereen is dood.'

'En vrienden? Zijn er vrienden bij je op bezoek geweest in Stóra-Borg?'

Agnes glimlachte bitter. 'De enige bezoeker in Stóra-Borg was Rósa Gudmundsdóttir van Vatnsendi. Ik denk niet dat zij zichzelf mijn vriendin zou noemen.'

'Dichteres-Rósa.'

'De enige echte.'

'Ze zeggen dat ze in dichtregels praat.'

Agnes haalde diep adem. 'Ze kwam bij me in Stóra-Borg met een gedicht.'

'Een geschenk?'

Agnes ging overeind zitten en leunde naar hem toe. 'Nee, dominee,' zei ze vlak. 'Een beschuldiging.'

'Waar beschuldigde ze je van?'

'Dat ik haar leven zinloos maakte.' Agnes snufte. 'Onder andere. Het was niet haar fraaiste gedicht.'

'Ze moet geschokt zijn geweest.'

'Rósa gaf mij de schuld van Natans dood.'

'Ze hield van Natan.'

Agnes staarde Tóti doodstil aan. 'Ze was een getrouwde vrouw,' riep ze met een boze trilling in haar stem. 'Ze had het recht niet van hem te houden!'

Tóti merkte dat de andere vrouwen opgehouden waren met breien. Ze staarden naar Agnes omdat haar laatste zin luid door de kamer had weerklonken. Hij stond op om de extra kruk naast Kristín te pakken.

'Ik ben bang dat we jullie storen,' zei hij tegen hen.

'Weet u zeker dat u de boeien niet wilt gebruiken?' vroeg Lauga zenuwachtig.

'Ik denk dat we beter af zijn zonder.' Hij ging terug naar Agnes' bed. 'Misschien moeten we het over iets anders hebben.' Hij wilde graag dat ze rustig bleef in het bijzijn van de familie.

'Hebben ze het gehoord?' fluisterde ze.

'Laten we het over je verleden hebben,' stelde Tóti voor. 'Vertel me meer over je halfbroer en halfzus.'

'Ik heb ze nauwelijks gekend. Ik was vijf toen mijn broertje geboren werd, en negen toen ik van Helga hoorde. Ze stierf toen ik eenentwintig was. Ik heb haar maar een paar keer gezien.'

'En je hebt geen nauwe band met je broer?'

'We zijn van elkaar gescheiden toen hij pas één winter oud was.'

'Toen je moeder je verliet?'

'Ja.'

'Herinner je je haar van voor die tijd?'

'Ze heeft me een steen gegeven.'

Tóti keek haar vragend aan.

'Om onder mijn tong te leggen,' legde Agnes uit. 'Het is bijgeloof.' Ze fronste haar wenkbrauwen. 'Blöndals klerken hebben hem afgepakt.'

Tóti merkte dat Kristín opstond om een paar kaarsen aan te steken – door het slechte weer was het erg donker in de kamer, en het licht stierf in rap tempo weg. Voor zich onderscheidde hij alleen de bleke vorm van Agnes' blote armen op de dekens. Haar gezicht was in de schaduw.

'Denkt u dat ik zou mogen breien?' fluisterde Agnes, met een hoofdknik in de richting van de vrouwen. 'Ik zou graag iets doen terwijl ik met u praat. Ik kan niet tegen stilzitten.'

'Margrét?' riep Tóti. 'Hebt u werk voor Agnes?'

Margrét zweeg even, boog toen opzij en griste Steina haar breiwerk uit handen. 'Hier,' zei ze. 'Het zit vol gaten. Het moet uitgehaald worden.' Ze negeerde de beschaamde uitdrukking op Steina's gezicht.

'Ik heb medelijden met haar,' zei Agnes, terwijl ze langzaam meerdere pennen kronkelige wol uithaalde.

'Steina?'

'Ze zegt dat ze een smeekschrift voor me wil opstellen.'

Tóti aarzelde. Hij keek hoe Agnes vaardig de losse wol tot een kluwen wond en zei niets.

'Denkt u dat het mogelijk is, dominee Tóti? Een beroep aantekenen bij de koning?'

'Ik weet het niet, Agnes.'

'Zou u het aan Blöndal willen vragen? Naar u zou hij luisteren, en Steina kan misschien met districtsambtenaar Jón praten.'

Tóti schraapte zijn keel en dacht aan Blöndals neerbuigende toon. 'Ik beloof dat ik mijn best zal doen. Maar vertel verder.'

'Weer over mijn jeugd?'

'Wat je wilt.'

'Tja,' zei Agnes, terwijl ze zich op het bed omhoogduwde zodat ze meer ruimte had om te breien. 'Wat zal ik u vertellen?'

'Vertel me wat je je herinnert.'

'Dat zult u niet erg interessant vinden.'

'Waarom denk je dat?'

'U bent een priester,' zei Agnes ferm.

'Ik wil graag over je leven horen,' antwoordde Tóti vriendelijk.

Agnes draaide haar hoofd om te zien of de vrouwen luisterden. 'Ik heb u verteld dat ik op de meeste boerderijen van deze vallei heb gewoond.'

'Ja,' knikte Tóti.

'Eerst als pleegkind, daarna als pauper.'

'Dat is heel triest.'

Agnes kreeg een harde trek om haar mond. 'Het komt zo vaak voor.'

'Wie werden je pleegouders?'

'Een gezin dat op de plek woonde waar we nu zitten. Mijn pleegouders heetten Inga en Björn, en ze pachtten destijds Kornsá. Tot Inga's dood.'

'En toen werd je aan de parochie overgelaten?'

'Ja,' knikte Agnes. 'Zo gaan die dingen. De meeste goede mensen gaan te vroeg onder de grond.'

'Het spijt me dat te horen.'

'Het hoeft u niet te spijten, dominee, tenzij u haar natuurlijk hebt vermoord.' Agnes keek hem aan en Tóti zag een korte glimlach over haar gezicht flitsen. 'Ik was acht toen Inga stierf. Haar lichaam was niet geschikt voor het voortbrengen van kinderen. Voordat mijn pleegbroertje werd geboren gingen vijf baby's dood zonder ooit adem te hebben gehaald. De zevende droeg haar naar de hemel.'

Agnes snufte en begon zorgvuldig de breinaald door de losse steken te vlechten. Tóti luisterde naar het lichte tikken van de benen pennen en wierp heimelijk een blik op Agnes' handen, die snel langs de wol bewogen. Haar vingers waren lang en dun, en hij was verbijsterd over de snelheid waarmee ze werkten. Hij bedwong een onzinnige behoefte om ze aan te raken.

'Acht winters oud,' herhaalde hij. 'En je herinnert je haar dood nog heel goed?'

Agnes stopte met breien en keek weer om naar de vrouwen. Ze waren stil geworden en luisterden. 'Of ik het me herinner?' herhaalde ze, iets harder. 'Ik wou dat ik het kon vergeten.' Ze haakte haar wijsvinger uit de wollen draad en bracht hem naar haar voorhoofd. 'Hierbinnen,' zei ze, 'kan ik naar die dag gaan alsof het een bladzij in een boek is. Het staat zo diep in mijn geest geschreven dat ik de inkt bijna kan proeven.'

Agnes keek Tóti recht aan, haar vinger nog tegen haar voorhoofd. Hij raakte in verwarring door de glinstering in haar ogen, haar bloedende lip, en vroeg zich af of ze door het bericht over Sigga's beroep echt een beetje gek was geworden.

'Wat is er gebeurd?' vroeg hij.

HOOFDSTUK ZES

In dit jaar 1828, op de 29ste maart, noteren wij, de klerken die zijn aangesteld in Stapar in Vatnsnes – overeenkomstig de mondelinge beschrijving van districtscommissaris Blöndal – de waarde van de bezittingen van de gevangenen Agnes Magnúsdóttir en Sigrídur Gudmundsdóttir, beiden werkmeiden te Illugastadir. De volgende goederen, waarvan vaststaat dat ze aan voornoemde personen hebben toebehoord, hebben de volgende waarde:

AGNES MAGNÚSDÓTTIR		RBL*	RBSK**
1.	Een omslagdoek van blauwe, effen geweven wol.	—	48
2.	Een oude blauwe rok met een blauw lijfje van effen geweven wol, met een rode kraag en acht zilveren knopen.	1	64
3.	Een blauw jak van effen geweven wol met groene kraag, omzoomd met zes blikken versierselen.	—	20
4.	Een oude blauwe hoed en de resten van een zwarte, verbrand.	—	10
5.	Twee lange zwarte rokken.	—	20
6.	Een oude onderjurk, verschoten blauw.	—	80
7.	Een gestreept schort, IJslands weefsel.	—	10

* Rigsbankdaler
** Rigsbankskilling

8.	Een el witte, effen geweven wol.	—	16
9.	Een liedboek: nr 33-38.	—	16
10.	Vier ellen groene stof met een 'sarte' zoom, beschadigd.	—	10
11.	Een klein glas en een beker.	—	16
12.	Een lood indigo en bij benadering twee vellen papier.	—	20
13.	Twee breipennen en een oude schaar.	—	6
14.	Zeven koperen en twee zilveren knopen, bij benadering twintig andere knopen en een paar ogen en haakjes van koper.	—	24
15.	Een witte zak met nutteloze snuisterijen.	—	20
16.	Twee paar sokken, een blauw, het ander wit, en een vergeelde binnenzool.	—	12
17.	Een naaldenkoker, vingerhoedje en een paar witte handschoenen.	—	8
18.	Een kistje, een kleine houten eetnap en verscheidene doosjes.	—	20

SIGRÍDUR GUDMUNDSDÓTTIR		RBL	RBSK
1.	Twee vergeelde omslagdoeken, beschadigd.	—	80
2.	Een blauwe rok van effen geweven stof, slechte kwaliteit.	—	40
3.	Een blauwe rok met een beschadigd lijfje.	—	24
4.	Een oude, dunne, gestreepte doek.	—	24
5.	Een oude blauwe hoed met een groen zijden bol, beschadigd.	—	8
6.	Een klein nachthemd met tegenhanger van groene zijde.	—	10
7.	Een schaap, momenteel gestald op Illugastadir, en hooi.	2	—

Met stempel en waarmerk dat bovengenoemde goederen de volledige bezittingen van voornoemde gevangenen omvatten.

Getuigen:
J. Sigurdsson, G. Gudmundsson

Dit is wat ik de dominee vertel.

De dood kwam zoals hij altijd komt, maar toch op een heel andere manier.

Het begon met het noorderlicht. Het was zo'n koude winter dat ik elke ochtend wakker werd met een dun waas van ijs op mijn deken, doordat mijn adem bevroor en neersloeg tijdens mijn slaap. Ik woonde toen al twee of drie jaar op Kornsá. Kjartan, mijn pleegbroertje, was drie. Ik was maar vijf jaar ouder.

Op een avond zaten we samen te werken in de badstofa, Inga en ik. In die tijd noemde ik haar mamma, want dat was ze ook voor mij. Ze zag dat ik goed kon leren en onderwees me zo goed als ze kon. Haar man, Björn, probeerde ik ook pabbi te noemen, maar dat vond hij niet goed. Hij vond het ook niet goed dat ik schreef en las, en zag er geen been in het leren uit me te ranselen als hij me betrapte. Vulgair voor een meisje, zei hij. Inga was sluw; ze wachtte tot hij sliep, maakte me dan wakker, en dan lazen we samen de psalmen. Ze leerde me de sagen. Tijdens *kvöldvaka* vertelde ze die uit haar hoofd en als Björn in slaap was gevallen, liet ze me de verhalen weer aan haar terug vertellen. Björn heeft nooit geweten dat zijn vrouw zijn bevelen in de wind sloeg ter wille van mij, en ik vraag me af of hij ooit heeft begrepen waarom zijn vrouw zo van de sagen hield. Hij liet haar de sagen vertellen met de toegeeflijke blik van een man de ondoorgrondelijke grillen van een kind verdraagt. Wie weet waarom ze me als pleegkind hadden aangenomen. Misschien waren ze familie van mamma. Maar het ligt meer voor de hand dat ze een extra stel handen nodig hadden.

Die avond was Björn naar buiten gegaan om het vee te voeren, en toen hij daarvan terugkwam was hij in een goed humeur.

'Moet je jullie zien zitten turen bij de lamp, terwijl buiten de lucht in brand staat.' Hij lachte. 'Kom het licht zien,' zei hij.

Dus legde ik mijn spinwerk opzij, nam Kjartan bij de hand en ging met hem naar buiten. Mamma-Inga was hoogzwanger dus ze ging niet mee, maar ze wuifde ons na en ging verder met borduren. Ze was een nieuwe sprei voor mijn bed aan het maken, maar ze heeft hem nooit kunnen voltooien en tot de dag van vandaag weet ik niet wat ermee is gebeurd. Ik denk dat Björn hem misschien heeft verbrand. Hij verbrandde een heleboel dingen van haar, later.

Maar die avond stapten Kjartan en ik naar buiten de koude lucht in, de sneeuw knerpte onder onze voeten, en we begrepen algauw waarom Björn ons had geroepen. De hele hemel stroomde over van kleuren zoals ik nog nooit had gezien. Enorme gordijnen van licht bolden boven ons alsof ze door wind werden opgewaaid. Björn had gelijk – het leek of de hele hemel langzaam brandde. Er waren vegen paars die tegen het duister van de nacht aanzwollen en sterren die eroverheen gesprenkeld waren. De lichten ebden weg, als golven, en werden dan plotseling onderbroken door nieuwe strepen felgroen die langs de hemel scheerden alsof ze van grote hoogte naar beneden vielen.

'Kijk, Agnes,' zei mijn pleegvader, en hij draaide me bij mijn schouders zodat ik kon zien hoe de bergrug scherp stond afgetekend tegen de schittering van het noorderlicht. Ondanks het late uur zag ik de vertrouwde kartelige horizon.

'Kijk of je ze kunt aanraken,' zei Björn toen en ik liet mijn omslagdoek in de sneeuw vallen zodat ik mijn armen naar de hemel kon uitstrekken.

'Je weet wat dit betekent,' zei Björn. 'Het betekent dat er storm op til is. Het noorderlicht kondigt altijd slecht weer aan.'

Rond het middaguur de volgende dag begon de wind aan te wakkeren rond het huis; hij joeg de sneeuw op die 's nachts was gevallen, en smeet hem tegen de gedroogde huiden die we voor de ramen hadden gespannen om de kou buiten te houden. Het was een naargeestig geluid – de wind die ijs naar ons huis slingerde.

Inga voelde zich die ochtend niet goed en was in bed gebleven, dus maakte ik het eten klaar. Ik zette in de keuken de ketel op het vuur toen Björn binnenkwam uit de voorraadschuur.

'Waar is Inga?' vroeg hij.

'In de badstofa,' zei ik. Björn zette zijn muts af en schudde het ijs in de haard. Het water sputterde op de hete stenen.

'Het vuur rookt te veel,' zei Björn met een frons, en liet me vervolgens aan mijn werk.

Toen ik een pap van mos had gekookt bracht ik die naar de badstofa. Het was vrij donker in de kamer en nadat ik Björn zijn eten had opgediend, rende ik naar de voorraadschuur om olie voor de lamp te halen. De voorraadschuur was vlak bij de buitendeur van de boerderij en toen ik dichterbij kwam, hoorde ik de wind steeds luider gieren, en ik wist dat de storm razendsnel naderde.

Ik weet niet waarom ik de deur opende om naar buiten te kijken. Ik denk dat ik nieuwsgierig was. Maar vanuit een vreemde drang deed ik de klink van de deur om het weer buiten te zien.

Het was een angstaanjagende aanblik. Donkere wolken beukten op de bergketen en onder hun rookzwartheid warrelde een grijze zwerm sneeuwvlokken zover het oog reikte. De wind was woest, en een hevige, ijzige vlaag blies plotseling zo hard tegen de deur dat ik van mijn voeten werd gevaagd. De kandelaar aan de gangmuur ging even uit, en Björn schreeuwde wat ik verdomme aan het doen was, de sneeuwstorm zijn huis binnenlaten.

Ik gooide me tegen de deur om hem dicht te krijgen, maar de wind was te sterk. Mijn handen verstijfden van de koude luchtstroom. Het was alsof de wind een soort demon was die binnengelaten wilde worden. Toen viel de wind plotseling weg en de deur sloeg dicht. Alsof de geest eindelijk binnen was en de deur achter zich had gesloten.

Ik ging terug naar de badstofa met de olie en vulde de lampen. Björn was boos op me omdat ik kou had binnengelaten, terwijl Inga er zo slecht aan toe was.

De sneeuwstorm stortte zich die middag op ons huis en raasde drie dagen lang. Op de tweede dag kreeg Inga weeën.

Het was te vroeg.

Laat in de avond, te midden van het geluid dat werd voortgebracht door wind en sneeuw en ijs, begon Inga vreselijke pijn te krijgen. Ik geloof dat ze bang was dat ook deze baby geboren zou worden voordat het zijn tijd was.

Toen Björn besefte dat de baby op komst was, stuurde hij Jón, hun knecht, naar de boerderij van zijn broer om zijn schoonzuster en hun meid te halen. Mijn pleegvader vroeg Jón de vrouwen te vertellen wat er aan de hand was, zodat ze tenminste goede raad konden geven als ze niet met hem mee terug konden komen.

Jón protesteerde dat de sneeuwstorm te hevig was en dat ze van hem niet konden verwachten die opdracht uit te voeren, maar Björn was een veeleisend man. Dus kleedde Jón zich dik aan en ging naar buiten, maar kort daarop kwam hij terug, overdekt met sneeuw en ijs, en zei tegen mijn pleegvader dat hij geen hand voor ogen zag en dat hij niet gedwongen kon worden verder te lopen dan de stal als het weer een zekere dood voorspelde. Toch liet Björn het hem nog een keer proberen en toen Jón half bevroren van de kou terugkeerde en vertelde dat hij nauwelijks overeind kon blijven in de wind en nog geen twee meter had gelopen, pakte mijn pleegvader hem bij de kraag van zijn jas en duwde hem naar buiten. Ik denk dat hij zag hoe gevaarlijk het weer was toen hij de deur opendeed, want toen Jón een paar minuten later weer binnenkwam, trillend van kou en woede, zei Björn niets maar liet toe dat Jón zich uitkleedde en naar bed ging om bij te komen.

Ik denk dat Björn toen ook bang werd.

Inga was in bed gebleven en kreunde nu van de pijn, wit als melk en en zo heftig bevend dat ze overdekt raakte met zweet. Björn droeg haar van de badstofa naar de kamer op de zolder – er was vroeger een zolder in dit huis – zodat ze zich kon afzonderen, maar toen hij haar optilde, waren haar nachtpon en haar beddengoed doorweekt, en ik slaakte een kreet van verbazing. Ik dacht dat ze in haar bed had geplast.

'Laat haar liggen, Björn!' riep ik, maar hij negeerde me, droeg mijn pleegmoeder de trap op en vroeg mij water te koken en een lap *wadmal* te brengen. Ik deed wat hij gevraagd had, en pakte de dikke wollen stof die ik zelf had geweven. Ik vroeg of ik mamma mocht zien, maar hij zei dat ik op Kjartan moest passen, dus ging ik terug naar de badstofa.

Kjartan moet hebben aangevoeld dat er iets naars aan de hand was, want hij jengelde toen ik terugkwam. Zodra ik op ons bed was gaan zitten klauterde hij naar me toe, en in mijn eigen angst en behoefte aan troost, trok ik hem op schoot en luisterend naar de storm zaten we te wachten tot Björn ons kwam vertellen wat we moesten doen.

We wachtten heel lang. Kjartan was tegen mijn hals in slaap gevallen, dus legde ik hem in bed en probeerde wol te kaarden, de plukken in dunne vliezen uit elkaar te trekken tussen mijn plankjes, en de kleine klitjes eruit te halen. Maar mijn vingers trilden. De hele tijd kon ik Inga op de zolder horen schreeuwen. Ik hield mezelf voor dat dat schreeuwen gewoon was, dat ik algauw een nieuw pleegbroertje of pleegzusje zou hebben om van te houden.

Na een paar uur kwam Björn van de zolder. Hij liep de badstofa binnen en ik zag dat hij een pakketje vasthield. Het was de baby. Met een asgrauw gezicht stak Björn me het piepkleine ding toe en ik moest het in mijn armen nemen. Toen ging hij de kamer uit en terug naar zolder om voor zijn vrouw te zorgen.

Ik was opgewonden dat ik het baby'tje mocht vasthouden. Het was heel klein en licht en bewoog niet veel, maar huilde wel, en het gezichtje met die verfrommelde oogjes en mond was heel rood en zag er vreselijk uit. Ik pakte het uit en zag dat het een meisje was.

Kjartan was inmiddels weer wakker. Het was koud geworden binnen; de wind kwam door de kieren naar binnen, en de tocht blies plotseling de meeste talgkaarsen uit die we hadden aangestoken en op tafel gezet. Er bleef nog maar één kaars branden, en in het flakkerende licht dansten onze schaduwen over de muur en Kjartan begon te huilen. Hij deed zijn ogen dicht en begroef zijn gezicht tegen mijn schouder.

Omdat het zo koud was geworden, probeerde ik de baby in haar dekentje onder mijn omslagdoek te stoppen en gebruikte toen mijn kussen om haar dicht tegen mijn borst te houden. Maar we hadden geen donzen kussens, alleen van zeewier, en ze gaven niet veel warmte. Toch was de baby opgehouden met huilen en ik dacht dat ze het misschien niet te koud had, dat het wel goed zou komen. Ik veegde met mijn vingers iets van de dikke vloeistof op het hoofdje van de baby weg en toen gaven Kjartan en ik haar een kusje.

We hebben heel lang samen op bed gezeten. Uren gingen voorbij. Het hadden wat mij betreft ook dagen kunnen zijn. Het bleef schemerig en koud, en de storm woedde maar door. Ik had Kjartan gevraagd de dekens van het bed van zijn ouders te halen, en die hadden we om ons heen geslagen, terwijl we tegen elkaar aan kropen voor de warmte. Inga kermde onafgebroken op zolder. Het was een geluid als van iemand die slaapt en een verschrikkelijke nachtmerrie heeft: een zachte, vreselijke taal zonder woorden, alleen geluiden. En de wind loeide de hele tijd zo hard dat ik soms niet kon uitmaken of het Inga was die schreeuwde, of de wind die de kaars in de kandelaar liet druipen.

Ik had een arm om Kjartan geslagen en gebruikte de andere om de baby dicht tegen mijn borst te houden, en ik zei tegen allebei dat ze moesten proberen naar mijn hartslag te luisteren zodat ze de sneeuwstorm zouden vergeten.

Ik denk dat we in slaap zijn gevallen. Ik zeg ik denk, want ik herinner me niet dat ik wakker werd, maar ik herinner me wel dat ik plotseling Björn in de badstofa zag staan. De laatste kaars was uitgegaan en in het donker van de kamer zag ik hem alleen maar staan, heel stil, met hangend hoofd.

'Inga is dood,' zei hij. De woorden vielen zwaar in de kamer. 'Mijn vrouw is dood.'

'Björn,' zei ik, 'de baby is er. Neem de baby,' en ik haalde haar van onder de dekens vandaan en bood hem haar aan.

Hij wilde haar niet aanpakken. 'De baby is ook dood,' zei hij.

Ik keek neer op wat ik in mijn armen hield en zag dat de baby heel stil was geworden en dat ze niet meer warm was. De dekens waren alleen warm omdat ik ze tegen mijn eigen lichaam had gehouden. Ik begon te huilen. Kjartan zag het blauwe gezichtje van de baby, met het opgedroogde bloed dat nog aan haar wang kleefde en hij zag dat ze niet meer bewoog en begon te jammeren. Björn stond naar ons te kijken. Ik raakte overstuur, legde de baby op het bed en wierp mezelf op de grond met mijn gezicht in mijn handen. Ik jammerde en schreeuwde: 'Ik wil ook dood!'

'Misschien ga jij ook,' antwoordde Björn. Dat was het enige

wat hij zei om me te troosten. 'Misschien ga jij ook dood.'

Ik lag een hele tijd op de vloer te schreeuwen. Ik herinner me dat de houten planken – dezelfde als hier onder onze voeten – nat en vlekkerig waren van mijn tranen en de troep uit mijn neus. Ik was boos op Björn, die in het donker op zijn bed zat, met zijn hoofd in zijn handen, zonder te huilen, zonder te schreeuwen, zonder tegen me te zeggen dat ik overeind moest komen en me niet zo aan moest stellen. Hij was even bevroren als de grond buiten. En dus schreeuwde ik en rolde over de vloer tot mijn ogen gezwollen waren en mijn handen gloeiden van het op de planken slaan. Ik jankte als de storm buiten, tot ik aan Inga op zolder dacht en toen kwam ik overeind en rende de kamer uit, over mijn rokken struikelend, op mijn knieën vallend. Ik ging de trap naar de zolder op en stormde naar binnen.

Op onze zolder was een klein raam in het dak, boven de balken. Normaal gesproken stopten we het gat dicht met lappen om de regen en de sneeuw buiten te houden, maar die waren eruit gevallen en er stroomde een beetje blauw licht binnen, hoewel de sneeuwstorm buiten nog woedde. Het was ijskoud in de kamer. Mijn adem zweefde in een zacht wolkje uit me. Er was een heleboel sneeuw naar binnen gewaaid, die tot een grote plas op de vloer was gesmolten, en ik zag eerst die plas, hoe die het licht uit het raam weerkaatste, zodat hij helder op de vloer lag, als een spiegel. En toen zag ik Inga.

In het blauwe licht van de kamer leek haar bloed paars. Ze lag op een smalle stromatras, op de lap wadmal die ik Björn eerder had gegeven, alleen was de stof niet meer wit, maar donker van het bloed. Haar ogen stonden open en weerkaatsten het licht in vochtige sprankjes, waardoor ik dacht dat ze nog leefde. Ik boog me over haar heen en riep 'Mamma!' en legde mijn hand op haar schouder, maar toen ik haar aanraakte, wist ik dat ze dood was. Haar lichaam was stijf geworden en ze voelde koud aan.

Overal was haar bloed. Haar nachtpon leek er zwart van, het zat op haar benen en op het bed, maar ook haar blote schouders zaten vol en ik zag haar handen, die naast haar lagen, met de palm naar boven, die waren ermee bedekt, net zoals wanneer ze worst maakte en het bloed liet stollen en door linnen zeefde. Haar gezicht was wit, te wit in de schemerige kamer en haar haar was uit haar kapje gezakt en lag stijf over haar voorhoofd.

Ik zal nooit de geur vergeten. Die kamer was gevuld met de geur van haar bloed en de scherpe, schone lucht van de sneeuw op de planken. Ik werd er misselijk van.

Inga's nachtpon zat om haar middel gedraaid, dus trok ik hem weer over haar benen, ook al stond hij stijf van het bloed, zodat haar lichaam niet zo bloot was. Toen kuste ik haar slappe mond. Ten slotte trok ik haar kapje af en duwde mijn gezicht in haar haar. Het was het enige deel van haar dat nog naar mijn pleegmoeder rook en niet naar bloed. Ik legde mijn lichaam naast het hare, bedekte mijn gezicht met haar lange haar, en ademde haar in, ik weet niet hoeveel minuten, tot Jón het gordijn van de zolder opzijschoof, me optilde en weer naar beneden naar mijn bed droeg.

En toen ik weer wakker werd was de storm voorbij.

Dit is wat ik de dominee vertel. Ik probeer het verhaal zo goed mogelijk te vertellen. Ik laat de woorden komen terwijl ik brei, en houd het gezicht van de dominee in de gaten om te zien of hij ontroerd is.

Ik voel dat de anderen luisteren. Ik voel dat Steina en Margrét en Kristín en Lauga hun oren spitsen naar ons in de schaduwhoek, en het verhaal verslinden als vers brood met boter. Margrét en Lauga denken misschien dat het mijn eigen schuld is, of hebben medelijden met me. Steina denkt dat ik net zo ben als zij – ellendig, genegeerd. Nooit goed genoeg.

Maar omdat ik weet dat de anderen luisteren, kan ik de dominee niet vragen wat ik wil vragen. Ik kan niet zeggen: dominee, denkt u dat ik hier ben omdat ik als kind heb gezegd dat ik dood wilde? Want toen ik het zei, meende ik het. Ik sprak het uit als een gebed. *Ik hoop dat ik doodga*. Heb ik toen mijn eigen lot geschapen?

Ik wil de dominee vragen of hij denkt dat ik de baby heb gedood. Heb ik haar te stevig vastgehouden? Maar er is geen goede manier om deze vraag te stellen en ik wil die vrouwen niet op nog meer ideeën brengen. Er zijn dingen die ze niet hoeven te horen.

Het lijkt alsof iedereen van wie ik houd me wordt afgepakt en in de grond begraven, terwijl ik alleen achterblijf.

Gelukkig is er niemand over om van te houden. Niemand om te begraven.

—

'Wat gebeurde er toen?' vroeg Tóti. Hij merkte dat hij nauwelijks adem had gehaald tijdens Agnes' verhaal.

'Het is vreemd,' zei Agnes, terwijl ze met haar pink de wol rond de punt van de breinaald sloeg. 'Als ik denk aan de tijd dat ik klein was, is alles meestal schimmig. Alsof ik door beroet glas naar dingen kijk. Maar de dood van Inga, en alles wat daarna kwam... Dat voelt bijna als gisteren.'

Aan de andere kant van de kamer verschoof een stoel. Margrét hoestte gedempt.

'Ik herinner me dat Jón na Inga's dood eropuit werd gestuurd om Björns familie te gaan halen,' ging Agnes verder. 'Ik herinner me dat ik in bed lag en mijn pleegvader op de kruk zag zitten die Inga gebruikte als ze aan het spinnen was. Hij was er te groot voor. Kjartan lag bij mij in bed, en hij sliep warm en zwaar tegen mijn schouder. De wind was gaan liggen en het was ineens heel stil.

We hoorden uiteindelijk het gerammel van paardentuig

buiten op het erf. Toen stond Björn langzaam op en liep naar mijn bed. Hij tilde met één arm mijn broertje op zodat ik rechtop kon gaan zitten en vroeg me de dode baby te pakken, het gezichtje met een deken te bedekken en haar daarna in de voorraadkamer te leggen.

De baby leek dood nog lichter dan levend. Ik hield haar voor me uit en liep op mijn kousen de gang door.

Het was ijzig in de voorraadkamer. Ik zag mijn adem in wolkjes voor me en mijn voorhoofd deed pijn van de kou. Ik bedekte het gezichtje van de baby met een punt van de doek waarin ze gewikkeld was en legde haar op een zak gedroogde kabeljauwkoppen. Toen ik terugliep door de gang, sloeg een gure windvlaag me van opzij in het gezicht en in de deuropening zag ik de gezichten van Björns broer en schoonzuster en hun meid vanuit het donker buiten opdoemen. Hun wangen waren nat en glimmend van de sneeuw.

Ik herinner me hoe oom Ragnar en Jón Inga voorzichtig van de zolder naar beneden droegen terwijl Björn buiten bij de schapen was. Het was mijn taak om ervoor te zorgen dat haar hoofd niet tegen de treden van de ladder bonkte. Ze brachten haar naar de badstofa en legden haar op het afgehaalde bed. Tante Rósa was in de keuken bezig water warm te maken, en toen ik haar vroeg wat ze aan het doen was, zei ze dat ze het lichaam van mijn arme pleegmamma ging wassen. Ik mocht niet kijken van haar. Ze liet Kjartan aan haar voeten spelen en beval mij naar de zolder te gaan om haar meid Gudbjörg te helpen.

Toen ik de ladder op ging, was Gudbjörg bezig het bloed van de planken vloer te schrobben. Ik werd misselijk van de lucht en begon te huilen. Gudbjörg sloeg haar armen om me heen. "Ze is nu bij God, Agnes, ze is veilig."

Ik ging op de grond zitten met Gudbjörgs omslagdoek om me heen en zag het vet op haar armen lillen toen ze op haar knieën de planken schrobde. Gudbjörg wrong het roze water van de dweil keer op keer uit. Ze schudde almaar haar hoofd en moest soms stoppen om haar ogen af te vegen.

Ik vertelde Gudbjörg wat Björn had gezegd toen ik schreeuwde dat ik dood wilde; dat hij tegen me had gezegd dat ik misschien de volgende zou zijn. Gudbjörg suste me en zei dat Björn zichzelf niet was, en het niet zo bedoelde.

Ik vertelde haar dat Björn me de baby had gegeven om voor te zorgen, en dat ik haar stevig had vastgehouden en dat ze in mijn armen was gestorven en ik het niet eens had gemerkt.

Gudbjörg wiegde me alsof ik zelf een baby was. Ze zei dat het kindje niet bedoeld was geweest voor deze aarde en dat het niet mijn fout was dat het niet was blijven leven. Ze zei tegen me dat ik dapper was en dat God over me zou waken.'

'Weet je waar Gudbjörg nu is?' onderbrak Tóti haar.

Agnes keek op van haar breiwerk. 'Dood,' zei ze zonder aarzelen. Ze trok aan de knot wol om meer draad vrij te maken.

'Toen Ragnar, Kjartan en Björn terugkwamen uit de stal riep Rósa Gudbjörg en mij van de zolder en zaten we allemaal in de badstofa rond het bed waarin Inga lag. Ze zag er schoon uit, maar stil. Griezelig stil, zoals wanneer de wind gaat liggen en het gras niet beweegt en je het gevoel hebt dat je alleen op de wereld bent.

Oom Ragnar haalde een fles brandewijn tevoorschijn en gaf die zwijgend door. Het was voor het eerst dat ik drank proefde en ik vond het niet erg lekker, maar Jón was op het paard van mijn pleegvader vertrokken om de dominee te halen en we konden niet veel anders doen dan wachten en drinken. De uren knarsten voorbij, ik was misselijk van de brandewijn en de botten in mijn benen werden stijf van het zitten.

Jón kwam pas aan het eind van de avond terug met de priester. Ik liet ze binnen. De dominee vergat de sneeuw van zijn laarzen te stampen.

Gudbjörg, tante Rósa en ik brachten de mannen hun maal en ze aten van een bord op schoot, terwijl Inga in het bed voor hen lag. Tante Rósa had een kaars aangestoken en naast Inga's hoofd gezet en ik controleerde steeds of die niet was omgevallen; ik was bang dat haar haar vlam zou vatten.

Toen de mannen gegeten hadden, namen de vrouwen Kjartan en mij mee naar de keuken terwijl de dominee met de mannen sprak. Ik probeerde te luisteren naar wat ze zeiden, maar tante Rósa greep mijn arm en trok Kjartan op schoot, en ze begon een verhaaltje te vertellen om ons af te leiden. Ze hield pas op toen oom Ragnar en Jón langs de open deur liepen, met Inga's lichaam tussen zich in. Ze hadden haar gezicht met een doek bedekt. Ik wilde weten waar ze haar heen brachten en stond op om ze te volgen, maar tante Rósa verstevigde haar greep op mijn arm en rukte me naar zich toe. Gudbjörg vertelde me snel dat ze volgens de dominee onmogelijk vóór de lente begraven kon worden: de grond op het kerkhof was keihard bevroren en ze zouden mijn pleegmoeder in de voorraadschuur bewaren tot de grond ontdooide en iemand een graf kon delven. We gingen naar de deur om te zien hoe ze Inga weglegden.

De dominee volgde mijn vader door de gang. Ik hoorde hem zeggen: "Zo heb je in ieder geval ruim de tijd om de doodskisten te maken." Toen stelde hij voor om haar in de stal te leggen.

"Te warm," antwoordde mijn pleegvader.

Oom Ragnar en Jón legden Inga naast de dode baby in de voorraadschuur. Eerst op een zak zout, maar oom Ragnar wees erop dat het zout nodig zou zijn voordat we Inga konden begraven, dus verruilden ze het zout voor de gedroogde vis, en ik hoorde de dunne, droge graten van de kabeljauw knappen in de zak, onder het gewicht van haar lichaam.'

'Wanneer hebben ze haar begraven?' vroeg Tóti. Hij kreeg het ineens benauwd in de badstofa, omringd door het gedempte tikken van breinaalden en het schuren en piepen van wol.

'O, nog een hele tijd niet,' zei Agnes. 'Inga en de baby lagen tot het eind van de winter in de voorraadschuur. Elke keer dat ik lampolie moest halen, of Jón hielp een vat uit de provisiekamer te rollen, zag ik hun lichamen in de hoek liggen, op de zakken gedroogde vis.

Kjartan begreep niet wat er met zijn mamma was gebeurd. Ik neem aan dat hij de baby was vergeten, maar hij huilde voortdurend om Inga, zat op de vloer van de badstofa te janken als een hond. Zijn pabbi negeerde hem, maar als oom Ragnar op bezoek kwam, kreeg Kjartan een oorvijg. Hij hield algauw op met huilen.

Oom Ragnar leek altijd op Kornsá te zijn – hij zat met Björn in de badstofa te praten of bracht hem brandewijn. Björn was stiller geworden sinds de sneeuwstorm. Als ik hem zijn avondeten bracht, bedankte hij me niet meer, maar pakte alleen zijn lepel en begon te eten.

En toen werd me op een dag verteld dat Björn me niet meer wilde hebben. Het moet vroeg in de lente zijn geweest, ik was in een slechte bui en had geweigerd te eten. Mijn pleegvader had niets gezegd, en me zelfs geen standje gegeven voor het verspillen van voedsel. Hij bracht al zijn tijd door bij de dieren, die begonnen dood te gaan van de kou, en het zat me dwars dat hij meer van hen en Kjartan hield dan van mij.

De winter liep op zijn eind en die dag was er een beetje licht, dus toen ik van tafel opstond, besloot ik naar buiten te gaan. Niemand hield me tegen. Ik stormde de gang door, pakte de schop die bij de deur stond, en begon een pad te graven vanaf de boerderij, genietend van de aanraking van sneeuwvlokken op mijn warme wangen. Zodra ik een doorgang had gemaakt, gooide ik de schop weg en groef met mijn handen in de sneeuw, pakte armen vol ervan op en gooide ze zo ver mogelijk weg. Ik werkte door tot ik een vrij groot gat had gegraven. Toen ik ophield om op adem te komen, keek ik op en zag een zwarte vlek in de verte: het was oom Ragnar die weer op bezoek kwam. Hij begroette me en vroeg wat ik aan het doen was, zo helemaal onder de sneeuw. Ik legde uit dat ik een graf voor mamma ging graven. Oom Ragnar fronste zijn wenkbrauwen en zei dat ik haar geen mamma mocht noemen en of ik me niet schaamde, wat dacht ik wel om haar naast de drempel te begraven waar iedereen op haar zou stappen, en niet in de heilige grond van het kerkhof.

"Zou het niet beter zijn om haar warm in de voorraadschuur te houden totdat ze in vrede in gewijde grond kan rusten?" vroeg hij.

Ik schudde mijn hoofd. "De voorraadschuur is zo koud als een heksentiet," zei ik.

Oom Ragnar zei: "Pas op je woorden, Agnes. Lelijke woorden zijn een teken van een lelijke geest."

Die avond vertelde hij me dat Björn de pacht van Kornsá had opgezegd en naar Reykjavik ging om bij de visafslag te gaan werken. De winter had mijn pleegmoeder en haar kind, en bovendien de helft van Björns kudde geveld, en zonder een vrouw, of geld om het loon van nog een knecht te betalen, kon Björn me niet houden. Kjartan ging bij zijn oom en tante wonen, en toen het warmer werd, werd ik aan de genade van de parochie overgeleverd.'

'En zo werd je een zwerfkind,' zei Tóti.

Agnes knikte, en hield op met breien om haar vingers te strekken. Ze liet de sok in haar schoot liggen en keek naar hem in het donker. 'Zo werd ik een pauper. Overgelaten aan de genade van anderen, of ze die hadden of niet.'

—

Ik ben vroeg wakker geworden en de badstofa is nog vol schaduwen. Ik dacht dat iemand zich naar mijn oor boog en 'Agnes, Agnes' fluisterde. Het fluisteren scheidde me van mijn dromen, maar er is niemand en er druppelt plotseling een koude angst door mijn hart.

Ik had kunnen zweren dat iemand me riep.

Ik blijf stil liggen en probeer te luisteren naar de adem van de anderen in het donker, om uit te maken of iemand anders wakker is. Dominee Tóti ligt in het bed het dichtst bij mij; omdat het zo laat is geworden heeft hij besloten op Kornsá te blijven slapen. Maar ik weet dat hij niet degene is die me wakker heeft gemaakt. Een priester zou een gevangene niet wekken door als een geliefde in haar oor te fluisteren.

Er gaan minuten voorbij. Waarom is er zoveel duister in de kamer? Ik kan mijn handen niet zien hoewel ik ze boven mijn ogen hou. Het zwart dringt mijn geest binnen, en mijn hart fladdert als een vogel die in een vuist wordt geklemd. Ook als ik mijn ogen dichtknijp, is het duister er nog en nu zijn er ook vreselijke trillingen van flakkerend licht. Zijn mijn ogen open of dicht? Misschien was het een spook dat me wakker maakte – hoe kan ik de lichten verklaren die in het floers voor me verschijnen? Het lijken vlammen die van een muur af bladderen en Natans gezicht is voor me, zijn mond wijd open in een schreeuw en zijn tanden bloederig en glimmend, en van zijn brandende lichaam vallen schilfers verbrande huid op mijn dekens. Alles ruikt naar walvisvet en Fridriks mes zit diep in Natans buik en er schokt een schreeuw uit mijn borst alsof hij aan een touw uit mijn strot wordt getrokken.

De lichten verdwijnen. Droomde ik? Het lijkt alsof er geen tijd voorbij is gegaan.

'Dominee Tóti?' fluister ik.

Hij draait zich om in zijn slaap.

'Dominee? Mag ik een lamp aansteken?'

De dominee wordt niet makkelijk wakker – hij ligt er slap

bij, als een dronkaard. Ik por harder dan ik zou willen. Hij schaamt zich waarschijnlijk om wakker te worden en mij in mijn onderkleding te zien.

'Wat is er?'

'Ik heb weer gedroomd.'

'Wat?'

'Mag ik een lamp aansteken?'

'Het licht van Jezus is voldoende voor elke ware christen.' Zijn stem is lijzig van de slaap.

'Alstublieft, dominee.'

Hij heeft me niet gehoord. Hij begint te snurken.

Dan ga ik terug naar mijn bed, ongetroost. Ik ruik rook.

Mijn mamma is dood. Inga is dood.

Ze ligt in vodden gewikkeld in de voorraadschuur terwijl sneeuw en ijs de aarde in hun kaken geklemd houden en het graven van een gat, het graven van een graf verhinderen.

Zo koud dat ze moet wachten tot ze begraven kan worden.

Zo eenzaam dat ik bevriend raak met de raven die op lammetjes loeren.

Ik doe mijn ogen dicht en sluip door de donkere gang bij het flakkerende licht van mijn lamp en ik beef van angst. Ik hoor de wind huilen in de nacht buiten en ik denk dat ik mijn pleegmoeder kan horen klauwen aan de deur van de schuur, waar ze is weggestopt om te wachten tot ze in de lente in de kist kan worden genageld en begraven. Ik blijf staan en luister goed en door de wind heen meen ik gekrabbel te horen en dan mijn naam – Agnes, Agnes, ik word geroepen. Het is Inga die me roept om haar eruit te laten. Ik ben niet dood, ik ben teruggekomen, ik ben weer tot leven gekomen, ik moet uit de voorraadschuur worden gelaten, niet bewaard worden als geslacht vlees, verdrogend in de bedompte lucht. Bewaard bij zout en wei en meel dat krioelt van de graankalanders.

Ik blijf staan en ik beef van angst. Dan: mamma, mamma! Ik doe een stap naar de schuur en duw de deur open – er zit geen slot op. Ik duw de deur open en houd het ijle licht van mijn lamp voor me en ik zie de donkere vorm van haar lichaam op de grond, met haar hoofd op een zak gedroogde vissenkoppen en ik huil, want het is erger te weten dat ze echt dood is. O, mijn pleegmoeder is dood en mijn eigen moeder is weg. En ik zak op de grond, mijn benen zijn bezweken onder het pure, volwassen verdriet van een wees, en de wind huilt voor me omdat mijn keel het niet kan. Hij schreeuwt en schreeuwt en ik zit op de aangestampte aarden vloer die hard is van de kou, en ik ruik de misselijkmakende vissenkoppen die de laffe geur van de winter kruiden met hun stank van bloed en gedroogde graten.

HOOFDSTUK ZEVEN

De moordenaar Fridrik Sigurdsson is geboren in Katadalur, alhier in de parochie Tjörn op de 6de mei 1810, en is in deze parochie geconfirmeerd door mijn voorganger alhier, dominee Sæmundur Oddson, in 1823. Hij werd beschreven als beschikkend over 'een goed verstand', en een goede kennis en begrip van de catechismus. Echter, zijn gedrag was niet in overeenstemming met zijn kennis en opleiding. Hij omgordde zich met schaamteloze ongehoorzaamheid jegens zijn ouders, zodat deze bij mij hun beklag deden in de herfst van 1825. Uit de gesprekken die ik met hen voerde, vernam ik van zijn uiterst onbuigzame karakter.

Hoe zijn opvoeding is verlopen kan ik niet met voldoende zekerheid zeggen – ik ben, met uitzondering van vier jaren, geen priester geweest in deze parochie. Ik ben echter de mening toegedaan, dat hij is grootgebracht met te veel vrijheid.

De getuigenis van dominee Jóhann Tómasson

De 5de september 1829

Ds. T. Jónsson
Breidabólstadur, Vesturhóp

Aan (hulp)dominee Thorvardur Jónsson,

Ik schrijf om te informeren naar uw vorderingen met de misdadigster, Agnes Magnúsdóttir. Ik heb onlangs een ontmoeting gehad met dominee Jóhann Tómasson van de parochie Tjörn, die zo goed was mij te voorzien van een rapport aangaande de geestelijke vooruitgang en het verbeterde gedrag van de misdadiger Fridrik Sigurdsson, welke onder zijn supervisie is. Ik beschouw het als een noodzaak ook met u een ontmoeting te hebben. Wanneer u mij evenzo een verslag uitbrengt van wat zich heeft voorgedaan en zich nog immer voordoet tussen u en de misdadigster, zou ik kunnen overzien in welke mate het godsdienstonderricht de veroordeelden in het algemeen verbetert.

Gelieve u volgende week alstublieft in Hvammur te vervoegen teneinde verslag te doen van uw verrichtingen met de misdadigster, en van de leidraad die u tot nu toe hebt verschaft.

Districtscommissaris
Björn Blöndal

'Dank voor uw komst, hulpdominee Thorvardur,' zei Björn Blöndal toen hij de deur van de hoeve Hvammur uit kwam. Hij had zijn officiële ambtsgewaad aan, onder zijn rode jas was een schoon, roomkleurig hemd te zien. Tóti, die de districtscommissaris maar een paar keer had ontmoet, meestal wanneer hij als jongen met zijn vader meereisde, zweeg vol ontzag bij de aanblik van het uniform en het tamelijk imposante postuur.

'Gegroet, districtscommissaris Blöndal.'

Tóti steeg af en gaf de leidsels van zijn paard aan een knecht. Hvammur, merkte hij op, krioelde van de mensen, die allemaal hun eigen taken verrichtten op het grote erf voor het huis. Op een steen links van hem zat een man forel te ontweien die diezelfde ochtend in de rivier was gevangen, en twee vrouwen legden kleren te drogen in het karige zonlicht dat de dag bood. Hij zag nog een dienstmeid, een jonge vrouw met de nationale hoofdtooi van mutsje met kwast, die een troepje van vier of vijf kinderen naar buiten dreef.

'Hallo,' riepen ze vrolijk, met hoofdknikjes naar Tóti.

'U hebt een prettig thuis,' zei Tóti glimlachend terwijl hij naar Blöndal toe liep.

'Inderdaad. Welkom, dominee. Ik hoop dat uw reis niet te vermoeiend was. Kom binnen alstublieft, pas op de drempel.'

Een oudere dienstmeid leidde Tóti door een doolhof van gangen naar een kleine gastenkamer. Blöndal liep vlak achter hen aan en keek toe vanuit de deuropening hoe zij Tóti een zachte stoel aanbood en hem vaardig van zijn rijhoed en jas verloste.

'Bent u hier eerder geweest?' vroeg Blöndal tijdens het wachten. Tóti besefte dat hij zich aan alles had zitten vergapen.

'Alleen als jongen,' zei Tóti blozend. 'Dit is een prachtig vertrek. Ik zie dat u verschillende etsen heeft.'

Blöndal snoof en zette zijn gepluimde hoed af, afwezig over de veer strijkend. 'Ja,' zei hij langs zijn neus weg. 'Wij hebben hier het geluk te kunnen genieten van een weelde die meestal alleen de bewoners van het vasteland vergund is. Hoewel het mijn wens is dat nog deze eeuw meer IJslanders kennis zullen maken met de geneugten van glazen ramen, houten wandbekleding, gietijzeren kachels en dergelijke. Ik ben van mening dat een droger huis een betere luchtcirculatie mogelijk maakt, en daarom beter is voor de gezondheid.'

'Ik ben ervan overtuigd dat u gelijk hebt,' zei Tóti met een blik naar de meid, die bezig was zijn veters los te maken. Ze keek zonder een glimlach naar hem op.

'Kom, Karitas, laat hem nu met rust,' zei Blöndal. 'Dominee Thorvardur, als u me naar mijn kantoor wilt volgen.'

'Dank je, Karitas.'

De dienstmeid stond op, met zijn schoenen in haar hand, en keek hem aan alsof ze op het punt stond iets te zeggen.

'Karitas. Ga nu.'

Blöndal wachtte tot de vrouw de kamer uit was voordat hij Tóti wenkte om hem te volgen. 'Deze kant uit, alstublieft, dominee. Mijn vertrekken zijn in een afgelegen deel van het gebouw. Zo wordt de herrie van het werkvolk nooit meer dan een zwakke verstoring.'

Tóti volgde Blöndal door een lange gang, waar nog meer dienstmeiden en kinderen rondrenden die andere kamers in gingen. Tóti verwonderde zich over de omvang van het huis – zoiets had hij nog nooit gezien.

'Hier is het, dominee.'

Blöndal duwde een deur open naar een lichte studeerkamer. Langs de lichtblauwe muren stonden twee stevige boekenkasten, gevuld met in leer gebonden boeken. Midden in de kamer stond een groot bureau, het oppervlak glansde in het zonlicht dat binnenviel door een raampje met gordijnen onder de nok van de gevel.

'Wat mooi.' Tóti hapte naar adem.

'Neemt u plaats, dominee,' zei Blöndal terwijl hij een gerieflijke stoel bijtrok.

Tóti ging gehoorzaam zitten.

'Daar zijn we dan.' Blöndal streek met zijn grote handen over het gladde oppervlak van het bureau. 'Zullen we beginnen?'

'Natuurlijk, districtscommissaris,' zei Tóti nerveus. Hij was niet op zijn gemak in de grootsheid van het kantoor. Hij had niet geweten dat mensen in het noorden zo woonden.

'Ik begreep van mijn mannen dat de veroordeelde zonder incidenten naar Kornsá is gebracht.'

'Dat heb ik ook begrepen,' zei Tóti. 'En ik kan tot mijn genoegen melden dat Agnes zich heeft geschikt in haar nieuwe hechtenis op Kornsá.'

'Wel wel. U noemt haar bij haar voornaam.'

'Dat vindt ze prettig, districtscommissaris.'

Blöndal leunde achterover in zijn stoel. 'Ga verder.'

'Wel, de gevangene is tot dusver betrokken bij alle aspecten van het hooien op de boerderij,' ging Tóti verder. 'En districtsambtenaar Jón Jónsson heeft me gemeld dat ze hard werkt met een nederige houding die past bij haar lage status.'

'Houden ze haar niet in de boeien?'

'Gewoonlijk niet.'

'Zo zo. En haar huiselijke taken?'

'Die verricht ze met de grootste toewijding. De gevangene lijkt het prettig te vinden dagen van slecht weer breiend door te brengen.'

'Druk hun op het hart haar niet te onnadenkend werktuigen in handen te geven.'

'Ze letten goed op, districtscommissaris.'

'Mooi.' Blöndal schoof zijn stoel naar achteren, opende een la in zijn bureau en haalde er zorgvuldig een vel lichtgroen papier en een zakmes uit. Toen draaide hij zich om en pakte een glazen pot vol lange, witte zwanenveren van de hoek van een boekenplank. 'Ik stuur de vrouwen er altijd op uit om ze te verzamelen,' zei Blöndal, even afgeleid. 'Aan het eind van de zomer. Ze zijn het makkelijkst te vinden wanneer de vogels in de rui zijn. Dan hoeven ze niet uitgeplukt te worden.' Hij hield Tóti de pot met de bos veren voor.

'O nee, dat kan ik niet aannemen.' Tóti schudde zijn hoofd.

'Ik sta erop,' bulderde Blöndal. 'Een echte man onderscheidt zich van anderen door zijn schrijfgereedschap.'

'Dank u.' Tóti pakte behoedzaam een veer.

'De zwaan biedt veel,' zei Blöndal. 'Van de huid van de poten kunnen uitstekende beurzen worden gemaakt.'

Tóti veegde afwezig de lichte rand van de veer langs zijn hand.

'En de eieren zijn niet slecht. Gekookt.' Blöndal veegde netjes de krulletjes slagpen van het bureau en schroefde daarna een flesje inkt open. 'Welnu, als u wilt, gaarne een korte samenvatting van uw geestelijke bijstand aan de misdadigster.'

'Natuurlijk.' Tóti voelde het zweet in zijn handpalmen kruipen. 'Tijdens de oogst heb ik de misdadigster met tussenpozen bezocht, omdat ik het druk had met de oogst op Breidabólstadur, zoals u zult begrijpen.'

'Op welke wijze bereidde u zich voor op uw omgang met de veroordeelde?'

'Ik... ik zou liegen als ik zei dat mijn verantwoordelijkheid voor haar onsterfelijke ziel aanvankelijk niet zwaar op me drukte.'

'Daar was ik al bang voor,' zei Blöndal bars. Hij maakte een aantekening op het papier voor hem.

'Ik dacht dat de enige weg naar haar absolutie in gebed en

maningen lag,' zei Tóti, 'en ik heb meerdere dagen nagedacht over de gezangen, psalmen en andere literatuur die haar naar mijn idee aan Gods voeten zouden brengen.'

'En wat heeft u uitgezocht?'

'Passages uit het Nieuwe Testament.'

'Welke boeken?'

'Eh...' Tóti raakte van zijn stuk door de snelheid van Blöndals vragen. 'Johannes. Korinthiërs,' stamelde hij.

Blöndal keek schuin op naar Tóti en schreef door.

'Ik heb geprobeerd met haar te praten over het belang van het gebed. Ze vroeg of ik weg wilde gaan.'

Blöndal glimlachte. 'Dat verbaast me niet. Ze kwam me tijdens het proces bijzonder goddeloos voor.'

'O nee. Ze lijkt heel goed ingevoerd in de christelijke literatuur.'

'Net als de Duivel, ongetwijfeld,' kaatste Blöndal terug. 'Dominee Jóhann heeft Fridrik Sigurdsson de Passiepsalmen laten lezen. En ook de Openbaringen. Dat is een betere aanmoediging.'

'Mogelijk. Hoewel...' Tóti ging wat rechterop in zijn stoel zitten. 'Het is me duidelijk geworden dat de veroordeelde behoefte heeft aan andere middelen dan religieuze terechtwijzingen om vertrouwd te raken met de dood en zich voor te bereiden op haar ontmoeting met God.'

Blöndal fronste zijn wenkbrauwen. 'Op welke wijze hebt u de veroordeelde *vertrouwd* gemaakt met God, dominee?'

Tóti schraapte zijn keel en legde de veer zacht op het bureau voor zich.

'Ik vrees dat u het onorthodox zult vinden.'

'Vertel het alstublieft, dan kunnen we vaststellen of uw vrees gegrond is.'

Tóti zweeg even. 'Ik ben tot de overtuiging gekomen dat niet de strenge stem van een priester die met hellevuur dreigt, maar de milde, belangstellende toon van een vriend geschikter is om haar ziel te ontsluieren, districtscommissaris.'

Blöndal staarde hem aan. 'De milde toon van een *vriend*. Dat meent u toch niet serieus, mag ik hopen?'

Tóti bloosde. 'Ik vrees dat ik het wel serieus meen, heer. Elke poging om de veroordeelde met preken te bestoken had een averechtse uitwerking. In plaats daarvan moedig ik... moedig ik haar aan om over haar verleden te vertellen. Ik spreek haar niet toe, maar sta haar toe tegen mij te praten. Ik bied haar een laatste luisterend oor voor het eenzame relaas van haar leven.'

'Bidt u met haar?'

'Ik bid vóór haar.'

'Bidt ze voor zichzelf?'

'Ik kan me niet voorstellen dat ze dat niet doet, in stilte. Ze gaat sterven.'

'Ja, dominee. Ze gáát sterven.' Blöndal legde langzaam zijn zwanenveer neer en klemde zijn lippen op elkaar. 'Ze gaat sterven, en terecht.'

Er klonk een klop op de deur. 'Aha,' zei Blöndal, opkijkend. 'Sæunn. Kom binnen.'

Een nerveus ogend jong dienstmeisje kwam binnen met een dienblad.

'Op het bureau alsjeblieft,' zei Blöndal, en keek toe hoe het meisje koffie, kaas, boter, gerookt vlees en ongerezen brood voor hem neerzette. 'Eet, als u honger hebt.' Blöndal begon onmiddellijk plakken schapenvlees op zijn bord te laden.

'Nee, dank u,' zei Tóti. Hij keek hoe de districtscommissaris een grote hap brood met kaas in zijn mond propte. Hij kauwde langzaam, slikte, en haalde een zakdoek tevoorschijn om zijn vingers af te vegen.

'Hulpdominee Thorvardur. Het zij u vergeven dat u denkt met vriendschap deze moordenares het pad van de waarheid en het berouw te kunnen wijzen. U bent jong en onervaren. Ik ben hier gedeeltelijk debet aan.' De districtscommissaris leunde langzaam naar voren en zette zijn ellebogen op het bureau.

'Laat me openhartig tegen u zijn. Vorig jaar, in maart, verborg Agnes Magnúsdóttir Fridrik Sigurdsson in de koeienstal op Illugastadir. Natan Ketilsson was teruggekomen van de boerderij Geitaskard met een knecht van daar, Pétur Jónsson...'

'Vergeef me, districtscommissaris, maar ik geloof dat ik weet wat men denkt dat er...'

'Ik denk dat u niet voldoende weet,' onderbrak Blöndal hem. 'Natan was thuisgekomen na een bezoek aan Geitaskard waar hij Worm Beck behandelde, de districtsambtenaar aldaar. Worm was erg ziek. Natan was teruggegaan naar Illugastadir om zijn boeken te raadplegen en – zo heb ik begrepen – nog meer medicijnen te halen, en Pétur vergezelde hem. Het was laat, dominee. Ze besloten de nacht door te brengen in Natans huis en de volgende ochtend terug te gaan.

Die avond kwam Fridrik in het geheim uit Katadalur en Agnes verborg hem in de koeienstal. Ze hadden al de hele winter plannen beraamd om Natan te vermoorden en zijn geld te stelen, en dat is wat ze hebben gedaan. Agnes wachtte tot de mannen sliepen voordat ze Fridrik binnenliet. Het was een koelbloedige aanval op twee weerloze mannen.'

Blöndal zweeg even om het effect van zijn woorden op Tóti te peilen.

'Fridrik heeft bekend hen vermoord te hebben, dominee. Hij heeft bekend dat hij een hamer en een pas gewet mes meenam naar de badstofa en Pétur eerst heeft vermoord, zijn schedel heeft ingeslagen met één klap van de hamer. Hij dacht dat het Natan was, of hij wilde zich van een getuige ontdoen – dat weet ik niet. Maar vervolgens heeft hij zeker gepoogd Natan te vermoorden. In zijn bekentenis zei Fridrik dat hij de hamer hief en op Natans schedel mikte, maar miste. Hij zei dat hij bot hoorde kraken, en, dominee, onderzoek van de stoffelijke resten onthulde dat Natans arm inderdaad gebroken was.

Fridrik vertelde me dat Natan toen wakker werd en, waarschijnlijk beneveld door de pijn, dacht dat hij op Geitaskard was en dat zijn vriend Worm voor hem stond.

Hij zei: "Natan zag Agnes en mij in de kamer en hij smeekte ons om te stoppen, maar we gingen door tot hij dood was." Let op zijn woorden, dominee. "Agnes en mij." Fridrik vertelde dat Natan vermoord is met het mes.'

'Dus Agnes heeft hen niet vermoord.'

'Dat ze in de kamer was, valt niet te ontkennen, dominee.'

'Maar ze heeft het wapen niet gehanteerd.'

Blöndal leunde terug in zijn stoel en zette zijn vingertoppen tegen elkaar. Hij glimlachte. 'Toen Fridrik de moorden bekende, had hij geen berouw, dominee. Hij vond dat hij de wil van God had volbracht. Hij vond dat het gerechtigheid was voor het kwaad dat Natan had begaan, en eiste beide moorden voor zichzelf op. Ik ben van mening dat het niet helemaal is gegaan zoals hij zei.'

'U denkt dat Agnes Natan heeft vermoord.'

'Ze had motieven, dominee. Meer motieven dan Fridrik.' Blöndal vergaarde met zijn vinger de overgebleven kruimels op zijn bord. 'Ik denk dat Fridrik Pétur heeft vermoord. De man is met één klap vermoord, en een hamer is een zwaar stuk gereedschap om mee te zwaaien.

Fridrik zei dat Natan wakker werd en zag wat ze met hem aan het doen waren. Ik denk dat hij niet meer durfde, dominee. We vergeten te gemakkelijk dat Fridrik die nacht pas zeventien jaar oud was. Een jongen. Een schurk, dat zeker – het is vastgesteld dat hij en Natan min of meer vijanden waren. Maar bedenk, dominee...' Blöndal leunde naar voren. 'Bedenk hoe het moet zijn om een man voor zijn geld te doden. Stel u voor dat hij om zijn leven smeekt? Dat hij belooft losgeld te betalen, zoveel u maar wilt, zonder de autoriteiten in te lichten, als u hem maar in leven laat?'

Tóti's keel was droog. 'Ik kan me zoiets niet voorstellen.'

'Ik moet dat doen,' zei Blöndal. 'En ik heb het ook gedaan. Ik ben van mening dat Fridrik, toen hij zag dat Natan wakker werd en om zijn leven smeekte, niet meer durfde en aarzelde. Hij wilde geld, en dat zal hem ongetwijfeld zijn aangeboden op dat moment.' Zijn stem was laag. 'Ik ben van mening dat Agnes het mes heeft opgepakt en Natan heeft vermoord.'

'Maar dat heeft Fridrik niet gezegd.'

'Natan is doodgestoken. Fridrik was een boerenzoon; hij wist hoe je beesten doodt met een mes. De keel wordt doorgesneden.' Blöndal stak zijn hand uit en prikte in Tóti's keel. 'Van hier...' Hij trok zijn nagel over Tóti's huid. 'Tot hier. Natans keel werd niet doorgesneden. Hij werd in de buik gestoken. Dat duidt op verdorvener motieven dan diefstal.'

'Waarom Sigga niet?' vroeg Tóti kleintjes.

Blöndal schudde zijn hoofd. 'De meid van zestien die in tranen uitbarstte zodra ik haar liet voorkomen? Sigga deed niet eens een poging te liegen – ze is te simpel van geest, te jong om te weten hoe dat moet. Ze heeft me alles verteld. Hoe Agnes Natan haatte, hoe Agnes jaloers was op zijn attenties voor haar. Sigga is niet slim, maar dat zag ze wel.'

'Maar vrouwen kunnen jaloers zijn zonder te moorden, districtscommissaris.'

'Moord is ongebruikelijk, dat geef ik toe, dominee. Maar Agnes was tweemaal zo oud als Sigga. Ze is naar Illugastadir gereisd vanuit deze vallei – een niet onaanzienlijke afstand – waar ze heel haar leven had doorgebracht. Waarom? Zeker niet alleen voor het werk – ze had hier voldoende mogelijkheden. Er was ongetwijfeld een andere reden waarom ze voor Natan Ketilsson ging werken.'

'Ik geloof dat ik het niet begrijp, districtscommissaris,' zei Tóti.

Blöndal snoof. 'Vergeef me dat ik ronduit spreek, dominee – Agnes vond dat ze beter verdiende. Een huwelijksaanzoek, zou ik denken. Natan was een vrijpostige man – de vallei krioelt van zijn bastaards.'

'En hij heeft zijn belofte verbroken?'

Blöndal haalde zijn schouders op. 'Wie zegt dat hij haar iets had beloofd? Voor zover ik kan nagaan, verkeerde Agnes in de veronderstelling dat ze hem succesvol had verleid. Maar Sigga getuigde dat Natan de voorkeur gaf aan haar... attenties.'

'Is dat tijdens het proces ter sprake gekomen?'

'Een platvloerse zaak. Maar moordprocessen bestaan uit platvloerse zaken.'

'U denkt dat Agnes Natan wilde vermoorden omdat ze versmaad was.'

'Dominee. We hebben een zeventienjarige gewone dief, gewapend met een hamer, een zestienjarige meid die vreest voor haar leven, en een oude vrijster met onbeantwoorde gevoelens die in bittere haat omslaan. Een van hen heeft een mes in Natan Ketilsson gestoten.'

Tóti's hoofd suisde. Hij staarde naar de witte veer die op de rand van het bureau voor hem lag.

'Ik kan het niet geloven,' zei hij ten slotte.

Blöndal zuchtte. 'U zult geen bewijs van onschuld vinden in Agnes' verhalen over haar leven, dominee. Deze vrouw is lichtzinnig in haar gevoelens, en nog lichtzinniger in haar zeden. Zoals veel oudere dienstmeiden is ze bedreven in misleiding, en ik twijfel er niet aan dat ze een levensverhaal heeft verzonnen dat erop gericht is uw sympathie te wekken. Ik zou geen woord geloven van wat ze zegt. Ze heeft hier in deze kamer in mijn gezicht gelogen.'

'Ze lijkt oprecht,' zei Tóti.

'Ik kan u vertellen dat ze dat niet is. U móét haar het woord van God toedienen, als een onhandelbaar paard de zweep. Anders bereikt u niets.'

Tóti slikte. Hij dacht aan Agnes, aan haar magere, bleke lichaam in de schaduwhoeken van Kornsá, toen ze de dood van haar pleegmoeder beschreef.

'Ik zal al mijn energie aan haar verlossing wijden, districtscommissaris.'

'Sta me toe u de juiste weg te wijzen, dominee. Laat me u vertellen van het werk dat dominee Jóhann Tómasson met Fridrik heeft verricht.'

'De priester uit Tjörn.'

'Ja. Ik heb Fridrik Sigurdsson voor het eerst ontmoet op de dag dat ik hem ging arresteren. Dat was in maart vorig jaar, kort nadat ik het nieuws van de brand in Illugastadir had gehoord en met eigen ogen de stoffelijke resten van Natan en Pétur had gezien.

Ik ben met een paar van mijn mannen naar de woonplaats van zijn familie, Katadalur, gereden, en we zijn naar de achterkant van het huis gegaan om hem te verrassen. Toen ik bij de boerderij aanklopte, deed Fridrik zelf de bovendeur open en ik stuurde onmiddellijk mijn mannen op hem af. Ze sloegen hem in de ijzers. Die jonge man was woest, zijn gedrag en taal waren uiterst grof en ontaard. Hij worstelde met mijn mannen, en toen ik hem waarschuwde dat hij niet moest proberen te ontsnappen, schreeuwde hij, duidelijk hoorbaar voor iedereen, dat hij spijt had dat hij zijn geweer niet mee naar buiten had genomen, want ik verdiende een kogel door mijn voorhoofd.

Ik heb mijn mannen Fridrik hier laten brengen, naar Hvammur, en ben hem gaan ondervragen, zoals ik daarvoor had gedaan met Agnes en Sigrídur, die me over zijn betrokkenheid vertelden. Hij was koppig en bleef zwijgen. Pas toen ik dominee Jóhann Tómasson met hem liet praten, bekende hij dat hij met de hulp van de twee vrouwen de mannen had vermoord. Fridrik was niet berouwvol of boetvaardig, zoals een man die wordt beschuldigd van moorden in een vlaag van hartstocht. Hij uitte herhaaldelijk zijn overtuiging dat wat hij met Natan had gedaan noodzakelijk en juist was. Dominee Jóhann opperde dat zijn criminele gedrag een rechtstreeks gevolg was van zijn slechte opvoeding, en inderdaad, nu ik het hysterische gedrag van Fridriks moeder heb gezien toen we haar zoon arresteerden, ben ik die mening ook toegedaan. Welke andere omstandigheid zou een jongen van nauwelijks zeventien winters ertoe kunnen aanzetten een man dood te beuken met een hamer?

Fridrik Sigurdsson is een jongen die opgroeide in een huishouden waar men het niet zo nauw nam met de zeden en de christelijke leer, dominee. Laksheid, hebzucht en ruwe, onvolwassen neigingen kweekten in hem een zwakke geest en een verlangen naar wereldse gewin. Nadat ik zijn bekentenis had opgetekend, was ik er vast van overtuigd dat hij een onverzettelijk karakter had. Zijn uiterlijk riep bij mij sterke verdenkingen in die richting op – hij heeft sproeten en – neemt u me niet kwalijk, dominee – rood haar, een teken van een onbetrouwbaar karakter. Toen ik hem in hechtenis stelde bij Birni Olsen in Tingeyrar had ik weinig hoop dat hij zijn leven zou beteren. Gelukkig koesterden dominee Jóhann en Olsen meer hoop voor de jongen dan ik, en ze begonnen zijn ziel te bestoken met het religieuze vuur dat beide mannen zo onontbeerlijk maakt voor deze gemeenschap. Dominee Jóhann vertrouwde me toe dat Fridrik, door de combinatie van gebed, dagelijkse godsdienstige terechtwijzingen, en het goede, morele voorbeeld van Olsen en zijn gezin, berouw heeft gekregen van zijn misdaad en zijn dwalingen heeft ingezien. Hij spreekt open en eerlijk over zijn misdaden en erkent dat zijn naderende executie terecht is, gezien de gruwelijke aard van de misdaad waarin hij de hand heeft gehad. Hij erkent het als "Gods gerechtigheid". Zo, wat vindt u daarvan?'

Tóti slikte. 'Ik prijs zowel dominee Jóhann als Herr Birni Olsen om hun succes.'

'En ik eveneens,' zei Blöndal. 'Heeft Agnes Magnúsdóttir op gelijke wijze berouw van haar misdaad?'

Tóti aarzelde. 'Ze spreekt er niet over.'

'En dat is omdat ze onmededeelzaam, achterbaks en schuldig is.'

Tóti zweeg even. Hij wilde niets liever dan de kamer uit rennen en zich bij de rest van het huishouden van Hvammur voegen; hun gekwebbel glipte onder de deur van Blöndals kantoor door.

'Ik ben geen wreed man, hulpdominee Thorvardur. Maar ik ben godvrezend, en het is me zonneklaar dat dit district overspoeld wordt door misdadigers van de ergste soort. Dieven, boeven, en nu moordenaars. In de jaren die zijn verstreken sinds mijn aanstelling als districtscommissaris heb ik gezien hoe de morele grenzen die ons volk tegen verdorvenheid en ondeugden beschermden, steeds verder afbrokkelen. Het is een politiek en religieus probleem, en het is mijn verantwoordelijkheid ervoor te zorgen dat de misdadigers in dit district, die zo lang ongestraft zijn gebleven, hun verdiende loon krijgen in de ogen van hun gelijken.'

Tóti knikte en pakte langzaam de zwanenveer op. Het dons aan de onderkant kleefde aan zijn vochtige vingers. 'U wilt haar tot voorbeeld stellen,' zei hij zacht.

'Ik wil Gods gerechtigheid verkondigen hier op aarde,' zei Blöndal streng. 'Ik wil de autoriteiten die mij hebben aangesteld eer bewijzen door mijn plicht als wetshandhaver te vervullen.'

Tóti aarzelde. 'Ik hoor dat u Gudmundur Ketilsson als beul hebt aangesteld,' zei hij.

Blöndal zuchtte en leunde achterover in zijn stoel. 'Ik heb nergens meegemaakt dat tongen zich zo snel roeren als in deze vallei.'

'Is het waar dat u de broer van de vermoorde man hebt gevraagd?'

'Ik hoef mijn beslissingen niet voor u te rechtvaardigen, dominee. Ik leg geen verantwoording af aan parochiepriesters. Ik leg verantwoording af aan Denemarken. Aan de koning.'

'Ik zei niet dat ik het afkeurde.'

'Uw mening staat in grote letters op uw gezicht te lezen, dominee.' Blöndal pakte zijn pen weer op. 'Maar we zijn hier niet om mijn functioneren te bespreken. We zijn hier om het uwe te bespreken, en ik moet zeggen dat ik teleurgesteld ben.'

'Wat wilt u dat ik doe?'

'Keer terug naar Gods woord. Vergeet Agnes' woorden. U hoeft niets van haar te horen, tenzij het een bekentenis is.'

Dominee Tóti liep met bonkend hoofd de studeerkamer van Björn Blöndal uit. Hij dacht voortdurend aan Agnes' bleke gezicht, haar zachte stem in het donker, en het beeld van de roodharige Fridrik, die een hamer hief boven een slapende man. Had ze tegen hem gelogen? Hij onderdrukte de aanvechting een kruis te slaan in de gang, in aanwezigheid van de bedrijvige werkvrouwen die met emmers melk en potten afval sleepten. Tegen de muur geleund trok hij zijn schoenen aan.

Het was een opluchting buiten te zijn. Het was bewolkt en donker geworden, maar de koude lucht, en de sterke geur van vis die aan rekken bij de koeienstal hing te drogen, waren als balsem voor zijn verwarring. Hij dacht aan Blöndals vette vinger tegen zijn keel. Het gekraak van bot. Natan Ketilsson die om zijn leven smeekte. Hij moest bijna overgeven.

'Dominee!' Iemand riep hem. Hij draaide zich om en zag dat Karitas, Blöndals dienstmeid, hem achterna kwam rennen. 'U bent uw jas vergeten, mijnheer.'

Tóti glimlachte en stak zijn arm uit om het kledingstuk aan te nemen, maar de vrouw liet het niet los. Ze trok Tóti dichter naar zich toe en fluisterde tegen hem, met haar ogen naar de grond.

'Ik moet u spreken.'

Tóti was verbaasd. 'Pardon?'

'Sst,' siste de vrouw. Ze wierp een blik naar de knechten die bezig waren vis te ontweien op de steen. 'Kom mee. Naar de stal.'

Tóti knikte, pakte zijn jas aan en schuifelde naar de grote koeienstal. Binnen was het donker en rook het sterk naar gier, hoewel de hokken al waren uitgemest. De stal was leeg – alle dieren waren naar de wei gebracht.

Hij draaide zich om en zag het silhouet van Karitas in de deuropening.

'Ik wilde niet geheimzinnig doen, maar...' Ze deed een stap dichterbij en Tóti zag dat ze van streek was.

'Ik wilde u niet zomaar meeslepen, maar ik dacht dat ik anders geen kans zou krijgen.' Karitas gebaarde naar een melkkruk en Tóti ging zitten.

'U bent de dominee die voor Agnes Magnúsdóttir zorgt?'

'Ja,' zei Tóti nieuwsgierig.

'Ik heb op Illugastadir gewerkt. Bij Natan Ketilsson. Ik ben in 1827 weggegaan, vlak voordat Agnes daar kwam werken. Ze kwam voor mij in de plaats als huishoudster. Tenminste, dat is wat Natan me vertelde.'

'Ik begrijp het. En wat wilde je me vertellen?'

Karitas zweeg even, alsof ze probeerde de juiste woorden te vinden. '"Het verraad van een vriend is erger dan het verraad van een vijand,"' zei ze ten slotte.

'Ik begrijp het niet.'

'Dat is uit de sage van Gisli Sursson.' Karitas wierp een snelle blik naar de deuropening om te zien of er niemand aankwam. 'Hij heeft zijn woord aan haar verbroken,' fluisterde ze.

'Zijn woord?'

'Natan had Agnes mijn positie beloofd, meneer. Maar voordat ze kwam, besloot hij dat Sigga die zou krijgen.'

Tóti was in de war. Hij streelde afwezig over de veer die

Blöndal hem had gegeven. Hij had hem nog steeds in zijn hand.

'Sigga was jong – vijftien of zestien, dominee. Natan wist dat het beschamend voor Agnes zou zijn om onder haar gezag te staan.'

'Ik ben bang dat ik niet begrijp wat je bedoelt, Karitas. Waarom zou Natan Agnes een positie beloven en die dan aan een onervaren meisje geven dat half zo oud was als zij?'

Karitas haalde haar schouders op. 'Hebt u Natan ooit ontmoet, dominee?'

'Nee, nooit. Hoewel ik heb begrepen dat veel mensen hier in de vallei hem hebben gekend.' Hij glimlachte. 'Ik heb nogal tegenstrijdige meningen gehoord. Volgens sommigen was hij een tovenaar, volgens anderen een goede dokter.'

Karitas beantwoordde zijn glimlach niet.

'Maar vind jij dat hij Agnes heeft bedrogen?'

Karitas schuifelde met haar slofje door het stro op de grond. 'Het is alleen... De mensen hier hebben haar naam zwartgemaakt, en dat zint me niet.'

Tóti aarzelde. 'Waarom vertel je me dit, Karitas?'

De vrouw boog zich dichter naar hem toe. 'Ik ben weggegaan van Illugastadir omdat ik Natan niet meer kon verdragen. Hij... hij spéélde met mensen.' Ze kwam nog dichterbij, met een trillende onderlip. 'Het was alsof hij het deed om zichzelf te vermaken. Ik wist nooit waar ik aan toe was met hem. Hij zei het ene en deed het andere. En als ik het in mijn hoofd haalde verlof te vragen om naar de kerk te gaan, nou.' De vrouw keek schuins naar Tóti. 'Ik ben een goede christenvrouw, dominee, en ik zweer dat ik nog nooit een man zoveel ongeloof heb horen spuien.' Karitas keek met een angstig gezicht naar de deuropening. 'U vertelt Blöndal toch niet dat ik met u gesproken heb?'

'Natuurlijk niet. Maar ik begrijp niet wat het voor zin heeft om me dit over Natan te vertellen. Ik begrijp dat de meningen over hem verdeeld zijn, maar lasteraars, ook al zijn ze niet gelovig, verdienen het toch niet om midden in de nacht te worden doodgestoken?'

Karitas was van haar stuk gebracht. 'Lasteraar?' Ze keek hem strak aan. 'Heeft Agnes iets over Natan gezegd?'

'Nee. Ze praat niet over hem.'

'Wat heeft Blöndal gezegd?' Met een ruk van haar hoofd in de richting van het grote huis.

'Ik heb van niemand veel betrouwbaars gehoord, alleen bijgelovige praat dat hij naar de duivel is genoemd.'

Karitas glimlachte zwak. 'Ja, dat zeggen ze. Blöndal zou trouwens nooit iets slechts over hem zeggen. Natan heeft zijn vrouw genezen.'

'Ik wist niet dat ze ziek is geweest.'

'Doodziek. Hij heeft hem er ook genoeg voor betaald. Maar het werkte. Natan Ketilsson heeft zijn vrouw voor de hemelpoort weggerukt.'

Tóti werd plotseling boos. Hij stond op en veegde het stro en het stof van zijn broek. 'Ik moet weg.'

'Dus u zegt niet tegen Blöndal dat ik met u heb gepraat?'

'Nee.' Tóti glimlachte vaag. 'Karitas, ik wens je alle goeds. God behoede je.'

'Dominee, u moet Agnes naar Natan vragen. Ik denk dat ze elkaar beter kenden dan ze zichzelf kenden.'

Tóti draaide zich onzeker om bij de deuropening. 'Zou jij haar zelf willen bezoeken?'

Karitas lachte hees. 'Blöndal zou me laten ontweien en aan het rek te drogen hangen. Bovendien was ik al weg toen zij op Illugastadir kwam. Het was mooi geweest.'

'Ik begrijp het.' Tóti keek haar even aan en bracht toen snel een hand naar de rand van zijn hoed. 'God zegene je.' Hij ging zijn paard van het erf halen en toen hij in het zadel zat, draaide hij zich om en zwaaide naar Karitas, die in de opening van de koeienstal stond. Ze zwaaide niet terug.

—

De oogst is binnen en iedereen verlangt ernaar eindelijk zijn mond open te doen voor eten en praten en drinken na al die weken van tanden op elkaar. Ik help Margrét in de keuken met het bereiden van schapenvlees voor de gasten die binnendruppelen voor het oogstfeest. Er is niet veel tijd om na te denken. De dochters zijn er niet – ze zijn naar de bergheide gestuurd met Kristín om bessen en mos te verzamelen –, dus is het aan Margrét en mij om de wei met water te schenken en te mengen, de boter te karnen, de mannen te bedienen, en ervoor te zorgen dat al het drogende wasgoed van het erf wordt gehaald voordat de buren onze onderkleren zien. Ik was verbaasd toen ik opeens merkte dat de meisjes weg waren; ik denk dat ik gewend ben geraakt aan Lauga's wegdraaiende ogen, als een soort misnoegd kalf, en aan Steina die me als een schaduw volgt. 'Ik ken je,' zei ze tegen me voordat ze wegging. 'Wij lijken op elkaar.'

Ik lijk in helemaal niets op Steina. Ja, zij is ook ongelukkig, maar ze is niet zoals ik. Toen ik zo oud was als zij, werkte ik voor de kost op Gudrúnarstadir, hielp ik daar met de verzorging van de vijf kinderen – allemaal zo dun en flets als hoogwaterlijnen – en maakte schoon en kookte en bediende tot ik dacht dat ik erbij neer zou vallen. Altijd tot mijn ellebogen ergens in – pekel, of melk, of rook, of mest, of bloed. Toen Indridi geboren werd, de jongste van de Gudrúnarstadir-clan, stond ik naast zijn arme moeder, hield haar hand vast en sneed de verknoopte streng door. Wat heeft Steina van de wereld gezien? Toen ik zo oud was als zij, was ik alleen en hield 's nachts één oog open om te voorkomen dat een grofgebekte knecht mijn nachtpon optilde als hij dacht dat ik sliep. Niet dat hij altijd zo heimelijk deed. Hij greep me op een ochtend bij de kreek, draaide mijn armen achter mijn rug en duwde me naar beneden, zodat mijn gezicht tegen het water plensde, en ik bang was dat ik zou verdrinken terwijl hij aan zijn broek morrelde. Heeft Steina onder het gewicht van zo'n knecht moeten worstelen? Heeft Steina ooit moeten kiezen tussen een boer onder haar rokken toelaten en de wraak van zijn vrouw trotseren, die haar zou dwingen het vuilste werk te doen, of hem de toegang ontzeggen en dakloos in de sneeuw en de mist komen te staan met alle deuren voor haar gesloten?

Die baby, dat kind Indridi met zijn distelhoofdje dat ik op de wereld hielp, werd een paar jaar nadat ik hem had losgesneden begraven. Hij was oud genoeg om te praten. Oud genoeg om te weten dat hij honger had. Wat weet Steina van dode kinderen? Ze is niet zoals ik. Ze kent alleen de levensboom. Ze heeft de grillige wortels niet zien graaien naar stenen en doodskisten.

Nadat Indridi was overleden ging ik weg van Gudrúnarstadir, en de boer en zijn vrouw en hun overgebleven kluitje kinderen, geknakt door de honger. Ze gaven me kussen, een aanbevelingsbrief en twee eieren voor de reis naar Gilsstadir. Ik gaf de eieren aan twee blonde meisjes die ik onderweg tegenkwam.

Ik zou er bijna om kunnen lachen. Te bedenken dat die meisjes met hun ronde wangetjes, die kluiten aarde gooiden zodat hun hond erachteraan kon rennen, nu mijn bewakers zijn hier op Kornsá.

Lauga ging vreselijk tekeer toen Jón hun vertelde dat ze het oogstfeest moesten missen om bessen te plukken. Ze kan ontzettend nukkig zijn en doet me een beetje aan Sigga denken, maar dan slimmer. Jón sprak gisteravond met haar en Steina toen hij dacht dat ik sliep. 'Ze moet haar God ontmoeten, op een wrede manier,' zei hij. 'Ons gezinsleven moet doorgaan. We moeten jullie tegen haar beschermen.' Hij wil niet dat ze medelijden met me krijgen. Hij wil niet dat ze te dicht bij me komen, dus heeft hij ze een tijdje weggestuurd, zolang het weer het toestaat. Een onderbreking van mijn aanwezigheid.

Margrét zegt dat de gasten vandaag buiten eten, het is een mooie septemberochtend en het zal ons goeddoen zo veel mogelijk van de zon te profiteren, want binnenkort is de winter weer bij ons. Het berggras is al aan het verbleken tot de kleur van gerookt vlees, en de avonden ruiken naar brandende visolie van pas aangestoken lampen. Op Illugastadir zal al snel een tinteling van rijp liggen over het zeewier dat op de kust is geworpen. Dan drommen de robben op de landtong bijeen, terwijl de winter van de berg afdaalt. En is er het schreeuwen en roepen van mannen te paard die de schapen opdrijven, en dan komt de slacht.

'Gegroet, allen op Kornsá!' Een roep vanaf de ingang van de boerderij, en Margrét kijkt geschrokken op. 'Blijf hier,' zegt ze. Ze haast zich naar buiten. Er klinkt het stijgen en dalen van een vrouwenstem, en dan komt een zware, zwangere vrouw binnen, omringd door een zwerm witblonde kinderen met loopneuzen. Een andere vrouw, een magere, grijze dame, volgt haar. Ik kijk op van de haard waar ik in de soep roer, en zie dat de dikke vrouw met haar hand voor haar mond naar me staart. De kinderen gapen me ook aan.

'Róslín, Ingibjörg, dit is Agnes Magnúsdóttir,' zucht Margrét.

Ik maak een buiginkje, en besef dat ik er niet uitzie. Door de damp plakt mijn haar tegen mijn vochtige voorhoofd en op mijn schort zit bloed van het vlees.

'Naar buiten! Kinderen, nu naar buiten!' De kleine kudde kinderen vertrekt, eentje niest een keer heel hard. Ze lijken teleurgesteld.

Hun moeder niet. De vrouw die Róslín heet, grijpt Margrét bij haar schouder.

'Je nodigt ons allemaal uit terwijl zíj hier is!'

'Waar zou ze anders moeten zijn?' Margrét werpt een blik naar de andere vrouw, Ingibjörg, en ik zie een samenzweerderige glinstering in hun ogen.

'Op Hvammur, voor deze dag! Opgesloten in de voorraadkamer!' schreeuwt Róslín. Haar gezicht is rood aangelopen, ze geniet van haar razernij.

'Je windt je veel te veel op, Róslín. Straks komt het nog te vroeg.'

Ik kijk naar de opgezwollen buik van de vrouw. Zo te zien loopt ze op alle dagen.

'Het is een meisje,' zeg ik zonder nadenken.

De drie vrouwen staren me aan.

'Wat zei ze?' fluistert Róslín met een geschokte blik.

Margrét kucht even. 'Wat zei je, Agnes?'

Ik voel me opeens ongemakkelijk. 'Uw baby wordt een meisje. Dat zie je aan de vorm. De manier waarop de buik uitsteekt.'

Ingibjörg kijkt me met belangstelling aan.

'Heks!' schreeuwt Róslín. 'Zeg dat ze niet meer naar me mag kijken.' Ze stormt de keuken uit.

'Hoe heb je dat geraden?' vraagt Ingibjörg. Haar stem is vriendelijk.

'Dat heeft Rósa Gudmundsdóttir me verteld. Ze is vroedvrouw in het westen.'

Margrét knikt langzaam. 'Dichteres-Rósa. Ik wist niet dat jullie bevriend waren.'

Het vlees is klaar. Ik leg de lepel op een ton en til met beide handen de ketel van de haak. 'Dat zijn we ook niet,' zeg ik.

Ingibjörg pakt een schaaltje boter naast me en knikt naar Margrét.

'Ik hoop dat je meesteres het goedvindt dat je even naar buiten gaat,' zegt ze glimlachend. 'Je moet de zon op je gezicht voelen.'

Margrét en zij lopen weg, maar haar woorden blijven in de ruimte hangen. Je moet de zon op je gezicht voelen. 'Voordat je doodgaat,' voeg ik er onwillekeurig aan toe, hardop, bij het sissen van de sintels.

De gasten arriveren te voet en te paard, de vrouwen hebben eten bij zich en de mannen halen tersluiks flesjes brandewijn uit hun vesten en jassen. Ik zie ze als ik borden op de tafels kom zetten, maar Margrét houdt me voornamelijk in de keuken bezig, buiten het zicht van de buren. Ze staren naar me en vallen stil als ik kannen melk neerzet en kluiten verse boter.

Ik wil niet hierbuiten zijn. Er zullen mensen zijn die ik ken, misschien boeren voor wie ik heb gewerkt, meiden met wie ik een kamer heb gedeeld. Mijn voorhoofd doet pijn doordat mijn vlechten zo strak zitten, en opeens zou ik ze dolgraag los willen maken, rond willen lopen met loshangend haar, op mijn rug in de zon willen liggen.

—

Tóti vond Agnes in de melkschuur, bezig met boter karnen.

'Niet bij het feest, Agnes?' vroeg hij zacht.

Ze draaide zich niet om. 'Ik maak me hier nuttiger,' zei ze terwijl ze de karnstok op en neer bleef halen door de room. Tóti vond het een prettig geluid, de doffe plons in de karnton.

'Ik hoop dat je het niet erg vindt dat ik je kom storen.'

'Nee. Maar als u het niet erg vindt, houd ik niet op voordat de boter pakt.'

Tóti leunde in de deuropening terwijl Agnes doorging met het op en neer bewegen van de karnstok. Na een poosje werd hij zich bewust van Agnes' ademhaling, snel en krachtig in de kleine ruimte. Het had iets intiems; het ritme van de karnstok en het geluid van versnelde ademhaling. Hij voelde dat hij bloosde. Uiteindelijk klonk er een bons in de kleine ton, waarop Agnes stopte en soepel de boter van de karnemelk scheidde. Tóti keek met knipperende ogen toe hoe Agnes de boter spoelde, en kneedde en met de spaan sloeg, vaardig het overgebleven vocht eruit perste, en dacht aan de woorden van

Blöndal. *Iemand heeft het mes in Natan Ketilssons buik gestoten.*

Toen de boter klaar was en met een doek bedekt, stelde Tóti voor naar buiten te gaan, de frisse lucht in. Agnes keek nerveus, maar nadat ze een breiwerk uit de badstofa had gehaald, volgde ze Tóti naar buiten. Ze gingen op de turfhoop bij het huis zitten en keken naar de groep volwassenen en kinderen, de boeren die gestaag dronkener werden van de brandewijn, en de vrouwen die zaten te roddelen in dichte kluitjes donkere kleren. Sommigen hielden om de beurt een baby vast en kirden ernaar. Het kind begon te krijsen.

'Ik ben bij Blöndal geweest,' zei Tóti ten slotte.

Agnes verbleekte. 'Wat wilde hij?'

'Hij vindt dat ik je meer moet bestoken met gebeden en preken, en dat ik je minder moet laten praten.'

'Blöndal vindt maar één ding prettiger dan religieuze tuchtiging, en dat is het geluid van zijn eigen stem.' Agnes' woorden klonken bitter.

'Is het waar dat Blöndal Natan heeft laten komen om zijn vrouw te genezen?'

Agnes keek hem argwanend aan. 'Ja,' zei ze langzaam. 'Ja, dat is waar. Natan is een paar jaar geleden naar Hvammur gekomen om haar kompressen te geven en een aderlating te doen.'

Tóti knikte. 'Blöndal heeft me ook het een en ander over Fridrik verteld. Kennelijk gaat het erg goed met hem onder de voogdij van Birni Olsen en de begeleiding van dominee Jóhann.' Hij keek naar Agnes om haar reactie te peilen. Ze kneep haar ogen tot spleetjes.

'Gaan ze voor hem ook in beroep?' vroeg ze.

'Dat heeft hij niet gezegd.' Tóti schraapte zijn keel. 'Agnes, een dienstmeid, Karitas heet ze, doet de groeten. Ze vroeg of je tegen mij over Natan had gesproken.'

Agnes hield op met breien en klemde haar kaken op elkaar. 'Karitas?' Haar stem brak.

'Ze wilde me spreken nadat ik Blöndal had ontmoet. Ze wilde me over Natan vertellen.'

'En wat zei ze over hem?'

Tóti grabbelde naar zijn snuifhoorn, strooide wat op zijn hand en snoof het op. 'Ze zei dat ze het niet kon uithouden, voor hem werken. Ze zei dat hij met mensen speelde.'

Agnes zweeg.

'Ik heb anderen hier in de vallei ontmoet die zeggen dat hij een tovenaar was, dat hij zijn naam van Satan heeft gekregen,' zei Tóti.

'Dat is een erg populair verhaal. En veel mensen geloven het ook nog.'

'Geloof jij het?'

Agnes streek de kous in wording over haar knieën glad. 'Ik weet het niet,' zei ze ten slotte. 'Natan geloofde in dromen. Zijn moeder had het derde oog en haar dromen kwamen vaak uit. Zijn familie is er beroemd om. Hij wilde dat ik hem mijn dromen vertelde en hechtte er veel waarde aan.'

Agnes hield op met over de kous strijken en staarde voor zich uit. 'Dominee,' zei ze zacht. 'Als ik u iets vertel, wilt u dan beloven dat u me gelooft?'

Tóti voelde zijn hart in zijn borst opspringen. 'Wat wil je me vertellen, Agnes?'

'Weet u nog toen u hier voor het eerst bij me kwam en vroeg waarom ik u had gekozen mijn priester te zijn, en ik u vertelde dat het was vanwege een vriendelijke daad, omdat u me de rivier over had geholpen?' Agnes wierp een angstvallige blik naar de groep mensen aan de rand van het veld. 'Ik loog niet,' ging ze verder. 'We hebben elkaar toen ontmoet. Maar wat ik u niet heb verteld is dat we elkaar al eerder hadden ontmoet.'

Tóti trok zijn wenkbrauwen op. 'Het spijt me, Agnes. Ik herinner het me niet.'

'Dat kan ook niet. We hebben elkaar in een droom ontmoet.' Ze staarde Tóti aan, alsof ze bang was dat hij zou gaan lachen.

'Een droom?' De dominee werd weer getroffen door het contrast tussen haar donkere wimpers en de lichtheid van haar ogen. Ze is heel uitzonderlijk, dacht hij.

Nu ze er zeker van was dat hij niet zou lachen, pakte Agnes haar breiwerk weer op. 'Toen ik zestien was, droomde ik dat ik op blote voeten over een lavaveld liep. Het was bedekt met sneeuw en ik was verdwaald en bang – ik wist niet waar ik was, en er was niemand te zien. Aan alle kanten was er niets dan rots en sneeuw, en diepe kloven en spleten in de grond. Mijn voeten bloedden, maar ik moest door – ik wist niet waarheen, maar ik liep zo snel ik kon. Net toen ik dacht dat ik zou sterven van angst verscheen er een jonge man. Hij was blootshoofds, maar droeg een priesterboord, en hij gaf me een hand. We liepen verder, nog steeds in dezelfde richting – we wisten niet waar we anders heen moesten – en al was ik nog steeds doodsbang, ik had zijn hand in de mijne en dat was een troost.

Toen opeens, in mijn droom, voelde ik de grond onder mijn voeten wegvallen, werd mijn hand uit die van de jonge man gewrikt en viel ik in een kloof. Ik herinner me dat ik omhoogkeek terwijl ik het donker in viel, en zag hoe de grond zich weer sloot boven mijn hoofd. Weg waren het licht en het gezicht van de man die verschenen was. Ik werd in de aarde geworpen, begraven in de stilte, het was onverdraaglijk, en toen werd ik wakker.'

Tóti voelde zijn mond droog worden. 'Was ik die man?' vroeg hij.

Agnes knikte. Ze had tranen in haar ogen. 'Ik schrok toen ik u zag, die keer in Göngusköörd. Ik herkende u uit mijn droom, en wist toen dat u op de een of andere manier met mijn leven verbonden was, en dat maakte me ongerust.' Agnes veegde haar neus af aan haar mouw. 'Nadat we afscheid hadden genomen ben ik achter uw naam gekomen. Ik hoorde dat u priester zou worden, net als uw vader, en dat u naar het zuiden, naar de school daar zou gaan, en toen wist ik dat mijn droom echt was, en dat we elkaar een derde keer zouden ontmoeten. Zelfs Natan geloofde dat alles in drievoud komt.'

'Maar je bent niet onder in een kloof, en het is nog niet donker,' zei Tóti.

'Nog niet,' antwoordde Agnes zacht, moeizaam slikkend. 'Hoe dan ook. Het was niet het donker in de kloof waar ik bang voor was. Het was de stilte.'

Tóti dacht na. 'In deze wereld en in de volgende is heel veel wat we niet begrijpen. Maar dat we het niet begrijpen hoeft nog niet te betekenen dat we bang moeten zijn. Er is zo weinig waar we zeker van kunnen zijn in dit leven, Agnes. En het ís ook beangstigend. Ik zou liegen als ik zei dat ik niet bang was voor wat ik niet weet. Maar we hebben God, Agnes, en meer dan dat, we hebben Zijn liefde en Hij neemt onze angst weg.'

'Ik ben niet zo overtuigd van die dingen.'

Tóti pakte aarzelend haar hand. 'Vertrouw me, Agnes. Ik ben er, net zoals in je droom. Je kunt mijn hand in de jouwe voelen,' voegde hij eraan toe.

Tóti drukte haar slanke vingers, haar knokkels. Hij was zich bewust van haar geur, de zoete lucht van verse karnemelk, en ook iets zuurs. Van haar huid? Van de zuivel? Hij bedwong een plotselinge aanvechting om haar vingers in zijn mond te steken.

Agnes, die zich niet bewust was van zijn gedachten, glimlachte en klopte met haar vrije hand op zijn knie. 'Ik weet zeker dat u een uitstekende priester zult worden,' zei ze.

Tóti streelde de huid op de rug van haar hand. 'Weet je dat Blöndal bijna niet had toegestaan dat ik je opzocht?' zei hij. Hij voelde zich samenzweerderig.

'Natuurlijk wilde hij dat niet.'

‘Toen ik hem vandaag zag, was ik bang dat hij me zou verbieden bij je langs te gaan.’

‘En deed hij dat?’

Tóti schudde zijn hoofd. ‘Hij zei dat ik tegen je moest preken.’

Agnes trok voorzichtig haar hand uit zijn greep, en hij liet haar met tegenzin los. Hij zag hoe ze haar breiwerk weer oppakte.

‘Waarom vertel je me niet over Natan?’ vroeg hij, een beetje knorrig.

Agnes keek naar de mensen voor hen. ‘Denkt u dat er meer eten gebracht moet worden?’

‘Dan zou Margrét je geroepen hebben.’ Tóti veegde zijn zwetende handen aan zijn broek af. ‘Ga verder, Agnes. Blöndal is er niet.’

‘God zij dank.’ Agnes haalde diep adem. ‘Wat moet ik vertellen over Natan? U weet dat hij mijn werkgever was op Illugastadir. U hebt kennelijk voldoende over zijn karakter gehoord van mensen uit de buurt. Wat wilt u nog meer weten?’

‘Wanneer heb je hem ontmoet?’

‘Ik heb Natan Ketilsson ontmoet toen ik op Geitaskard werkte.’

‘Waar is dat?’

‘In Langidalur. Het was mijn zesde boerderij als werkmeid. Hij wordt gedreven door Worm Beck. Die was goed voor me. Ik had op Fannlaugarstadir gewerkt, in het oosten, en daarna op Búrfell. Dat is toen we elkaar voor het eerst hebben ontmoet, dominee, toen ik op weg was naar Búrfell en u me over de rivier hielp. Ik ging erheen omdat ik had gehoord dat Magnús Magnússon, de man die als mijn vader wordt genoemd, daar werkte, en ik dacht dat ik bij hem zou kunnen wonen.

Ik ben er niet lang gebleven. Magnús was vriendelijk, maar toen ik hem eraan herinnerde dat ik naar hem Magnúsdóttir was genoemd, werd hij woedend en zei dat mijn moeder zijn goede naam had aangetast, en of er nooit een eind zou komen aan de problemen die vrouwen hem bezorgden. Daarna wilde ik niet meer blijven. Magnús had een bed voor me geregeld en liet me bij de anderen daar wonen, maar af en toe zag ik hem met een vreemde uitdrukking op zijn gezicht naar me kijken, en ik wist dat hij de gelijkenis met mijn moeder zag. Hij gaf me wat geld voordat ik wegging. Het was de eerste keer van mijn leven dat ik geld bezat.

Ik besloot naar Geitaskard te gaan. Ik ging 's morgens heel vroeg te voet op pad, en volgde stroomafwaarts de Blanda, de witte rivier, toen ik een groep mannen van een oostelijke bergpas zag komen. Ze sloten zich aan bij mij en mijn metgezellen, voornamelijk ander werkvolk, we stelden ons aan elkaar voor, en toen bleek een van hen mijn kleine broertje te zijn, nu helemaal volwassen! We hadden elkaar niet eens herkend. Jóas was helemaal ontroerd. Hij kneep mijn hand en noemde me zusje, en de anderen lachten hem uit toen ze tranen in zijn ogen zagen. Ik was ook blij dat ik Jóas had gevonden, maar rook de lucht van brandewijn om hem heen, en zag dat zijn kleren slonzig waren. Hij vertelde me dat hij knecht was, maar hij had geen aanbevelingsbrieven, en hij had de schichtige blik van zwervers die je in deze streken tegenkomt. Iets vertelde me dat het niet goed met hem ging, en dat deed me pijn. Die ochtend praatten we de hele weg naar Geitaskard, en ik hoorde dat de jeugd van Jóas niet vrolijker was geweest dan de mijne. Mamma had hem verlaten kort nadat ze mij naar Kornsá had gesleept, en hij vertelde me dat hij als een heet kooltje door de vallei heen en weer was gegooid. Hij wist niet waar Ingveldur was, voor zijn part in de hel. Dus daar waren we met z'n tweeën, allebei paupers, alleen leek hij er slechter aan toe. Hij kon niet lezen of schrijven, en toen ik aanbood het hem te leren raakte hij uit zijn humeur en zei dat ik niet moest opscheppen.

Jóas en zijn vrienden, een onguur stelletje waar amper een

schoon gezicht tussen zat, vertelden me dat ze op weg waren naar Geitaskard om te zien of ze daar losse klussen konden doen, want het was een grote boerderij. Jóas had geen aanstelling voor zichzelf geregeld zoals ik, maar ik stond borg voor hem bij Worm, en hij werd ook aangenomen. Dat waren mildere dagen, zo met familie om me heen, ook al kenden we elkaar nauwelijks, en een goede boerderij om op te werken. Er was meer dan genoeg te eten op Geitaskard, niet zoals op Gudrúnarstadir of Gafl, of zelfs Gilsstadir. Er waren tijden op die boerderijen dat ik geen andere keuze had dan het grut talgkaarsen te eten te geven, en mezelf gekookt leer. Het werkvolk op Geitaskard zorgde ook altijd goed voor zichzelf. Met al die koeien en paarden en boter en gras en dikke plakken vlees om de maag te vullen, was het niet moeilijk om goed te zijn. Ik sloot me aan bij een van de andere meiden daar, María Jónsdóttir. Ik had nooit veel vriendinnen gehad, maar zij was ook een pauper geweest, en ik denk dat we elkaar op een bepaalde manier begrepen.

Jóas leek het prettig te vinden op Geitaskard, en daar was ik blij om. Maar ik mocht zijn vrienden niet. Het leek een boevenbende, slungels met weke gezichten, smerige broeken en neten in hun haar. Jóas had zijn schedel rauw gekrabd. Worm stuurde een paar van de mannen al na een week weg – hij had ze betrapt toen ze lagen te slapen achter de koeienstal – en de rest hield het ook niet lang vol. Ik weet niet of het kwam doordat hij een beter soort man was, of doordat hij mij daar bij zich had, maar Jóas liet toe dat ik hem opknapte en de neten uit zijn haar kamde, en hij werkte hard. 's Avonds, als we tijd voor onszelf hadden, praatten we. Hij vertelde dat hij verhalen over me had gehoord, dat hij had rondgevraagd en had gehoord dat ik naar Gudrúnarstadir was gegaan. Hij had geprobeerd me daar te vinden, maar ik was al weg toen hij kwam en ze wisten niet meer waar ik heen was gegaan. Ik liet het niet merken, maar ik moest erom huilen, de gedachte dat mijn broer had geprobeerd me te vinden. Hij had ook een kind gehad. Een meisje, de moeder was een werkmeid. Maar hij vertelde dat de baby doodgeboren was en de meid niet van hem hield. Ik vertelde hem over Helga, ons arme dode zusje, en hij zei dat hij op haar begrafenis was geweest en dat de boer Jónas, Helga's vader, hem een beetje geld had gegeven omdat hij in de steek was gelaten door een hoer. Jóas hield vol dat onze mamma niet deugde, en dat ze naar de hel mocht lopen omdat ze twee kinderen aan de genade van de parochie had overgeleverd, wat helemaal geen genade was, en hij noemde haar nog veel meer dingen. Hij praatte net zo over mamma als Magnús, en op een avond kregen we daar ruzie over, en toen ik wakker werd, was Jóas spoorloos. Hij had het geld dat Magnús me had gegeven meegenomen. Ik heb hem sindsdien nooit meer gezien.'

Er klonk luid gelach op uit het gezelschap op het onderste veld. Tóti zag dat twee mannen de koe hadden laten ontsnappen en de anderen vergeefs probeerden haar weer het veld in te drijven.

'Ik had dat geld gespaard,' ging Agnes verder. 'Voor als ik zou trouwen; om de vergunningen te betalen en mijn man te helpen een lapje grond te kopen zodat we fatsoenlijk en onafhankelijk konden zijn.'

'Had je een aanstaande?' vroeg Tóti.

Agnes glimlachte. 'O, er was een knecht op Geitaskard. Daníel Gudmundsson. Hij was gek op me en vertelde aan iedereen dat we verloofd waren. Hij zei dat ook tijdens het proces, maar ik begrijp niet hoe hij dat serieus kon menen. We hadden geen van beiden een rooie cent. Ik liet hem denken wat hij wilde, zolang het betekende dat hij aardig voor me was.

Daníel heeft ook op Illugastadir gewerkt toen ik daar was. Hij was op het proces, eerst als getuige, maar toen besloot Blöndal dat hij geweten moest hebben wat er te gebeuren stond en werd hij tot het Rasphus in Kopenhagen veroordeeld.'

'Wist hij wat er te gebeuren stond?' vroeg Tóti.

Agnes keek op van haar breinaalden en wierp hem een koele blik toe.

'Als iemand had geweten wat er te gebeuren stond, denkt u dan dat ik hier met u zou zitten praten? Denkt u dat een van die anderen, Daníel, Fridriks familie, op een ton zou zijn gebonden en half doodgeslagen als ze hadden geweten wat er te gebeuren stond?'

Er viel een stilte.

Agnes haalde diep adem. 'Nadat Jóas was vertrokken, was María het prettigste van het werk op Geitaskard. Ik had toen ik opgroeide nooit veel vriendinnen; ik werd van boerderij naar boerderij gesleept. Naar iedereen die zijn parochieplicht moest doen of een snotneus nodig had om op het gras, of de schapen, of de ketels te letten. Ik bemoeide me met niemand. Ik las liever dan dat ik met de anderen praatte.' Agnes keek op. 'Houdt u van lezen?' vroeg ze Tóti.

'Heel veel.'

Agnes glimlachte breed, en voor het eerst herinnerde Tóti zich de dienstmeid die hij de rivier over had geholpen. Haar ogen straalden, haar lippen gingen van elkaar en onthulden gelijkmatige tanden; ze zag er opeens jonger, anders uit. Hij voelde zijn borst op en neer gaan. Ze is heel mooi, dacht hij.

'Ik ook,' zei ze en haar stem daalde tot een gefluister. 'Ik houd het meest van de sagen. Zoals ze zeggen: *blíndur er bóklaus maður*. Blind is een mens zonder boek.'

Tóti voelde iets in zich opstijgen, een schreeuw, of een lach. Hij staarde naar Agnes, naar de punten van haar wimpers die oplichtten in de middagzon, en piekerde over Blöndals woorden. *Agnes heeft Natan vermoord omdat ze versmaad was*. Hij zag de zin voor zijn geestesoog geschreven staan.

'Als jong meisje werd ik ingehuurd om de wacht te houden op de velden. Soms hadden ze boeken op zo'n boerderij.' Ze gebaarde naar de rotsige heuvels achter hen. 'Ik nam ze mee en las aan de andere kant van de Kornsá-heuvel. Ik kon daar in slaap vallen, en even uitrusten van de boerderij en het werk. Hoewel ik soms werd betrapt en gestraft.'

'In je confirmatie stond dat je belezen was.'

Agnes rechtte haar rug. 'Ik vond de confirmatie heerlijk; het Heilig Avondmaal en dat iedereen naar je keek terwijl je door het gangpad liep en voor de priester knielde. De boeren en hun vrouwen konden niet tegen me zeggen dat ik niet mocht lezen omdat ze wisten dat ik me op mijn confirmatie voorbereidde. Ik mocht naar de kerk en studeren met de dominee daar, als hij tijd had. Ik kreeg een witte jurk, en er waren pannenkoeken na afloop.'

'En poëzie?'

Agnes keek sceptisch. 'Hoezo?'

'Houd je ervan? Schrijf je gedichten?'

'Ik laat me niet voorstaan op mijn gedichten. Niet zoals Rósa. Iedereen kent haar.' Ze haalde haar schouders op.

'Dat is omdat ze mooi zijn.'

Agnes zweeg even. 'Dat vond Natan zo geweldig aan Rósa. Hij vond het geweldig hoe ze dingen met woorden kon bouwen. Ze verzon haar eigen taal om te zeggen wat ieder ander alleen kon voelen.'

'Ik heb gehoord dat Natan ook een dichter was,' zei Tóti geveinsd achteloos. 'Spraken jullie tweeën in gedichten met elkaar, zoals Rósa en Natan?'

'Niet zoals Rósa, nee. Maar we spraken in een soort poëzie met elkaar.' Agnes keek uit over het veld. 'Ik ontmoette Natan op een dag als deze.'

'Een oogstfeest?'

Ze knikte. 'Op Geitaskard. Ik was aan het bedienen met María. We brachten eten en drinken naar buiten, en maakten daar geen haast mee. María wist alles wat er te weten viel over mensen, en ik herinner me dat ze me had gewezen op de gezwollen buik van een van de boerenmeiden en dingen had gezegd die misschien niet zo aardig waren, maar ik moest lachen tot ik geen adem meer kreeg. Toen greep ze me bij de elleboog en sleepte me naar de koeienstal, en vertelde dat ze Natan Ketilsson net had zien aankomen op zijn paard.

Ik had natuurlijk al van Natan gehoord. Hij was beroemd om allerlei dingen, afhankelijk van degene met wie je praatte. Iedereen wist van zijn affaire met Rósa. Iedereen wist dat haar kinderen van Natan waren, niet van Ólaf. Natan reisde overal door het noorden. Als jonge man deed hij vooral aderlatingen en daarna ging hij naar Kopenhagen, en iedereen zei dat hij als tovenaar terugkwam. Ze zeiden ook dat hij bevriend was geraakt met Blöndal, die daar in die tijd studeerde, en daarom nooit werd gestraft voor wat hij later deed. Iedereen dacht dat Natan een dief was, en inderdaad kreeg hij daar de zweep voor toen hij jonger was. Mensen konden niet verklaren waarom hij zoveel geld had terwijl ze zelf zagen hoe weinig ze in zijn hand legden. Sommigen zwoeren dat hij anderen overhaalde dieren voor hem te stelen. Hij had veel vijanden. Maar of die mensen slecht behandeld waren of alleen jaloers is moeilijk te zeggen. Verhalen hebben de neiging om over te koken, en Natan zelf vond het leuk om mensen ernaar te laten raden.'

'Wat was toen je eigen mening over Natan?'

'O, die had ik eigenlijk niet. Ik had hem nog nooit ontmoet, hoewel zijn broer Ketil ooit had geprobeerd me het hof te maken. In de koeienstal vertelde María me dat Natan eindelijk Rósa had verlaten en een eigen boerderij was begonnen. Er werd veel over gepraat omdat iedereen Rósa aardig vond en haar niet graag met een gebroken hart zag, ook al was ze getrouwd. María vertelde me dat Worm een goede vriend van Natan was, en hem had geholpen Illugastadir te kopen, een boerderij vlak bij zee met meer dan genoeg robben, en ook eidereenden en wrakhout, als je het van de kust wist mee te slepen. Ze zei dat Natan het hoog in de bol had gekregen en zich tegenwoordig Lyngdal noemde in plaats van Ketilsson, hoewel we geen van beiden konden bedenken waarom – het was een vreemd soort naam om te hebben, helemaal niet IJslands. María dacht dat het waarschijnlijk was om te doen of hij een Deen was, en ik vond het vreemd dat hij toestemming had gekregen om zijn naam te veranderen. María vertelde me dat mannen mogen doen wat ze willen, en dat het allemaal Adams zijn, en alles onder de zon een naam geven.

We fatsoeneerden onze kleren en María beet op haar lippen om ze roder te maken. Toen liepen we de koeienstal uit, zogenaamd om te kijken of er al schalen leeg waren.

Dat was het moment dat ik Natan voor het eerst zag. Ik dacht dat hij groot zou zijn, een mooie, kaarsrechte kerel met lang haar, zo'n man waar dienstmeiden meestal smoor op worden. Maar Natan was niet knap. De man die ik met Worm zag praten was niet lang en had een vrij mager gezicht – hij zag er nooit echt sterk uit. Zijn haar was roodbruin, en zijn neus te groot voor zijn gezicht. Ik vond hem sprekend een vos met zijn kastanjebruine haar en zijn kraaloogjes, en zei dat tegen María. Ze barstte in lachen uit en zei dat het geen wonder was dat sommige noorderlingen dachten dat hij van gedaante kon veranderen.

Toen merkte Natan ons op. Het was duidelijk dat we een grapje over hem hadden gemaakt, maar hij leek het niet erg te vinden. Hij maakte een opmerking tegen Worm en liep op ons af.

Ik herinner me dat hij glimlachte alsof hij ons al kende. Ik denk dat hij de aandacht wel leuk vond. "Goedemiddag meisjes," zei hij. Hij was niet veel langer dan ik, maar zijn stem was diep. Hij zei: "Mag ik jullie namen leren kennen?" en ik antwoordde voor ons allebei.

Natan glimlachte en maakte een buiging, en op dat moment zag ik zijn handen. Ze waren heel wit, als vrouwenhanden, en zijn vingers waren slank als berkentwijgen, en ook zo lang. Geen wonder dat ze hem "langevingers" noemden. Hij zei dat hij het leuk vond ons beiden te leren kennen, en was het geen prachtige dag? Hij begon ons te vragen of we van het feest genoten, maar ik onderbrak hem en zei dat hij nog niet had verteld hoe hij zelf heette. María proestte, maar Natan hield van mensen met een tong in hun hoofd, zoals hij me later vertelde. Hij zei dat hij Natan Lyngdal heette. Er was een glinstering in zijn ogen.

María vroeg of hij niet eigenlijk Ketilsson was, en Natan antwoordde dat hij inderdaad ook Ketilsson was, en dat hij daarnaast nog veel meer namen had, hoewel die niet allemaal geschikt waren voor onze gevoelige oortjes. Hij had de gave van het woord, dominee. Hij wist altijd wat hij tegen mensen moest zeggen; wat ze prettig zouden vinden. En wat het hardst zou aankomen.

We praatten niet lang. Worm wenkte Natan, en hij nam afscheid, maar niet voordat hij had gemompeld dat hij hoopte meer van ons te zien op een later tijdstip wanneer hij niet zo bezet was.'

Dominee Tóti streek met een vinger langs zijn tandvlees om wat tabaksdroesem los te maken. Hij veegde zijn vingertop af aan zijn broek, en zijn oog viel op zijn eigen kleine, onopvallend gevormde roze handen. Hij voelde een scheut van afgunst in zijn borst.

'Wanneer zag je Natan daarna opnieuw?'

Agnes zweeg even om haar steken te tellen voordat ze afhechtte. 'O, dezelfde dag,' zei ze. 'María en ik werden de hele middag beziggehouden, allerlei klusjes voor Worms vrouw doen en zorgen dat de kinderen niet in de weg liepen, maar we kregen de avond vrij om op onze eigen manier de oogst te vieren. Er was een fijne, broze schemering, en al het werkvolk zat buiten naar het vallen van de avond te kijken. Een van de knechten vertelde een verhaal over het *Huldufólk*, het verscholen volk, toen er gekucht werd en we Natan achter onze groep in de schaduw zagen staan. Hij verontschuldigde zich dat hij ons zo beslopen had, maar zei dat hij dol was op verhalen, en zouden we een vreemdeling willen toelaten bij onze feestelijkheden? Een van de knechten zei dat Natan Ketilsson nauwelijks een vreemdeling was, vooral niet onder de vrouwen, en de meesten lachten. Maar een of twee van de mannen en ook een paar werkmeiden keken weg.

María maakte ruimte voor Natan naast zich. Ik zat aan de buitenkant van de groep, omdat ik niet zo populair was vanwege de manier waarop ik met mensen praatte, maar Natan liep gewoon María voorbij en ging naast mij zitten. "Zo, we zijn er allemaal klaar voor," zei hij, keek naar de man die aan het woord was geweest, en nodigde hem uit zijn verhaal voort te zetten. We zaten allemaal tot diep in de nacht verhalen te vertellen en naar de sterren te kijken, tot het tijd was om te gaan slapen en dat was dat.'

'Waarom denk je dat Natan liever naast jou wilde zitten?'

Agnes haalde haar schouders op. 'Hij vertelde me later dat hij de hele dag naar me had gekeken, en me niet kon lezen. Ik begreep hem eerst verkeerd en zei: ja, geen wonder, want ik ben een vrouw, geen boek. En hij lachte en zei dat hij ook mensen kon lezen, hoewel sommigen in een handschrift leken te zijn opgetekend dat hij niet begreep.' Agnes glimlachte even. 'Maak ervan wat u wilt, dominee. Maar dat is wat hij zei.'

—

De dominee vraagt zich natuurlijk af wat we voor elkaar waren. Ik kijk naar hem en weet dat hij aan Natan en mij denkt, dat hij de gedachte door zijn geest laat rollen, en proeft, als een kind dat het merg uit een bot zuigt. Hij zou net zo goed op een steen kunnen zuigen.

Natan.

Hoe kan ik me het eerste moment dat ik hem ontmoette echt herinneren, toen de hand die ik op de mijne voelde alleen nog maar een hand was? Het is onmogelijk aan Natan te denken als de vreemde die hij ooit voor me was. Ik kan me nog voor de geest halen hoe hij eruitzag, ik kan me herinneren wat voor weer het was, en hoe het licht over zijn stoppels speelde, maar dat maagdelijke moment is onmogelijk terug te halen. Ik kan niet terug naar waar ik Natan niet kende. Ik kan niet bedenken hoe het was om niet van hem te houden. Naar hem te kijken en te beseffen dat ik had gevonden waar ik zonder het te weten naar hunkerde. Een hunkering die zo diep ging, die me zo ver de nacht in kon drijven, dat ik er bang van werd.

Ik loog niet tegen de dominee. Die nacht van sterren en verhalen, en de warme druk van zijn hand op de mijne, verliep zoals ik het hem vertelde. Maar ik vertelde Tóti niet wat er volgde toen het werkvolk naar bed ging. Ik vertelde hem niet dat María met hen meeging, en me een verwijtende blik toewierp. Ik zei niet dat we alleen werden gelaten, en dat Natan erop aandrong dat ik bij hem bleef in het schemerlicht. Om te praten, zei hij. Alleen om te praten.

'Vertel me wie je bent, Agnes. Hier, laat me je hand pakken zodat ik iets over je te weten kan komen.'

De snelle warmte van zijn vingers die een spoor trokken door mijn geopende handpalm.

'Dit is eelt, je bent een harde werker. Maar je vingers zijn sterk. Je werkt niet alleen hard, je doet je werk ook goed. Ik begrijp waarom Worm je heeft ingehuurd. Zie je dit? Je hebt een holle handpalm. Net als de mijne, hier, voel je hoe ongevuld hij is?'

De zachte deuk, de vage plooien in zijn huid, de contouren van botten.

'Weet je wat het betekent, een holle handpalm hebben? Het betekent dat we iets geheimzinnigs hebben. Die lege ruimte kan gevuld worden met ongeluk als we niet oppassen.

Als we de holte aan de wereld en al haar duister, al haar tegenspoed blootstellen.'

'Maar hoe kun je iets doen aan de vorm van je hand?' lachte ik.

'Door hem te bedekken met die van iemand anders, Agnes.'

Het gewicht van zijn vingers op de mijne, als een vogel die op een tak landt. Het was het vallen van de lucifer. Ik zag niet dat we omringd waren door tondel totdat ik voelde hoe het vlam vatte.

HOOFDSTUK ACHT

Het gedicht van Dichteres-Rósa voor Natan Ketilsson, circa 1827

Ó, hve sæla eg áleit mig, –
engin mun því trúande, –
þá fjekk eg líða fyrir þig
forsmán vina, en hinna spje.

Sá minn þanki sannur er, –
þó svik þín banni nyting arðs –
Ó, hve hefir orðið þjer
eitruð rosin Kiðjaskarð!

O, hoe gelukkig waande ik mij,
niemand kan ooit weten hoe vrij,
zelfs toen ik voor je boette,
en louter hoon ontmoette.

Verrader, zie je ongeluk,
wat zijn mijn gedachten waard.
O, hoe ze je heeft vergiftigd,
die roos van Kidjaskard!

De herfst viel als een snik over de vallei. Margrét, die wakker lag in de aanhoudende schemering van de oktoberochtend, haar longen drassig van het slijm, verbaasde zich over de traagheid waarmee het licht nu kwam; hoe het door het raam binnen leek te strompelen, alsof het moe was van de verre reis. Nu al leek opstaan een gevecht. Ze werd vaak wakker in de kille nacht doordat Jón zijn tenen tegen haar benen drukte om ze te warmen, en de boerenknechten kwamen met roze neuzen en wangen van de vorst in de lucht binnen na het voederen van de koe en de paarden. Haar dochters hadden gezegd dat er elke ochtend rijp had gelegen toen ze aan het bessenplukken waren, en tijdens het bijeendrijven van het vee had het gesneeuwd. Margrét was niet meegegaan, omdat ze dacht dat haar longen de lange wandeling over de berg om de schapen te zoeken en van hun zomerweide terug te drijven niet zouden aankunnen, maar ze had alle anderen gestuurd. Behalve Agnes. Ze kon haar niet over de berg laten lopen. Niet dat ze zou vluchten. Agnes was niet dom. Ze kende deze vallei en wist hoe weinig ontsnapping die bood. Ze zou gezien worden. Iedereen wist wie ze was.

Het binnenhalen van het vee was een onrustige dag geweest. De boerenknechten waren als eersten vertrokken, voordat het licht werd, te paard tot voorbij de Vididals-berg met de andere mannen uit de vallei, en niet lang daarna waren een paar vrouwen uit het district te voet gevolgd. Margrét was achtergebleven met Agnes om het eten voor hun terugkeer klaar te maken. Zodra het die dag licht was geworden voelde

Margrét zich onbehaaglijk. De dag was grijs en onheilspellend aangebroken, en ze wist dat er iets te gebeuren stond. Het was de manier waarop de wolken te dicht over de grond kropen. De geur van ijzer in de lucht. De hele ochtend had ze lopen denken aan mensen die op de berg waren verdwaald. Nog maar een jaar geleden was er een meid vermist geraakt in een plotselinge sneeuwstorm tijdens het binnenhalen van het vee, en pas de volgende lente hadden ze haar beenderen gevonden, kilometers van de plek waar ze voor het laatst was gezien. De onrust drukte zo zwaar op Margrét dat ze tegen Agnes begon te praten, al was het maar omdat het verlichting gaf haar zorgen uit te spreken. Samen somden ze mensen op van wie ze wisten dat ze in de bergen waren omgekomen. Een somber gesprek, dacht Margrét, maar het had iets troostvols om hardop over de dood te praten, alsof je door de dingen te benoemen kon voorkomen dat ze gebeurden. Misschien was dat de reden waarom Agnes meer met de dominee praatte dan met haar, dacht ze.

Ze had natuurlijk gelijk; er was iets gebeurd. Kort na het middaguur, toen er nog niemand terug was van de berg, klonk er een snelle roffel op de deur van de boerderij en kwam Ingibjörg binnenstormen. 'Het is Róslín,' had ze gezegd.

Op de hoeve van Gilsstadir krioelde het van de kinderen. Ondanks de chaos, de rokende keuken met hete pannen en ketels die stonden over te koken, leek de horde kinderen van Róslín niet onder de indruk van de bevalling van hun moeder, viel Margrét op. Nadat de drie vrouwen waren binnengekomen, was Róslín naar de badstofa gestrompeld, bleek en zwetend. Er was iets mis, bleef ze maar herhalen. Natuurlijk was ze zich dood geschrokken toen ze Agnes rustig in de deuropening had zien staan, maar zoals Ingibjörg kalm had uitgelegd, waar had Margrét haar anders moeten laten?

De baby lag verkeerd. Agnes was degene die het hun had verteld, nadat ze plotseling naar voren was gekomen en haar handen op Róslíns buik had gelegd. Róslín had geschreeuwd en de anderen gevraagd Agnes bij haar weg te halen, maar Margrét en Ingibjörg hadden geen van beiden een vin verroerd. Zelfs toen Róslín naar haar handen sloeg en haar armen krabde, bleef Agnes voorzichtig met haar slanke vingers tegen de gezwollen ronding duwen.

Het is een stuitligging, had ze gezegd. Toen had Róslín gekreund en haar verzet gestaakt. Agnes had zich ook niet verroerd, maar tegen Róslín gezegd dat ze op de grond moest gaan liggen, en ze was tijdens de hele beproeving bij haar gebleven. Margrét herinnerde zich hoe Agnes haar handen niet van de vrouw had afgenomen. Tijdens de hele bevalling streelde ze Róslín met die slanke handen van haar, kalmeerde ze haar, terwijl ze de kinderen maande weg te gaan, doeken te halen, water te koken. Ze liet een van hen terugrennen naar Kornsá om wat van de engelwortel te halen die de meisjes hadden verzameld tijdens het bessenplukken. 'Het ligt in een bak zand in de provisiekamer,' had ze gezegd en Margrét had verbaasd gestaan hoe vertrouwd Agnes met haar huis leek. 'Zorg dat je de wortel niet kneust. Kom snel terug met een handjevol.' Ze had Ingibjörg gevraagd thee van de wortels te trekken, en verteld dat het kind dan makkelijker zou komen. Toen de warme vloeistof naar haar lippen werd gebracht, had Róslín haar kaken op elkaar geklemd en geweigerd te drinken.

'Het is geen gif, Róslín,' had Margrét gezegd. 'Stel je niet aan.' Er was een moment geweest. Een blik van verstandhouding met Agnes. Een snelle, strakke glimlach.

De baby was in stuitligging gekomen, zoals Agnes had gezegd. Benen eerst, bloederige teentjes die naar buiten piepten, toen het lijfje en eindelijk het hoofdje, met de navelstreng om de arm en hals. Maar het kind leefde, en meer hoefde Róslín niet te weten.

Agnes had geweigerd de bevalling zelf te doen. Ze had Ingibjörg gevraagd het kind ter wereld te brengen, en raakte het niet aan, zelfs later niet, toen Róslín in slaap was gevallen en het geluid van de opgedreven blatende schapen door de vallei begon te weerklinken. Margrét had het vreemd gevonden dat Agnes het kindje niet in haar armen wilde houden. Wat had ze gezegd? 'Het moet leven.' Alsof het zou sterven als Agnes het in haar armen nam.

Er was die avond dubbel reden om feest te vieren. Snæbjörn was door het dolle heen, en toen hij, volgegoten met rum en brandewijn door de andere boeren, de sorteerkooi in klom om zijn schapen naar zijn eigen familieomheining te slepen, struikelde hij en gleed uit in de modder, waarop hij een felle stoot tegen zijn hoofd kreeg van een ram. Margrét hoorde Páll het verhaal aan zijn herstellende moeder vertellen, en vrolijk beschrijven hoe Snæbjörn weg moest worden gesleept en in het gras bleef liggen terwijl de anderen de rest van de beesten sorteerden.

Ze hadden pas laat gegeten. Margréts dochters hadden die avond zo goed en zo kwaad als het ging de in de steek gelaten maaltijd gered en aan het uitgehongerde werkvolk opgediend. 'Het sneeuwde een beetje,' zei Steina, nadat ze over Róslíns bevalling hadden gehoord. Ze wierp een blik op Agnes. 'Dat moet een goed teken zijn geweest.'

'Ik heb maar heel weinig gedaan,' zei Agnes. 'Ingibjörg heeft het kind gehaald.'

'Nee,' had Margrét tegengeworpen. 'Die thee van engelwortel – waar heb je dat geleerd?'

'Dat is algemeen bekend,' had Agnes gemompeld.

'Vast van Natan,' was Lauga's zure commentaar.

Margrét verbaasde zich hoe Agnes, al was het maar een uurtje, deel van de familie had geleken. Ze merkte dat ze de volgende dag gewoon met Agnes praatte, haar uitvroeg over de soorten verf die ze gewend was te maken, en ze waren erover doorgegaan als meesteres en meid, tot Lauga de kamer binnenkwam en klaagde dat ze schoon genoeg had van de manier waarop Agnes naar haar kleren en spullen keek. Lauga wist net zo goed als Margrét dat ze het allang zouden hebben gemerkt als er iets weg was, als Agnes een dievegge was. Zelfs de zilveren broche was niet van zijn plaats gekomen in het stof onder het bed. Margrét vroeg zich heel even af of Lauga jaloers was op Agnes, voordat ze die gedachte wegwuifde. Waarom zou Lauga in hemelsnaam jaloers zijn op een vrouw die dood zou zijn voordat het weer omsloeg? Toch zat er een scherpte in haar afkeer die door meer dan alleen verontwaardiging leek te zijn ingegeven.

Nadat ze voorzichtig haar benen onder het zware gewicht van haar man vandaan had getrokken, stapte Margrét uit bed, liep zacht naar het raam en loerde door de gedroogde huid. Buiten viel natte sneeuw. Wat vervelend, dacht ze. Hoewel de rammen en melkschapen nu stonden te grazen in de gemaaide huisweide, stonden de eenjarige lammeren nog in de schaapskooi. Ze zouden vandaag met slachten beginnen.

Margrét dacht terug aan de dag dat Agnes op Kornsá was gekomen. In zeker opzicht had ze de spanning tussen haar gezin en de misdadigster prettig gevonden, had ze er zelfs naar verlangd. Het had hen vereend; ze had zich meer verbonden gevoeld met haar dochters en haar man. Maar nu besefte ze dat hun zwijgen was veranderd in iets wat natuurlijk en rustig aanvoelde. Margrét maakte zich daar zorgen over. Ze raakte te veel gewend aan Agnes' aanwezigheid op de boerderij. Misschien kwam het door het gemak van een extra paar handen. Nu ze de hulp van een andere vrouw had, was de pijn in haar rug minder geworden, en haar hoest leek niet zo vaak haar ademhaling te onderbreken. Ze probeerde niet te denken aan wat er zou gebeuren als de dag van de terechtstelling werd aangekondigd. Nee, het was beter er helemaal niet aan te denken, en dat ze zich beter op haar gemak voelde bij de vrouw, kwam doordat het werk lichter was geworden. Het had geen zin over je schouder te kijken als het werk dat gedaan moest worden voor je lag.

—

Het heeft iets dwingends, de slacht. Het weer is slecht, er zit ijs in de regen, en de wind is als een wolf die naar je hielen hapt en je eraan herinnert dat de winter in aantocht is. Ik voel me even somber als de dikke sneeuwwolken die zich samenpakken.

Niemand wil tot in de avond doorwerken, dus staan we allemaal in de schemer van oktober in vele lagen kleren buiten te wachten tot de knechten en Jón de eerste schapen hebben gevangen. Ze hebben zoveel dieren apart gehouden als volgens hen nodig is om ons de winter door te helpen. Hebben ze mij meegerekend met het aantal monden dat gevoed moet worden? Ik verzet me tegen de aandrang om mezelf aan Jón en zijn mes op te offeren. Waarom kunnen ze me niet hier, nu, doden, op een willekeurige dag? Het is het wachten dat fnuikend is. De schapen wroeten naar gras dat nog niet bruin is geschroeid door het weer. Kennen die stomme dieren hun lot? Bijeengedreven en afgescheiden hoeven ze maar één ijzige nacht angstig te wachten. Ik zit al maanden in de slachtkooi.

Gudmundur vangt het eerste schaap en knielt erop om de kop stil te houden. Ik mag hem niet, maar hij is doeltreffend – de keel wordt doorgesneden tot het ruggenmerg, en hij is zo snel met de emmer dat er nauwelijks een druppel verloren gaat. Binnen een paar minuten is al het bloed weggevloeid. Ik kom naar voren om de emmer aan te nemen, maar hij negeert me en geeft hem aan Lauga. Maakt niet uit. Negeer hem ook. Ik wacht op een emmer bloed van Jón, die zijn geslachte ooi over het hek van de kooi heeft gehesen om de rode stroom beter te kunnen opvangen. Er is altijd meer bloed dan je verwacht, en het spuit altijd een onverwachte kant uit. Een deel van het bloed komt op de modderige grond en in de grijze wol van het dier, maar de emmer is al snel vol.

Ik ga weer naar binnen, waar Margrét het vuur heeft opgestookt met mest en turf. Mijn ogen tranen van de rook, en Margrét hoest in de walm, maar, benadrukt ze, we zullen geen reden tot klagen hebben wanneer we het gerookte vlees eten dat we aan de balken zullen hangen. Ik zet mijn bloed neer en ga weer naar buiten.

We wachten tot de schapen gevild zijn. Bjarni's ooi is nog aan het leegbloeden – hij heeft geen goede slachttechniek. Gudmundur is wel handig met het mes. Hij doet me denken aan Fridrik, die kwam helpen met de slacht op Illugastadir voordat Natan en hij elke schijn van vriendschap lieten varen. Fridrik leek altijd een beetje te gretig om het beest aan stukken te rijten – een beetje te snel met het mes. Jón is langzamer, maar zorgvuldiger. Hij begint met villen vanaf het spronggewricht en breekt de gewrichten in de achterpoten zonder dat er nog een pees hoeft te worden doorgesneden. Gudmundur vilt zoveel hij kan vanaf de schouders, maar het kost hem moeite de huid van de borst te trekken en Jón vraagt Bjarni om hem te helpen. Samen hijsen ze het beest op de muur, waar de rest van de huid van het karkas wordt gestoten en er uiteindelijk af wordt getrokken. Bjarni heeft er een knoeiboel van gemaakt. Ik wou dat ik me ermee kon bemoeien om hem te laten zien hoe het moet. Stel je hun gezichten eens voor als ik naar voren zou komen en om een mes vroeg.

We nemen het hart, de longen, de slokdarm, de ingewanden en de maag als het karkas wordt leeggehaald.

Die herfst op Illugastadir raakte Natan de galblaas van een schaap. De bittere vloeistof stroomde over het vlees en Fridrik brulde van het lachen. 'En jij beweert dat je dokter bent,' zei hij tegen Natan. Vreemd hoe die momenten nu weer bovenkomen.

Met het slachtafval in onze emmers gaan we terug naar de keuken en we laten de mannen achter om het vlees in porties te snijden en op te hangen. De rook is nu wat weggetrokken en het vuur laait hoog op. Margrét heeft een ketel water op de haard te koken gezet en we beginnen allemaal aan de worst. Zelfs Lauga helpt met het zeven van het bloed door een doek. Ze schrikt als het in haar gezicht spat. Ik ga naar buiten om de magen voor de worst te halen en wanneer ik weer binnenkom, is de lucht vervuld van de dierlijke geur van kokend vet en niertjes die staan te bakken als ontbijt voor de mannen. Margrét heeft wat niervet in een andere ketel gedaan en onder water gezet om te sudderen. Kristín, Margrét, Steina en ik snijden de magen in stukken en naaien ze tot zakken, met een klein gaatje voor het vullen. Als Lauga klaar is met bloed zeven roer ik de rest van het niervet en het roggemeel erdoor, en ik stel voor om er ook wat korstmos door te roeren zoals we op Geitaskard altijd deden. Als Margrét instemt en Lauga naar de voorraadkamer stuurt om het te halen, voel ik een golfje geluk door mijn hart kabbelen. Dit is mijn leven zoals het was: tot aan mijn ellebogen in de ingewanden van dingen, werken voor een soort overleven. De meisjes babbelen en lachen wanneer ze de zakken met het bloedmengsel vullen. Ik kan vergeten wie ik ben.

Het niervet smelt snel. Met z'n drieën hijsen we de ketel van het vuur om het te laten afkoelen, tot we het deksel van talg dat de vloeistof eronder verbergt kunnen breken.

De mannen komen binnen om de niertjes te eten, stinkend naar stront en natte wol. Ik denk dat de knechten met afgunst naar ons vrouwen kijken, zoals we in de rokerige, warme keuken zakken bloedworst in een pan kokend water laten zakken. Als ik Jón zijn eten opdien, kijkt hij me voor het eerst aan. 'Dank je, Agnes,' zegt hij zacht. Het komt door de baby van Róslín, dat weet ik zeker. Hij ziet me nu anders.

De mannen zijn klaar met eten en ze gaan weg om de eerste

stukken vlees te halen. Ik begin salpeter af te wegen en met zout te mengen. Het doet me denken aan de tijd dat ik Natan hielp in zijn werkplaats: zwavel, gedroogde bladeren, gestampte zaden afwegen. Ik heb vandaag veel aan Illugastadir gedacht. De slacht in de enige herfst die ik daar ooit heb doorgebracht. Ik vond het heerlijk om voorraden opzij te zetten voor de winter. Dingen die we later zouden eten, die Natan zouden voeden op zijn lange reizen. Die dag leunde hij tegen de deurpost van de keuken terwijl ik het meel door het bloed mengde, en las me voor uit de sagen, vertelde me over zijn tijd in Kopenhagen, waar de *blodpølse* gekruid was en doorspekt met gedroogd fruit. Toen stormden Fridrik en Sigga giechelend binnen met emmers ingewanden van de slachtplaats en sneeuw in hun haar, en vertrok Natan naar zijn werkplaats.

Mijn vingers branden als ik laag na laag gezouten vlees in de houten ton druk. Tussen mijn vingers knispert een roze korst, en mijn rug doet pijn van het gebogen over het vat staan. Steina staat naar me te kijken, vraagt hoeveel water er over elke laag moet worden gesprenkeld en laat zien hoe haar vingertoppen rimpelen van het zout. Ze likt aan haar huid en trekt haar neus op bij de smaak. 'Ik snap niet waarom we het niet allemaal in wei kunnen opslaan. Zout is zo duur,' zegt ze.

'De buitenlandse tong geeft hier de voorkeur aan,' antwoord ik. Deze ton wordt geruild voor goederen. Het vettere vlees zullen we in wei opslaan, dat bewaren we voor de familie.

'Wordt zout uit de zee gehaald?'

'Waarom stel je zo veel vragen, Steina?'

Het meisje zwijgt, met roze wangen. 'Omdat je me antwoorden geeft,' mompelt ze.

Dan komen de botten en de koppen. Ik vraag Lauga om de talgketel met kraakbeen en water te legen, maar ze doet of ze me niet hoort en blijft recht voor zich uit kijken. Kristín gaat in haar plaats. Als Steina weer naast me schuift, met een verlegen glimlach, en informeert of ze iets voor me kan doen, vraag ik haar om de geleegde ketel te vullen met de botten die nergens anders voor gebruikt kunnen worden. Zout. Gerst. Water. Steina en ik sjouwen de ketel tot naast de sudderende bloedworst, zodat het merg in het borrelende water kan sijpelen, zodat het zout en de hitte alle malsheid aan het karkas kunnen onttrekken. Ze klapt in haar handen als we de klotsende ketel aan de haak hangen en begint onmiddellijk meer brandstof op het vuur te gooien.

'Niet te veel, Steina,' zeg ik. 'Niet de kolen bedekken.'

De schapenkoppen houd ik dicht bij de sintels van de haard om al het haar weg te zengen. De brandende wol vat geen vlam, maar verschrompelt in de likkende vlammen, en ik voel mijn neusgaten opensperren bij de stank die eraf slaat.

O god. Die lucht.

De badstofa op Illugastadir. Het walvisvet dat op het hout en de bedden was gesmeerd, en toen de vlam van de lamp die op de vettige, wollen dekens rookte. Brandend haar.

Ik kan het niet; ik heb frisse lucht nodig. O god!

Laat ze niet merken dat je van streek raakt. Ik geef de koppen aan Steina, laat het haar doen. Ik heb frisse lucht nodig. Ik zeg tegen Steina dat het door de rook komt.

Buiten valt de motregen als een zegen op mijn gezicht. Maar de stank van geschroeide wol en verbrand haar zit nog scherp in mijn neus, en maakt me intens misselijk.

Margrét is degene die me vindt, hurkend in het donker met mijn hoofd op mijn knieën. Ik wacht op haar standje. Wat doe je hier, Agnes? Ga naar binnen. Doe wat je wordt opgedragen. Hoe durf je Steina alles alleen te laten doen? Ze heeft het vlees onherkenbaar verbrand.

Maar Margrét zwijgt. Ze laat zich naast me zakken en ik hoor haar knieën kraken.

'Wat is het licht snel weg nu.' Is dat het enige wat ze gaat zeggen?

Ze heeft gelijk. De blauwe avondstond lijkt vanuit de donkere buik van de rivier verderop omhoog te zijn gekropen.

De geur van dingen lijkt 's avonds altijd sterker, en van waar ik zit, ruik ik de keukenlucht die om Margrét hangt. Bloedworst. Rook. Pekel. Ze ademt zwaar en in de stilte van de avond hoor ik een hapering in haar longen; iets wat haar adem in zijn greep heeft.

'Ik had behoefte aan frisse lucht,' zeg ik.

Margrét zucht en schraapt haar keel. 'Niemand is ooit doodgegaan van frisse lucht.'

We zitten te luisteren naar het zwakke ruisen van de rivier. Het houdt op met motregenen. Er valt nu sneeuw.

'Laten we eens kijken wat die meisjes uitspoken,' zegt Margrét uiteindelijk. 'Het zou me niet verbazen als Steina zichzelf aan de dakspanten heeft opgehangen, in plaats van het vlees. Straks vinden we haar helemaal doorrookt.'

Er klinkt een zacht gebonk vanuit de smidse. De mannen zijn waarschijnlijk bezig de schapenhuiden uit te spreiden om te drogen.

'Kom, Agnes. Je vat nog kou.'

Als ik omlaagkijk, zie ik dat Margrét haar hand heeft uitgestoken. Ik pak hem en haar huid voelt aan als papier. We gaan naar binnen.

—

Het vuur in de keuken was ingezakt tot een stapel fluisterende sintels, en het dichte donker van de nacht lag op het gemorste bloed in de hoefstallen buiten tegen de tijd dat Lauga met gezwollen vingers de laatste natte zak worst aan een lus te drogen hing. Steina, met een schort vol vlekken van slachtafval en bloed, leunde tegen de deurpost en keek naar haar zusje.

'Het sneeuwt buiten,' zei ze.

Lauga haalde haar schouders op.

'Iedereen is naar bed.' Ze snoof. 'Lekker ruikt het hier, vind je niet?'

'Ik weet niet wanneer het doden van iets ooit lekker heeft geroken.' Lauga bukte zich en pakte de emmers waar de ingewanden van de schapen in hadden gezeten.

'Ach. Laat ze drogen. We wassen ze morgenochtend wel.' Steina liep naar haar zusje en trok een kruk bij het vuur. 'Zag je hoe Agnes het vlees inlegde? Ik heb nog nooit iemand zo snel zien werken.'

Lauga zette de emmers langs de muur en ging naast Steina zitten, met haar handen naar de hete as uitgestoken. 'Ze heeft waarschijnlijk het hele vat vergiftigd.'

Steina trok een gezicht. 'Zoiets zou ze niet doen. Niet bij ons.' Ze zoog een punt van haar schort nat en begon de vlekken op haar handen weg te wrijven. 'Ik vraag me af waar ze ineens zo raar van schrok.'

'Hoezo schrok?'

'Agnes en ik zaten hier, zoals wij nu, en waren met de koppen bezig, en plotseling gooit ze die dingen in mijn schoot, en weg is ze, in zichzelf mompelend. Mamma ging achter haar aan naar buiten, en ik zag ze daar met z'n tweeën zitten praten. Toen kwamen ze weer naar binnen.'

Lauga fronste haar wenkbrauwen en stond op.

'Het is raar,' ging Steina verder. 'Want wat mamma ook zegt, volgens mij is ze nu best op haar gesteld.'

'Steina,' zei Lauga waarschuwend.

'Ze zegt het niet met zoveel woorden, maar...'

'Steina! In hemelsnaam, moet je het nu altijd over Agnes hebben?'

Steina keek verbaasd op naar haar zusje. 'Wat is er mis met over Agnes praten?'

Lauga schimpte: 'Wat daarmee mis is? Ben ik de enige die

ziet hoe ze echt is?' Haar stem daalde tot een sissend gefluister. 'Je praat over haar alsof er niets met haar aan de hand is. Alsof ze een werkmeid is.'

'O, Lauga. Ik wou dat je...'

'Je wou dat ik wat? Wat! Vríéndjes word, net als jullie allemaal?'

Steina staarde haar zusje met open mond aan. Lauga liep plotseling naar de verste hoek van de keuken en drukte haar tot vuisten gebalde handen tegen haar voorhoofd.

'Lauga?'

Haar zusje draaide zich niet om, maar pakte langzaam de vuile emmers op. 'Ik ga deze spoelen.' Haar stem was onvast. 'Je moet naar bed, Steina.'

'Lauga?' Steina stond op en deed een paar stappen naar haar toe. 'Wat is er aan de hand?'

'Niets. Ga nu maar naar bed, Steina. Laat me met rust.'

'Niet voordat je me vertelt waarmee ik je zo van streek heb gebracht.'

Lauga schudde haar hoofd, met een vertrokken gezicht. 'Ik dacht dat het anders zou zijn,' zei ze uiteindelijk. 'Toen Blöndal kwam, dacht ik dat we niet al te veel last van haar zouden hebben omdat er gerechtsdienaren bij zouden zijn. Ik dacht dat we haar opgesloten zouden houden! Ik verwachtte niet dat ze altijd bij ons zou zijn en met de dominee in de badstofa zou zitten praten. Nu merk ik dat zelfs mamma heel vertrouwelijk met haar praat! Het schijnt niemand iets te kunnen schelen dat iedereen in de vallei ons scheef aankijkt.'

'Dat doen ze niet. Niemand let op ons.'

Lauga kneep haar ogen tot spleetjes. 'O, dat doen ze wel, Steina. Jij ziet het niet, maar we zijn nu allemaal getekend. En het doet ons geen goed dat ze zien hoe we met haar praten, en haar overvloedig te eten geven. Wij zullen nooit trouwen.'

'Dat weet je niet.' Steina liet zich op de kruk bij het vuur zakken. 'Het is niet voor altijd,' zei ze uiteindelijk.

'Ik kan niet wachten tot ze er niet meer is.'

'Hoe kun je zoiets zeggen?'

Lauga's adem stokte. 'Iedereen ziet hoe de dominee als een soort verliefd jongetje om Agnes heen draait, en zelfs pabbi knikt en groet haar 's ochtends sinds ze Róslíns baby naar buiten heeft gehekst. En jij, Steina!' Lauga draaide zich om naar haar zusje, met een gezicht vol ongeloof. 'Je behandelt haar meer als een zusje dan mij!'

'Dat is niet waar.'

'Wel waar. Je loopt haar achterna. Je helpt haar. Je wilt dat ze je aardig vindt.'

Steina haalde diep adem. 'Ik... het komt gewoon doordat ik me haar van jaren geleden herinner. En ik blijf maar denken dat ze niet altijd zo is geweest. Ze was ooit even oud als wij. Ze heeft een moeder en een vader, net als wij.'

'Nee,' siste Lauga. 'Niet net als wij. Ze is helemaal niet net als wij. Ze is hier gekomen en niemand ziet hoe alles is veranderd. En beslist niet ten goede.' Ze bukte zich, pakte de bloederige emmers en stampte de keuken uit.

—

Het sneeuwde nu de meeste dagen in het noorden. Breidabólstadur was gehuld in een dichte mist en kou die niet wilden wegtrekken, zelfs als de oktoberzon het beetje licht dat nog beschikbaar was over de wereld goot. Ondanks het weer bleef Tóti liever niet thuis bij zijn vader. Hij voelde dat er een soort onzichtbaar vlies tussen Agnes en hem doorbroken was. Ze begon eindelijk over Natan te vertellen, en de gedachte dat ze hem nog dichterbij zou laten komen, hem genoeg zou vertrouwen om te praten over de dingen die op Illugastadir waren gebeurd, maakte iets in hem los.

Toen hij zijn huiverende lichaam zorgvuldig in alle lagen wollen kleding hulde die hij maar in zijn kist kon vinden, dacht Tóti weer aan hun eerste ontmoeting. Hij herinnerde zich vaag het stromende water van Gönguskörd, het bulderen van het smeltende lentewater dat over de pas stortte. Zag de witte kiezels glanzen onder de zon. En vóór hem, gebogen aan de rand van het water, bezig haar kousen af te rollen, een donkerharige vrouw die zich klaarmaakte om de stroom over te steken.

Tóti trok zijn handschoenen aan in de badstofa van Breidabólstadur en zocht in zijn hoofd naar haar gezicht zoals hij dat die dag voor het eerst had gezien. De vrouw had haar ogen tot spleetjes geknepen tegen de zon toen ze zonder een glimlach naar hem opkeek. Het haar op haar voorhoofd en in haar hals was vochtig van het lopen. Er lag een witte zak op de rivierkeien naast haar.

Daarna de warmte van haar lichaam tegen zijn borst toen ze op zijn merrie door het schuimende water waadden. De geur van zweet en wild gras vanuit haar nek. De gedachte daaraan trok als koorts door hem heen.

'Waarom heb jij opeens zo'n haast?'

Tóti keek op en zag dat zijn vader hem in de gaten hield vanaf de andere kant van de kamer.

'Ze verwachten me op Kornsá.'

Dominee Jón keek peinzend. 'Je brengt er heel veel tijd door,' mijmerde hij.

'Er moet veel werk worden gedaan.'

'Ik hoorde dat de districtsambtenaar twee dochters heeft.'

Tóti pakte met een frons zijn handschoenen. 'Ja. Sigurlaug en Steinvör.'

Zijn vader kneep zijn ogen tot spleetjes. 'Schoonheden?'

Tóti keek verbaasd. 'Ik neem aan dat sommige mensen dat vinden.' Hij draaide zich om en wilde de kamer uit gaan. 'Wacht vanavond niet op me.'

'Zoon!' Dominee Jón liep een paar stappen naar de deur en gaf Tóti zijn Nieuwe Testament. 'Je vergeet iets.'

Tóti bloosde, greep het boekje en propte het in zijn jas.

Buiten sneed de kou in Tóti's wangen, en liet zijn oren branden. Hij hapte naar adem toen hij zijn slaperige merrie zadelde en haar in de richting van Kornsá stuurde. Zelfs nadat de mist had plaatsgemaakt voor sneeuw, waaruit vlokken schudden die in de manen van zijn paard bleven hangen, en Tóti zijn ledematen voelde verstijven doordat hij zo lang door de snijdende kou reed, dacht hij steeds opnieuw terug aan de vrouw die hij op de Gönguskörd-pas had ontmoet, en de herinnering verwarmde hem tot op het bot.

—

'Na het oogstfeest zag ik Natan een hele tijd niet. Tot ik op een dag in een schuur bezig was vlees los te snijden van een van de dakspanten. Ik stond op de ladder, met het mes in mijn hand, en was even opgehouden om naar het blauwe novemberlicht buiten te kijken. Toen stond hij daar plotseling, tegen de deurpost geleund.'

Agnes ging verzitten op het bed om zo veel mogelijk lamplicht te vangen. Tóti wierp een blik naar de rest van de Kornsá-familie die aan de andere kant van de badstofa zat. Tóti vermoedde dat ze zaten te luisteren, maar Agnes leek er niets van te merken. Het was alsof ze niet kon ophouden met praten, al zou ze het willen.

'Ik was zo verbaasd hem te zien dat ik bijna van de ladder viel. Het vlees zou op de grond zijn gevallen als Natan het niet had opgevangen. Hij kwam op bezoek bij Worm, hij was op Hvammur geweest om Blöndals vrouw te genezen en had geen zin naar huis te gaan, waar alleen werk en robben op hem wachtten. Dat zei hij tenminste.

Ik neem aan dat ik hem vroeg hoe het hem beviel op Illugastadir, en hij vertelde me dat hij meer mensen nodig had om met het werk te helpen. Natan zei dat hij een meid had, maar volgens hem was ze niet helemaal goed bij haar hoofd. Bovendien was ze heel jong, en Karitas, zijn huishoudster, ging met de volgende oude mei naar een nieuwe betrekking in de Vatnsdalur-vallei.

We praatten nog een tijdje. Ik weet nog dat ik hem vroeg naar zijn holle handpalmen, omdat het iets was waar we het tijdens zijn eerste bezoek over hadden gehad, en hij lachte en zei dat ze algauw met geld zouden zijn gevuld als Blöndal wilde dat zijn vrouw aan het eind van de winter nog in leven was.

Daarna liepen we terug naar de hoeve en een paar mensen die op het erf aan het werk waren zagen ons. María bracht net de as naar buiten en toen ze Natan zag bleef ze staan staren. Dat is mijn vriendin, zei ik, maar Natan negeerde haar. Hij begon te praten en zei dat het ging sneeuwen, hij voelde het in zijn botten, en wie was dat? Hij wees naar Pétur de Schapendoder.'

'De andere dode?' vroeg Tóti.

Agnes knikte. 'Hij heette Pétur Jónsson. Hij was voor de winter naar Geitaskard gestuurd nadat hij was beschuldigd van het doden van dieren een paar jaar terug. Het was een vreemde man. Ik mocht hem niet zo. Hij had de gewoonte te lachen als er niets te lachen viel, en hij vertelde ons, het werkvolk, over zijn nachtmerries, waarmee hij veel van ons de stuipen op het lijf joeg.'

'Had hij ook het derde oog?'

Agnes aarzelde en keek rond naar de anderen in de badstofa. Toen ze weer sprak, was het op fluistertoon. 'Veel mensen herinneren zich een speciale droom waarover Pétur op Geitaskard vertelde. Hij had hem meer dan eens gehad en ik kreeg er altijd kippenvel van. Hij droomde dat hij in een vallei wandelde toen drie van de schapen die hij met Jón Arnarson had afgeslacht op hem af kwamen rennen. Hij zei dat het troepje geleid werd door een van de ooien die hij had gedood, en toen het beest bij hem was, spoog het bloed over hem heen. Hij lachte om die droom, maar later waren er heel wat mensen die er iets in lazen.'

'Een voorspelling? Heb je Natan over Péturs droom verteld?'

'Ja. En toen vertelde Natan me een paar van de vreemde dromen over zijn leven die hij had gehad. Maar die zijn nu niet belangrijk.'

'Ik weet van Natans dromen,' zei een ademloze stem van de andere kant van de kamer. Agnes en Tóti keken rond en zagen dat Lauga hen met een vreemde uitdrukking op haar gezicht gadesloeg.

'Lauga,' waarschuwde Margrét.

'Róslín heeft me erover verteld, mamma. Ik denk dat je ze interessant zult vinden.'

'We willen dat soort dingen niet horen,' zei Jón, terwijl hij langzaam opstond.

'Nee. Laat haar over de dromen van Natan Ketilsson vertellen,' protesteerde Steina. 'Als Lauga denkt dat ze die kent, weet ik zeker dat we ze allemaal willen horen. Agnes ook.'

Jón dacht na. 'Laat dominee Thorvardur zonder jouw bemoeienis met zijn pupil spreken.'

'Mijn bemoeienis!' Lauga lachte en gooide haar breiwerk op het bed. 'En háár bemoeienis dan? Ze zit in óns huis! Staat voortdurend over mijn schouder te kijken in de keuken! Zit leugens te verkondigen in onze badstofa!' Lauga richtte zich tot haar ouders. 'Mamma, pabbi, vergeef me, maar jullie hebben tegen Steina en mij gezegd dat we niet naar die vrouw moesten luisteren. En nu laten jullie haar nog geen twee meter van ons af verhalen verzinnen? "O, heb medelijden met me, ik ben een pauper!"'

'We kunnen haar en dominee Tóti moeilijk de sneeuw in sturen,' voerde Steina aan.

'Nou, pabbi, als een van ons 's avonds sprookjes mag vertellen, waarom dan niet wij allemaal?'

Margréts gezicht stond ernstig. 'Pak je breiwerk, Lauga.'

'Ja, pak je breiwerk, Lauga,' spotte Steina.

'Zo is het genoeg, allebei,' viel Margrét uit. 'Dominee Tóti, u zou moeten weten dat we onwillekeurig alles kunnen...'

'Wat heeft Róslín je verteld over Natans dromen, Lauga?' kwam Agnes tussenbeide. Ze was opgehouden met breien en keek de zusjes strak aan.

Iedereen zweeg.

'Nou,' mompelde Lauga, haar keel schrapend. Ze wierp een onzekere blik op Agnes en keek toen weer naar haar vader, die zijn hoofd liet zakken. 'Róslín zei dat Natan een heleboel mensen heeft verteld over een droom die hij had, dat een boze geest hem in zijn buik stak. En hij had een andere waarin hij droomde dat hij op een kerkhof was. Ze vertelde me dat hij in die droom een lichaam, of een lijk of zoiets in een open graf zag, en dat drie hagedissen bezig waren ervan te eten. Daarop verscheen er een man naast hem en toen Natan vroeg wiens lijk het was, antwoordde de man: "Ken je je eigen lichaam niet?"'

'Lieve Heer,' mompelde Kristín.

'Wat gebeurde er toen?' vroeg Bjarni vanuit zijn bed.

Lauga haalde haar schouders op. 'Ik neem aan dat hij wakker werd. Maar Róslín zei dat hij een heleboel mensen over die droom had verteld, en dat ze het er allemaal over eens waren dat het zo was gegaan. Zij had het van Ósk gehoord, en die had het van haar broer gehoord, die het van Natan zelf had gehoord.'

Alle ogen gingen naar Agnes. De vrouw keek bedachtzaam en zwaaide toen haar benen over de rand van het bed om hen allemaal recht aan te kunnen kijken.

'Hij heeft mij verteld over een droom waarin hij zijn lichaam in een open graf zag liggen, en zijn ziel aan de andere kant zag staan. Toen riep zijn lichaam zijn ziel en zong de psalm van bisschop Stein.' Haar stem sloeg over in de stilte.

Niemand zei iets. Ten slotte schraapte Tóti zijn keel.

'Agnes. Zou je verder willen gaan met je verhaal? Je had het over Pétur.'

'Mag ik dichter bij het lamplicht komen?'

Jón keek even naar Margrét, toen naar de rest van de familie, en schudde zijn hoofd.

Margrét kromp ineen. 'Jon,' fluisterde ze zacht. 'Wat kan het nu nog voor kwaad?'

Tóti zag dat hij even naar zijn dochters keek.

Margrét zuchtte. 'Het is het beste als we allemaal blijven zitten waar we zitten,' zei ze tegen Agnes. 'Je hebt genoeg licht om verhalen te vertellen.'

Er trok een flits van woede over Agnes' gezicht, maar toen ze weer begon te praten was het met zachte stem.

'Pétur was berucht in Langidalur, en ook in Vatnsdalur, zoals u weet. Niemand vertrouwt een man die zoveel dieren heeft afgemaakt. Het verbaasde me dat Natan Pétur niet herkende, toen in Geitaskard, want ik ging ervan uit dat Natan allerlei mensen kende, en dus vertelde ik hem dat Pétur een misdadiger in hechtenis was en dat hij meer dan dertig schapen de keel had doorgesneden, gewoon voor de lol, en dat hij misschien naar Kopenhagen zou worden gestuurd. Natan nam de man aandachtig op, maar zei er niets over.'

'Misschien wilde hij hem inhuren om schapen te stelen,' zei Lauga fel.

'Misschien,' reageerde Agnes vanuit haar donkere hoek. Ze richtte zich weer tot Tóti. 'Die dag bracht ik Natan bij Worm, en ging weer naar María op de huisweide. Toen ik haar vertelde dat Natan plotseling in de voorraadkamer was opgedoken, vroeg ze wat hij wilde. Ik vertelde haar dat hij naar Geitaskard was gekomen om Worm te bezoeken. María pakte me bij de hand en zei dat ik moest oppassen.'

'Waarom?' vroeg Kristín. Gudmundur lachte ruw vanuit de schaduw.

Agnes negeerde hen. 'Ik zei tegen haar dat ik een volwassen vrouw was, met een eigen mening. María zei dat ze zich juist daar zorgen om maakte.'

'Dominee,' zei Jón plotseling. 'Misschien is het beter als jullie samen verder van de familie verwijderd gaan praten.'

'Wat is er mis mee, pabbi? Ik wil horen wat er is gebeurd,' zei Steina.

'Ga naar bed, Steina.'

'Neem me niet kwalijk, Jón,' kwam Tóti tussenbeide. 'Als u me toestaat, ik ben hier om te luisteren naar alles wat Agnes op haar hart heeft. Zoals uw vrouw en dochter overduidelijk hebben laten blijken, is het gezien onze nabijheid onvermijdelijk dat ons gesprek wordt opgevangen door uw gezin en het werkvolk.'

'Uw gesprek?' schamperde Gudmundur. 'U laat haar praten alsof ze een verhaaltje voor het slapengaan vertelt.'

Voordat Tóti een antwoord kon bedenken, kwam Margrét tussenbeide.

'Hou je mond, Gudmundur. Laat Agnes met de dominee praten. Wat maakt het nog uit, lieve Jón? Ze weten allebei wat er gebeurd is, en wat ze nog niet wisten, heeft Róslín kennelijk sindsdien in hun oren gefluisterd.'

'U hebt niets te vrezen,' zei Tóti.

'Dat hoop ik van harte,' antwoordde Jón. Hij kneep zijn lippen op elkaar en ging verder met het vilten van zijn sok.

Tóti wendde zich tot Agnes. 'Je vriendin. Waarom zei ze dat tegen je?'

'Ik dacht dat ze jaloers was. Zij was degene die Natan had willen ontmoeten. Het punt was, we wisten dat hij een huishoudster nodig had.'

'En dus?' vroeg Tóti.

'Een nieuwe aanstelling bij een man die nooit om geld verlegen zat? Een betere positie, waar je meer kon zijn dan alleen een dienstmeid? Een huis en een boerenbedrijf bestieren en doen wat je wilt zonder een boerin om verantwoording aan af te leggen?' Agnes wierp een blik naar Margrét.

'Ga door, Agnes,' mompelde Margrét.

'Het nieuws over zo'n buitenkans blijft niet lang geheim, dominee. Alle meisjes op Geitaskard wisten dat Natan Ketilsson ongetrouwd was, een huishoudster nodig had, en misschien nog meer, en María wilde even graag haar positie verbeteren als ik, dominee.' Ze staarde naar de anderen. 'Ik wilde Karitas' betrekking liever dan wat dan ook. Ik heb niets onfatsoenlijks gedaan.'

Gudmundur snoof en Agnes' ogen schoten vuur.

'Eigenlijk raakten Natan en ik bevriend omdat we het prettig vonden met elkaar te praten. Hij kwam om de paar weken naar Geitaskard en dan praatten we.' Ze wierp een boze blik naar Lauga. 'Hij bood me vriendschap en daar was ik blij mee, want ik had bitter weinig vrienden om me heen. María liet me algauw links liggen en hoe vaker Natan me zag, hoe minder de anderen geneigd waren vriendelijk te zijn. Maar dat was maar werkvolk.' Ze spoog de woorden naar de boerenknechten die in de hoek van de badstofa hingen. 'Natan was een slimme man, een dokter, hij kon goed rekenen en was gul met zijn geld. Hij genas die herfst meerdere gevallen van hoest bij het werkvolk op Geitaskard, en waren ze dankbaar? Helemaal niet. Ze wisten dat hij soms alleen kwam om mij te spreken, en ze straften me ervoor. Was het mijn schuld? Toen ik hun vertelde dat Natan me eindelijk had gevraagd voor hem op Illugastadir te komen werken, dacht ik dat ze blij voor me zouden zijn. Maar ze vonden dat ik opschepte, me verbeeldde dat ik beter was dan de pauper die ik eigenlijk was. Die winter bracht een nieuw soort eenzaamheid, en ik was dankbaar voor de afleiding die Natan bracht. Ik was blij dat ik wegging uit Geitaskard. Mijn broer was weg. María had me afgewezen. Ik had niets wat me daar hield.'

Agnes praatte niet verder en breide verwoed door. Tóti

merkte dat Lauga en Gudmundur korte, steelse blikken wisselden. Er vielen onbehaaglijke stiltes, alleen doorbroken door het tikken van de breinaalden en een gedempt gegiechel van Kristín. Uiteindelijk, terwijl de wind buiten aanwakkerde, stond Jón op en stelde voor dat ze zouden gaan slapen. Tóti was plotseling moe en accepteerde het aanbod van een logeerbed. Hij was overvallen door een zeker onbehagen toen Agnes over Natan vertelde, en zijn keel was strak en pijnlijk. Toen de lamp werd gedoofd vroeg hij zich af of hij er wel goed aan deed haar te laten praten.

—

Soms doet mijn mond pijn nadat ik met de dominee heb gepraat. Mijn tong is zo moe; hij hangt als een dode vogel in mijn mond, een en al klamme veren tussen de stenen van mijn tanden.

Wat heb ik tegen hem gezegd? Wat hebben de anderen begrepen van wat ik zei? Het doet er niet toe. Niemand kan bevatten hoe het was om Natan te kennen. Tijdens die eerste bezoeken was het alsof we samen iets gewijds opbouwden. We plaatsten onze woorden zorgvuldig, stapelden ze zo op dat er geen kieren ontstonden. We bouwden allebei een toren, twee bakens, zoals ze langs de wegen worden opgericht om de weg te wijzen als het weer verslechtert. We zagen elkaar door de mist, de verstikkende herhaling van het leven.

Op Geitaskard wandelden we 's avonds in de sneeuw, die knerpte onder onze stappen. Een keer, toen ik uitgleed op het ijs, greep ik zijn arm en verloor hij zijn evenwicht. We vielen samen, lachend, en op de grond duwde hij me achterover zodat we omhoogstaarden naar de gul boven ons uitgestrooide sterren. Hij benoemde de sterrenbeelden voor me.

'Denk je dat we daarnaartoe gaan als we sterven?' vroeg ik.

'Ik geloof niet in de hemel,' zei Natan.

Ik was geschokt. 'Hoe kun je niet in de hemel geloven?'

'Het is een leugen. De mens heeft God geschapen uit angst voor de dood.'

'Hoe kun je zoiets zeggen?'

Hij draaide zijn hoofd, er zaten ijskristallen in zijn haar. 'Agnes. Doe niet net alsof je het er niet mee eens bent. Dit is alles wat er is en dat weet je. Het leven, hier, in onze aderen. Er is de sneeuw, en de lucht, en sterren en de dingen die ze ons vertellen, en dat is het. Alle anderen – ze zijn blind. Ze weten niet of ze leven of dood zijn.'

'Ze zijn niet zo slecht.'

'Agnes, je doet net of je me niet begrijpt, maar je begrijpt het wel. Wij zijn uit hetzelfde hout gesneden.' Natan kwam overeind op zijn ellebogen en het maanlicht stroomde over zijn gezicht. 'Wij zijn beter dan dit.' Hij knikte naar de boerderij. 'Dit leven van modder en zwoegen. Alles aanvaarden zoals het is.' Hij leunde over me heen en kuste me zacht. 'Jij hoort niet thuis in de vallei, Agnes. Jij bent anders. Jij bent niet overal bang voor.'

Ik lachte. 'Ik ben zeker niet bang voor jou.'

Natan glimlachte. 'Ik heb een vraag voor je.'

Mijn hart bonkte. 'O ja? Wat dan?'

Hij ging weer op de sneeuw liggen. 'Hoe heet de ruimte tussen de sterren?'

'Daar is geen woord voor.'

'Verzin er maar een.'

Ik dacht erover na. 'De zielenwijkplaats.'

'Dat is een andere manier om hemel te zeggen, Agnes.'

'Nee, Natan. Niet waar.'

Pas later raakte ik gesmoord onder het gewicht van zijn argumenten, en werden zijn duisterder gedachten uitgesproken. Pas later veroorzaakten onze tongen aardverschuivingen, raakten we gevangen in de scheuren tussen wat we zeiden en wat we bedoelden, tot we elkaar niet meer konden vinden, de woorden in onze eigen mond niet meer vertrouwden.

Die nacht gingen we naar de koeienstal. Ik vulde de holte van zijn handen met mijn mond, mijn borsten; ik vond zijn lichaam tegen het mijne. Zijn handen kreukten de stof van mijn rok en tilden die op, en ik voelde hoe de koude lucht mijn huid greep. Ik was bang dat we betrapt zouden worden; dat ze me een hoer zouden noemen. Toen was er de eerste aanraking van huid tegen huid en dat was het geweerschot, de vrije val. Mijn kousenbanden hingen los om mijn knieën terwijl de zachtheid van zijn haar mijn hals streelde.

Ik hunkerde toen naar zijn gewicht. Ik hunkerde naar zijn adem: het versnellende inademen en de warme druk van zijn mond. Zijn geur, het glibberige bokken van zijn lijf, hij leek in niets op de anderen. Ik kromde mijn hals tot mijn gezicht met vocht overdekt was. Ik kon hem voelen, zijn hitte, zijn wezen. Hij kreunde en het geluid bleef in de lucht hangen als een aswolk boven een vulkaan.

Na afloop wilde ik huilen. Het was te echt. Ik voelde te veel om het te zien zoals het eigenlijk was.

Natan glimlachte toen hij zijn hemd in zijn broek stopte. Zijn verwarde haar werd aan de uiteinden verlicht door druppeltjes water. Hij streelde mijn wang, vroeg of hij me pijn had gedaan, of ik had gebloed. Lachte toen ik nee zei. Was hij opgelucht? Geërgerd?

'Je hoeft niet zo snel weg.'

'Kom uit het stro, Agnes. Ga naar bed.'

'Kom je terug?'

Hij kwam terug. Hij kwam die lange winter steeds weer bij me terug. Er waren nachten dat we huiverden in de poedersneeuw en avonden in de koeienstal terwijl de anderen sliepen. En hoewel de sneeuw de vallei smoorde, en de melk bevroor in de melkschuur, ontdooide mijn ziel. Er woedde een vuur in het spoor van zijn lippen, terwijl de wind buiten gierde. Toen alles bevroor, troffen we elkaar in de voorraadkamer, met een constellatie van drogend vlees boven ons hoofd. De lucht van stro doordrong ons met de geur van zomer. Ik herinner me dat ik me te volbloedig voelde. De beroemde Natan Ketilsson, een man die het sap van ziekte uit de ledematen van de zieken kon aderlaten, die met de beroemde Dichteres-Rósa was geweest, die de klokken van Kopenhagen had gehoord en zichzelf Latijn had geleerd – een buitengewone man, een man uit de sagen – had mij gekozen. Voor het eerst van mijn leven zág iemand me, en ik hield van hem omdat hij me het gevoel gaf dat ik genoeg was.

Als ik bedenk hoe ik mijn handen door de plooien van mijn rok liet glijden en op de blauwe plekken drukte die hij daar achterliet, en het begin van pijn op mijn huid voelde. Plekken als echo's van zijn aanraking, bewijs van zijn handen op de mijne, zijn heupen tegen de mijne: de jubelende uitademing, het klauteren van onze ledematen in het donker. Tijdens een tredmolen van werk, nachten dat ik alleen sliep, wakker werd voor niets dan taken, almaar taken, duidden die verborgen plekken op iets meer – een eind aan de verstikkende middelmatigheid van het bestaan.

Ik vond het vreselijk als ze vervaagden. Ze waren het enige wat ik van hem voor mezelf had tot hij weer kwam. Al die weken, al die nachten, werd ik verteerd door hunkering. In de koeienstal, mijn hoofd hard tegen de vloer gedrukt, brak Natan de dooier van mijn ziel. Ik verborg mijn ware gevoelens voor het werkvolk. Al die wilskracht om voor me te houden wat ik in de wind wilde roepen, en in de grond wilde krassen en in het gras wilde branden.

We hadden afgesproken dat ik bij hem zou komen wonen. Hij zou me uit de vallei wegsleuren, uit de bolster van mijn ellendige, liefdeloze leven, en alles zou nieuw zijn. Hij zou me lente geven.

En al die tijd was Sigga er.

HOOFDSTUK NEGEN

Handar-vagna-Freyjum fljóð
Flytur sagnir ljóða.
Kennd við Magnús, blessað blóð,
Búrfells-Agnes góða.

Baande de weg voor vrouwen,
een dichteres genoemd naar Magnús,
gezegend bloed in haar aderen,
de goede Búrfell-Agnes.

Anoniem, ca. 1825

'Bent u ooit op Illugastadir geweest, dominee?'

Tóti schudde zijn hoofd. 'Ik heb weinig reden om noordelijk van Breidabólstadur te reizen.'

De volgende dag was aangebroken in de omarming van nog meer regen en sneeuw, en Margrét had Tóti overgehaald zijn rit naar huis uit te stellen tot de lucht opklaarde. Hij was opgelucht. Hij had woelige dromen gehad en was wakker geworden met een pijnlijk hoofd.

Nu de schapen bijeengedreven waren, de slacht achter de rug was en het hooi binnengehaald, brachten de bewoners van Kornsá de dag binnenshuis door met spinnen, breien en touw slaan.

Agnes zat op haar bed en probeerde de steken op te halen die Steina had laten vallen in een want. 'Illugastadir ligt bijna aan de rand van de wereld,' zei ze met een hoofdbeweging, als om aan te wijzen waar de boerderij stond. 'Ik wist de weg niet en iedereen had me verteld hoe eenzaam het zou zijn, hoe het in niets leek op de vallei, waar overal waar je kijkt mensen zijn die je kent. Maar ik wilde voor Natan werken.'

'Wanneer ging je erheen?'

'Zodra het kon. Toen mijn betrekking afliep, met de oude mei.'

'In welk jaar was dat?' vroeg Tóti.

'1827. Midwinter en het nieuwe jaar heb ik nog op Geitaskard uitgezeten, en toen heb ik gewacht tot de goudplevier kwam om de sneeuw weg te zingen. Ik heb mijn spullen gepakt en ben te voet op pad gegaan. Er was veel werkvolk op weg door de vallei, maar er ging niemand naar Vatnsnes, en er was niemand onderweg naar Illugastadir. Toen ik over het schiereiland naar het noorden begon te lopen kwam er mist opzetten en ik was bang dat ik zou verdwalen. Maar ik hoorde de zee in de verte en wist dat ik de goede kant op ging. Toen de mist optrok, zag ik dat ik niet ver van de kerk van Tjörn was. Ik vroeg of ik daar de nacht mocht doorbrengen en de volgende dag wees de priester me de weg naar Illugastadir.

Vanaf Tjörn bereikte ik vrij snel de boerderij. Die ochtend zag ik voor het eerst de zee zo weids en ver. De wind kwam uit het noorden en blies sproeiwater op van de golven die langs de kust scheerden, en honderden zeevogels krijsten in cirkels boven het oppervlak. Achter de grijze deining zag ik zelfs de westelijke fjorden. Als een schaduw van zichzelf.

Het was indrukwekkend. De priester in Tjörn had gezegd dat ik moest uitkijken naar een plaggenhuis aan een rotsige baai, en algauw vond ik die plek. Er lag een bootje op het strand, en aan visdroogrekken wapperde beddengoed woest in de wind. Indertijd vatte ik dat op als een goed teken; ik vond dat het leek of het me een welkom toezwaaide.

Ik was nog niet halverwege de helling of iemand kwam het huis uit en begon de heuvel op te huppelen. Toen het figuurtje dichterbij kwam, zag ik dat het een jong meisje was, niet meer dan vijftien winters oud. Ze zwaaide naar me en leek opgetogen. Zodra ik binnen gehoorsafstand was, riep ze een welkomstgroet en rende naar me toe. Van dichterbij leek ze nog jonger, dominee. Ze had een stomp neusje en hele rode lippen, en haar haar was blond en warrig van de wind. Ze was te knap voor een boerenmeisje, en ik weet nog dat ik me afvroeg of ze een dochter van Natan was. Haar kleren waren te mooi voor een dienstmeid.

Het meisje nam mijn zak met bezittingen over en kuste me. Ze vroeg of ik Agnes Magnúsdóttir was, en stelde zich voor als Sigrídur, maar zei dat iedereen haar Sigga noemde.'

'Dat was het dienstmeisje waar Natan het over had gehad op Geitaskard?'

Agnes knikte. 'Sigga riep dat ze al de hele week op me zat te wachten, en of ik honger had, en van erg ver was gekomen, en niet bang was voor struikrovers of landlopers, zo alleen op de bergpaden. Ze praatte zo snel dat ik nauwelijks de tijd had om haar antwoord te geven, en voor ik het wist had ze me naar binnen gevoerd en liet me mijn bed zien, dat ze net die ochtend had opgemaakt. De badstofa was erg klein, met maar vier slaapplaatsen en verder nauwelijks ruimte. Er was een klein raampje boven een van de bedden, maar ik nam aan dat Sigga die plek voor zichzelf had genomen. Illugastadir was benauwder en viezer dan ik me had voorgesteld. Maar ik hield mezelf voor dat het beter was de vrouw des huizes te zijn op een kleine boerderij dan dienstmeid in het huis van de gouverneur. Sigga zei dat ze me wat tijd zou gunnen om mijn spullen bij mijn bed op te bergen, en ging koffie voor ons zetten. Toen ik zei dat ze geen moeite hoefde te doen en dat wei en water voldoende waren, glimlachte ze en verzekerde me dat Natan dol op koffie was en dat ze het op alle uren van de dag dronken. Dat leek me een grote luxe.

Ik wachtte tot Sigga de kamer uit was voordat ik mijn omgeving bekeek. Er waren maar twee bedden opgemaakt – het hare en het mijne – en ik vroeg me af waar Natan sliep, en of er een zolder was die ik niet had opgemerkt.

Toen Sigga terugkwam, vroeg ik haar waar Natan was. Ik had verwacht dat hij er zou zijn om me te begroeten. Sigga leek in verlegenheid gebracht en bloosde, en zei dat Natan uit was.

Het was zondag, dus vroeg ik of Natan in de kerk was, maar Sigga schudde haar hoofd. Natan was geen kerkganger. Hij was de enige man die ze ooit had gekend die weigerde de avondzegening te lezen, zei ze, en als ik een psalmenboek had, moest ik dat verstoppen onder mijn kussen omdat Natan er anders misschien de haard mee zou aanmaken. Nee, Natan was vossen aan het jagen op de berg, zei ze, maar zij zou me in zijn plaats de boerderij laten zien.

Ik weet niet meer wat mijn eerste indruk van de boerderij was, dominee. Ik was moe van mijn reis en overweldigd door de aanblik van zoveel water aan de horizon. Maar ik kan u wel vertellen hoe Illugastadir is als je ruim een jaar opgesloten hebt gezeten in die uithoek van Gods aarde.'

'Ik wil graag een beschrijving van je horen,' moedigde Tóti haar aan.

'Er is niet veel meer dan de voet van de berg, en de zeekust. Het is een lange strook rotsgrond, met een paar vlakke velden waar het wintervoer wordt geteeld, en verder is het allemaal wild gras dat om de stenen heen groeit. De kust is van kiezels, en in de baai drijven grote plukken zeewier die eruitzien als het haar van verdronken mensen. 's Ochtends is er als bij toverslag wrakhout, en eidereenden nestelen op rotsbanken dicht bij robbenkolonies. Op heldere dagen is het er prachtig, maar op andere dagen ellendig als grafdelven in de regen. Het oord wordt geteisterd door zeemist, en de dichtstbijzijnde hoeve is Stapar, een flink eind weg.

Er zijn een paar steenachtige riffen die uitlopen in het fjord, en op een ervan ligt Natans werkplaats. Je moet over een smal rotsbed lopen om er te komen. Ik weet nog dat ik het een vreemde plek vond om een werkplaats te bouwen, ver van de boerderij en omringd door water, maar Natan had het zo bedacht. Zelfs het raam van het huisje keek landinwaarts, in plaats van naar de zee, want Natan wilde kunnen zien wie er over de berg trok. Hij had vijanden.

Sigga zei dat ze niet wist waar de sleutel van zijn werkplaats werd bewaard, maar in dat hutje had hij zijn smidse en maakte hij zijn medicijnen, en bewaarde hij waarschijnlijk een heleboel geld. Ze vertelde me dat met een onbeheerst gegiechel, en ik herinner me dat ik haar even dwaas vond als Natan me had verteld.

Sigga vertelde me dat Natan robben knuppelde, en er waren schoenen van robbenleer beschikbaar als ik wilde, en ze hadden donzen matrassen, net als alle districtscommissarissen van IJsland, en ik zou slapen als een blok, zo zacht waren ze. Sigga zei dat ze was opgegroeid op Stóra-Borg, maar haar moeder leefde niet meer, en dit was haar eerste dienstje en ze was nog nooit huishoudster geweest, maar Natan had me opgehemeld en ze hoopte dat ik het haar zou willen leren.

Ik was verbaasd dat ze zichzelf huishoudster noemde. Ik vroeg: "O, ben jij de vrouw des huizes hier? Heb je de betrekking van Karitas overgenomen?" En ze knikte en zei dat ze eerst als eenvoudige dienstmeid had gewerkt, maar toen Karitas ontslag nam, had Natan haar gevraagd om zijn huishoudster te worden. Ze bedankte me zelfs dat ik háár dienstmeid werd, en nam me bij de arm en zei dat we het goed met elkaar moesten zien te vinden, want Natan was vaak weg, en dan werd ze eenzaam.

Ik dacht dat er een vergissing in het spel was. Ik dacht dat Natan haar misschien alleen had gevraagd zijn huishoudster te zijn tot ik kwam, of misschien loog ze. Ik dacht niet dat Natan tegen me zou liegen.

Toen dronken we koffie en vertelde ik Sigga het een en ander over waar ik gewerkt had. Ik noemde met opzet het aantal boerderijen waar ik had gewoond en Sigga leek behoorlijk onder de indruk, en bleef maar zeggen hoe blij ze was om mij op Illugastadir te hebben om haar te helpen, en of ik haar wilde leren om zo'n fraai bewerkte omslagdoek als ik droeg te maken, zodat ik me gaandeweg meer op mijn gemak voelde.

Ons gesprek kwam al snel weer op Natan, en Sigga zei dat ze hem na het eten verwachtte. Maar hij kwam pas heel laat thuis.'

'Heb je hem toen gevraagd naar je positie?' vroeg Tóti.

Agnes schudde haar hoofd. 'Ik sliep toen hij binnenkwam.'

—

Misschien begreep ik al die eerste ochtend op Illugastadir hoe het in elkaar zat. Of misschien niet.

Ik werd pas laat wakker van de klagelijke kreten van de zeemeeuwen en toen ik buitenkwam, zag ik Natan naar de kreek lopen. Beneden aan de kust klapperde zijn beddengoed nog in de bries. Toen dacht ik dat hij pas die ochtend was teruggekomen.

Zelfs toen Sigga me later vertelde dat hij om middernacht was thuisgekomen met twee vossenpelzen over zijn schouder, kwam het niet in me op te vragen in welk bed hij de rest van de nacht had doorgebracht.

—

'Ik was die ochtend zo blij Natan te zien dat ik vergat te vragen waarom Sigga zichzelf als vrouw des huizes van Illugastadir beschouwde. Pas later die dag, toen ik Natan over de rotsen naar zijn werkplaats volgde, bracht ik het ter sprake.

Ik wilde niet ongemanierd lijken, dus vroeg ik alleen maar langs mijn neus weg hoe hij het vond om Sigga als huishoudster te hebben. Maar Natan doorzag mijn vraag onmiddellijk, zoals altijd. Hij stond stil en trok zijn wenkbrauwen op.

"Ze is mijn huishoudster niet," zei hij.

Ik was opgelucht toen ik hem dat hoorde zeggen, maar legde uit dat Sigga bij mijn aankomst had gezegd dat zij de betrekking van Karitas had overgenomen.

Natan lachte en schudde zijn hoofd, en herinnerde me eraan dat hij had gewaarschuwd dat ze erg jong en simpel was. En toen deed hij het slot van zijn werkplaats open en gingen we naar binnen. Ik had nog nooit zo'n kamer gezien. Er waren het gebruikelijke aambeeld, een blaasbalg en dat soort dingen, maar er hingen ook grote bossen gedroogde bloemen en kruiden langs de muren, en er stonden potten met vloeistof, sommige troebel, andere helder. Er stond een grote emmer met iets wat eruitzag als vet, en er waren naalden en scalpels en een glazen stopfles met een klein beestje, helemaal bleek en gerimpeld als een gekookte maag.'

'Gruwelijk,' mompelde Steina vanaf de andere kant van de badstofa. Agnes keek op van de want, alsof ze was vergeten dat de familie er ook zat.

Plotseling werd er op de buitendeur van de boerderij geklopt.

'Lauga,' zei Margrét. 'Wil jij gaan kijken wie dat is?' Haar dochter ging opendoen. Al snel kwam ze terug met een oude man die sneeuw van zijn schouders borstelde. Het was dominee Pétur Bjarnason uit Undirfell.

'Allen gegroet in de naam van God,' gromde de man terwijl hij zijn bril schoonveegde met zijn onderhemd. Hij ademde zwaar van zijn wandeling door ijs en wind. 'Ik ben gekomen om u allen op te nemen in het zielenregister van de parochie Undirfell,' dreunde hij. 'O, goedendag, hulpdominee Thorvardur. Nog in de vallei, zie ik. O, natuurlijk. Blöndal heeft u...'

'Dit is Agnes,' onderbrak Tóti hem. Agnes deed een stap naar voren.

'Ik ben Agnes Jónsdóttir,' zei ze. 'En ik ben een gevangene.'

Margrét schoot meteen verbaasd overeind en keek naar Jón, die met open mond van afschuw op hun bed zat.

'Wat?! Ze is niet onze...' begon Lauga, maar Tóti kapte haar af.

'Ik ben belast met de geestelijke bijstand van Agnes Jónsdóttir. Zoals ik u al eerder heb verteld.' Hij was zich ervan bewust dat de familie hem aanstaarde, verbluft dat hij instemde met die naam. Er viel een lange, ongemakkelijke stilte.

'Genoteerd.' Dominee Pétur ging op een kruk onder de flakkerende lamp zitten en haalde een zwaar boek onder zijn jas vandaan. 'En hoe is het met de familie van Kornsá? Slacht afgelopen?'

Margrét wierp Tóti een vreemde blik toe en ging langzaam weer zitten. 'Eh, ja. Alleen de mest moet nog over de *tún* verspreid worden, en dan gaan we wollen goed maken om te verhandelen.'

De oude priester knikte. 'Een nijvere familie. Districtsambtenaar Jón, mag ik u alstublieft als eerste spreken?'

De priester sprak met ieder lid van de familie, een voor een, en testte hun leesvaardigheid en hun kennis van de catechismus. Hij stelde hun ook vragen om het karakter van de mensen met wie zij verkeerden vast te stellen. Nadat al het werkvolk aan de beurt was geweest bij de priester, werd Agnes geroepen. Tóti probeerde hun gesprek af te luisteren, maar Kristín, die opgelucht was dat haar leestest achter de rug was, zat te ginnegappen met Bjarni, en hij kon niets horen boven hun gelach uit. De priester was niet lang met Agnes bezig en gaf haar al snel een knikje.

'Ik dank u allen voor uw tijd. Misschien zie ik u weldra tijdens een dienst,' zei dominee Pétur.

'Blijft u niet even voor een kop koffie?' vroeg Lauga, met een bevallig knicksje.

'Dank je wel, liefje, maar ik moet nog langs de rest van de vallei, en het weer wordt er alleen maar slechter op.' Hij zette zijn hoed op zijn hoofd en stopte het boek weer zorgvuldig onder zijn dikke jas.

'Ik zal u uitlaten,' zei Tóti, voordat Lauga het kon aanbieden.

In de gang vroeg Tóti aan de priester wat hij had opgetekend over Agnes.

'Waarom wilt u dat weten?' vroeg de man nieuwsgierig.

'Ze is mijn pupil,' zei hij. 'Het is mijn verantwoordelijkheid te weten hoe ze zich gedraagt. Hoe goed ze leest. Ik ben belast met haar welzijn.'

'Goed dan.' De priester haalde het kerkboek weer uit zijn jas en bladerde naar de nieuwe bladzijden. 'U mag het zelf lezen.'

Tóti hield het boek bij een kaars aan de muur van de gang en tuurde in het zwakke licht tot hij de woorden kon onderscheiden: Agnes Jónsdóttir. Een veroordeelde. *Sakapersona*. 34 jaar oud.

'Ze leest erg goed,' meldde de priester, terwijl hij wachtte tot Tóti klaar was.

'Wat heeft u hier over haar karakter geschreven?' Hij kon de woorden nauwelijks onderscheiden, zijn ogen traanden in het schemerlicht.

'O, daar staat *blendin*, dominee. Gemengd.'

'En hoe bent u bij dat antwoord gekomen?'

'Dat was de mening van de districtsambtenaar. En zijn vrouw.'

'Wat was uw mening over Agnes, dominee?'

De oude man stak het boek weer in zijn jas en haalde zijn schouders op. 'Zeer welbespraakt. Ontwikkeld, zou ik denken. Verrassend, gezien haar onwettigheid. Welopgevoed. Maar toen ik met de districtsambtenaar sprak, zei hij dat haar gedrag... onvoorspelbaar was. Hij had het over zenuwtoevallen.'

'Agnes ziet de doodstraf tegemoet,' zei Tóti.

'Daar ben ik me van bewust,' antwoordde de priester vinnig terwijl hij de deur opendeed. 'Goedendag, dominee Thorvardur. Ik wens u het beste.'

'Insgelijks,' mompelde Tóti, toen de deur in zijn gezicht dichtviel.

—

Agnes Jónsdóttir. Ik heb nooit geweten dat het zo makkelijk kon zijn jezelf een naam te geven. De dochter van Jón Bjarnasson van Brekkukot, niet van de knecht Magnús Magnússon. Iedereen mocht weten wiens bastaard ik in werkelijkheid ben.

Agnes Jónsdóttir. Ze klinkt als de vrouw die ik had moeten zijn. Vrouw des huizes op een boerderij die uitkijkt over de vallei, met een man aan haar zijde, en een schare kinderen om te helpen de schapen naar huis te zingen in de schemering. Om te onderwijzen en bang te maken met spookverhalen. Om van te houden. Ze zou zelfs de zus kunnen zijn van Sigurlaug en Steinvör Jónsdóttir. Dochter van Margrét. Gezegend binnen een huwelijk geboren. Geboren in een gezin dat niet uit elkaar gerukt zou worden door armoede.

Agnes Jónsdóttir zou niet zo dom zijn geweest van een man te houden die zijn leven lang aderen, monden en benen opende. Een man die betaald werd om te laten bloeden. Ze zou een grootmoeder zijn geweest. Ze zou een menigte gezichten om zich heen hebben gehad die zich rond haar sterfbed konden verzamelen. Ze zou zeker zijn geweest van een plaats in de hemel. Ze zou in de hemel geloofd hebben.

Het is bijna niet in te denken dat ik gelukkig was op Illugastadir, maar dat moet ik ooit zijn geweest. Ik was die eerste dag gelukkig, toen Natan en ik de hele middag in zijn werkplaats bleven. Hij liet me de twee vossenpelzen zien. Ze hingen binnen te drogen, omdat de zeelucht die ochtend te vochtig was om ze bij de vissen te hangen.

Hij pakte mijn handen en liet ze over de witte vossenvacht strijken.

'Voel je dat? Die zullen van de zomer een aardig bedrag opbrengen in Reykjavik.'

Hij vertelde me hoe hij de vossen boven in de bergen had gevangen. 'De truc is een vossenjong te vinden en te vangen,' zei hij. 'Je laat het jong dan om zijn ouders huilen, want anders is het bijna onmogelijk om ze uit hun hol te lokken. Het zijn listige beesten. Sluw. Ze ruiken dat je eraan komt.'

'En hoe laat je een vossenjong huilen?'

'Ik breek zijn voorpoten. Dan kunnen ze niet ontsnappen. De ouders horen hem piepen en komen het hol uit rennen en dan zijn ze makkelijk te vangen. Ze laten hun jongen niet in de steek.'

'Wat doe je met het jong als je de ouders hebt gedood?'

'Sommige jagers laten het daar liggen tot het doodgaat. Je hebt er niets aan voor de verkoop – de huiden zijn te klein.'

'Wat doe jij?'

'Ik beuk de kop in met een steen.'

'Dat is het enige fatsoenlijke dat je kunt doen.'

'Ja. Achterlaten is wreed.'

Hij liet me zijn boeken zien. Hij dacht dat ik ze wel mooi zou vinden. 'Sigga houdt niet van woorden,' zei hij. 'Ze leest heel slecht. Alsof je probeert een koe te laten praten.'

Ik liet mijn vingers over de papieren gaan en probeerde de nieuwe woorden te lezen die ze boden.

'Dermale ziekten.' Hij verbeterde mijn onhandige uitspraak. 'Cochlearia officinalis.'

'Zeg het nog eens.'

'Cetraria islandica. Angelica archangelica. Achillea millefolium. Rumex digynus.'

Het was een taal die ik niet begreep, dus stelpte ik zijn lach met kussen, en voelde zijn tong zacht tegen de mijne drukken. Wat betekenden al die woorden? Waren het de namen van de dingen in zijn werkplaats? In de kruiken en flessen en aardewerken potten? Natan kuste mijn hals en mijn gedachten gingen verloren in een opwellende golf lust. Hij tilde me op de tafel, en we rukten aan onze kleren voordat hij zich in me stootte, voordat ik wist wat we aan het doen waren, voordat ik klaar was. Ik hield mijn adem in. Ik voelde de papieren onder me, en stelde me voor hoe de woorden loslieten van de bladzij en in mijn huid drongen. Mijn benen knelden om hem heen, en ik voelde hoe de koude zeelucht me bij de keel greep.

Later stond ik naakt met mijn heup tegen de rand van zijn tafel gedrukt. Natans boeken lagen voor me, de papieren waren gekreukt en vertoonden de draaikolken van onze liefde.

'Kijk al die ziektes toch, Natan. Boeken en boeken vol kwalen en gruwelen.'

'Agnes.'

Hij zei mijn naam zacht en liet de s over zijn tong glijden alsof hij hem proefde.

'Natan. Als er zoveel ziekte in de wereld is... als er zoveel mis kan gaan met een mens, hoe kan het dan dat er nog mensen in leven blijven?'

Sigga moet van ons geweten hebben. Die eerste nachten op Illugastadir wachtten we tot ze in slaap viel. Dan hoorde ik Natans voorzichtige voetstappen op de planken vloer van de badstofa, en voelde ik een zacht rukje aan de dekens. Ik probeerde uit alle macht stil te zijn. We verstrengelden ons in elkaar alsof we nooit meer zouden loskomen, maar de eerste koude reep ochtendlicht door het raam sneed ons samenzijn door alsof het een mes was.

Hij ging altijd terug naar zijn eigen bed voordat Sigga wakker werd.

—

Agnes leek in gedachten verzonken. Pas toen Tóti zacht een hand op haar schouder legde, schrok ze op en merkte dat hij weer de kamer binnen was gekomen.

'Het spijt me dat ik je liet schrikken,' zei hij.

'Nee hoor,' antwoordde Agnes, een beetje buiten adem. 'Ik was alleen steken aan het tellen.'

'Zullen we verdergaan?' vroeg hij.

'Waar was ik gebleven?'

'Je vertelde me over je eerste dag op Illugastadir.'

'O ja. Natan was blij me te zien en zorgde dat ik me thuis

voelde, vertelde me verhalen over de mensen en boerderijen in de omgeving. De eerste paar weken gebeurde er weinig opzienbarends. Ik werkte elke dag van 's ochtends vroeg tot het donker werd met Sigga, en 's avonds zaten we bij elkaar verhalen te vertellen of om het een of ander te lachen. Al bij al waren die eerste paar maanden op Illugastadir een gelukkige tijd. Sigga vertelde dat het ongebruikelijk was dat Natan zoveel tijd thuis doorbracht als nu, en ik dacht dat het mijn gezelschap was dat hem bij ons hield. Hij bracht de meeste dagen in zijn werkplaats door, omdat hij het leuker vond gereedschap op te knappen en te repareren dan zich om de boerderij te bekommeren. Hij huurde liever mannen in om voor het gras of de paarden te zorgen dan het zelf te doen. Niet dat hij lui was. Hij liet me zien hoe je moest aderlaten, en vertelde me over alle ziektes die een mens kon krijgen. Ik denk dat hij blij was met iemand die belangstelling had voor zijn werk; Sigga was mooi, en goed met de was en vaardig met het weimes, en ze maakte de vis schoon die we vingen, maar ze gaf niet om de dingen van het verstand zoals Natan dat noemde. Ik mocht zoveel lezen als ik wilde, en kennismaken met de natuurwetenschappen. Wist u, dominee, dat iemand die vlekken op zijn benen en bloedend tandvlees heeft kool moet eten?'

Tóti glimlachte. 'Nee dat wist ik niet.'

'Ik dacht eerst dat hij een grapje maakte, maar ik zag met mijn eigen ogen hoe iets eenvoudigs als thee getrokken van bladeren, of een kompres van reuzel en zwavel, of uit wortels geperst melksap, of zelfs een kool, iemand konden genezen.

Ik beschouwde mijn verhuizing naar Illugastadir als een buitenkans. Natan maakte nieuwe schoenen voor me van robbenhuid en gaf me een omslagdoek, en er waren zoveel eendeneieren als er maar in je maag pasten. Wanneer hij wegging van de boerderij kwam hij altijd terug met cadeautjes voor Sigga en mij. Daarom had ik gedacht dat Sigga zijn dochter was toen ik haar voor het eerst zag. Natan zorgde dat ze zo goed gekleed ging, en toen ik er was, gaf hij mij ook cadeautjes. Kant en zijde en een zakdoekje waarvan hij zei dat het helemaal uit Frankrijk kwam. Het leek een luxueus bestaan, ondanks de afzondering, ondanks de kleine, benauwde kamers. We kregen niet vaak bezoek. Maar ik had Natan, en Sigga was niet al te onuitstaanbaar.' Agnes liet haar stem dalen. 'Hebt u haar gezien, dominee? Is het beroep ingewilligd?'

Tóti schudde langzaam zijn hoofd. 'Ik weet het nog niet.'

Agnes dacht na. 'Ze is vast veranderd. Ze is nu vast zo vroom als wat. Maar op Illugastadir was het een brutaaltje als het zo uitkwam. Ze wist altijd van alles te vertellen over mensen, en dan vroeg Natan haar wie volgens haar met wie zou trouwen, en hoe hun kinderen eruit zouden zien, enzovoort. Voor hem was het onschuldig vermaak; hij vond haar gewoon grappig. Het kon me niet eens iets schelen dat Sigga zichzelf huishoudster bleef noemen, of me taken opdroeg die ze zelf had moeten doen – de nachtemmer legen, de koeienstal uitmesten, de vis drogen die Natan gevangen had. Ze was, zoals Natan zei, nog maar een kind, met een kinderlijke manier van denken.

Fridrik Sigurdsson verscheen op Illugastadir kort nadat ik was gearriveerd. Ik had hem nog nooit ontmoet, maar Sigga had me over hem verteld, en ze had gezegd dat hij en Natan een soort kennissen waren. Ze werd altijd roze als een gevild lam wanneer ze over hem praatte. Maar Fridrik verontrustte me. Hij had iets onevenwichtigs. En Natan ook. Ze hadden allebei van die buien, dan sloeg van het ene moment op het andere de stemming in een kamer om van vrolijk naar grimmig. Het was ook besmettelijk. Bij hen voelde je elk klein onrecht dat je was aangedaan als een doorn in het vlees. Ik vond Fridrik een jongen die graag uitdaagde, die wanhopig wilde bewijzen dat hij een man was. Hij was snel beledigd. Volgens mij had hij het gevoel dat de hele wereld tegen hem was, en ging hij daartegen tekeer. Ik vond het niet prettig hoe hij naar redenen zocht om boos te worden. Hij vocht graag. Had het liefst altijd geschaafde knokkels.

Natan was anders. Die had niet het gevoel dat hij zich hoefde te bewijzen. Maar bijgelovige tekenen zaten hem dwars. En de dingen die ik in hem bewonderde, de manier waarop hij de wereld zag en naar kennis smachtte, en zijn gemakkelijke omgang met mensen die hij mocht, hadden een donkere keerzijde. Je moest volop van de heldere hemel genieten, om de donderwolken te kunnen verdragen als ze kwamen.'

Agnes zweeg toen Tóti een grimas trok en over zijn keel wreef.

'Hebt u ergens last van?' vroeg ze.

De dominee schraapte zijn keel. 'De lucht is alleen wat bedompt hierbinnen,' zei hij. 'Ga door. Ik neem straks wat water.'

'U ziet bleek.'

'Het is maar een koutje van het op en neer reizen in dit weer.'

'Misschien moet u vanavond niet teruggaan naar Breidabólstadur.'

Tóti schudde glimlachend zijn hoofd. 'Ik heb me wel eens slechter gevoeld,' zei hij. 'Ik wilde je niet onderbreken. Ga alsjeblieft door.'

Agnes nam hem aandachtig op, en knikte toen. 'Goed dan. De eerste keer dat ik Fridrik Sigurdsson ontmoette, was ik bezig water uit de kreek te halen. Ik hoorde een schreeuw, en zag een roodharige jongeman te paard over het bergpad draven. Er was ook een vrouw bij. Natan keek door het raam van zijn werkplaats toen hij het geluid hoorde, stormde naar buiten en deed de deur achter zich op slot. Er kwam nooit veel bezoek op Illugastadir, en dat leek Natan het prettigst te vinden.

Natan stelde de jongen voor als Fridrik, en Fridrik vertelde me dat hij de zoon was van de boer Sigurdur op Katadalur, een hoeve net aan de andere kant van de berg. Hij zei dat hij de winter weg was geweest, en toen stelde hij zijn metgezellin voor, Thórunn, een werkvrouw met erg slechte tanden, die naar iedereen grijnsde. Ik merkte dat Sigga ongerust was toen ze Thórunn voor het eerst zag. Eerlijk gezegd, dominee, mocht ik ze geen van beiden bij die eerste ontmoeting. Ik vond Fridrik een praatjesmaker en een opschepper. Hij praatte in het wilde weg over hoe hij zijn vader rijk zou maken, en hoe hij had gevochten met drie mannen in Vesturhóp en ze allemaal een blauw oog had bezorgd en erger. Alle domme leugens die je verwacht van een jongen van die leeftijd. Ik weet niet waarom Natan de moeite nam om naar Fridriks grootspraak te luisteren – hij wilde niet vaak dat soort dingen aanhoren, hoewel hij zelf ook luidkeels kon rondbazuinen hoe goed hij het getroffen had. Maar ik veronderstelde dat hij een leermeester was voor Fridrik, zoals hij dat naar eigen zeggen voor Sigga probeerde te zijn.

Die dag nodigde Natan Fridrik en Thórunn binnen. Ik was niet zo geïnteresseerd in mijn nieuwe buren, maar ik kreeg de indruk dat Fridriks familie erg arm was. Hij schrokte zijn vis naar binnen alsof hij uitgehongerd was. Ik vond hem maar een vreemde vriend voor Natan.

Nadat Fridrik vertrokken was, met Thórunn als een hondje achter zich aan, verdween Natan. Toen ik hem weer vond, vroeg ik waar hij geweest was, en hij glimlachte en zei dat hij zijn bezit was gaan controleren. En toen ik vroeg waarom, vertelde hij dat Fridrik lange vingers had, en alleen bij hem op bezoek kwam om erachter te komen waar hij zijn geld bewaarde.

Ik vroeg Natan waarom hij in hemelsnaam Fridrik een voet in zijn huis liet zetten als de zaken er zo voor stonden, en Natan lachte en zei dat hij zijn geld toch nooit in de boerderij bewaarde, en bovendien vond hij het een leuk spelletje. Wat ze hadden was geen echte vriendschap, maar een vreemde rivaliteit, geboren uit verveling. Fridrik dacht dat Natan rijk was en wilde iets van wat hij had in handen krijgen, en Natan moedigde hem aan voor zijn eigen vermaak, terwijl hij al die tijd wist dat Fridrik zijn geld nooit zou vinden. Indertijd zei ik tegen Natan dat ik het gevaarlijk vond om zo'n man uit te lokken, maar Natan lachte en zei dat Fridrik nauwelijks een man was, niet meer dan een overmoedige jongen. Toch zat het me dwars. Ik voerde aan dat Fridrik twee keer zo groot was als hij en hem makkelijk zou kunnen overweldigen als het erop aankwam. Dat vond Natan niet prettig. Toen hadden we onze eerste ruzie.'

'Wat zei Natan?'

'O, hij greep me bij mijn arm, trok me naar buiten en zei dat ik nooit meer zo tegen hem mocht praten waar Sigga bij was. Ik zei dat ik alleen de waarheid had gezegd en niet de bedoeling had gehad hem in verlegenheid te brengen, en dat Sigga alleen maar het beste van hem dacht, net als ik. Dat kalmeerde hem een beetje, maar ik schrok dat zijn stemming zo snel kon omslaan. Later leerde ik dat hij even veranderlijk was als de zee, en God behoede je als je zijn gezicht zag veranderen en verduisteren. De ene dag noemde hij je een vriendin, en de volgende dreigde hij je de nacht in te smijten als je maar een emmer water op de grond liet vallen. Zoals mensen zeggen: voor elke berg is een dal.'

'Als je dat geweten had, had je er misschien nooit in toegestemd zijn dienstmeid te worden?' opperde Tóti.

Agnes zweeg even, en schudde toen haar hoofd. 'Ik wilde weg uit Vatnsdalur,' zei ze zacht.

'Vertel me hoe Sigga is,' stelde Tóti vriendelijk voor.

'Nou, die avond, na Fridriks bezoek, begon Sigga over trouwen te praten. Ik vroeg haar of ze Fridrik Sigurdsson niet een erg aantrekkelijke man vond, met reuze goede vooruitzichten. Ik maakte een grapje natuurlijk. Fridrik heeft sproeten en rood haar en is vlekkerig als een worst, en zijn familie is zo arm dat je ze tonnenlikkers zou kunnen noemen. Maar toen ik dat aan Sigga vroeg, werden haar wangen zo rood als vers bloed, en vroeg ze me of ik dacht dat Fridrik verloofd was met die Thórunn. Op dat moment begreep ik dat ze een beetje haar hoop op hem gevestigd had.

Ik bleef Sigga plagen. "Weet je wat een zwaar werk het is om te trouwen?" vroeg ik. Sigga zei: "Het kan niet zwaarder zijn dan dit," en ik lachte en vertelde haar dat het niet om boerenwerk ging, maar om het werk dat een dienstmeid als zij moest doen voor het voorrecht haar leven weg te geven. Ik herinnerde haar eraan dat de priester zijn toestemming moest geven, dat de districtsambtenaar zijn toestemming moest geven, dat de districtscommissaris ook akkoord moest gaan, en dat bovendien Natan tevreden moest worden gehouden, want iedereen verwacht van de meester het laatste woord.

"Je hebt meer dan één man nodig om ja te zeggen," vertelde ik haar. Sigga nam dit nieuws heel slecht op. Ze werd bleek toen ik zei dat Natan een verloving moest goedkeuren, en ze ging niet door op het onderwerp, zelfs niet toen ik probeerde haar op te vrolijken door te vertellen wat Natan me had verteld; over zijn spelletje met Fridrik.

"Denk je echt dat Fridrik een dief is?" vroeg ze, maar ik zei dat ik zeker wist dat hij een nette jongeman was.

Natan lachte hartelijk toen ik hem vertelde van Sigga's reactie op het nieuws dat hij zijn goedkeuring moest geven als zij wilde trouwen. Hij zei dat het maar goed was dat ze het wist. Ik vertelde hem dat ik dacht dat Sigga een zwak had voor Fridrik, en dat ik me zorgen maakte omdat Natan hem voor een dief hield. Natan zei dat die dingen gebeuren als je twee schepsels samen in een hok zet, en verder hebben we het er toen niet meer over gehad.

Dit gebeurde allemaal rond de lammertijd. Het was stralend weer, en Natan maakte van de gelegenheid gebruik om geld te verdienen door in het noorden rond te reizen en bij mensen aan te kloppen om zijn medicijnen te verkopen. Toevallig was Natan weg op het moment dat het lammeren op Illugastadir begon. Toen Sigga en ik naar buiten gingen om de koe te voederen, zagen we dat een van de ooien aan het werpen was. We waren geen van beiden sterk genoeg om een lam dat er bewegingloos uit zou komen hard genoeg heen en weer te zwaaien, en we waren bang dat Natan, als hij over een paar weken terugkwam, niet het aantal schapen zou aantreffen dat hij verwachtte. Ik zei tegen Sigga dat ze naar een buurman moest rennen om te vragen of ze een werkman mocht lenen, ook al had Natan gezegd dat we niemand op zijn boerderij mochten toelaten. Sigga haalde Fridrik.

Eerst was ik bang om hem toe te laten, vanwege Natans waarschuwing, maar we hadden hulp nodig, en tegen de tijd dat hij er was, waren er nog meer ooien aan het persen. Hij was een echte boerenzoon, en hielp ons de lammeren eruit te trekken en rond te zwaaien zodat ze gingen ademen. Toen we ontdekten dat een van de ooien te dikke tepels had om haar jongen te zogen, maakte Fridrik een speen van wat losse spullen die we toevallig hadden liggen en liet ons zelf de lammetjes zogen. Daarna vond ik hem wat aardiger, maar ik wilde hem nog steeds niet in het huis laten slapen. Ik maakte een bed voor hem op in de koeienstal.

Fridrik bleef een week bij ons tijdens het lammeren. Ik zorgde ervoor dat hij geen vinger uitstak naar wat dan ook in het huis, want het viel me op dat Fridrik steevast overal de prijs van noemde. Hij berekende de waarde van de geboren lammeren, hun moeders, de koe die we daar hadden, de grond, en zelfs van het zijden lint dat Sigga in haar haar droeg. Ik weet dat aan het feit dat hij arm was grootgebracht. Toch verloor ik hem niet uit het oog, vooral niet nadat ik hem had betrapt op het graven van gaten bij de voordeur van de boerderij. Toen ik vroeg wat hij aan het doen was, lachte hij en zei: helemaal niets, maar hij had Natan gevraagd geld voor hem te bewaren en het was niet te geloven, maar Natan was vergeten waar het begraven lag en hij had het nooit meer gezien. Ik wist dat hij loog. Fridrik Sigurdsson was arm als een kerkrat, en ik wist dat Fridrik naar Natans geld had gezocht.

Maar Sigga leek blind voor de achterbakse aard van de jongen. Die lente zag ik dat ze Fridrik aanbad, en hem van alles bracht als hij buiten werkte, en giechelde om zijn verhalen over vechtpartijen en waaghalzerij. 's Avonds ging ze vaak naar de koeienstal om hem melk te brengen en welterusten te wensen, en daar nam ze ruim de tijd voor. Zoals ik al zei, het is een knap meisje, en ik neem aan dat Fridrik Thórunn met de bruine tanden al snel vergeten was. Hij was bezeten van paardrijden en zweepte zijn paard bijna dood in een poging indruk te maken op Sigga. Zelfs toen het brave dier hem afwierp omdat hij de huid tot bloedens toe had geranseld, bracht Sigga hem avondeten en zat ze naast hem terwijl hij het naar binnen schrokte, sponsde zijn gezwollen slaap af en bukte zich om er een kus op te geven wanneer ze dacht dat ik het niet zag.

Toen Natan terugkwam, zag hij dat de meeste ooien hadden geworpen, en hij prees ons omdat we het werk zo goed hadden gedaan. Sigga vertelde hem dat we het niet hadden kunnen doen zonder Fridrik, en Natan vroeg waarom we in duivelsnaam die dief naar de boerderij hadden gehaald terwijl hij niet thuis was om hem in de gaten te houden. Sigga begon te huilen – ze kon niet tegen ruzie – en toen Natan tegen haar bleef uitvaren om haar onbezonnenheid, kwam ik tussenbeide en beweerde dat het mijn idee was geweest Fridrik te halen.

Ik zei tegen Natan dat ik begreep dat Illugastadir niet zijn enige verantwoordelijkheid was, maar dat hij nauwelijks van Sigga en mij kon verwachten dat we bepaalde taken aankonden zonder een andere man erbij. Ik zei dat we geen van beiden sterk genoeg waren om de lammeren te zwaaien, en dat er nog veel meer dingen waren waar we moeite mee hadden. Ik zei dat Fridrik, ook al had hij een grief tegen de jongen, veel van zijn dieren had gered, en dat we hem niet in het huis hadden laten slapen. Ik vertelde niet dat Fridrik op het voorerf naar geld had lopen graven.

Ten slotte kalmeerde Natan en keerde de rust terug op Illugastadir. Hij zei dat hij naar Geitaskard zou rijden om Daníel Gudmundsson in te huren voor de oogst. Hij wilde dat er een man bij ons was in zijn afwezigheid, maar wilde niet dat het Fridrik was.’

HOOFDSTUK TIEN

De 13de april 1828

Rósa Gudmundsdóttir uit Vatnsendi werd verzocht voor de rechtbank te verschijnen. Ze wenste geen informatie te verschaffen over de zaak, doch meldde dat Agnes die winter enkele malen bij haar was geweest en gunstig had gesproken over haar meester Natan. Het kind dat in pleegvoogdij op Illugastadir was, is nu thuis bij Rósa, zijnde haar dochter. Ze zei dat het kind nu drie jaren oud is. Ze dacht niet dat het kind op enigerlei wijze was geschaad door de moord, maar dat het altijd zegt dat Natan 'boven in de heuvels' is. Dat is wat het kind werd medegedeeld nadat de moord had plaatsgevonden. Rósa zei dat er niets ongebruikelijks is dat ze omtrent Agnes of Sigrídur kan zeggen aangezien ze hen niet goed kent. Ze zei dat Natan in de zomer van 1825 Vatnsendi had verlaten nadat hij daar twee jaar had verbleven bij haar en haar echtgenoot. Ze zei te weten dat Natan op zeker moment een aanzienlijke som gelds bezat. Zij had vijftig spesiurs voor hem in bewaring.

Het voorjaar nadat Natan was vertrokken kwam Fridrik van Katadalur naar Vatnsendi en verzocht haar om een gesprek onder vier ogen in de koeienstal. Rósa zei toen dat hij zijn begeerte naar haar begon uit te drukken, en haar verzocht die nacht te mogen blijven en naar haar bed te komen. Ze zei dat ze Fridrik afwees, van hem wegliep en haar echtgenoot verzocht hem niet toe te staan in het huis te verblijven, alhoewel hij daar later opnieuw om verzocht. Daarna, zei ze, kwam haar echtgenoot Ólaf bij haar en vertelde haar dat Fridrik had gevraagd de voorraadkamer te mogen zien teneinde op zoek te gaan naar het geld waarvan hij dacht dat Rósa het voor Natan bewaarde. Hij beweerde dat Natan tegen hem had gezegd dat hij het geld mocht nemen als het hem ooit lukte in Rósa's huis te slapen. Fridrik bood haar echtgenoot twee of vier spesiurs en zei tegen Ólaf dat zijn moeder had gedroomd dat het geld onder een vat in de voorraadkamer was verborgen. Rósa zei dat ze haar echtgenoot had verteld dat Natans bewaarde geld geenszins in de voorraadkamer lag en dat Fridrik daar zo lang mocht zoeken als hij wenste. Daarop ging haar echtgenoot uit, en hoewel zij en haar werkmeid sliepen, ging Fridrik naar de voorraadkamer, rukte alles uit het vat, maar trof niets aan. Hij merkte op dat 'zijn moeder beter zou moeten dromen', zei ze. Hij zei dat hij een zwaar voorwerp had gevonden dat hij niet kon verplaatsen, en terug zou komen nadat hij betere inlichtingen had gekregen van zijn moeder over de plek waar hij moest zoeken. Maar hij kwam niet terug.

Nadien dacht men dat Fridrik Natan was gaan haten omdat hij het geld niet kon vinden. Rósa zei dat ze Natan in het voorjaar nadat Fridrik was gekomen het geld gaf dat ze voor hem had bewaard, maar zei dat ze lange tijd niets van hem had gehoord. Ze merkte ook op dat Natan toen hij bij haar woonde, vaak zijn geld begraven in de grond bewaarde, binnen of buiten de hoeve. Het was niet mogelijk verdere bewijzen of informatie van deze vrouw te verkrijgen, en ze weigerde bovendien te bevestigen dat hetgeen hier is opgetekend juist is.

Anonieme klerk, 1828

Tóti werd snakkend naar adem wakker in de onverlichte badstofa van Breidabólstadur. Toen hij zich overeind hees, voelde hij het bloed koortsachtig naar zijn hart stuwen, zijn armen trilden en bezweken. Hij probeerde te hoesten, maar zijn tong bleef tegen zijn verhemelte plakken.

Aan de andere kant van de kamer lag zijn vader te slapen, zijn gesnurk haperde, zijn adem stokte een paar volle seconden en begon dan weer met een grommende uitademing. Waarom slaapt hij nog? dacht Tóti. Het moet al ochtend zijn. Ik heb een slokje water nodig.

Vechtend tegen de duizeligheid liet Tóti zijn benen moeizaam naar de grond zakken en zette zijn blote voeten zachtjes op de planken. Ik heb zeker een nachtmerrie gehad, dacht hij toen hij zijn hart in zijn borst voelde fladderen. Ik ga wat water halen.

De lucht in de provisiekamer was heerlijk koel op zijn klamme huid. Misschien moet ik hier gaan slapen, dacht Tóti, terwijl hij op de grond zakte. Het is zo heet in de badstofa, iemand heeft een vuur onder ons aangestoken.

Hij werd weer wakker door de aanraking van zijn vaders ruwe handen die hem onder de oksels optilden.

'Probeer je kou te vatten? Slaapwandelen als een waanzinnige.'

'Moeder?'

Er viel een stilte. 'Nee, zoon. Ik ben het.'

Dominee Jón strompelde achteruit, en slaagde er toen in

zijn zoon naast zich overeind te hijsen. 'Nu lopen,' beval hij, terwijl hij zich bukte om zijn kaars op te pakken. 'Slaap je nog?'

Tóti schudde zijn hoofd. 'Nee, nee. Ik slaap niet. Ik voelde me vreemd en wilde wat water. Ik denk dat ik hier ben ingedoezeld.'

Hij greep de aangeboden arm van zijn vader en samen strompelden ze terug naar de badstofa. 'Ga op je bed zitten,' zei zijn vader. Hij deed een paar stappen naar achteren en keek toe hoe Tóti op zijn benen stond te wankelen. Zijn ogen stonden ongebruikelijk helder, zijn haar was glad van het zweet in het kaarslicht.

'Je hebt jezelf uitgeput, zoon. Dat komt van al dat reizen naar Kornsá in dit vreselijke weer. Het heeft je aangetast.'

Tóti keek hem aan. 'Vader?'

Dominee Jón ving hem op toen hij onderuitging.

—

De dagen worden nu korter. Er is genoeg tijd voor alles; te veel tijd, dus is de familie van Kornsá naar de kerk gegaan om de ellendige uren die op een zondagochtend voorbijknarsen te doden. De bergen zijn bedekt met sneeuw en het water in de koeienstal is afgelopen nacht bevroren. Jón heeft Bjarni gestuurd om het met een hamer stuk te slaan, en nu zitten we met z'n drieën, Bjarni, Jón en ik, te wachten tot de anderen terugkomen.

Ik vraag me af waar de dominee is. Ik heb hem al dagen niet gezien. Ik dacht dat hij misschien voor mijn verjaardag zou komen, want hij wist de datum uit het kerkboek, maar de dag kwam en ging en ik durfde niets tegen de familie te zeggen. De novemberdagen kruipen nu voorbij en nog steeds komt hij niet, nog geen brief, geen boodschap om me te steunen. Steina vroeg of ik dacht dat het weer hem misschien weghield: er was een week geleden een sneeuwstorm waardoor we bijna ingesneeuwd raakten. Misschien wordt hij te veel opgeslokt door pastorale taken, en reist hij door zijn eigen parochie met de zielenregisters om talloze namen te noteren zodat de geschiedenis ze niet zal vergeten. Of misschien heeft hij genoeg van mijn verhalen; misschien heb ik iets gezegd en is hij er nu van overtuigd dat ik schuldig ben, dat ik in de steek moet worden gelaten en gestraft. Ik ben te goddeloos. Ik leid hem af van zijn toewijding aan de christelijke gedachte. Ik breng zijn geloof in een liefhebbende Heer aan het wankelen. Misschien heeft Blöndal hem opnieuw ontboden, hem opgedragen me niet meer aan te horen. Hoe dan ook, ik vind het wreed me in de steek te laten zonder een waarschuwing, zonder een verzekering dat hij terug zal komen. Zonder zijn bezoeken lijken de dagen langer, zelfs nu het licht als een geslagen hond het land ontvlucht. Ik heb steeds minder te doen en het wachten op hem maakt me rusteloos. Bij elke laars die sneeuw af stampt, bij elke hoest in de gang denk ik dat hij er weer is. Maar hij is het nooit. Alleen de knechten die 's avonds binnenkomen na het voederen van het vee. Alleen Margrét die in haar zakdoek spuugt.

Ik word ziek van dit wachten. Waarom niet nu? Waarom niet de bijl oppakken en de daad hier, op de boerderij uitvoeren. Bjarni zou het kunnen doen. Of Gudmundur. Elk van de mannen. God weet dat ze waarschijnlijk met liefde mijn gezicht in de sneeuw zouden duwen en mijn hoofd zouden afhakken, zonder ceremonieel, zonder priester of rechter. Als ze me toch gaan doden, waarom dan niet nu, zodat het achter de rug is?

Dat moet door Blöndals toedoen zijn. Hij wil me verlammen door me te laten wachten voordat ik mijn hals uitstrek. Hij wil dat ik breek; hij ontneemt me de enige troost die ik nog in de wereld heb omdat hij een barbaar is. Hij neemt Tóti van me af, en zorgt dat ik de tijd zie verstrijken. Een wreed geschenk, me zoveel tijd geven om van alles afscheid te nemen. Waarom willen ze me niet vertellen wanneer ik moet sterven? Het zou morgen kunnen zijn – en de dominee is er niet om te helpen. Waarom komt hij niet?

De onontkoombaarheid maakt me ziek. Het is als een stomp in mijn maag, de gedachte aan mijn vonnis naast het alledaagse leven op de boerderij. Misschien zou het beter zijn geweest als ze me op Stóra-Borg hadden gelaten. Dan was ik misschien doodgehongerd. Ik zou glibberig zijn van de modder, tot mijn strot vervuld van hopeloosheid en kou, mijn lichaam zou weten dat het gedoemd was en vanzelf de strijd opgeven. Dat zou beter zijn dan doelloos wol op een spoel winden op een sneeuwdag, wachtend tot iemand me doodt.

Misschien kan ik aanstaande zondag vragen of ik met Margrét naar de kerk mag. Waar is God anders goed voor dan als afleiding van het slijk waarin we allemaal zijn vastgelopen? We zijn allemaal schipbreukelingen. Allemaal gestrand in een veenmoeras van armoede. Wanneer was eigenlijk de laatste keer dat ik naar de kerk ging? Niet toen ik op Illugastadir was. Het moet op Geitaskard zijn geweest, met de rest van het werkvolk. We reden erheen en verkleedden ons achter de kerkmuur, voelden de vinnige kou van de ochtendwind op onze blote benen wanneer we ons in ons goede goed worstelden, waar geen paardenhaar op zat. Ik mis de bedompte warmte van te veel lichamen bij elkaar, het snuffen en hoesten, en de dreinende baby's. Ik wil de klanken van een priesterstem over me heen laten golven, alleen om de muziek ervan te horen. Net als toen ik klein was, en uitbesteed aan achterlijke boerderijtjes om de billen van peuters schoon te vegen en de was te doen met as en vet; ontsnappen naar de kerk om me deel van iets te voelen. Zuiver.

Misschien zou het anders zijn gelopen als Natan me in Tjörn naar de kerk had laten gaan. Dan had ik daar vrienden kunnen maken. Ik had daar een familie kunnen ontmoeten bij wie ik mijn toevlucht had kunnen zoeken toen alles misliep. Andere boeren voor wie ik had kunnen werken. Maar hij liet me niet gaan, en er was geen andere vriend, geen licht om naartoe te gaan in dat winterse landschap.

Misschien zouden Rósa en ik vriendinnen zijn geworden als we elkaar op een andere manier hadden ontmoet. Natan zei altijd dat we op elkaar leken als een zwaan op een raaf, maar hij had het mis. Om te beginnen hielden we allebei van hem. En wat ik de dominee ook vertel, Rósa's gedichten deden de spaanders van mijn ziel ontbranden en zetten me vanbinnen in vuur en vlam. Natan bleef altijd van haar houden. Hoe kon hij ook anders? Haar gedichten maakten lampen van mensen.

We konden het nooit goed met elkaar vinden, hoewel dat net zo goed haar fout was als de mijne. Bij de eerste ontmoeting maakte Rósa me al duidelijk dat we in vijandige kampen zaten. Ze verscheen op een zomeravond in de badstofa van Illugastadir, als een geest. Niemand hoorde haar aankomen, of hoorde de deur opengaan. Ze verscheen gewoon, met haar dochtertje op de arm. Ze was in het zwart gekleed, en de donkere stof stond haar goed, haar huid leek te gloeien. Sigga zei altijd dat Rósa eruitzag als een engel. Maar die avond vond ik dat ze er uitgeput uitzag, moe van de wereld.

Ik wist meer van Rósa dan zij van mij. 'Het is een bijzondere vrouw,' zei Natan een keer, en er rukte een haakje jaloezie aan de vezels van mijn longen. 'Ze is een goede vroedvrouw, een groot dichteres.' Hij was de vader van haar kind! Die dochter van haar had zijn scherpe blik, haar ontging nooit iets. Maar hij stelde me gerust. 'Ze verstikte me,' zei hij. 'Ze wilde dat ik voor altijd bij haar en haar man bleef wonen. Maar ik moest mijn eigen leven scheppen. En dat heb ik hier. Mijn eigen boerderij. Mijn onafhankelijkheid.'

Hij had haar geschreven dat hij haar niet meer wilde, verzekerde hij me. Zijn liefde voor mij had zijn vroegere liefde voor haar overstemd. Hij vond het leuk dat ik een bastaard was, een pauper, een dienstmeid. 'Jij hebt overal voor moeten vechten,' zei hij. 'Jij zet je tanden in het leven, Agnes. Je bent niet als Rósa.'

Toen, die zomeravond, verscheen ze in de deuropening, met hun dochter, en Natans gezicht lichtte op.

Rósa zei niets. Haar blik viel op mij en haar ogen werden spleetjes. Ze had net zo goed een geweer op mijn gezicht kunnen richten.

'Jij moet Agnes Magnúsdóttir zijn. De Roos van Kidjaskard. De Roos van de valleien.'

Haar hand, verlost van de want, lag ijskoud in de mijne.

'Dichteres-Rósa. Ik ben blij u eindelijk te ontmoeten.'

Rósa keek naar Sigga en trok toen haar wenkbrauwen op naar Natan. 'Ik zie tot mijn vreugde dat je een gezellig huishoudentje voor jezelf hebt geschapen.'

Mij ontging de beschuldiging in haar stem niet. Ik wist wat ik deed toen ik naast Natan ging staan. Hij is nu van mij.

'Dit moet Thóranna zijn,' zei ik. Het kind glimlachte bij het horen van haar naam.

Rósa nam haar weer in haar armen. 'Ja. Van mij en Natan.'

'Kom kom, meisjes.' Natan leek het wel grappig te vinden. 'Laten we vriendelijk blijven. Sigga, ga koffie voor ons allemaal halen. Rósa, doe je buitenkleren uit.'

'Nee, dank je.' Rósa zette Thóranna in een hoek, zo ver mogelijk van mij vandaan. 'Ik kwam alleen om haar te brengen.'

'Wat?' Natan had me niet verteld dat Rósa's dochter zou komen logeren. Ik vroeg fluisterend aan Natan waarom hij me dat niet eerder had verteld. Waarom hij me niet had gewaarschuwd dat Rósa op bezoek zou komen. Ik wist niet dat ze nog contact hadden.

'Het is het minste wat ik voor Rósa kan doen,' zei hij. 'Thóranna was afgelopen winter ook bij ons. Ze is mijn dochter en het is niet meer dan eerlijk dat ze een deel van het jaar bij ons woont.'

Rósa's woorden waren scherp. 'Ik was me er niet van bewust dat je haar in alles raadpleegde, Natan. Ik wist niet dat je zo bij haar onder de plak zat. Het is duidelijk dat ze ons kind niet in haar huis wil.'

Natan lachte. 'Haar huis? Rósa, Agnes is mijn dienstmeid.'

'Alleen je dienstmeid, is dat zo?' Ze trok haar wenkbrauwen op. 'Ik wil niet dat zij voor onze dochter zorgt.'

'Ik zal graag voor Thóranna zorgen,' zei ik. Ik loog.

'Wat jij graag doet interesseert me niet, Agnes.'

Natan moet het niet prettig hebben gevonden, die aanvaring tussen zijn vroegere en zijn huidige geliefde. 'Kom, Rósa. Laten we allemaal samen koffiedrinken.'

Haar lach was schril. 'O ja, dat zou je leuk vinden! Al je hoeren samen aan tafel onder je dak! Nee, dank je.' Rósa rukte haar arm los uit zijn greep en draaide zich om. Maar voordat ze de deur uit ging, zei ze iets tegen me.

'Alsjeblieft, wees goed voor Thóranna. Alsjeblieft.' Ik knikte en Rósa boog zich plotseling dichter naar me toe. Ik voelde haar hand licht op mijn arm. '*Brennt barn forðast eldinn.*' Ze sprak zacht, zorgvuldig. 'Het verbrande kind vreest het vuur.' Ze vertrok om nooit meer terug te komen.

Het meisje begon om haar moeder te jammeren en Sigga troostte haar. Natan staarde naar de deur alsof Rósa misschien zou terugkomen.

'Wat heb je haar over ons verteld?' fluisterde ik tegen Natan.

'Ik heb Rósa niets verteld.'

'Wat was dat dan over de Roos van Kidjaskard? Wat was dat over al je hoeren?'

Hij haalde zijn schouders op. 'Rósa heeft haar eigen manier om mensen te benoemen. Ik neem aan dat ze je mooi vindt.'

'Het klonk niet als een compliment.'

Natan negeerde me. 'Ik ga naar mijn werkplaats.'
'Sigga maakt net koffie voor ons.'
'Verdomme, Agnes! Houd toch een keer je mond.'
'Ga je achter Rósa aan?'
Hij liep zonder een antwoord weg.

—

Op een nacht, tijdens een koortsaanval, zag Tóti Agnes in de deuropening van de badstofa verschijnen. 'Ze hebben haar toegestaan hier te komen,' zei hij tegen zijn vader, die over het bed gebogen stond en zwijgend zijn bevende zoon in dekens wikkelde.

'Kom binnen,' zei Tóti. Zijn armen worstelden zich uit het beddengoed en reikten naar haar in de bedompte lucht van de kamer. 'Kom hier. Zie je hoe onze levens vervlochten zijn? God heeft dat zo gewild.'

Toen knielde ze bij zijn bed en fluisterde. Hij voelde haar lange donkere haar langs zijn oor strelen en er trok een huivering van verlangen door hem heen. 'Het is hier zo warm,' zei hij, en ze leunde naar voren om het zweet van zijn huid weg te kussen, maar haar tong was ruw en haar handen grepen om zijn keel, haar vingertoppen drukten tegen zijn vlees.

'Agnes. Agnes!' Hij vocht tegen haar, hijgend van de inspanning. Sterke handen reikten naar de zijne en duwden ze terug in de dekens naast hem. 'Niet tegenstribbelen,' zei ze. 'Hou op.'

Tóti kreunde. Vlammen likten aan zijn huid, rook stroomde in zijn mond. Hij hoestte, zijn borst ging op en neer onder het gewicht van Agnes toen ze boven op hem klom en haar mes hief.

—

'Ik geloof er niets van,' zei Steina, die zo woest de badstofa veegde dat het stof van de planken opvloog en door de lucht dwarrelde.

'Steina! Je maakt meer rommel dan er was.'

Steina bleef als een razende vegen. 'Het is een wreed verhaal, en het zou me niets verbazen als Róslín het zelf had verzonnen.'

'Maar zij is niet de enige die het heeft gehoord.' Lauga nieste. 'Zie je wel, je maakt het alleen maar erger.'

'Goed, doe jij het dan maar.' Steina duwde de bezem naar haar zusje toe en ging op het bed zitten.

'Waar zijn jullie over aan het kibbelen?' Margrét kwam de kamer binnen en staarde ontzet naar de vloer. 'Wie heeft dit gedaan?'

'Steina,' zei Lauga verwijtend.

'Het is niet mijn schuld dat het dak naar beneden komt! Moet je zien, het ligt overal.' Steina stond weer op. 'En er komt vocht binnen. Het lekt in de hoek.' Ze huiverde.

'Wat heb jij een humeur,' zei Margrét kortaf. Ze richtte zich tot Lauga. 'Wat zit haar dwars?'

Lauga rolde met haar ogen. 'Er is een verhaal over Agnes dat ik heb gehoord. Steina gelooft niet dat het waar is.'

'O?' Margrét hoestte en wuifde het stof voor haar gezicht weg. 'Wat voor verhaal?'

'Mensen herinneren zich haar van toen ze klein was, en ze zeggen dat een reiziger heeft voorspeld dat er een bijl op haar hoofd zou vallen.'

Margrét trok haar neus op. 'Heb je dat van Róslín gehoord?'

Lauga pruilde. 'Niet alleen van Róslín. Ze zeggen dat Agnes toen ze klein was op de tún moest passen, en dat ze op een dag een reiziger betrapte die zijn kamp op het gras had opgeslagen. Zijn paard trapte de wei stuk en toen ze tegen hem zei dat hij weg moest, vervloekte hij haar en riep dat ze op een dag onthoofd zou worden.'

Margrét snoof en kreeg een hoestbui. Lauga zette de bezem neer en leidde haar moeder zachtjes naar haar bed. Steina bleef staan waar ze stond en keek koppig toe.

'Rustig maar, mamma. Het komt wel goed.' Lauga wreef haar moeder over haar rug en smoorde een kreet toen een klodder helderrood bloed uit haar mond kwam.

'Mamma! Je bloedt!' Steina rende naar voren, over de bezem struikelend.

Lauga duwde haar zusje opzij. 'Geef haar wat lucht!'

Ze keken angstig toe terwijl Margrét bleef kuchen.

'Hebt u korstmosgelei geprobeerd?' Agnes stond in de deuropening naar Lauga te kijken.

'Ik voel me heus goed,' zei Margrét schor, met een hand tegen haar borst.

'Het verlicht de longen.'

Lauga draaide zich met een strak gezicht naar de deur. 'Laat ons met rust, wil je?'

Agnes negeerde haar. 'Hebt u die gelei geprobeerd?'

'We hebben jouw drankjes niet nodig,' bitste Lauga.

Agnes schudde haar hoofd. 'Ik denk van wel.'

Margrét stopte met hoesten en keek haar doordringend aan.

'Wat bedoel je daarmee?' fluisterde Lauga.

Agnes haalde diep adem. 'Kook wat fijngehakt mos een tijd in water. Een hele tijd. Wanneer het aftreksel afkoelt, vormt het een grijze gelei. De smaak is niet aangenaam, maar het zou het bloeden van de longen kunnen stoppen.'

Er viel een korte stilte waarin Margrét en Lauga Agnes aanstaarden.

Steina ging weer op het bed zitten. 'Heeft Natan Ketilsson je dat geleerd?' vroeg ze met een kalme stem.

'Ze zeggen dat het helpt,' herhaalde Agnes. 'Ik kan het voor u maken.'

Margrét veegde langzaam haar mond af met een punt van

haar schort en knikte. 'Doe dan maar,' zei ze. Agnes aarzelde even, draaide zich om en liep snel de gang in.

Lauga wendde zich tot haar moeder. 'Mamma, ik weet niet of je iets moet nemen wat zij...'

'Genoeg, Lauga,' onderbrak Margrét haar. 'Genoeg.'

—

De dominee komt nog steeds niet. Maar de winter wel. Het najaar is weggeduwd door een wind die vlagen sneeuw tegen de boerderij jaagt en de lucht is dun als papier. Elke ademtocht blijft als een geest voor me hangen, en de mistflarden die van de bergen vallen, wemelen over de bevroren grond. Het duister komt; het heeft zich in deze streken vastgezet als een beurse plek in het vlees van de aarde, maar de dominee komt niet.

Waarom niet?

Als de dominee vanavond kwam, zou ik hem dan vertellen dat Natan en ik als man en vrouw waren? Dan kon ik hem vertellen wat er tussen ons begon te veranderen. Misschien vermoedt hij dat toch al.

Het zout kwam. De verduisterende wind wakkerde aan, en het zwarte zand begon te prikken. Het pad omlaag. Het koude pad omlaag naar kouder water. Het zout kwam.

Wat zou ik tegen Tóti zeggen?

Dominee, tegen het eind van de zomer begon Natan regelmatig weg te blijven van Illugastadir, en als hij terugkwam, was het alsof hij steeds meer een vreemde voor me werd. Hij trof me in mijn eentje in de melkschuur, nam de schrobber uit mijn handen en trok me tegen zich aan, alleen om te vragen of ik Daníel in zijn bed warm had gehouden terwijl hij op pad was en een inkomen bij elkaar scharrelde door de dood uit de ingewanden van zijn landgenoten weg te lokken. Hij beschuldigde me er zelfs van verliefd te zijn op Fridrik! Die lomperik, die met zijn vuisten loopt te zwaaien en naar ongewassen wol stinkt. Ik moest lachen om Natans beschuldigingen. Zag hij niet hoe ik hem miste? Hoe anders hij was dan alle mannen die ik had gekend?

Ik stel me voor hoe Tóti gaat blozen. Ik stel me voor hoe hij zijn zweterige handen aan de stof van zijn broek afveegt. Zijn langzame hoofdknik. Het licht van de kaars in de badstofa dat over zijn gezicht flakkert als hij met grote ogen naar me zit te staren.

Dominee, zou ik zeggen, ik heb Natan verteld dat ik niets voor Daníel voelde. Dat Fridrik verliefd was op Sigga. Ik heb hem verteld dat ik van hem was zolang hij me wilde hebben, dat ik zijn vrouw zou zijn als hij dat wenste.

Het waren zijn sombere stemmingen die hem van me afpakten. Dan trof ik Natan in de werkplaats, bezig aftreksels te keuren, het vuile schuim van kokende wortels te scheppen. En bood ik mijn hulp aan, zoals ik hem geholpen had toen ik er net was. Maar dan duwde hij me weg. Hij wilde me niet, zei hij. Bedoelde hij dat hij mijn hulp niet wilde, of mijn aanwezigheid? Hij wees me de deur.

'Ga weg. Ik wil je hier niet. Ik ben bezig.'

Soms ging ik naar de schuur en beukte de droge kabeljauwkoppen met het dijbeen van een koe. Gewoon om ergens tegen te slaan en te tieren. Hij houdt niet meer van je, zei ik tegen mezelf. En ik begon me af te vragen of hij ooit van me had gehouden.

Maar er waren nog steeds momenten dat hij me alleen aan de kust trof waar ik eiderdons verzamelde. Dan nam hij me naast de vogelnesten, zijn handen in mijn haar, zijn ogen wanhopig als van een drenkeling. Hij had me nodig zoals hij lucht nodig had. Ik voelde het in zijn blik, in de manier waarop hij zich aan mijn lichaam vastklampte als aan een boei in het water.

Dominee Tóti, trek uw kruk dichterbij. Ik zal u vertellen hoe het echt was.

Ik vond het verschrikkelijk zijn dienstmeid te zijn. De ene nacht was ik zijn minnares, met het harde ritme van zijn adem in de maat met de mijne. En de volgende nacht was ik Agnes de werkmeid. Niet eens de huishoudster! En zijn kille opdrachten begonnen als verwijten te klinken.

'Roep de schapen terug uit de wei. Melk de koe. Melk de schapen. Haal water. Verzamel de as en verspreid die over de aarde. Geef Thóranna te eten. Zorg dat ze ophoudt met huilen. Zorg dat ze ophoudt met huilen! Deze pan is nog vuil. Vraag Sigga hoe je de bekerglazen fatsoenlijk schoonmaakt.'

Begrijpt u wat ik zeg, dominee? Of is liefde standvastig voor u? Hebt u ooit van een vrouw gehouden? Zoveel liefde gevoeld voor iemand, en evenveel haat vanwege de macht die ze over je hebben?

Ik haatte de manier waarop mijn geest de hele dag naar Natan afdwaalde, tot het patroon van mijn gedachten me onpasselijk maakte. Ik haatte de misselijkheid die opkwam bij het idee dat hij niet om me gaf. Ik haatte de manier waarop ik over die stenen naar zijn werkplaats bleef struikelen, steeds opnieuw, om hem dingen te brengen die hij niet meer wilde.

Daníel was degene die me uiteindelijk vertelde hoe het echt zat.

De boerenknecht stond op een dag te wachten toen Natan niet thuis was. Ik kwam de werkplaats uit, deed de deur op slot en zag Daníel aan de oever staan, zijn zeis in de ene hand, zijn hoed in de andere.

'Wat deed je daar?' vroeg hij.

'Gaat je niet aan.'

'We mogen daar niet binnen,' zei hij. 'Waar heb je de sleutel gevonden?'

'Natan heeft hem aan mij gegeven. Hij vertrouwt me.'

'O ja,' zei Daníel, 'ik vergat dat jullie meiden een voorkeursbehandeling krijgen.'

‘En wat bedoel je daarmee?’

Daníel lachte. ‘Waar zijn míjn schoenen van robbenvel? Waar zijn míjn nieuwe kleren?’

Natan was gul als hij er zin in had. ‘Je bent hier nog niet zo lang,’ wees ik Daníel terecht. ‘Ik weet zeker dat je een cadeau krijgt als Natan terugkomt.’

‘Ik wil niets van Natan.’

‘Nee? Je stond net te klagen over onze voorkeursbehandeling.’

‘Ik wil iets van jou.’

Toen veranderde Daníels toon. Zijn stem werd zachter. ‘Agnes, je moet weten dat ik dol op je ben.’

Ik lachte. ‘Dol op me? Je hebt iedereen op Geitaskard verteld dat we verloofd zijn!’

‘Ik hoopte, Agnes. Ik hoop. Je zult niet voor altijd van Natan zijn, Agnes.’

Ik voelde de grond onder mijn voeten wegzakken bij zijn woorden. Er kolkte opeens een duizeling door me heen. ‘Wat zei je?’

‘Denk niet dat we het niet weten. Sigga, ik, Fridrik. We weten het allemaal. Iedereen op Geitaskard. Ze wisten dat je ’s nachts naar de voorraadschuur sloop.’ Hij grijnsde.

‘Als je minder tijd zou besteden aan het verspreiden van roddel en meer aan het verspreiden van gras, zou dat voor iedereen beter zijn. Ga doen wat je geacht wordt te doen, Daníel.’

Zijn gezicht vertrok van woede. ‘Je denkt dat je beter bent dan wij omdat je weer een boer hebt gevonden die je in zijn bed toelaat?’

‘Doe niet zo vulgair.’

‘Doe niet zo dom. Zijn echtgenote spelen maakt je nog geen getrouwde vrouw, Agnes.’

‘Ik verzorg zijn huishouden, meer niet.’

Daníel lachte. ‘Nou, je verzorgt wel meer dan dat.’

Toen werd ik driftig. Ik griste de zeis uit zijn hand en duwde die tegen zijn borst. 'En wat ben jij, Daníel? Een knecht die kwaadspreekt over zijn meester? Die de vrouw beledigt die hij het liefst zelf zou willen hebben? Ik walg van je.'

Zou ik dat aan de dominee vertellen, als hij hier was? Misschien heeft hij zijn eigen conclusies getrokken. Misschien is dat de reden waarom hij niet komt.

Ik zou hem over een andere dag kunnen vertellen, de dag van de doodsgolven. Sigga had me naar buiten gestuurd om stenen te halen om de muur van de haard te repareren, en buiten hoorde ik het plonzen van de roeiriem op het water. Het was een kalme dag, zo'n dag waarop de wereld zijn adem inhoudt. De zee krinkelde.

Daníel en Natan waren gaan vissen, maar het was te vroeg in de ochtend om al terug te komen. Ik zag Daníel roeien en Natan stil en rechtop in de boot zitten. Toen ze dichterbij kwamen, zag ik dat Natans mond een grimmige streep was, zijn handen omklemden de houten boot alsof hij op het punt stond over te geven.

Zodra ze bij de kustlijn waren, sprong Natan uit de boot en begon door het ondiepe water te waden. Hij schopte met zijn laarzen over het strand zodat de kiezels om hem heen opspatten.

Tegen die tijd woonde ik lang genoeg bij Natan om te weten dat niets de zwarte stemmingen die hem overvielen kon verzachten, dus toen ik hem het strand op zag stampen, met het water dat uit zijn kleren droop, hield ik mijn mond. Hij keek me niet aan toen hij langsliep, maar stormde door naar de boerderij.

Nadat Daníel de boot op de kust had getrokken, liep ik naar hem toe om te vragen wat er was gebeurd. Hadden ze ruzie gehad? Waren ze een net kwijtgeraakt?

Daníel leek de driftbui van zijn meester wel grappig te vinden. Hij begon de netten uit de boot te slepen en gaf me er een paar om terug te brengen naar Illugastadir.

'Natan denkt dat we door doodsgolven zijn getroffen,' zei hij. Er kleefde zout in zijn baard. Hij zei dat hij Natan niet voor zo'n bijgelovige idioot had aangezien.

Ze waren bezig geweest de netten te slepen toen ze volkomen onverwacht door drie grote golven waren geraakt. Volgens Daníel hadden ze geboft dat de boot niet omsloeg. Hij had met de grootste moeite de lijn gered en gelukkig weten te voorkomen dat alles overboord sloeg, maar toen hij opkeek, was Natan wit als een doek. Op Daníels vraag wat er aan de hand was, staarde Natan hem aan alsof hij gek was geworden. 'Dat waren doodsgolven, Daníel.'

Daníel had tegen Natan gezegd dat doodsgolven een oudewijvenfabeltje waren, hij had niet gedacht dat een geleerd man als hij zich door zoiets in de luren zou laten leggen. Toen was Natan ontploft, zei Daníel, en had hem bij zijn mouw gepakt en gezegd dat hij niet meer zou lachen als hij op de bodem van de zee begraven lag.

Daníel zei dat hij Natan van zich had afgeschud en had aangeboden het water van de golven die over de boot waren geslagen weg te hozen, maar Natan had alleen gezegd: 'Verdomme, Daníel. Dacht je dat ik hier bleef zitten wachten tot een nieuwe golf me verdrinkt? We gaan terug.'

Daníel bedacht dat Natan in staat was hem in een driftbui te laten verdrinken, gewoon om de waarheid van het bijgeloof aan te tonen, dus was hij teruggeroeid naar de kust.

Nadat Daníel me dat allemaal had verteld, besloot ik met Natan te gaan praten, ook al vond Daníel dat ik hem met rust moest laten. Hij zei dat Natan het in zijn hoofd had gehaald dat hij verdoemd was, en dat we hem de tijd moesten gunnen om tot bedaren te komen. Maar ik volgde Natan naar de boerderij, waar hij tegen Sigga stond te schreeuwen. Ze probeerde hem zijn natte kleren uit te trekken en het doorweekte hemd was tegen zijn gezicht blijven plakken.

Omdat ik zag dat Sigga van streek was door zijn harde woorden, vroeg ik haar weg te gaan en begon zelf Natan uit te kleden, maar hij duwde me van zich af en riep Sigga terug. 'Je vergeet je plaats, Agnes,' zei hij.

Later die dag volgde ik Natan naar zijn werkplaats met een onaangestoken lamp die hij misschien nodig zou hebben. De dagen waren zo snel korter geworden in de loop der weken, en het licht huiverde ten einde. De zee zag er onrustig uit.

Toen Natan de deur van de werkplaats wilde openen, merkte hij dat die van het slot was. Hij wilde weten of ik zonder zijn toestemming binnen was geweest, en ik vertelde hem dat hij wist dat ik het vuur gaande had gehouden terwijl hij uit vissen was. Ik was waarschijnlijk vergeten de deur op slot te doen, maar hij begon me ervan te beschuldigen dat ik tussen zijn spullen zat te snuffelen, zijn geld probeerde te vinden, misbruik van hem maakte.

Misbruik maakte van hém! Ik kon me niet inhouden en vertelde hem dat hij degene was die mij met een leugen naar zijn eenzame boerderij had gelokt. Hij had me voorgehouden dat ik zijn huishoudster was, terwijl Sigga dat al die tijd was. Ik vroeg of hij haar een hoger loon betaalde dan mij, en waarom hij dacht dat hij smoezen moest gebruiken terwijl hij wist dat ik hem hoe dan ook zou zijn gevolgd!

Natan begon zijn bezittingen te controleren. Het kwetste me dat hij dacht dat ik iets van hem zou hebben gepakt. Wat moest ik met zijn munten of medicijnen of wat hij daar nog meer verborgen hield?

Ik bleef in de werkplaats. Hij kreeg me hier niet weg. Toen hij zich ervan had overtuigd dat er niets ontbrak, pakte hij een paar robbenvellen die bewerkt moesten worden en weigerde nog iets tegen me te zeggen. Maar het was laat in de middag en de hemel buiten was vlak en grijs, slecht licht om bij te werken. Ik zat bij de haard te mokken en keek naar hem, wachtte tot hij me opmerkte en in zijn armen nam om zich te verontschuldigen.

Misschien was Natan vergeten dat ik er was, of anders kon het hem niet schelen, maar na een tijdje legde hij zijn mes op de grond en veegde zijn handen af aan een lap. Toen liep hij de werkplaats uit en bleef op de verste punt van de rots staan uitkijken over zee. Ik volgde hem.

Ik legde mijn armen om zijn middel om hem te troosten en zei dat het me speet.

Natan maakte zich niet los uit mijn omhelzing, maar ik voelde zijn lichaam verstarren onder mijn aanraking. Ik begroef mijn gezicht in de vettige plooien van zijn hemd en kuste zijn rug.

'Niet doen,' mompelde hij. Zijn gezicht was nog steeds naar de zee gericht. Ik spande mijn handen op zijn buik en drukte me tegen hem aan.

'Hou op, Agnes.' Hij greep mijn handen en duwde me weg. Met trillende spieren spande en ontspande hij zijn kaak.

Er stak een storm op die Natans hoed van zijn hoofd sloeg en naar de zee voerde.

Ik vroeg wat er mis was. Ik vroeg of iemand hem had bedreigd en hij lachte. Zijn ogen stonden kil. Zijn haar, dat niet langer door zijn hoed werd vastgehouden, zwiepte in donkere plukken om zijn hoofd.

Hij zei dat hij overal om zich heen doodstekenen zag.

In de stilte die volgde, haalde ik diep adem. 'Natan, je gaat niet dood.'

'Verklaar de doodsgolven dan.' Zijn stem was zacht, fel. 'Verklaar de voortekenen. De dromen die ik heb gehad.'

'Natan, je lacht om die dromen.' Ik probeerde kalm te blijven. 'Je vertelt iedereen erover.'

'Zie je me lachen, Agnes?'

Hij deed een stap naar voren, greep mijn schouders, en bracht zijn hoofd zo dicht bij het mijne dat onze voorhoofden elkaar raakten.

'Elke nacht,' siste hij, 'droom ik van de dood. Ik zie hem overal. Ik zie bloed, overal.'

'Je hebt dieren gevild...'

Natan greep me nog harder bij de schouders. 'Ik zie het op de grond, in donkere, kleverige plassen.' Hij likte zijn lippen. 'Ik proef het, Agnes. Ik word wakker met de smaak van bloed in mijn mond.'

'Je bijt op je tong in je slaap...'

Hij glimlachte onaangenaam. 'Ik zag jou en Daníel over me praten bij de boot.'

'Laat me los, Natan.'

Hij negeerde me.

'Laat me los!' Ik worstelde me uit zijn greep. 'Je zou jezelf moeten horen. Je klinkt als een oud wijf, met dat gezeur over dromen en voortekenen.'

Het was koud. Van zee was een grote kolkende wolk aan komen drijven die al het licht uit de hemel opzoog, op wat vage krassen na. Toch kon ik zelfs in het halfduister Natans ogen zien gloeien. Zijn blik joeg me angst aan.

'Agnes,' zei hij. 'Ik heb over je gedroomd.'

Ik zei niets, maar wilde plotseling het liefst terug naar de boerderij om de lampen aan te steken. Ik was me bewust van de zee, nog geen twee stappen van onze voeten.

'Ik droom dat ik in bed lig en bloed langs de muren zie lopen. Het druipt op mijn hoofd en de druppels verbranden mijn huid.'

Hij deed een stap naar me toe.

'Ik lig aan mijn bed gekluisterd, en het bloed stijgt om me heen tot ik ondergedompeld ben. Dan is het plotseling weg. Ik kan bewegen en overeind zitten en om me heen kijken en de kamer is leeg.'

Hij kneep in mijn hand en ik voelde de scherpe rand van zijn nagel in het vlees van mijn palm.

'Maar dan zie ik jóú. Ik loop naar je toe. En als ik dichterbij kom, zie ik dat je met je haar aan de muur bent gespijkerd.'

Terwijl hij dit zei, blies een hevige windvlaag mijn kapje van mijn hoofd zodat mijn haar losraakte. Omdat het niet gevlochten was, werden de lange lokken onmiddellijk opgezwiept door de wind. Natan greep een handvol beet en gebruikte die om me dichter tegen zich aan te trekken.

'Natan, je doet me pijn!'

Maar Natan was afgeleid. 'Wat is dat?' fluisterde hij.

Op de wind rook ik plotseling de zware stank van bederf, donker en rot.

'Het is zeewier. Of een dode rob. Laat mijn haar los.'

'Sssst.'

Ik had schoon genoeg van zijn sombere stemming. 'Er is niemand die je te pakken wil nemen, Natan. Zo belangrijk ben je niet.'

Ik wrong mijn haar uit zijn greep en wilde teruglopen naar de boerderij, maar Natan pakte me bij de mouw van mijn jak, draaide me om en sloeg me recht in mijn gezicht.

Ik snakte naar adem en bracht onmiddellijk mijn hand naar mijn wang, maar Natan greep mijn vingers, kneep ze in de zijne en dwong me naast hem te hurken. Zelfs in de kou van de wind voelde ik het bloed naar de plek stromen waar hij me had geraakt.

'Praat nooit meer op die manier tegen me.' Natans mond tegen mijn oor. Zijn stem was laag en hard. 'Ik had je niet moeten vragen hier te komen.'

Hij hield me nog even vast, draaide mijn vingers tot ik het uitschreeuwde van de pijn, liet ze toen los en duwde me weg.

Ik strompelde over de stenen de heuvel op naar het huis in het zwakke licht, struikelend over mijn rokken, terwijl de wind pijn deed aan mijn oren. Ik huilde, maar zelfs boven het geluid van de wind en mijn eigen rauwe adem uit hoorde ik Natan naar me schreeuwen van waar hij op de rotsen bij zee stond.

'Vergeet je plaats niet, Agnes!'

Ik wachtte die nacht tot Natan terugkeerde naar de boerderij en liet een lamp branden in de hoop dat we onze ruzie konden bijleggen als hij terug was. Maar de uren slopen voorbij alsof ze een slecht geweten hadden, middernacht kwam en ging, en nog steeds kwam hij niet binnen. Sigga en Daníel hadden zich allang uitgekleed en lagen in hun bed te slapen, maar ik bleef wakker en keek hoe de vlam van de lamp op de pit danste. Mijn hoofd bonsde. Ik begreep dat ik wachtte tot er iets ergs zou gebeuren.

Een paar keer dacht ik dat ik buiten voetstappen hoorde, maar als ik de deur opende, waren daar alleen het donker en het geluid van golven die tegen de kust braken. Er was een dichte mist neergedaald en ik kon niet zien of Natan licht aan had in zijn werkplaats. Ik ging terug naar mijn afkoelende bed en bleef wachten.

Ik moet in slaap zijn gevallen. Ik werd wakker in het schemerdonker; de lamp was vanzelf uitgegaan, maar ik wist dat Natan nog niet in bed lag. Toen herkende ik zijn voetstappen in de gang – het rammelen van de deurklink had me waarschijnlijk gewekt. Ik hield mijn adem in en hoopte te voelen hoe zijn warme handen de dekens van mijn bed wegtrokken. Ik zou zijn lichaam voelen als hij naast me schoof, en in mijn oor zou zijn zachte stem fluisteren, een en al verontschuldiging.

Maar Natan kwam niet naar mijn bed. Door mijn wimpers zag ik hem op een kruk gaan zitten en zijn laarzen uitdoen. Hij trok zijn broek naar beneden en tilde langzaam zijn hemd boven zijn hoofd. Zijn kleren lagen over de vloer verspreid. Hij stond weer op en heel even dacht ik dat ik hem mijn kant uit zag komen. Maar toen deed hij twee zachte stappen naar het raam en in het zwakke licht zag ik hem de dekens van Sigga's bed wegtrekken.

Op dat moment wist ik wat Rósa bedoelde toen ze ons zijn hoeren noemde. Mijn lichaam stond strak van de inspanning om het niet uit te schreeuwen, mezelf niet te verraden, toen ik zijn gefluisterde woorden hoorde en Sigga's gedempte antwoord. Ik beet in het vlees van mijn hand terwijl een waas van misselijkheid rond mijn maag samentrok. Mijn hart stond stil. Ik stikte bijna.

Ik hoorde hem grommen toen hij in haar binnendrong. Ik deed mijn ogen dicht en hield mijn adem in omdat ik wist dat mijn uitademing als een gejank zou klinken, en liet mijn nagels in het vlees van mijn arm dringen tot ik iets glibberigs voelde en wist dat het bloed was.

Ik wachtte tot Natan uit Sigga's bed was gestapt en weer in zijn eigen bed lag. Ik wachtte tot Sigga's adem rustig en regelmatig werd en Natan begon te snurken. Ik wachtte tot ik wist dat ze diep in slaap waren voordat ik rechtop ging zitten en naar de dekens voor me staarde. Mijn keel zat dichtgeknepen van de pijn en van iets anders, iets wat hard en prikkelend en zwart als teer was. Ik stond mezelf niet toe te huilen. Woede stroomde door me heen tot mijn handen en rug er stijf van waren. Ik had stil mijn spullen bij elkaar kunnen zoeken en kunnen vertrekken voordat het licht werd, maar waar kon ik heen? Ik kende alleen de vallei van Vatnsdalur, kende de rotsen die als korsten waren, kende de witgetopte bergen en het meer vol zwanen, en de ribbelige grasoevers bij de rivier. En de raven, de voortdurende, wiekende raven. Maar Illugastadir was anders. Ik had geen vrienden. Ik begreep het landschap niet. Alleen de vooruitstekende landtongen waren als littekens op de volmaakte kus van zee en hemel – er was niets en niemand anders. Er was geen andere plek om naartoe te gaan.

HOOFDSTUK ELF

Heden, de 19de april, verscheen opnieuw voor de rechtbank Bjarni Sigurdsson, broer van Fridrik uit Katadalur, een tienjarige jongen met een schrander en verstandig voorkomen. Na een langdurige ondervraging verschafte hij nog steeds geen informatie, totdat hij uiteindelijk vertelde hoe Fridrik het afgelopen najaar de keel van twee melkschapen en een lam had doorgesneden toen zijn vader niet thuis was. Bjarni Sigurdsson herinnerde zich dat die schapen Natan toebehoorden. Zijn moeder, vertelde hij, had hem gedurig op het hart gedrukt te zeggen dat hij er niet van wist en er niet over te spreken als het proces plaatsvond. Hoezeer we het ook trachtten, noch met gestrengheid noch met vriendelijkheid slaagden we erin meer inlichtingen uit hem te krijgen.

Anonieme klerk, 1828

Margrét werd wakker van een gejammer. Ze tuurde door het donker naar de bedden waar haar dochters lagen. Die sliepen.

Agnes.

Margrét legde haar hoofd weer op het kussen naast dat van haar man en luisterde. Ja, de misdadigster huilde; een ijl, benauwd geluid waar Margrét een brok van in haar keel kreeg. Zou ze naar haar toe moeten gaan? Misschien was het een truc. Margrét wilde dat ze meer kon zien in het schemerduister. Het gehuil hield op, maar barstte toen opnieuw los. Ze klonk als een kind.

Margrét stapte voorzichtig uit bed en liep op de tast naar de deur en de gang door, tot ze de gloed van de stervende kolen in de keukenhaard zag. Ze pakte een kaars uit zijn muursteun, wakkerde de sintels aan tot er een vlam uit kwam en stak daarmee de pit aan. Voordat ze de warmte van de keuken verliet, bleef Margrét even staan. Ze hoorde nog steeds het klagelijke gehuil. Ze merkte dat ze bang was, zonder te begrijpen waarom.

Het kaarslicht danste over de muren en balken van de badstofa. Iedereen sliep, met zijn hoofd onder de deken tegen de decemberkou, die rijp had achtergelaten op de muren. Margrét hield een hand rond de vlam om hem tegen de tocht te beschermen en liep langzaam naar Agnes. De vrouw sliep, maar haar ogen schoten heen en weer achter haar oogleden, en de dekens waren naar het voeteneind van het bed weggeduwd. Agnes lag te bibberen, haar ellebogen stijf tegen zich aan gedrukt, haar handen tot vuisten gebald alsof ze klaar was om te vechten, met blote handen.

'Agnes?'

De vrouw kreunde. Margrét stak haar vrije hand uit en begon de dekens omhoog te trekken over het onbeschutte lichaam van de vrouw, maar toen ze ter hoogte van haar borst was, greep Agnes Margréts pols.

Margrét opende haar mond om te schreeuwen, maar er kwam geen geluid. Ze verstijfde onder de onverwachte greep van Agnes' koude vingers.

'Wat doet u?' Agnes' stem was even onvriendelijk als haar greep. Het kaarslicht sputterde.

'Niets. Je lag te bibberen.'

'U stond naar me te kijken.'

Margrét hoestte en proefde bloed. Ze slikte het in omdat ze de kaars liever niet neer wilde zetten. 'Ik keek niet naar je. Je hebt me wakker gemaakt. Je huilde.'

Agnes bleef Margrét even aankijken en liet toen haar hand vallen. Margrét zag hoe Agnes de tranen bestudeerde die ze van haar wangen veegde.

'Huilde ik?'

Margrét knikte. 'Ik werd er wakker van.'

'Ik droomde.' Agnes staarde naar de dakspanten.

Margrét hoestte weer, maar deze keer te plotseling om een hand naar haar mond te brengen. Beide vrouwen zagen het bloedspatje op de dekens. Agnes keek van de vlek naar Margrét.

'Wilt u even zitten?' Ze trok haar benen omhoog en Margrét schoof op de rand van het bed.

'Twee stervende vrouwen,' fluisterde Agnes.

Op ieder ander moment zou ze beledigd zijn geweest, wist Margrét, maar nu ze tegenover Agnes zat, zag ze de waarheid ervan in.

'Jón maakt zich zorgen om me,' gaf Margrét toe. 'Hij zegt

niets, maar als je zo lang met iemand getrouwd bent, hoeft er niet veel gezegd te worden.'

'Hebt u hem verteld over de korstmosgelei?'

'Hij weet dat je vaardig bent met kruiden. Hij heeft gehoord van Róslín en haar baby.'

Agnes dacht na. 'Vindt hij het niet erg?'

Margrét schudde haar hoofd. 'Je moet niet denken dat hij een slecht mens is, mijn Jón.' Ze keek naar de vloer. 'Hij doet zijn best om een kalm christelijk leven te leiden. Dat doen we allemaal. Hij zou nog geen vlieg kwaad doen, alleen met jou hier...' Ze opende haar mond alsof ze meer wilde zeggen, maar bedacht zich. 'Hij heeft veel aan zijn hoofd, dat is alles. We gaan door zolang we het volhouden.'

'Hij weet wel dat uw ziekte erger wordt?'

Margrét voelde de zwaarte in haar longen en haalde haar schouders op. 'Waar droomde je over?' vroeg ze na een korte stilte.

Agnes trok de dekens op rond haar hals. 'Katadalur.'

'Fridriks boerderij?'

Agnes knikte.

'Een nachtmerrie?'

De blik van de jongste vrouw gleed naar de bloedvlek op de dekens tussen hen in. Ze leek hem te bestuderen. 'Ik logeerde daar de dagen voor Natans dood.'

'Ik dacht dat je op Illugastadir woonde?' Margrét huiverde en Agnes pakte haar omslagdoek die over het hoofdeinde hing. Ze gaf hem aan Margrét.

'Ik woonde op Illugastadir tot Natan me eruit gooide. Ik kon nergens naartoe, dus ging ik naar Fridriks familie op Katadalur.'

'Je zei dat jullie geen vrienden waren.'

'Dat waren we ook niet.' Agnes keek op naar Margrét. 'Waarom hebt u me niets gevraagd over de moorden?'

De vraag overviel Margrét. 'Ik vond dat het iets was tussen jou en de dominee.'

Agnes schudde haar hoofd.

Margrét had een droge mond. Ze keek naar het bed waar haar man lag. Hij snurkte. 'Ga je mee naar de keuken?' vroeg ze. 'Ik moet mijn botten warmen, anders haal ik de ochtend niet.'

Agnes ging op een krukje zitten dat ze uit de melkschuur had gehaald en keek hoe Margrét de sintels in de haard uiteen wrikte en er met brokjes gedroogde mest vlammen aan ontfutselde. Ze hoestte van de rook en wreef in haar ogen.

'Heb je dorst?'

Agnes knikte, en Margrét hing een keteltje melk aan de haak. Ze ging op de kruk naast Agnes zitten en samen keken ze hoe de vlammen over de gloed kropen.

'Mijn moeder liet nooit de haard in haar huis uitgaan,' zei Margrét. Ze voelde dat Agnes zich naar haar toedraaide, maar beantwoordde de blik niet. 'Ze geloofde dat de duivel niet binnen kon komen zolang er licht was in huis. Ook niet op het heksenuur.'

Agnes zweeg. 'Wat gelooft u?' vroeg ze uiteindelijk.

Margrét stak haar handen uit naar de vlammen. 'Ik vind een vuur heel nuttig om een mens warm te houden,' zei ze.

Agnes knikte. Het vuur voor hen knapte en flakkerde. 'Toen ik op Gafl werkte, ging het vuur een keer uit in de winter. Het was mijn schuld. We waren ingesneeuwd en de kinderen verhongerden, en ik was zo druk bezig de jongste wat wei uit een lapje te laten zuigen dat ik vergat de keuken in de gaten te houden. We zaten drie dagen zonder licht en zonder vuur voordat het weer opklaarde en we hulp konden halen op de dichtstbijzijnde hoeve. Ik dacht dat onze buren ons dood en blauw in ons bed zouden vinden.'

'Het gebeurt,' gaf Margrét toe. 'Er is meer dan één manier waarop een mens kan sterven.'

De twee vrouwen zwegen. De melk begon te zieden en

Margrét stond op om in te schenken. Ze gaf een dampende beker aan Agnes en ging weer zitten.

'Uw familie heeft gelukkig voldoende voorraden,' zei Agnes.

'We hebben wat extra geld, dit jaar,' antwoordde Margrét. 'Districtscommissaris Blöndal heeft ons compensatie gegeven.' Ze had onmiddellijk spijt van haar woorden, maar Agnes reageerde niet.

'Daar had ik niet aan gedacht,' zei ze ten slotte.

'Het was niet veel hoor,' voegde Margrét eraan toe.

'Nee, ik ben niet veel waard,' merkte Agnes bitter op. Margrét wierp een vluchtige blik opzij. Ze nam een slok van haar melk en voelde hoe de warme vloeistof haar maag vulde en zijn warmte door haar lichaam begon te verspreiden.

'De dominee is de laatste tijd niet meer geweest,' zei Margrét, om van onderwerp te veranderen.

'Nee.' Agnes' gezicht was nog opgezet van de slaap, en de oudere vrouw kreeg opeens de aandrang een arm om haar heen te slaan. Het komt doordat ze eruitziet als een kind, dacht Margrét. Ze verstevigde haar greep op haar beker.

'Het was niet mijn bedoeling u zo vroeg wakker te maken,' zei Agnes.

Margrét haalde haar schouders op. 'Ik lig vaak 's nachts wakker. Toen de meisjes klein waren, stond ik soms op om te controleren of ze nog ademhaalden.'

'Is dat waarom u nu wakker bent?'

Margrét wierp Agnes een felle blik toe. 'Nee. Dat is het helemaal niet.'

'Het spijt me dat u zich ongerust hebt gemaakt om hen,' zei Agnes. 'Doordat ik hier ben, bedoel ik.'

'Een moeder maakt zich altijd ongerust om haar kinderen,' zei Margrét.

'Ik ben nooit moeder geweest.'

'Nee, maar je hebt er een.'

Agnes schudde haar hoofd. 'Mijn moeder heeft me verlaten toen ik klein was. Ik heb sindsdien geen moeder gehad.'

'Doet er niet toe,' zei Margrét ten slotte. 'Waar ze ook is, ze denkt aan je.'

'Dat denk ik niet.'

Margrét was even stil. 'Een moeder denkt altijd aan haar kinderen,' herhaalde ze. 'Jouw moeder, Fridriks moeder, Sigga's moeder. Alle moeders.'

'Sigga's moeder is dood,' zei Agnes bot. 'En Fridriks moeder wordt naar Kopenhagen gestuurd.'

'Waarom?'

Agnes keek omzichtig naar Margrét. 'Thórbjörg had een vermoeden van wat Fridrik van plan was. Ze wist dat hij schapen had gestolen. Ze heeft gelogen voor de rechtbank.'

'Aha,' zei Margrét. Ze nam nog een slok melk.

'Thórbjörg heeft mijn leven gered,' ging Agnes na een korte stilte verder. 'Ze vond me voor haar deur toen Natan me eruit had gegooid. Ik zou dood zijn gegaan als ze me niet binnen had gehaald en me had laten blijven.'

Margrét knikte. 'Niemand is helemaal slecht.'

'Toen Thórbjörg nog jong was, en een dienstmeid, stak ze het bed van haar meesteres in brand en vermoordde de hond van haar meester met een bijl. Dat kwam tijdens het proces nog ter sprake.'

'Lieve hemel.'

'Het deed mijn zaak geen goed,' zei Agnes snel. 'Ze zei dat we bevriend waren. Ze vertelde hun dat Natan en ik ruzie hadden gehad en dat ik haar om raad was komen vragen.'

'Maar dat was niet zo?'

'Ze heeft me nooit aangeraden om Illugastadir plat te branden, zoals ze beweerden. Ik ben nooit naar Katadalur gegaan om Thórbjörgs hulp te vragen of om samen te zweren met Fridrik. Ze lieten het klinken alsof ik opzettelijk naar Katadalur was gegaan. Om een moord te beramen.' Agnes nam een slokje van haar melk, en verslikte zich bijna. 'Ik ging naar Katadalur omdat ik van Natan niet op Illugastadir mocht blijven en ik nergens anders terechtkon.'

Margrét zweeg. Ze staarde in het vuur en stelde zich voor hoe Agnes 's nachts door Kornsá sloop, een fakkel aanstak in de keuken en de hoeve in de as legde terwijl zij sliepen. Zou ze de rook ruiken en wakker worden?

'Fridrik is toch degene die Illugastadir in brand heeft gestoken, Agnes?' Margrét probeerde de angst uit haar stem te weren.

'Tijdens het proces heb ik verteld dat het vuur zich vanuit de keuken heeft verspreid,' zei Agnes ferm. 'Ik heb verteld dat Natan een ketel kruiden boven het vuur had hangen. Het heeft zich van daaruit verspreid.'

Margrét bleef even zwijgen. 'Ik had gehoord dat Fridrik het gedaan heeft.'

'Dat is niet zo,' zei Agnes.

Margrét hoestte weer en spoog in het vuur. Het vocht borrelde op de gloeiende sintels. 'Als je je vriend beschermt...'

'Fridrik is géén vriend van me!' onderbrak Agnes haar. Ze schudde haar hoofd en zette haar melk op de grond. 'Hij is geen vriend.'

'Ik dacht dat jullie veel tijd samen hadden doorgebracht,' verdedigde Margrét zich.

Agnes keek verontwaardigd naar haar en richtte haar ogen toen weer op de haard. 'Nee. Maar op Illugastadir...' Agnes zuchtte. 'Natan was niet vaak thuis. De eenzaamheid...' Ze zocht naar woorden. 'De eenzaamheid lag om elke hoek op de loer. Ik nam elk gezelschap voor lief.'

'Dus Fridrik kwam wel eens langs op Illugastadir.'

Agnes knikte. 'Het is niet ver van Katadalur. Fridrik had iets met Sigga.'

'Ik heb gehoord van Sigga.' Margrét stond op om nog wat mest op het vuur te leggen.

‘Iedereen is dol op haar. Het is een knap meisje.’

‘En simpel, heb ik gehoord.’

Agnes keek Margrét aarzelend aan. ‘Ja, ach, Fridrik dacht daar anders over. Als Natan weg was, kwam Fridrik van Katadalur voor een kleinigheid, of met een zogenaamde boodschap van zijn ouders of de priester, en dan deed hij of hij dorst of honger had. Sigga haalde een beker melk of een hapje eten, en dan zaten ze te lachen en te kwebbelen, en in het najaar trof ik ze geregeld samen op Sigga’s bed, tegen elkaar koerend als vogeltjes.’

‘Het is zwaar om alleen te zijn in de winter,’ beaamde Margrét.

Agnes knikte. ‘Het was erger op Illugastadir. Het was niet zoals hier, in de vallei. De dagen kropen zo traag voorbij, en ik had geen vrienden of buren. Alleen Sigga, en Daníel – de knecht die Natan van Geitaskard had gehuurd – en soms Fridrik.’

‘Het donker kan een mens eenzaam maken,’ zei Margrét nadenkend. ‘Het is niet goed voor mensen om te veel op zichzelf te zijn.’ Ze gaf Agnes nog wat melk.

‘Natan hield niet van de winter. Zijn hele leven lang raakte hij niet gewend aan het donker.’

‘Dan vraag ik me af waarom hij Illugastadir heeft gekocht, en niet een andere boerderij waar volk was om hem gezelschap te houden.’

‘Hij was veel weg,’ gaf Agnes toe. ‘Vooral naar Geitaskard. Hij zei dat het voor werk was, maar ik denk dat het was om onder vrienden te zijn. Of om mij te ontlopen,’ voegde ze eraan toe. ‘Het zou beter zijn geweest als hij thuis was gebleven. We hadden hem daar nodig, maar elke maand leek hij langer achter elkaar weg te blijven, en als hij terugkwam, vond hij het niet prettig ons te zien. Hij leek niet eens blij Thóranna, zijn dochter te zien. Die liet hij bij ons achter.’

‘Het was eigenlijk hardvochtig van hem om jullie geen bezoek te gunnen, terwijl jullie drieën daar zo eenzaam en afgezonderd zaten.'

Agnes glimlachte magertjes. 'Hij had misschien geen bezwaren tegen bezoek, maar wel tegen Fridrik.'

'Aha.'

'Fridrik en Natan hadden in het gunstigste geval een moeizame vriendschap. Ze wantrouwden elkaar altijd. En één keer hebben ze gevochten. Dat was toen er een walvis was aangespoeld op Hindisvík, dat najaar.'

'Dat weet ik nog. Wij hebben walvisolie gekocht van mensen uit het noorden van de vallei. Ze waren zo veel mogelijk gaan halen.'

'Het was een gelukkig toeval voor ons. Het had die oogsttijd veel geregend en we waren bang dat het hooi zou verrotten of gaan broeien, en dat tegen de lente alle dieren dood zouden zijn en wijzelf niet meer dan skeletten. Natan was thuis toen hij van de walvis hoorde, en ging vlees kopen van de familie die dat deel van de kustlijn bezat.

Natan was de hele dag weg en kwam pas 's avonds terug. Toen ik hem bij de deur tegemoetkwam, was hij overdekt met modder. Het zat in zijn haar, op zijn gezicht, hij had geen schone draad meer aan zijn lijf. Op mijn vraag wat er gebeurd was, antwoordde Natan dat hij zijn deel van de walvis, waar hij al voor betaald had, aan het afsnijden was, toen Fridrik verscheen en zich ervan bediende. Toen Natan tegen Fridrik zei dat hij een mes moest pakken en voor zijn eigen deel betalen, duwde Fridrik hem tegen de grond en ging hem te lijf. Later vertelde de familie op Stapar, de boerderij het dichtst bij Illugastadir, een ander verhaal. Ze zeiden dat Natan tegen Fridrik had staan schreeuwen en hem een duw in zijn rug had gegeven, en dat Fridrik naar hem had uitgehaald zodat Natan op de grond viel. Daarna had Fridrik Natan geslagen en in de modder getrokken. Maar indertijd wist ik alleen dat Natan met smerige kleren en in een smerig humeur was thuisgekomen.'

'Wat vervelend voor je,' mompelde Margrét.

Agnes schudde haar hoofd. 'Voor Sigga was het erger. Toen ik het walvisvlees aan het pekelen was, hoorde ik hoe Sigga probeerde Natan tot bedaren te brengen terwijl hij zich voor het vuur stond te wassen. Natan schreeuwde dat Fridrik gek was, dat hij nog iemand zou vermoorden voordat hij twintig was. Fridrik was Sigga's lief en ze nam het heel slecht op. Natuurlijk durfde ze niets tegen Natan te zeggen, maar toen we later die avond in bed lagen, hoorde ik haar huilen.'

Margrét zei niets. Ze wilde Agnes heel graag aankijken, maar dacht dat die zou ophouden met praten en dat alles weer als voorheen zou worden zodra ze zich naar haar toe draaide. Ze koos haar volgende woorden zorgvuldig.

'Je moet het zwaar hebben gehad op Illugastadir.'

'Het werd erger na de walvis. Natan bracht steeds minder tijd thuis door. Als hij al kwam, ging hij uren achtereen tegen Sigga en mij tekeer, dat hij ons niet betaalde om te lanterfanten. Niets van wat we deden deugde. De boter was te nat, de badstofa was vies, iemand was in zijn werkplaats geweest en had zijn flesjes omgegooid. Ook al durfden we geen van beiden zijn werkplaats binnen te gaan als hij er niet was. Wanneer iets van hem door de wind van zijn plaats was gekomen, of het erf was omgewoeld nadat we wrakhout naar het huis hadden gesleept, dacht hij dat we gaten hadden gegraven om te proberen zijn geld te vinden. We wisten geen van beiden dat hij het buiten had begraven tot hij dat zei.

Toen werd het allemaal nog erger. Op de terugweg uit het zuiden kwam Natan Fridrik tegen, die net van Illugastadir kwam. Eerst leken ze nog redelijk beleefd tegen elkaar te doen, maar Sigga, Daníel en ik hoorden hen algauw tegen elkaar schreeuwen over de pas heen. Natan dreigde met klappen en de districtscommissaris als Fridrik ooit nog een voet op zijn boerderij zou zetten. Zo ging het een tijd door, totdat Fridrik vertrok en naar huis ging.

Natan was razend die avond. Hij sleurde Sigga naar buiten en ik hoorde hoe hij haar beschuldigde, dat ze zijn vertrouwen beschaamde, dat ze tegen hem loog. Hij dreigde haar te verjagen, en ik hoorde Sigga smeken. Ze kon nergens naartoe. Niemand zou een dienstmeid huren deze tijd van het jaar. Het sneeuwde, ze zou sterven van de kou. Uiteindelijk liet Natan zijn stem zakken en kon ik niet meer horen wat hij zei. Ze kwamen geen van beiden het huis in, meer dan een uur lang, maar toen ze binnenkwamen, waren Sigga's ogen rood en ging ze meteen naar bed. Daarop beval Natan me op te staan en mee te komen.

Het was pikdonker. Hij liep met me tot aan de zee en vertelde dat Fridrik hem toestemming had gevraagd om met Sigga te trouwen. Hij had geweten dat Sigga achter zijn rug aanpapte met Fridrik, maar had niet gedacht dat het zover zou gaan. Hij dacht dat het een onbetekenende flirt was geweest.

Toen ik Natan vertelde dat het volgens mij een onschuldig gevoel tussen twee argeloze jonge mensen was, lachte hij en zei dat hij ze geen van beiden argeloos zou willen noemen. Daarop stak hij zijn hand in zijn zak, liet me drie zilveren munten zien, en zei dat de jongen hem geld had geboden voor zijn toestemming om met Sigga te trouwen. Ik vroeg waarom hij het geld had aangenomen als hij er zo tegen gekant was, en Natan lachte dat alleen een stommeling geld afslaat dat zomaar wordt aangeboden. Toen vroeg hij waarom ik Sigga en Fridrik hun gang had laten gaan terwijl ik wist dat hij de jongen niet op zijn land wilde in zijn afwezigheid. Ik zei dat ik Fridrik niet mocht, maar dat ik gewend was aan boerderijen waar overal volk rondliep, en dat de dagen op Illugastadir de langste waren die ik ooit had gekend.'

Agnes nam een laatste slok van haar melk en gooide het bezinksel in het vuur. Margrét schrok van het sissen.

'Ik kan nu niet meer slapen,' zei Agnes.

Margrét knikte. 'Nee, ik ook niet, denk ik.' Ze aarzelde. 'Ik wist niet dat Fridrik en Sigga getrouwd waren.'

Agnes lachte kort. 'Dat zijn ze ook nooit,' zei ze. 'Hoewel Fridrik wel om haar hand had gevraagd. Hij kwam de volgende dag al terug. Natan was naar Geitaskard. Sigga mokte en sloop rond als een schaduw, en toen ik haar in de keuken klemzette en vroeg wat Natan de vorige avond had gezegd, barstte ze in tranen uit en zei geen woord. Ik vroeg of ze Natan had verteld dat ze van Fridrik hield, maar ze schudde haar hoofd. Toen vertelde ik haar van het geld van Fridrik, dat hij Natan had betaald om met haar te kunnen trouwen, en van schrik hield ze op met huilen. Ze gaapte me aan en mompelde dat ze niet kon geloven dat Natan het had goedgevonden. Hij had gezegd dat ze niet met zo'n man moest trouwen. Ze was te jong, en bovendien was ze zíjn dienstmeid en dat zou ze blijven tot het hem goeddunkte haar te laten gaan.

Daníel zag Fridrik die dag aankomen en raadde hem aan rechtsomkeert te maken als hij de zomer nog wilde meemaken, maar Fridrik negeerde hem en vroeg waar Sigga was. Ik had de moed niet om hem naar binnen te volgen en te zien wat zich daar afspeelde, dus ging ik beneden op het strand staan wachten. En jawel, daar kwam Fridrik naar buiten, hand in hand met Sigga, en zei tegen Daníel en mij dat ze verloofd waren.'

'Wat deed jij toen?' vroeg Margrét.

Agnes zuchtte. 'Wat kon ik doen? Ik sjokte de helling op en schonk ons allemaal een dopje brandewijn in. Fridrik straalde, maar Sigga was zenuwachtig. Na een paar slokjes begon Daníel liedjes te zingen voor het stel en ik glipte naar buiten voor wat frisse lucht en liep naar zee.'

Het vuur voor hen knapte. Een kluit brandende mest viel uit elkaar en joeg een zwerm vonken naar de balken.

Ten slotte praatte Agnes verder. 'Komt u ooit aan zee?'

Margrét schudde haar hoofd en dook dieper in haar omslagdoek. 'Toen ik jonger was, heb ik er een poos vlakbij gewerkt. In de buurt van Langidalur.'

'De zee is anders bij Vatnsnes. Soms is het water in het fjord als een spiegel. Iets waar je je tong overheen zou willen halen. "Glazig als het oog van een dode," zei Natan altijd.' Ze schoof dichter naar het vuur. 'Op een keer zag ik twee ijsbergen langs elkaar schuren. De wind had ze tegen elkaar aan geblazen. Toen ze dichterbij kwamen, zag ik dat allebei de ijsmassa's wrakhout op hun richels hadden verzameld, en na een poosje hoorde ik een verschrikkelijk gekraak en zag ik het wrakhout in vlammen opgaan.'

'Het klinkt als iets uit een sage,' merkte Margrét op.

'Het was griezelig,' beaamde Agnes. 'Ik kon mijn ogen er niet van afhouden. Toen het donker werd, zag ik nog steeds vlammetjes branden op zee.'

Korte tijd staarden de twee vrouwen in het vuur. De vlammen stierven nu weg in een rode gloed die zich over het gezicht van de vrouwen verspreidde. Buiten kondigde een laag gekreun een nieuwe winterse storm aan.

—

Nadat Fridrik Sigga een aanzoek had gedaan sneeuwde het hard genoeg om een struikrover te begraven. Fridrik kon onmogelijk naar huis, en ik gaf hem een slaapplek bij Daníel in bed. De brandewijn schoof ze als een schoenlepel in slaap.

Ik bleef waakzaam. Gedachten aan Natan en Sigga kronkelden door mijn hoofd en onderbraken mijn dromen. Ik wist waarom Natan Fridrik haatte. Niet omdat de jongen een oogje had op zijn rijkdom en kostbaarheden, hoewel dat ook meespeelde. Nee, het was om Sigga. Ik besloot dat hij Sigga even graag wilde als hij mij niet wilde.

Ik moet ten slotte in een onrustige slaap zijn gevallen. De badstofa was leeg toen ik wakker werd en het was eindelijk opgehouden met sneeuwen. De wereld buiten was wit, op het vettige grijs van de oceaan na. Er klonk een geluid bij de huiswei en toen ik naar buiten ging om te zien wat het was, zag ik Fridrik tegen een dood schaap schoppen. Ik werd misselijk van zijn agressie.

'Wat ben je aan het doen?' Mijn stem klonk helder en sterk in de stille lucht. Fridrik hoorde me niet. Hij bleef schoppen en grommen. Zijn laarzen joegen een wolk bloederige sneeuw op.

'Fridrik!' riep ik weer. 'Wat ben je aan het doen?'

Hij hield op en keek om. Ik zag dat hij zijn gezicht aan zijn mouw afveegde en hij begon door de sneeuwbergen naar mij toe te sloffen. Toen hij dichterbij kwam, zag ik dat hij het op zijn heupen had.

'Hallo, Agnes,' zei hij, zwaar ademend.

'Waarom schop je dat beest?'

Fridrik hijgde. Zijn adem kwam als een wolkje mist uit zijn mond. 'Het was al dood.'

'Maar waarom schop je het?'

'Wat maakt het uit?' Fridrik tuurde omhoog naar de zware lucht. 'Er komt nog meer sneeuw, denk ik. Moet je niet in verzeild raken.' Hij snoof en veegde zijn neus af aan zijn handschoen, zodat er een glimmend spoor achterbleef op de wol.

'Natan vermoordt je.' Ik gebaarde naar het vuil en bloed rondom het schaap. 'Je hebt het vlees bedorven. En de huid.'

Fridrik lachte. Ik wilde hem slaan omdat hij het schaap had geschopt, maar ik had geen macht over hem en dat wist hij.

'Het beest was al dood, Agnes. Het is vanochtend doodgegaan.' Hij veegde een smeltende vlok bloederige sneeuw van zijn wang en trok zijn laars uit de opgewaaide sneeuw om langs me te lopen. 'Maak je geen zorgen, het vlees is nog prima te eten.'

'Je hebt het vertrapt.'

Hij rolde met zijn ogen.

'Je gaat nog dood van de kou,' riep hij, al met zijn rug naar me toe. Ik keek hoe de sneeuwwolken over de berg zakten en liet de kille lucht in mijn ribben prikken tot ik beefde van de kou.

De aanblik van Fridrik die met zijn laarzen op het schaap inhakte, had me van streek gemaakt. Het was onheilspellend: de snel bewegende benen, donker tegen de sneeuw, bonkend tegen het zachte, grijze karkas tot er een fijne mist van bloed boven hing.

Het begon te sneeuwen. Toen ik me omdraaide om achter Fridrik aan terug te gaan naar de boerderij, zag ik een raaf op het schaap neerstrijken. Hij kraste somber en stak zijn snavel in de ingewanden. Sneeuwvlokken landden op zijn zwarte veren.

Ik stoorde Fridrik en Sigga in een zacht gefluisterd gesprek op haar bed. Sigga zag eruit of ze had gehuild.

'Er zijn twee schapen weg,' zei ik.

'Nou, een ervan is dood. Dat heb je zelf gezien.' Fridrik gaapte.

'Niet dat ene waar jij tegen stond te schoppen. Er zijn er nog twee zoek.'

Fridrik grijnsde gemeen en ik wist onmiddellijk wat er gebeurd was.

'Jij hebt ze afgemaakt.' Sigga snikte en Fridrik stond op. Hij liep op me af en boog zich naar me toe. Ik rook zijn zweet.

'Agnes. Je zult misschien willen weten dat Sigga en ik vanochtend hebben gepraat.' Zijn stem was schor van woede. 'Natan heeft misbruik van haar gemaakt.'

Ik wachtte tot ik mijn stem kon beheersen.

'Dat wist ik al.'

Sigga barstte in huilen uit. 'Het spijt me, Agnes! Ik wilde het je echt vertellen!'

Fridrik zweeg even. 'Je wist het?'

'Ik dacht dat ze het goedvond.' Mijn stem was kribbig.

'Hij heeft haar verkracht!' Hij begon te ijsberen. Ik zag dat hij Sigga's groen zijden nachthemd in zijn hand had, een cadeau van Natan. 'Ik ga hem vermoorden.'

Ik sloeg mijn ogen ten hemel. 'Ga je gang. Daar schiet je echt iets mee op.' Aan Sigga vroeg ik: 'Heeft hij je gedwongen?'

'Natuurlijk heeft hij haar gedwongen!' Fridrik ging weer naast Sigga zitten en stompte op de matras. Sigga schrok ervan.

'Ik weet het niet,' fluisterde ze.

Ik dacht terug aan de nacht dat ik hem in haar had horen gaan. De nacht na de doodsgolven. Het haastige ademhalen. Een snel, licht gekreun. Er was geen worsteling geweest.

'Het is tegen Gods wil,' zei Fridrik.

Ik schoot onwillekeurig in de lach. 'Ik denk niet dat dit ook maar iets met God te maken heeft.'

Sigga keek angstig. 'Agnes? Ben je heel erg teleurgesteld in me?'

'Waarom zou ik teleurgesteld zijn?' Mijn stem was glad als de zee.

Fridrik staarde woedend naar het nachthemd. 'Het is een schoft. Ik ga hem vermoorden.'

'Ik wil niet dat Natan doodgaat.' Ik kreeg zin Sigga een klap te geven door dat onnozele giecheltje in haar stem.

Ik lachte. 'Fridrik gaat helemaal niemand vermoorden.'

'O jawel.' Hij stond weer op, zijn handen tot vlezige vuisten gebald.

'Nee, dat doe je niet,' zei ik. 'En wat maakt het trouwens uit? Je gaat toch met haar trouwen.'

Fridrik smaalde: 'Ik kan ook niet verwachten dat een vrouw als jij dat begrijpt.'

Ik voelde mijn mond droog worden.

'Sigga zei dat Natan ook met jou zijn gang is gegaan. Alleen vond jij het volgens ons een stuk lekkerder dan Sigga!'

Ik deed een stap in de richting van Sigga en zag haar ineenkrimpen. 'Ik ga je niet slaan,' zei ik. Maar ik had het kunnen doen. Ik wilde het.

Daníel kwam binnen en Fridrik zweeg. Ik beefde van woede. Ik haatte Fridrik. Ik haatte zijn pukkelige huid, die rood was van de kou. Haatte zijn blauwe ogen met hun kleverige rand van blonde wimpers. Ik haatte zijn hoge stem, zijn geur van paardenstront, zijn voortdurende bezoeken.

'Ga naar huis, Fridrik.' Daníel was degene die als eerste iets zei.

'Er is een sneeuwstorm op komst.'

'Dan kom je daar maar in terecht.' Ik was opeens dankbaar voor Daníels aanwezigheid.

'Ik ga nergens naartoe,' zei Fridrik, en hij ging weer naast Sigga zitten, zijn arm beschermend om haar heen.

'Het is waar, hè?' vroeg Daníel fluisterend. 'Het is waar dat Natan het bed deelt met jullie allebei.' Hij schudde zijn hoofd. 'Het is goddeloos.'

'Fridrik heeft schapen afgemaakt.'

'Wat? Hier?'

'Ik denk dat hij er minstens twee heeft meegenomen naar Katadalur, gisteravond, of vanochtend vroeg, en ze daar heeft afgemaakt.'

'Natan zal Fridrik vermoorden!'

'Niet als Fridrik Natan eerst vermoordt,' zei ik. 'Hij is door het dolle heen.'

Daníel haalde zijn hand door zijn haar en keek naar het stel op het bed. 'Het is een stomkop en een ploert,' zuchtte hij. 'Ik praat met hem zodra zijn bloed is afgekoeld.'

Natan kwam drie dagen later terug op Illugastadir. Fridrik was er toen niet. Ik kan me niet voorstellen wat er gebeurd zou zijn als hij er wel was geweest. Natan stond toch al niet te juichen bij het nieuws van de verloving van Sigga en Fridrik. Ik heb het hem verteld. Sigga glipte naar de voorraadkamer op het moment dat ze hem over het erf hoorde aankomen.

'Ik kan jullie geen moment alleen laten of we worden weer getroffen door een nieuwe ramp.'

'Het is niet echt een ramp, Natan. Je hebt Fridriks geld voor haar aangenomen; je had kunnen weten dat dit ging gebeuren.'

'Ik neem aan dat jij er blij mee bent,' gromde hij.

'Ik? Wat heeft het met mij te maken?'

'Jij bent het hele najaar aan het koppelen geweest.'

Ik stak mijn handen uit om het hoofdstel aan te nemen terwijl hij zijn paard afzadelde. 'Dat heb ik helemaal niet gedaan.'

'Ik neem aan dat jullie het met z'n allen gevierd hebben.'

'Nee. Zelfs Sigga lijkt in de war over de hele toestand.'

Hij draaide zich naar me toe, met een opgetrokken wenkbrauw. 'Is dat waar?'

Ik knikte. 'Fridrik springt uit zijn broek van blijdschap, maar Sigga lijkt niet zo gelukkig.'

Toen glimlachte Natan en schudde zijn hoofd. 'Een stelletje jonge halvegaren, dat is het.' Hij pakte omzichtig het hoofdstel en het zadeldek uit mijn handen en legde ze in de sneeuw. Zijn gezicht stond ernstig. 'Agnes. Mijn Agnes, ik moet je mijn verontschuldigingen aanbieden. Ik had je niet moeten slaan.'

Ik zei niets, maar bood geen weerstand toen hij mijn hand pakte.

'Ik heb met Worm gesproken, en hij vindt dat ik uit mijn doen ben. Te veel reizen in de vochtige lucht. De dromen, die...' Zijn stem stierf weg. 'We hebben ons allemaal slecht gedragen tegen elkaar. Ik was mezelf niet.'

Hij liet mijn hand los en pakte het hoofdstel en zadeldek op. 'Hier,' zei hij, en gaf ze aan mij. 'Berg deze weg, dan zie ik je binnen.' Ik wilde weglopen, maar hij hield me tegen. 'Agnes,' zei hij vriendelijk. 'Ik ben blij je te zien.'

Die nacht huiverden we van dezelfde lust die ons eerder had bezeten. En toen we wakker werden in het winterse duister, gloeide mijn lichaam van geluk bij het besef dat hij naast me sliep. Als Sigga of Daníel wakker zijn geworden en ons daar samen hebben zien liggen, dan zeiden ze niets. Ik haalde de dekens van zijn bed en legde die op het voeteneind van het mijne.

—

Margrét kwam terug uit de melkschuur met een nieuwe kan melk. Buiten waaide het zo hard dat er een hol gekreun klonk.

Agnes bukte zich en porde in de gloeiende haard. 'Zal ik er turf of mest op leggen?' vroeg ze.

Margrét wees naar de mest. 'Doe maar. We kunnen het vuur net zo goed brandende houden zolang we hier zitten.'

'Waar was ik gebleven?'

'Je vertelde dat Fridrik Sigga een aanzoek had gedaan.' Margrét schonk voorzichtig weer melk in de ketel. Sissend raakte de melk het hete metaal.

'Sigga was doodsbang om Natan onder ogen te komen nadat ze ja had gezegd tegen Fridrik. Natan vond haar verstopt in de voorraadschuur. Hij zei dat hij onredelijk was geweest en zich had laten verblinden door zijn eigen grieven tegen Fridrik, vertelde ze me later. Hij had haar zijn zegen gegeven en gezegd dat ze zelf moest weten of ze wilde trouwen met een jongen die zo arm was als een kerkrat en geen naam had om trots op te zijn. Tegen mij zei hij dat hij twee kalveren die met elkaar wilden spelen niet zou tegenhouden.

Ik dacht dat hij zich misschien realiseerde dat hij Fridriks gezicht niet meer hoefde te zien als Sigga met de jongen trouwde. Zich geen zorgen meer hoefde te maken over zijn geld dat ergens op het terrein begraven lag.

De kerstdagen vlogen voorbij, maar we deden er weinig aan. Natan stuurde Daníel terug naar Geitaskard, en ik dacht dat het net als vroeger zou zijn, toen alleen Sigga en ik er waren. Ik wilde het huis poetsen en rog koken voor Sint Thorlaksdag, maar ze praatte nauwelijks nog met me sinds haar verloving met Fridrik. Ze was humeurig geworden, laks in haar werk, en stond voortdurend uit het raam te staren. Ze schrok op als iemand iets tegen haar zei. Vermeed oogcontact. Natan had gezegd dat ze Fridrik mocht uitnodigen op Illugastadir voor een feestdronk ter ere van Kerstmis, maar hij was niet gekomen. Misschien vertrouwde Sigga Natans plotselinge welwillendheid ten opzichte van Fridrik niet. Ik denk dat ze de twee mannen liever uit elkaar hield.'

—

Op een avond laat besloot ik het hem te vertellen.

'Natan, ik weet dat je Sigga hebt gehad.'

Hij had liggen doezelen, maar nu gingen zijn ogen open.

'Ik weet het, Natan. Ik vergeef je.'

Hij staarde me aan en barstte plotseling in lachen uit. 'Jij vergeeft mij?'

Ik wilde zijn hand pakken in het donker. 'Ik begin er niet over om ruzie te maken. Maar ik wil dat je weet dat ik het weet.'

Zijn vingers lagen als dood gewicht in de mijne. Hij dacht na.

'Ik weet dat je ons hebt gezien,' zei hij.

Zijn woorden troffen me als een stomp in de maag. Mijn mond ging open en dicht zonder dat er een geluid uit kwam. Ik stapte uit bed en haalde een lamp. Ik kon niet met hem praten zonder zijn gezicht te zien. Ik kon zijn woorden niet vertrouwen in het donker.

Het lamplicht flakkerde over zijn blote huid. Hij keek me

koel aan en draaide alleen zijn hoofd naar Sigga, om te zien of ze wakker was.

'Natan.'

Mijn stem klonk oud. Ik keek omlaag en zag mezelf naakt, en voor het eerst vermoedde ik hoe hij me zag.

'Je hebt een spelletje met me gespeeld.'

Natan hield een hand voor zijn ogen. 'Doe dat licht uit, Agnes.'

Ik greep de bedstijl om steun te zoeken. 'Je bent wreed.'

'Ik wil hier niet over praten.'

'Je bent nooit van plan geweest me de betrekking van huishoudster te geven, waar of niet?'

'Doe dat licht uit en laten we gaan slapen. Je ogen lijken wel twee pisgaten in de sneeuw.'

'Gaan slapen?!' Ik staarde hem aan en wachtte tot ik wist dat ik kon praten zonder te gaan huilen. 'Hoe wist je dat ik het wist?'

Daar moest hij om glimlachen. Hij zei niets.

'Hou je van me?'

'Doe niet zo belachelijk.'

'Geef antwoord.'

Hij wilde de lamp pakken. 'Doe uit!'

'Natan.' Ik smeekte. Ik schrok van de jammerklank van mijn stem.

'Zou ik je hebben gevraagd hier te komen als ik je hier niet wilde hebben?'

'Ja, als je wérkmeid.'

'Je bent meer dan een meid, Agnes.'

'O ja?'

'Doe het licht uit.'

'Nee!' Ik rukte de lamp uit zijn greep. 'Je kunt me niet zo behandelen!'

Zijn ogen bliksemden. 'Je zeurt, Agnes.'

Ik ontplofte.

'Ik zeur? Loop naar de hel! Ik heb je altijd je gang laten gaan. Houd ik je tegen als je voortdurend weggaat? Houd ik je tegen als je Sigga beklimt in het bed naast me wanneer je denkt dat ik slaap? Ze is vijftien! Je bent een grote schoft.'

Hij steunde op zijn ellebogen. 'Waar haal je het idee vandaan dat ik wacht tot je slaapt?'

Natans gezicht drukte geen spot uit, maar minachtend vermaak. Ik werd overrompeld door een loden last van wanhoop en verlies tot ik onverhoeds, onherstelbaar, hol was van verdriet.

'Ik haat je.' De woorden klonken dom, kinderachtig.

'En denk je dat ik van jou hou?' Natan schudde zijn hoofd. 'Van jou, Agnes?' Hij kneep zijn ogen samen en stond op, zijn adem heet in mijn gezicht. 'Je bent een goedkoop soort vrouw. Ik heb je verkeerd ingeschat.'

'Als ik goedkoop ben, komt het doordat jij me zo hebt gemaakt!'

'Ja, ga door. Jij bent rein en heilig, en alle anderen zijn schuldig.'

'Nee, jij bent schuldig!'

'Neem me niet kwalijk, ik dacht dat je dit wilde.' Hij greep me vast en trok me ruw naar zich toe. 'Ik dacht dat je uit de vallei weg wilde. Maar je wilt alleen wat je niet kunt krijgen.'

'Ik wilde jou! Ik wilde weg uit de vallei omdat ik bij jou wilde zijn.' Ik was misselijk van woede. 'Ik vind het hier verschrikkelijk.'

'Ga dan!' Hij deed een stap naar achteren en greep me bij mijn pols. 'Ga weg! Je hebt hier alleen maar problemen veroorzaakt!' Hij begon me de badstofa uit te sleuren. Ik merkte dat Sigga rechtop in bed naar ons zat te staren. Thóranna was gaan huilen.

'Laat me los!'

'Ik geef je alleen wat je wilt. Je haat me? Je wilt hier weg? Mooi! Daar is het gat van de deur.'

Natan mocht dan klein zijn, hij was wel sterk. Hij sleepte me door de gang en duwde me de deur uit. Ik struikelde over de drempel en viel languit in de sneeuw, naakt. Toen ik weer op mijn knieën zat, had hij de deur al voor mijn neus dichtgesmeten.

Het was donker en het sneeuwde hevig, maar ik was zo licht in mijn hoofd van woede en verdriet dat ik niets voelde. Ik wilde de deur inslaan, naar het raam gaan en tegen Sigga schreeuwen dat ze me weer binnen moest laten, maar ik wilde hem ook straffen. Ik sloeg mijn blote armen om mijn lichaam en vroeg me af waar ik heen moest. De kou sneed door mijn huid. Ik overwoog zelfmoord te plegen, naar het strand te lopen en mijn lijf in het ijskoude water te dompelen. De kou zou mijn dood zijn; ik hoefde niet te verdrinken. Ik stelde me voor hoe Natan me zou vinden, dood, aangespoeld tussen het zeewier.

Ik ging naar de koeienstal.

Het was te koud om te slapen. Ik hurkte naast de koe, drukte mijn blote huid tegen de warme massa, en trok een zadeldek naar beneden om me mee te bedekken. Mijn ijzige tenen duwde ik in een koeienvlaai zodat ze niet kapotvroren.

Ergens midden in de nacht kwam er iemand de koeienstal in.

'Natan?' Mijn stem was iel en zielig.

Het was Sigga. Ze kwam me mijn kleren en schoenen brengen. Haar ogen waren opgezwollen van het huilen.

'Hij wil je niet meer binnenlaten,' zei ze.

Ik kleedde me langzaam aan, mijn vingers stijf van de kou. 'En als ik doodga hierbuiten?'

Ze wilde weglopen, maar ik greep haar schouder.

'Probeer hem tot rede te brengen, Sigga. Hij is deze keer echt gek geworden.'

Ze keek me aan, haar ogen vulden zich met tranen. 'Ik kan er niet meer tegen, het leven hier,' fluisterde ze.

De volgende ochtend bij het wakker worden wist ik even niet waar ik was. Toen kwam de herinnering aan de nacht weer terug, en de woede krampte in mijn maag en gaf me kracht. Ik leunde tegen de koe om mijn koude neus en vingers te warmen en dacht na over wat ik moest doen. Ik wilde weg zijn voordat Natan naar buiten kwam om het vee te voederen.

—

Tóti werd wakker in de schemerige badstofa van Breidabólstadur en zag zijn vader aan het voeteneind van zijn bed tegen de muur gezakt zitten. Zijn grijze hoofd hing op zijn borst. Hij sliep.

'Pabbi?' Zijn stem was niet meer dan een fluistering. Zijn keel deed pijn van de inspanning.

Hij probeerde zijn voet te bewegen om zijn vader wakker te porren, maar zijn ledematen waren zwaarder dan ze ooit waren geweest. 'Pabbi?' probeerde hij weer.

Dominee Jón bewoog en opende plotseling zijn ogen. 'Jongen!' Hij veegde zijn baard glad en boog zich naar voren. 'Je bent wakker. Godzijdank.'

Tóti probeerde zijn arm op te tillen en merkte dat die tegen zijn zij gebonden zat. Hij was in dekens gewikkeld.

'Je hebt weer een koortsaanval gehad,' legde zijn vader uit. 'Die moest ik je laten uitzweten.' Hij drukte een eeltige hand tegen Tóti's voorhoofd.

'Ik moet naar Kornsá,' mompelde Tóti. Zijn tong was droog. 'Agnes.'

Zijn vader schudde zijn hoofd. 'Dit is juist het gevolg van jouw zorg voor haar.'

Tóti keek angstig. 'Ik weet niet welke maand het is.'

'December.'

Hij probeerde overeind te komen, maar dominee Jón duwde zijn hoofd voorzichtig terug op het kussen. 'Je zult geen aandacht aan haar schenken tot God je geneest.'

'Ze heeft niemand,' voerde Tóti aan en probeerde weer overeind te komen. Zijn spieren reageerden nauwelijks.

'En dat heeft een reden,' zei zijn vader, zijn stem klonk plotseling luid in de kleine kamer. Hij drukte zijn zoon neer op het bed, zijn gezicht grijs in de onverlichte badstofa. 'Ze is de tijd die je aan haar besteedt niet waard.'

—

Margrét zweeg even. De melk was afgekoeld in haar beker. 'Hij gooide je de deur uit in de sneeuw?'

Agnes knikte en keek omzichtig naar de oudere vrouw.

Margrét schudde haar hoofd. 'Je had dood kunnen vriezen.'

'Hij was niet bij zijn volle verstand.' Agnes trok haar omslagdoek strakker om haar schouders. 'Natan had Sigga voor zichzelf gewild. Hij had eindelijk in de gaten dat ze liever Fridrik had.'

Margrét snufte en duwde met een pook een brandend stuk mest terug tegen de muur van de haard. 'Daar lijkt het wel op.' Ze wierp een heimelijke blik naar Agnes, die in het vuur staarde. 'Ga verder,' zei ze zacht.

Agnes zuchtte en liet haar armen zakken. 'Ik ben naar het huis van Fridriks familie gegaan, Katadalur. Ik was er nog nooit geweest, maar ik wist dat het aan de andere kant van de berg lag, en het werd die dag licht genoeg om erheen te lopen zonder overvallen te worden door het weer. Toch kostte het me uren, en tegen de tijd dat ik de monding van de vallei bereikte waar Katadalur stond, ijlde ik van vermoeidheid. Fridriks moeder vond me op mijn knieën voor de deur.

Katadalur is een verschrikkelijk krot. Helemaal doorgezakt en laag, het dak dreigt in te zakken en binnen is de boerderij al even ellendig als de buitenkant. Roet van mestvuren tegen de keukenmuren, de badstofa te troosteloos voor woorden. Toen ik binnenkwam, zat een troep kinderen, allemaal broertjes en zusjes van Fridrik, tegen elkaar aan op één bed, gewoon om warm te blijven. Fridrik zat naast zijn vader en oom op een ander bed messen te slijpen.

Het eerste wat Fridrik tegen me zei was: "Wat heeft hij nu weer gedaan?" Hij vroeg of Natan besloten had met Sigga te trouwen.

Ik schudde mijn hoofd en legde uit dat hij me eruit had gegooid. Ik vertelde dat ik de nacht in de koeienstal had doorgebracht. Fridrik had geen medelijden. Hij vroeg wat ik had misdaan, en ik zei dat ik ruzie had gehad met Natan en dat ik de manier waarop hij Sigga behandelde niet kon verdragen.

Op dat moment kwam Fridriks moeder tussenbeide. Ze had stilletje naar ons geluisterd, en opeens greep ze Fridriks arm en zei: "Hij wil je je vrouw afpakken."

Ik dacht dat ik Fridrik naar het mes op het beddengoed zag kijken en werd angstig.

Ik raadde Fridrik aan met de priester in Tjörn te praten, ze konden misschien naar een districtsambtenaar gaan. Maar Thórbjörg, Fridriks moeder, viel me weer in de rede. Ze stond op, greep Fridrik bij zijn schouders en keek hem strak aan. Ze zei: "Je zult Sigga niet krijgen zolang Natan leeft." Toen gingen ze allemaal zitten, en terwijl ik sliep, moeten ze besloten hebben hem te vermoorden.'

Margrét zweeg. Het vuur was uitgegaan. Er flakkerde alleen nog een dunne gloeiende korst van sintels tussen de as. De wind bleef loeien. Margrét zuchtte langzaam. Ze was moe. 'Misschien kunnen we beter weer naar bed gaan.'

Agnes keerde zich naar haar toe. 'Wilt u de rest niet horen?'

HOOFDSTUK TWAALF

Ginds in Laugar, in Sælingsdale, stond Gudrún bij de eerste zonnestralen op. Ze ging naar de kamer waar haar broers sliepen en schudde Ospak wakker. Ook de andere broers schrokken op. Toen Ospak zag dat het zijn zuster was, vroeg hij haar wat ze wilde en waarom ze zo vroeg op was. Gudrún zei dat ze wilde weten wat hun plannen voor die dag waren. Ospak zei dat ze een rustdag hielden – 'want er is op het ogenblik niet veel werk.'

Gudrún zei: 'Jullie hadden het juiste temperament gehad als jullie boerendochters waren geweest – jullie doen nooit iets, of het nu goed of slecht is. Ondanks alle schande en smaad die Kjartan jullie heeft berokkend, slapen jullie er niet minder om, zelfs al komt hij langs jullie deur met slechts één metgezel. Het is duidelijk ijdele hoop dat jullie het ooit zullen wagen Kjartan in zijn huis aan te vallen, als jullie niet eens de moed hebben hem nu tegemoet te treden, nu hij slechts met een of twee metgezellen reist. Jullie zitten alleen maar thuis te doen of jullie mannen zijn, en jullie zijn altijd met te veel.'

Ospak zei dat ze overdreef, maar gaf toe dat het moeilijk was haar te weerspreken. Hij sprong onmiddellijk uit bed en kleedde zich aan, net als alle andere broers, de een na de ander; en toen bereidden ze zich voor om een hinderlaag te leggen voor Kjartan.

Laxdæla Saga

Natan was niet thuis toen Fridrik en ik terugkwamen op Illugastadir. Ik weet niet wat er gebeurd zou zijn als hij er wel was geweest. We moesten een paar minuten kloppen voordat Sigga de deur opendeed om ons binnen te laten. Ze droeg Natans dochter op haar heup.

'Ik mocht je er niet in laten van hem,' zei ze, maar ze liet ons toch binnen.

We kregen koffie van haar. 'Waar is Natan?' vroeg ik.

'Er kwam een boodschapper uit Geitaskard. Worm is ziek. Natan is vanochtend vroeg vertrokken.'

'In wat voor stemming was hij?'

Sigga keek me veelbetekenend aan. 'Hij was in een slecht humeur.'

'Heeft hij je weer gedwongen?' Fridrik was bezig de plank naast Natans bed te onderzoeken. Sigga keek angstig toe toen hij een paar doosjes oppakte en ermee rammelde.

'Wat zoek je?'

'Compensatie,' mompelde Fridrik. Hij tuurde door het raam naar de sneeuw buiten. 'Ik wed dat ik gelijk had. Ik wed dat hij alles op het erf heeft begraven.'

Ik keek naar Sigga. 'Heeft hij iets over mij gezegd?'

Sigga schudde haar hoofd.

Ik waagde een grimmig lachje. 'Niets wat je in mijn gezicht zou willen herhalen.'

Fridrik veegde de sneeuw van zijn schouders, ging naast Sigga zitten en trok haar op schoot. 'Mijn vogeltje,' zei hij. 'Mijn vrouwtje.'

Sigga verzette zich tegen zijn strelingen. 'Noem me niet zo,' zei ze.

Fridrik kleurde rood. 'Waarom niet? Je bent van mij.'

'Natan zei tegen me dat hij van mening is veranderd. Hij wil geen toestemming geven.' Haar stem brak in een snik. 'Nooit.'

'Vervloekte Natan!'

Ondanks de sombere sfeer van ons samenzijn moest ik onwillekeurig glimlachen om Fridriks dramatische uitbarsting. 'Ik weet zeker dat Natan bij zal draaien.'

Sigga veegde haar ogen af en schudde haar hoofd. 'Als er iemand met me trouwt zal hij dat zijn, zegt hij.'

Mijn maag trok samen en ik zag Fridrik verbleken. 'Wat?'

'Dat zei hij,' snufte Sigga.

'Wat heb jij gezegd?' Mijn stem klonk iel en beverig.

Sigga barstte opnieuw in snikken uit.

'Je hebt toch geen ja gezegd?' Fridrik stond op en legde een arm om haar heen, en Sigga duwde haar gezicht in zijn hals. Ze jankte.

We bleven de volgende twee dagen samen op Illugastadir en bedachten plannen om daar weg te komen. Sigga overwoog dat ze misschien terug kon naar Stóra-Borg en ik bood aan haar mee te nemen naar de vallei zodra het weer het toestond. Fridrik stelde voor dat ik in Ásbjarnarstadir om werk ging vragen tot het einde van de winter. Hij zei dat de boer daar Natan niet mocht; hij zou me misschien uit medeleven aannemen.

We zaten op een middag zo te praten toen we reizigers van de bergpas zagen komen. Omdat we zo verdiept waren in onze ontsnappingsplannen hadden we ze niet eerder opgemerkt. We stonden buiten op het erf een luchtje te scheppen in het mooie weer, en het was te laat om ons te verstoppen. Ze hadden ons zeker gezien.

'Agnes!' siste Sigga. 'Het is Natan. Hij ranselt me af als hij je ziet.'

Mijn hart bonkte als een strijdtrom, maar ik durfde het niet te laten merken. 'Hij is niet alleen, Sigga. Hij zal niets doen in gezelschap.'

We stonden met zijn drieën te wachten op de twee ruiters. Toen ze voldoende genaderd waren, zag ik tot mijn verbazing Pétur de Schapendoder naast Natan rijden.

'Kijk, Pétur,' zei Natan. 'Er sluipen drie stiekeme vosjes rond het huis.' Hij glimlachte, maar zijn ogen stonden grimmig. Ik dacht dat hij misschien Fridrik zou aanvallen, maar in plaats daarvan steeg hij af en liep naar mij toe.

'Wat doet zij hier?' Zijn glimlach verdween. Ik werd rood en wierp een blik naar Pétur. Hij leek overdonderd.

'Laat haar alsjeblieft terugkomen, alleen tot de winter voorbij is,' protesteerde Sigga.

'Ik heb genoeg van je, Agnes.'

'Wat heb ik in hemelsnaam gedaan?' Ik hield me kalm.

'Je zei dat je weg wilde, dus ga maar weg!' Hij deed nog een stap in mijn richting. 'Vertrek!'

Sigga keek angstig. 'Ze kan nergens terecht, Natan. Het gaat sneeuwen.'

Natan lachte. 'Je bedoelt nooit wat je zegt, Agnes. Je zegt het ene, en er loert een andere mening onder. Wil je vertrekken? Vertrek dan!'

Ik wilde Natan vertellen dat ik hem wilde, dat ik wilde dat hij ook van mij hield. Maar ik zei niets. Er was niets wat ik had kunnen zeggen.

Het was Fridrik die de stilte doorbrak.

'Je trouwt niet met haar,' verkondigde hij grimmig.

Natan lachte. 'Beginnen we weer?' Hij wendde zich tot Pétur. 'Zie je wat er gebeurt als je je huis deelt met kinderen? Ze betrekken je bij hun spelletjes.'

Pétur glimlachte zwakjes.

'Goed.' Natan begon zijn paard naar de wei te leiden. 'Agnes kan blijven, maar niet in de badstofa. Pétur en ik slapen hier vannacht, morgenochtend gaan we weer naar Geitaskard. Als je er nog bent wanneer we terugkomen, draag ik je over aan de districtscommissaris als indringer. Fridrik, ga weg voordat ik Pétur vraag je keel door te snijden.' Hij lachte, maar Pétur keek naar de grond.

Ik sliep die nacht weer in de koeienstal. Het was niet zo koud als de eerste keer dat Natan me het huis uit had gegooid, en Sigga hielp me een bedje maken voordat ze weer naar binnen ging. Het stonk er naar stront en de vloer wemelde van de luizen, maar uiteindelijk viel ik in slaap.

Toen ik wakker werd, was het donker. Ik stond op, liep naar de deur en zag nog licht uit het raam van de boerderij komen. Ik voelde me helder nu ik was uitgerust en wilde net teruglopen naar het huis om te zien of ik het kon bijleggen met Natan, toen ik voetstappen in de sneeuw achter de koeienstal hoorde.

'Sigga?'

De voetstappen stopten en toen hoorde ik het zachte knerpen weer. Ze kwamen op me af. Ik trok me terug in het donker van de stal en drukte mijn rug tegen de muur.

Ik hoorde zacht fluisteren. 'Agnes?'

Het was Fridrik.

Hij glipte naar binnen.

'Wat doe jij hier in godsnaam?'

Hij ademde zwaar. Ik kon hem niet zien in het donker, maar ik rook zijn zweet. Er rammelde iets.

'Ben je van Katadalur hierheen komen lopen?'

Hij hoestte en spoog. 'Ja.'

'Natan vermoordt je als hij je ziet.'

'Ik wacht tot hij slaapt.'

'Om wat te doen? Als hij wakker wordt en jou en Sigga betrapt op verliefd gesmiespel in het bed naast hem, laat hij je ophangen en vierendelen voordat het licht wordt.'

Ik hoorde Fridrik snuiven.

'Daar ben ik niet voor gekomen.'

Er was iets in zijn toon waar ik van schrok.

'Fridrik. Waar ben je voor gekomen?'

'Ik ga dit eens en voor altijd oplossen. Ik kom halen wat van mij is.'

Achter ons liet de koe een laag gesteun horen. Ik hoorde hoeven schrapen over de aarden vloer.

'Fridrik?'

'Geef toe. Jij wilt het ook, Agnes.'

Op dat moment schoof de maan achter het scherm van wolken vandaan en zag ik wat Fridrik in zijn hand had. Een hamer en een mes.

—

Wat herinner ik me? Ik geloofde hem niet. Ik ging terug naar mijn bed op de vloer van de koeienstal, plotseling doodmoe. Ik wilde niets met hem te maken hebben.

Wat is er gebeurd?

Ik werd wakker uit een rusteloze slaap en liep naar buiten. Het licht achter het raam was gedoofd. Fridrik was nergens te bekennen.

Ik ging hem zoeken. Plotseling werd ik bang. De nachthemel was helder en de boerderij baadde in maanlicht. Sterren twinkelden. Sneeuw piepte onder mijn schoenen. Ik had moeite met de klink, maar de deur knarste toch open.

Sigga zat tegen de gangmuur gehurkt, met Rósa's dochtertje in haar armen geklemd. Ze jammerden.

'Sigga?'

Het duurde even voordat ze kon antwoorden. 'De badstofa,' fluisterde ze. Ik kon haar nauwelijks verstaan.

Ik liep die lange gang door. Op de een of andere manier wist ik een lamp uit de keuken te halen. Mijn hart klopte in mijn keel.

Wat was er gebeurd?

Ik beefde, mijn handen werkten niet mee en ik liet in het donker de lamp vallen. Er was de plotse geur van een gedoofde pit en een geluid in de hoek. Een krakende plank en iemand die hijgde, hard en snel, en meer geluiden, dof, als een kind dat tegen een kussen stompt. Een kreun, het geluid van iets nats en toen een stem die fluisterde: 'Agnes?'

Mijn hart sloeg over. Ik dacht dat het Natan was.

Maar het was Fridrik.

'Agnes,' zei hij, 'Agnes, waar ben je?' Zijn stem klonk zwak.

'Hier,' zei ik. Ik bukte me en voelde in het donker naar de lamp. 'Ik heb het licht laten vallen.'

Ik hoorde Fridrik een stap in de richting van mijn stem zetten. 'Agnes, ik weet niet of hij dood is.' Zijn stem bleef aan de laatste woorden hangen. 'Ik kan niet zien of hij dood is.'

Mijn hart stond stil. Mijn vingers wilden niet meer bewegen. Ik schoof ze over de zanderige planken in een poging de lamp te vinden, maar mijn knokkels waren verstijfd en wilden niet buigen. Hij heeft hem niet vermoord. Het is een jongen. Hij heeft hem niet vermoord.

Op de een of andere manier vond ik de lamp. Ik raapte hem op, met mijn hand langs de splinters van de vloer strijkend.

'Agnes?'

'Hier ben ik!' snauwde ik. De toon van mijn stem verbaasde me. Ik klonk niet zo bang als ik was. 'Ik moet de lamp aansteken.'

'Schiet op dan,' zei Fridrik.

Ik liep op de tast door de gang, waar één enkele kaars brandde in een wandkandelaar. Daarmee stak ik de lamp aan en toen ging ik terug naar de badstofa. Mijn handen trilden en het licht van de lamp flakkerde rusteloos over de ruwe muren naar de zwarte opening van de badstofa. Toen ik in de kamer kwam, voelde ik mijn keel toeknijpen van angst. Ik wilde daar niet naar binnen. Maar ik moest zien wat Fridrik had gedaan.

Eerst dacht ik dat hij me voor de gek had gehouden. Toen ik de lamp bij Natans bed hield, zag ik zijn dekens en zijn slapende gezicht. Er leek niets aan de hand te zijn. Maar Fridrik zei: 'Hier, Agnes, houd de lamp hier,' en toen het licht over het bed kroop, zag ik dat Péturs hoofd verpletterd was. Bloed kleurde donker op het kussen. Er glinsterde iets op de muur en toen ik keek, zag ik bloeddruppels langzaam langs de planken glijden.

'O god,' zei ik. 'O god. O god.'

Ik keek naar de hamer die hij in zijn handen had en er kleefde iets aan – het was haar. Toen gaf ik over op de vloer.

Fridrik hielp me overeind. Hij hield nog steeds de hamer vast, klaar om toe te slaan. 'Heb je Natan geraakt?' vroeg ik, en Fridrik zei dat ik de lamp dichter bij het bed moest houden. Natan bloedde ook. Eén kant van zijn gezicht zag er vreemd uit, alsof zijn jukbeen geplet was, en in de holte van zijn hals verzamelde zich bloed waarvan ik gedacht had dat het van Pétur was.

Er welde een schreeuw op uit mijn borst en alle kracht verliet me. Ik liet de lamp weer vallen en zakte op de grond in het duister dat over ons losbarstte.

Fridrik moet de kaars uit de gang hebben gepakt. Ik zag zijn gezicht glimmen toen hij de kamer binnenkwam. Op dat moment hoorden we allebei een stem.

'Wat was dat?' Fridrik liep snel naar me toe en trok me overeind. We sidderden. Daar was het geluid weer. Een kreun.

'Natan?' Ik griste de kaars uit Fridriks hand en sprong naar het bed, waar ik hem dicht bij Natans gezicht hield. Ik zag zijn oogleden trillen in de heldere flikkering en hij probeerde zich te bewegen op het bed.

'Wat heb je met hem gedaan?' Fridrik was lijkbleek, zijn pupillen zo groot dat zijn ogen zwart leken.

'De hamer...' mompelde hij.

Natan kreunde weer en deze keer boog Fridrik zich over hem heen om te luisteren.

'Hij zei "Worm".'

'Worm Beck?'

'Misschien droomt hij.'

We stonden roerloos te kijken of Natan nog meer tekenen van leven gaf. De stilte was verlammend. Toen opende Natan langzaam een van zijn ogen en keek me recht aan.

'Agnes?' fluisterde hij.

'Ik ben hier,' zei ik. Er ging een golf van opluchting door me heen. 'Natan, ik ben hier.'

Zijn oog ging van mij naar Fridrik. Toen draaide hij zijn hoofd en zag Péturs ingeslagen schedel. Ik kon zien dat hij wist wat er gebeurd was.

'Nee,' zei hij schor. 'Nee, nee, nee.'

Fridrik stapte bij me vandaan. Ik wilde niet dat hij zomaar wegliep.

'Kijk dan wat je hebt gedaan!' fluisterde ik. 'Kijk dan naar je werk.'

'Het was niet de bedoeling! Natan, ik zweer het.' Fridrik begon te hijgen en staarde naar de bloederige hamer op de grond bij onze voeten.

Natan schreeuwde het weer uit. Hij probeerde uit bed te komen, maar gilde toen hij op zijn arm steunde. Die had Fridrik verbrijzeld.

'Je wilde hem dood hebben!' schreeuwde ik tegen Fridrik. 'Wat ga je nu doen?'

Er klonk een bons. We keken allebei omlaag en zagen Natan op de grond liggen. Hij had zich met zijn goede arm uit bed gewerkt, maar kon niet verder.

'Help me hem op te tillen,' zei ik tegen Fridrik terwijl ik de kandelaar op de grond zette, maar de jongen wilde hem niet aanraken. Ik bukte me en probeerde Natan overeind te sjorren, zodat hij met zijn hoofd tegen de balk kon steunen, maar hij was te zwaar, en toen ik zag hoe gezwollen zijn schedel was, hoe het bloed langs zijn rug stroomde, begaven mijn krachten het helemaal: mijn ledematen werden als water. Ik wiegde zijn hoofd in mijn schoot en ik zag dat hij de ochtend niet zou halen.

'Fridrik,' herhaalde Natan voortdurend. 'Fridrik, ik zal je betalen, ik zal je betalen.'

'Hij wil met je praten, Fridrik,' zei ik, maar Fridrik had zijn hoofd afgewend en wilde niet naar ons kijken. 'Draai je om,' schreeuwde ik. 'Het minste wat je kunt doen is praten met de man die je hebt vermoord!'

Natan hield op met mompelen. Ik voelde zijn lichaam verstijven en hij keek naar me op, met een wiebelend hoofd. 'Agnes...'

'Ja, ik ben het Natan. Ik ben hier, Natan, ik ben hier.'

Zijn mond ging wijd open. Ik dacht dat hij iets probeerde te zeggen, maar het enige wat eruit kwam was gerochel. Ik keek naar Fridrik en hij stond daar maar, met een lijkbleek gezicht, het haar voor zijn ogen, rood aan de kant waar het opspattende bloed hem had geraakt. Zijn ogen waren groot en angstig.

'Waarom doet hij dat?' vroeg hij. Natan hapte naar adem, bloed golfde over zijn kin, op mijn rok.

'Waarom doet hij dat?!' schreeuwde Fridrik. 'Laat hem ophouden!'

Ik pakte het mes van de vloer. 'Doe het dan, maak af waaraan je begonnen bent!'

Fridrik schudde zijn hoofd. Zijn gezicht was grauw en hij staarde me vol afschuw aan.

'Doe het dan!' zei ik. 'Wil je hem soms langzaam laten sterven?'

Fridrik bleef zijn hoofd schudden. Hij deinsde terug toen

er opnieuw een stroompje bloed uit Natans hoofdwond gulpte. 'Nee,' zei hij. 'Ik kan het niet. Ik kan het niet.'

Natan keek naar me op: zijn tanden waren rood van het bloed. Zijn lippen bewogen geluidloos en ik begreep wat hij probeerde te zeggen.

Het mes ging er gemakkelijk in. Het doorboorde Natans hemd met trefzekere sneden en klonk als een slecht uitgevoerde kus – ik had niet kunnen stoppen, al had ik het gewild. Mijn vuist stootte door tot ik plotseling warmte op mijn pols voelde en besefte dat mijn hand overdekt raakte met zijn bloed. De warmte was opvallend tegen de kilte van de nacht. Ik liet het heft los en duwde Natan van me af, terwijl ik naar het mes keek. Het stak uit zijn buik, en zijn hemd was donker en nat gerimpeld rond het lemmet. Heel even keken we elkaar aan. Het licht van de kaars viel op de welving van zijn voorhoofd, zijn wimpers, en plotseling werd ik overweldigd door dankbaarheid – hij keek me recht aan. Het leek vergiffenis.

'Agnes.' Fridrik stond achter me, zijn handen op zijn hoofd, de hamer op de vloer. 'Agnes, je hebt hem vermoord.'

Ik wilde huilen. Ik wilde over zijn lichaam knielen en jammeren. Maar er was geen tijd.

Ik haatte Fridrik. Hij was ingestort, op de vloer in elkaar gezakt en begon te snikken, naar adem happend in een paniek waar geen einde aan leek te komen. Eindelijk stond hij op, met stokkende adem en trok het mes uit Natans buik.

'Wat doe je?' vroeg ik. Ik had geen energie meer om te schreeuwen.

'Dat is mijn mes,' zei Fridrik. Hij veegde het af aan zijn broek en wilde naar buiten lopen.

'Wacht!' riep ik.

Fridrik draaide zich om en haalde zijn schouders op.

'Je zult hiervoor hangen,' zei ik schor. Fridrik bleef staan. Ik zag zijn vingers om het kleverige heft van het mes klauwen.

‘Als ik gehangen word,’ zei hij langzaam, en haalde zijn neus op, ‘dan word jij levend verbrand.’

Ik keek omlaag en zag het bloed op mijn handen. Op mijn hals, over mijn hele jurk. Ik zag de vlam van de kaars flakkeren in een onverwachte tochtvlaag en vroeg me af hoe de kamer eruit zou zien in het grijze daglicht.

Toen herinnerde ik me het walvisvet dat Natan in Hindisvík had gekocht.

HOOFDSTUK DERTIEN

De 22ste december 1829

Pro memorie: ter attentie van Björn Blöndal, Districtscommissaris van Húnavatn

Hiermede doe ik Uwe Edelachtbare het volgende toekomen:

1. Het oorspronkelijke exemplaar van de uitspraak van het Hooggerechtshof van de 26ste juni van dit jaar inzake de rechtszaak en vervolging van Fridrik Sigurdsson, Agnus Magnúsdóttir en Sigridúr Gudmundsdóttir uit het district Húnavatn wegens moord, brandstichting en diefstal, benevens andere misdaden. Het vonnis van het Hooggerechtshof arriveerde hier op de 20ste van deze maand per extra postbezorging uit Reykjavik.

2. Geratificeerd exemplaar van de brief van Zijne Majesteit de Koning: Aan de Districtsgouverneur op de 26ste augustus, betreffende Sigrídur Gudmundsdóttir. Voornoemde is door de gratie en barmhartigheid van de Koning de doodstraf kwijtgescholden zoals was beschikt door voornoemd Hooggerechtshof in Kopenhagen. Zij zal in plaats daarvan, op last van Zijne Majesteit de Koning, worden overgebracht naar Kopenhagen om voor haar natuurlijke levensduur onder strikt toezicht in een gevangenis te werken. Tevens is besloten dat de uitspraken van het Hooggerechtshof met betrekking tot de veroordeelden Fridrik Sigurdsson en Agnes Magnúsdóttir van kracht blijven.

3. Geratificeerd exemplaar van het document van de Koninklijke Secretarie van Denemarken aan de Districtsgouverneur van de 29ste augustus betreffende deze zaak, waarin de Secretaris van de Vorst te kennen heeft gegeven dat de straf het best daar kan worden uitgevoerd waar de misdaad is begaan, of zo dichtbij mogelijk, en slechts dan indien er geen gevaar bestaat voor onlusten of onvoorspelbare gebeurtenissen. De Districtsgouverneur moet in dezen volledige bewilliging geven.

4. De heden bekrachtigde vergunning aan Gudmundur Ketilsson, de boer op Illugastadir, om de veroordeelden Fridrik Sigurdsson en Agnes Magnúsdóttir terecht te stellen overeenkomstig de uitspraak van het Hooggerechtshof, welke ik, overeenkomstig de brieven van de secretarie, Uwe Edelachtbare moet verzoeken op de juiste manier te doen plaatsvinden. Uwe Edelachtbare wordt verzocht te verzekeren dat de doodsvonnissen, de veranderingen die in voornoemde brief van Zijne Majesteit de Koning uiteen zijn gezet in aanmerking genomen, op wettige wijze worden volbracht en onverwijld ten uitvoer gebracht. Edelachtbare, u, als de plaatselijke Districtscommissaris is de taak toevertrouwd de veroordeelden op de juiste wijze voor te bereiden en terecht te stellen, en alle zaken te regelen overeenkomstig de netelighεden van de situatie. Ik moet echter benadrukken dat u de volgende bijzonderheden in acht dient te nemen:

a) Indien zulks nog niet is geschied, wordt Uwe Edelachtbare verzocht onverwijld zorg te dragen voor priesters om de schuldigen Fridrik Sigurdsson en Agnes Magnúsdóttir dagelijks te bezoeken. De priesters dienen onder toezicht te staan en dienen tegen de gevangenen religieuze, betekenisvolle preken te houden en dienen hen te troosten en voor te bereiden op hun gang naar hun lot. De priesters dienen de gevangenen te begeleiden naar de plaats van terechtstelling.

b) *Er is overeengekomen dat aan Uwe Edelachtbare de beslissing toevalt of de terechtstelling dicht bij Illugastadir voltrokken zal worden, of op een geschikte plek in de zogenaamde Thingi, of op een heuvel ergens (doch niet te hoog), waar anderen het in alle richtingen kunnen zien.*

c) *In plaats van een houten platform, zou Uwe Edelachtbare aanwijzingen kunnen geven voor de bouw van een goed podium van plaggen met een balustrade. Uwe Edelachtbare dient zorg te dragen voor een blok met een kin-gleuf om op dit podium te plaatsen, en erop toe te zien dat dit bedekt wordt met een rode doek van katoen of effen geweven wol.*

d) *De verkozen beul zal ten huize van Uwe Edelachtbare, met geheimhouding en aanmoediging, worden opgeleid tot de taak die hem is toevertrouwd. Dit zal geschieden teneinde zo veel mogelijk zekerheid te verkrijgen dat hij op dat belangrijke moment niet zijn zelfvertrouwen of zelfbeheersing zal verliezen. Het onthoofden dient te worden uitgevoerd met één slag, zonder enige pijn voor de veroordeelden. Gudmundur Ketilsson mag slechts een zeer geringe hoeveelheid sterkedrank tot zich nemen.*

e) *Uwe Edelachtbare wordt verzocht zoveel mannen uit de naburige boerderijen op te roepen als nodig zijn om twee of drie kringen rond het podium te vormen. Deze boeren zijn allen verplicht deel te nemen zonder enige betaling daarvoor te ontvangen.*

f) *Geen enkele onbevoegde is toegestaan zich binnen deze kringen te begeven.*

g) *Degene die als laatste zal worden terechtgesteld is het niet toegestaan de terechtstelling van de eerste bij te wonen, en dient terzijde te worden gehouden op een plek van waar geen rechtstreeks zicht op het podium is.*

h) De dode lichamen die achterblijven na de terechtstelling dienen ter plekke te worden begraven, zonder ceremonie, in blank, onbehandeld hout. Het is absoluut onontbeerlijk dat Uwe Edelachtbare en Aanzienlijkste in eigen persoon aanwezig is bij de terechtstelling teneinde het vonnis van het Hooggerechtshof en Zijne Majesteit de Koning voor te lezen, de procedure van de terechtstelling in goede banen te leiden, en de executie op te tekenen in het ambtelijk register. Uwe Edelachtbare kan de terechtstellingen naar keuze vastleggen in het Deens of het IJslands, doch het dient correct te geschieden en een vertaling van de optekening dient naar mijn kantoor te worden gezonden. De optekening door Uwe Edelachtbare moet een volledige en gedetailleerde beschrijving van de gebeurtenissen en de afloop ervan bevatten. U dient daarnaast op te tekenen dat Gudmundur Ketilsson voor het werk wordt beloond, en te specificeren hoe hij heeft besloten het geld te benutten dat hem is toegekend voor zijn diensten, voor welk doel en zo verder. En ten slotte wil ik u danken voor de brief van Uwe Edelachtbare op de 20ste augustus. In antwoord hierop zeg ik u dat de bijl na de terechtstelling dient te worden teruggezonden naar Kopenhagen en dat de betaling voldaan zal worden gelijk de andere kosten van deze zaak.

G. Johnson
Secretaris van Zijne Koninklijke Hoogheid
Kopenhagen, Denemarken

Aan de Districtsambtenaren van de districten Svínavatn, Thorkelshóll en Thverá

Na ontvangst van het verheven vonnis van het Hooggerechtshof van de 25ste juni, en het genadiglijke Koninklijk Schrijven van Zijne Majesteit de Koning van de 26ste augustus, bevestig ik hierbij dat de misdadigers, Fridrik Sigurdsson en Agnes Magnúsdóttir, op dinsdag de 12de januari terechtgesteld zullen worden op een kleine heuvel dicht bij het huis Ránhóla, tussen de hoeven Hólabak en Sveinsstadir.

In navolging van de verordening van de 22ste december die ter hand is gesteld aan de Districtsgouverneur, wil ik u verzoeken de boeren in het district Svínavatn, die uzelf dient aan te wijzen, op te dragen de terechtstelling gezamenlijk met u op deze plaats en op deze dag bij te wonen, ten laatste op het middaguur. Dit dient zo snel mogelijk te geschieden. Volgens hoofdstuk zeven van het Jónsbok, getiteld Mannhelgisbalk, en hoofdstuk twee, getiteld Thjófnadarbalk, zijn deze boeren verplicht aanwezig te zijn, en indien ze uw aanwijzingen niet opvolgen zullen ze bestraft worden. Het verdient aanbeveling de mannen die de meeste problemen zullen ondervinden bij het verlaten van hun boerderij, of bij het reizen, hiervan te verwittigen. Weet dat uzelf ook geacht wordt bij deze gelegenheid aanwezig te zijn.

Indien het zo gesteld is dat de terechtstellingen niet kunnen worden uitgevoerd op deze dag ten gevolge van de weersomstandigheden, dan zal de eerstvolgende mogelijke dag worden uitgekozen en alle personen die de opdracht hadden deze bij te wonen dienen aanwezig te zijn, zoals hierboven is vastgelegd. Ieder van deze mannen wordt geacht zelf zorg te dragen voor voedsel en proviand, aangezien het zeer wel mogelijk is dat hun reis heen en terug vertraging zal ondervinden ten gevolge van het weer in deze tijd van het jaar.

Districtscommissaris
Björn Blöndal

Donderdag, de 7de januari 1830

Hooggeachte en zeer beminde vriend en broeder (B. Blöndal),

Voor hetgeen U voor mij hebt gedaan, voor onze vele ontmoetingen en voor Uw opdracht per postzending hedenmorgen, dank ik U, vervuld van vriendschap en emotie, en bevestig hierbij dat ik hedenmorgen de gemeenschap in Vídidalur zal ontmoeten en hen zal verwittigen dat ze komende dinsdag vroeg aanwezig dienen te zijn. Ik heb Sigrídur verteld over de voorwaarden van haar gratie, en zij bidt tot God en dankt de Koning voor haar milde behandeling. Vergeef me mijn gehaastheid, moge God met U en de Uwen zijn, en ik wens U alle goeds in dit nieuwe jaar dat zojuist begonnen is, en in de komende tijd, zowel in dit leven als in het volgende. Zo verblijf ik, Uw waarachtige en liefhebbende vriend,

Br. P. Pétursson van Midhóp

De IJslandse begrafenispsalm

'k Draag Jezus in gedachten.
'k Buig voor zijn majesteit.
Ik blijf zijn heil verwachten,
Nu en te allen tijd.
Hij is mijn ware leven,
Mijn moed en al mijn kracht.
'k Ben van zijn zorg omgeven,
die stervenspijn verzacht.

In leven en in sterven
Behoor ik God, mijn Heer,
Wat ik ook nooit moet derven,
Ik vrees de dood niet meer.
'k Zal mij ter ruste leggen,
door Christus wel behoed.
In zijn kracht durf ik zeggen:
Dood, kom nu maar, 't is goed.

Op de zesde dag van januari werd Tóti wakker van een driftig geklop op de voordeur. Hij deed één oog open en zag het zwakke licht in de kamer: hij had lang geslapen. Het kloppen ging door. Onwillig liet hij zijn kousenvoeten op de grond zakken en stapte uit bed, de dekens om zich heen geslagen tegen de vinnige kou. Op trillende benen liep hij naar de voordeur, met een hand tegen de muur om zich staande te houden.

De bezoeker was een bode uit Hvammur, die in zijn handen blies en zijn laarzen stampte in de ijzige ochtendlucht. Hij knikte en overhandigde Tóti een kleine dichtgevouwen brief. Hij droeg het rode zegel van Blöndal, dat tegen de achtergrond van het bleke papier een druppel bloed leek.

'Hulpdominee Thorvardur Jónsson?'

'Ja.'

De neus van de man was paars van de kou. 'Het spijt me van de vertraging. Het weer is zo slecht geweest dat het me niet lukte eerder te komen.'

Tóti nodigde de man lusteloos binnen voor een kop koffie, maar de knecht keek bezorgd naar de noordelijke pas. 'Als u het niet erg vindt, dominee, ga ik weer op pad. Er komt nog meer sneeuw aan en daar zou ik niet graag door overvallen worden.'

Tóti duwde de deur dicht en wankelde de keuken in om de kolen op te rakelen. Waar was zijn vader? Hij zette een ketel op de haard om water te koken en sleepte langzaam een kruk naar het vuur. Toen de duizeligheid voorbij was, verbrak hij het zegel en opende de brief.

Tóti las de brief drie keer en liet hem toen op zijn knieën liggen terwijl hij in het vuur staarde. Dit kon niet waar zijn. Niet zo. Niet met zoveel wat ongezegd en ongedaan was gebleven, en zonder hem aan haar zijde. Abrupt stond hij op, zodat de dekens van zijn schouders gleden, en liep wankel naar de badstofa. Hij was bezig zijn kist open te maken, zijn kleren eruit te halen, zich aan te kleden en nog wat in een plunjezak te proppen, toen zijn vader de boerderij binnenkwam.

'Tóti? Wat is er gebeurd? Waarom kleed je je aan? Je bent nog niet beter.'

Tóti liet het deksel van de kist dichtvallen en schudde zijn hoofd. 'Agnes. Ze wordt over zes dagen gedood. Ik kreeg de brief nu pas.' Hij viel op zijn bed en probeerde zijn voet in een laars te worstelen.

'Je bent nog niet sterk genoeg om te gaan.'

'Het is te snel, vader. Ik heb haar in de steek gelaten.'

De oude man ging naast zijn zoon zitten. 'Je bent niet sterk genoeg,' zei hij streng. 'De kou wordt je dood. Het sneeuwt buiten.'

Tóti's hoofd bonkte. 'Ik moet naar Kornsá. Als ik nu ga, ben ik misschien de storm voor.'

Dominee Jón legde een zware hand op de schouder van zijn zoon. 'Tóti, je kunt jezelf nauwelijks aankleden. Zet je leven niet op het spel voor die moordenares.'

Tóti staarde zijn vader aan, zijn ogen vlamden van woede. 'En de Zoon van God? Stierf die uitsluitend voor de rechtschapenen?'

'Jij bent niet de Zoon van God. Als je gaat, overleef je het niet.'

'Ik ga.'

'Ik verbied het.'

'Het is Gods wil.'

De oude dominee schudde zijn hoofd. 'Het is zelfmoord. Het is tegen Gods wil.'

Tóti kwam wankel overeind en keek neer op zijn vader. ‘God zal me vergeven.’

Het was bitter koud in de kerk. Tóti strompelde naar het altaar en liet zich op zijn knieën vallen. Hij merkte dat zijn handen trilden, zijn huid brandde onder de lagen kleding. Het plafond boven hem draaide.

‘Here God...’ Zijn stem klonk schor. ‘Heb erbarmen met haar,’ ging hij verder. ‘Heb erbarmen met ons allen.’

—

Margrét was bezig een doek rond haar hoofd te wikkelen om gedroogde mest uit de voorraadschuur te gaan halen, toen ze het geluid hoorde van iemand die sneeuw wegschraapte bij de voordeur. Ze wachtte. De deur ging krakend open.

‘Lieve hemel, ben jij dat, Gudmundur?’ vroeg ze, toen ze haastig de badstofa uit kwam. Maar ze trof Tóti in de gang, met een melkwit gezicht en zweetdruppels die op zijn huid parelden. ‘Lieve Heer, dominee! U ziet eruit alsof u dood bent! Wat bent u mager geworden!’

‘Margrét, is je man thuis?’ Zijn stem klonk dringend.

Margrét knikte en liet Tóti in de badstofa. ‘Gaat u maar in de woonkamer zitten,’ zei ze terwijl ze het gordijn opzijtrok. ‘U had niet moeten reizen in dit weer. Lieve Heer, u beeft helemaal! Nee, kom in de keuken om uw botten te warmen. Wat is er gebeurd?’

‘Ik ben ziek geweest.’ Tóti’s stem was schor. ‘Koorts en opgezette keel en hals tot ik dacht dat ik zou stikken.’ Hij ging moeizaam zitten. ‘Daarom ben ik al die tijd niet gekomen.’ Hij zweeg, zijn adem piepte. ‘Ik kon er niets aan doen.’

Margrét staarde hem aan. ‘Ik zal Jón voor u halen.’ Ze droeg Lauga zachtjes op om de dominee uit zijn met ijs bedekte jas te helpen.

Na een paar minuten kwamen Margrét en Jón de keuken weer in.

'Dominee,' zei Jón hartelijk, terwijl hij Tóti een hand gaf. 'Goed om u te zien. Mijn vrouw zegt dat uw gezondheid te wensen overlaat?'

'Waar is Agnes?' viel Tóti hem in de rede.

Margrét en Jón keken elkaar aan. 'Bij Kristín en Steina. Zal ik haar gaan halen?' vroeg Margrét.

'Nee, nog niet,' zei Tóti. Hij trok met moeite zijn handschoen uit en grabbelde in zijn hemd. 'Hier.' Vechtend tegen de tranen gaf hij de brief van de Districtscommissaris aan Jón.

'Wat is dit?' vroeg Jón.

'Van Blöndal. De datum van Agnes' terechtstelling wordt erin aangekondigd.'

Lauga snakte naar adem.

'Wanneer is het?' vroeg Jón rustig.

'De twaalfde januari. En vandaag is het de zesde. Hebben jullie niets gehoord?' vroeg Tóti.

Jón schudde zijn hoofd. 'Nee. Het weer is zo slecht geweest, dat het bijna onmogelijk is eropuit te gaan.'

Tóti knikte grimmig. 'Nou, dan weten jullie het nu.'

Lauga keek van de priester naar haar vader. 'Gaat u het haar vertellen?'

Margrét pakte over tafel heen Tóti's blote hand. Ze keek naar hem op. 'Uw huid is zo warm. Ik zal haar gaan halen,' zei ze. 'Ze zal het van u willen horen.'

—

De dominee praat tegen me, maar ik hoor niet wat hij zegt, het is alsof we allemaal onder water zitten, het licht flakkert steeds boven ons hoofd en ik zie de handen van de dominee voor me zwaaien, hij pakt mijn polsen en laat ze weer los, hij ziet eruit als een drenkeling die probeert houvast te krijgen aan iets wat hem naar het oppervlak kan brengen. Hij ziet eruit als een skelet. Waar is al dat water vandaan gekomen? Ik geloof dat ik geen adem kan halen.

Agnes, zegt hij. Agnes, ik zal daar bij je zijn.

Agnes, zegt de dominee.

Hij is zo vriendelijk, hij slaat zijn armen om me heen, hij trekt mijn lichaam dichterbij, maar ik wil hem niet dichtbij hebben. Zijn mond gaat open en dicht als een vis, de botten van zijn gezicht zijn als messen onder zijn huid, maar ik kan hem niet helpen, ik weet niet wat hij wil. Mensen die niet naar hun dood worden gesleurd, kunnen niet begrijpen hoe hard en scherp het hart wordt, totdat het een nest stenen is waarin alleen nog een leeg ei ligt. Ik ben dor, er zal niets meer uit me groeien. Ik ben de dode vis die droogt in de koude lucht. Ik ben de dode vogel op de kust. Ik ben droog, ik weet niet zeker of ik zal bloeden wanneer ze me naar buiten sleuren voor mijn ontmoeting met de bijl. Nee, ik ben nog warm, mijn bloed jammert nog door mijn aderen als de wind zelf en schudt het lege nest en vraagt waar alle vogels zijn gebleven, waar zijn ze gebleven?

—

'Agnes? Agnes? Ik ben hier. Ik ben bij je.' Tóti keek angstig naar Agnes. De vrouw staarde naar de grond, zwaar ademend en wiegend, zodat haar kruk kraakte. Hij voelde tranen achter in zijn keel prikken, maar hij was zich bewust van Margrét, Jón, Steina en Lauga achter zich, en het werkvolk dat in de keukendeur stond te staren.

'Ik denk dat ze wat water nodig heeft,' zei Steina.

'Nee,' zei Jón. Hij draaide zich om naar de wachtende boerenknechten. 'Bjarni! Ga wat brandewijn halen, wil je?'

De fles werd gehaald en Margrét bracht hem naar Agnes' lippen. 'Zo,' zei ze toen Agnes proestend de eerste slok nam en het meeste over haar omslagdoek morste. 'Daar zul je je beter van voelen.'

'Hoeveel dagen?' vroeg Agnes schor. Tóti merkte dat ze haar nagels in het vlees van haar armen drukte.

'Zes dagen,' zei Tóti zacht. Hij nam haar handen in de zijne. 'Maar ik ben hier, ik laat je niet los.'

'Dominee Tóti?'

'Ja, Agnes?'

'Misschien kan ik ze smeken, misschien als ik naar Blöndal ga, zal hij van mening veranderen en kunnen we in beroep gaan. Kunt u een goed woordje voor me bij hem doen, dominee? Als u met hem gaat praten en alles uitlegt zal hij naar u luisteren, denk ik. Dominee, ze kunnen niet...'

Tóti legde zijn trillende hand op de schouder van de vrouw. 'Ik ben hier voor je, Agnes. Ik ben hier.'

'Nee!' Ze duwde hem weg. 'Nee! We moeten met ze gaan praten! U moet zorgen dat ze luisteren!'

Tóti hoorde Margrét sputteren. 'Het is niet eerlijk,' mompelde ze. 'Het was haar schuld niet.'

'Wat?' Tóti wendde zich naar haar. 'Heeft ze met u gepraat?' Iemand huilde achter hem, een van de dochters.

Margrét knikte, haar ogen stroomden vol. 'Op een avond. We zijn tot laat opgebleven. Het is niet eerlijk,' herhaalde ze. 'O Heer. Is er iets wat we kunnen doen? Tóti? Wat kunnen we voor haar doen?' Voordat hij antwoord kon geven, stokte Margréts adem en schuifelde ze de kamer uit, met haar handen voor haar ogen. Jón volgde haar.

Agnes zat trillend naar haar handen te kijken.

'Ik kan ze niet bewegen,' zei ze zacht. Ze keek met grote ogen naar hem op. 'Ik kan ze niet bewegen.'

Tóti nam haar stijve handen weer in de zijne. Hij wist niet wie het hardste beefde.

'Ik ben er voor je, Agnes.' Het was het enige wat hij kon zeggen.

—

Ik stort niet in, ik denk aan de kleine dingen. Ik concentreer me op het gevoel van linnengoed tegen mijn huid.

Ik adem zo diep en stil in als ik kan.

Nu komen de donkerende hemel en een koude wind, die recht door je heen gaat alsof je er niet bent, hij gaat recht door je heen alsof het hem niets kan schelen of je leeft of dood bent, want jij zult weg zijn en de wind zal er nog steeds zijn, likkend aan het gras dat plat op de grond ligt, ongeacht of de grond bevroren of ontdooid is, want die zal weer bevriezen en ontdooien, en algauw zullen je botten, nu warm van bloed en sappig-vet van merg, droog en broos worden en schilferen en bevriezen en ontdooien met het gewicht van de aarde op je, en het laatste vocht van je lichaam zal naar het oppervlak worden getrokken door het gras, en dan komt de wind en slaat het neer en duwt je terug tegen de rotsen, of schraapt je op onder zijn nagels en voert je mee naar zee in een woest gieren van sneeuw.

—

Dominee Tóti bleef tot diep in de nacht bij Agnes, totdat ze eindelijk in slaap viel. Margrét keek vanuit de hoek van de badstofa bezorgd naar de dominee. Ook hij was in slaap gevallen, heftig rillend onder de deken die ze zorgzaam over hem heen had getrokken. Ze overwoog hem wakker te maken en te verplaatsen naar een logeerbed, maar zag ervan af. Ze dacht niet dat hij zich gemakkelijk zou laten verplaatsen.

Uiteindelijk legde Margrét haar breiwerk neer. Ze moest denken aan de dood van Hjördis. Ze had sinds de eerste dagen dat Agnes er was nauwelijks nog aan die gestorven vrouw gedacht. Maar dit – de sombere verwachting van de dood, het licht dat tot laat in de nacht blijft branden, het huilen tot je niet meer kunt. Dit herinnerde haar eraan. Margrét keek naar de rest van het slapende huishouden. Lauga lag niet in haar bed, ontdekte ze.

Ze hees zich uit haar stoel om haar dochter te zoeken, en kreeg vrijwel onmiddellijk een hoestaanval die haar op haar knieën dwong. Ze blafte boven de planken tot er een dikke klodder bloed uit haar longen werd gestoten. Ze was er amechtig van en bleef zwaar ademend op handen en knieën wachten tot ze zich sterk genoeg voelde om op te staan.

Het duurde een paar minuten voordat Margrét Lauga gevonden had. Ze was niet bij de warmte van de haard in de keuken, en ook niet in de melkkamer. Margrét schuifelde de donkere provisiekamer binnen, met een kaars voor zich uit.

'Lauga?'

Er klonk een zwak geluid uit de hoek waar de vaten bij elkaar stonden.

'Lauga, ben jij dat?'

Het kaarslicht wierp schaduwen over de wanden, voordat het op iemand achter een halfvolle zak meel viel.

'Mamma?'

'Wat doe je hier, Lauga?' Margrét liep verder en bracht de kaars dichter bij het gezicht van haar dochter.

Lauga tuurde in het licht en stond haastig op. Haar ogen waren rood. 'Helemaal niets.'

'Ben je van streek?'

Lauga knipperde met haar ogen en wreef er snel in. 'Nee, mamma.'

Margrét nam haar dochter aandachtig op. 'Ik was je kwijt,' zei ze.

'Ik wilde alleen een ogenblik voor mezelf.'

Ze keken elkaar even aan in het schrale licht van de druipende kaars.

'Naar bed dan maar,' stelde Margrét uiteindelijk voor. Ze gaf Lauga de kaars en volgde haar zwijgend de kamer uit.

—

Er was geen beurs. Fridrik heeft het geld dat hij wilde hebben nooit gevonden. Agnes, Agnes, waar heeft hij het begraven, zit het in de kist? Maar het was te laat, mijn vingers glibberden van het walvisvet dat in het hout was gewreven en zich had vermengd met het bloed op de vloer, en de lamp was al op de planken gevallen, en Sigga had al geschreeuwd bij het geluid van brekend glas.

Ze proberen me te laten eten, maar Tóti, ik kan het niet. Voer me niet of ik bijt je, ik bijt de hand die me voert, die weigert van me te houden, die me in de steek laat. Waar is mijn steen? Je begrijpt het niet. Ik heb je niets te vertellen, waar zijn de raven? Jóas heeft ze allemaal weggestuurd, ze praten nooit tegen me, het is niet eerlijk. Zie je wat ik voor ze doe? Ik eet stenen, ik verbrijzel mijn tanden en ze willen niet tegen me praten. Alleen de wind. Alleen de wind praat en die verkondigt onzin, schreeuwt als de weduwe van de wereld en wacht niet op antwoord.

Je zult verloren gaan. Er is geen laatste thuis er is geen begrafenis er is alleen een voortdurend verstrooien een verijdelde reis die je overal brengt zonder je een weg naar huis te bieden want er is geen thuis er is alleen dit koude eiland en je donkere zelf dun uitgespreid eroverheen tot je het huilen van de wind overneemt en de eenzaamheid nadoet je gaat niet naar huis je bent weg stilte zal je opeisen je leven in haar donkere wateren meezuigen en sterren scheppen die zich jou misschien zullen herinneren maar al is dat zo dan zullen ze het niet zeggen ze zullen het niet zeggen en als niemand je naam zegt ben je vergeten ik ben vergeten.

—

De avond voor de terechtstelling zat de familie van Kornsá bijeen in de badstofa. Steina was in tranen en had alle lampen die ze kon vinden verzameld en aangestoken en door de kamer verspreid om de schaduwen die in hoeken hingen te verdrijven. Het werkvolk zat op hun bedden met hun rug tegen de muur, en keek zwijgend naar Tóti en Agnes, die ineengedoken op haar bed zaten. Ze hielden elkaars hand vast, en de dominee fluisterde rustig tegen haar. Zij staarde huiverend naar de grond.

Jón kwam binnen nadat hij het vee had gevoerd en liet zich naast Margrét op het bed zakken, langzaam bukkend om zijn laarzen los te maken. Margrét nam het breiwerk uit haar schoot en stond op om hem uit zijn jas te helpen, maar bleef toen weifelend staan met de versleten jas in haar handen.

'Mamma?' Steina stond op van haar plek naast Lauga, die uitdrukkingsloos naar de dansende pit van de lamp die naast haar stond zat te staren. 'Mamma, geef maar aan mij.'

Margrét kneep haar lippen samen en overhandigde Steina zwijgend de natte jas. Toen zakte ze langzaam op haar knieën en kroop, een hoest onderdrukkend, naar haar bed. Haar dochter zag haar iets onder het bed vandaan halen. 'Steina?'

Steina bukte zich en hielp Margrét een beschilderde kist tevoorschijn te trekken. 'Zet hem maar op het bed, naast Jón.' Met enige moeite hees Steina de houten kist op de dekens. Er dwarrelde stof op. Margrét maakte de ijzeren sluiting los. In de kist zaten kleren.

Margrét wierp een blik naar Agnes, die bevend tegen de dominee aan zat, en haalde een mooie wollen omslagdoek uit de kist. Zonder een woord te zeggen liep ze naar Agnes en sloeg, met een knikje naar Tóti, de sjaal rond haar schouders.

Tóti keek op naar Margrét in het zwakke licht en er kwam een matte glimlach op zijn bleke gezicht.

De rest van de familie keek toe hoe Margrét met haar lippen op elkaar geklemd de kist bleef doorzoeken. Ze haalde een donkere rok tevoorschijn met een geborduurd patroon langs de zoom en legde die voorzichtig op de dekens naast zich. Toen deed ze hetzelfde met een katoenen jak, een geborduurd lijfje en ten slotte een gestreept schort. Ze streek met beide handen de kreukels uit de plooien van de stof.

'Wat doe je, mamma?' vroeg Steina.

'Dit is het minste wat we kunnen doen,' antwoordde Margrét. Ze keek de kamer rond alsof ze verwachtte dat iemand zou protesteren, klikte toen de kist dicht en gebaarde naar Steina dat ze hem terug moest zetten onder het bed.

Heel even bleef Margrét roerloos staan, en keek door de kamer naar Lauga, die op haar bed zat. Toen liep ze met een paar snelle passen de badstofa door en stak haar hand uit.

'Je broche,' zei ze. Lauga keek op, haar mond viel open. Na een korte aarzeling kwam ze van het bed en bukte zich naar de grond. Ze gaf haar moeder langzaam de speld en ging weer zitten, haar tranen wegslikkend. Margrét draaide zich om, legde de zilveren broche op het lijfje dat over het bed lag uitgespreid en pakte haar breiwerk weer op.

—

De wereld sneeuwt niet meer, beweegt niet meer; de wolken hangen stil in de lucht als dode lichamen. De enige dingen die bewegen zijn de raven en de familie van Kornsá, maar ik weet niet wie wie is: ze zijn allemaal in het zwart, en scharrelen in kringen om me heen, wachtend tot ze gevoederd worden. Waar is de tijd gebleven? Die is vertrokken met de zomer. Ik ben de tijd voorbij. Waar is de dominee? Hij wacht bij de rivier in Gönguskörd. Op zoek naar een skelet tussen het mos, tussen de lava, tussen de as.

Margrét neemt mijn hand in de hare, omklemt mijn vingers zo strak dat het pijn doet, het doet pijn.

'Je bent geen monster,' zegt ze. Haar gezicht is rood en ze

bijt op haar lippen, ze verbijt zich. Haar vingers, verstrengeld met de mijne, zijn warm en vettig.

'Ze gaan me doden.' Wie zei dat? Zei ik dat?

'We zullen je herinnering bewaren, Agnes.' Ze grijpt mijn vingers nog strakker vast, tot ik het bijna uitschreeuw van de pijn, en dan huil ik. Ik wil geen herinnering worden, ik wil hier zijn!

'Margrét!'

'Ik ben hier, Agnes. Het is goed, meisje. Mijn meisje.'

Ik huil en mijn mond staat open en is gevuld met iets, het verstikt me en ik spuug het uit. Op de grond ligt een steen, ik kijk weer naar Margrét, en zie dat ze het niet heeft gemerkt. 'De steen zat in mijn mond,' zeg ik, en haar gezicht fronst in onbegrip. Er is geen tijd om het uit te leggen, ze heeft mijn handen doorgegeven aan Steina, alsof ik een symbool ben, of een stuk brood en ze allemaal het Avondmaal met me vieren, en Steina's vingers zijn koud. Ze laat mijn handen los en slaat haar armen om mijn hals. Het geluid van haar snikken is luid in mijn oor, maar ik houd me aan haar vast omdat haar lichaam warm is en ik me niet meer kan herinneren wanneer iemand me voor het laatst zo heeft vastgehouden, wanneer iemand voor het laatst genoeg om me gaf om een wang tegen de mijne te leggen.

'Het spijt me,' hoor ik mezelf zeggen. 'Het spijt me zo.' Maar ik weet niet wat me spijt. Iedereen praat in luchtbellen en het kost me al mijn kracht om niet te gaan huilen, mijn rug is verkrampt van het niet huilen, maar ik doe het wel, de tranen zijn hier op mijn gezicht, ik weet het niet, misschien zijn ze van Steina. Alles is nat. Het is de zee.

'Gaan ze me verdrinken?' vraag ik en iemand schudt haar hoofd. Het is Lauga. 'Agnes,' zegt ze, en ik zeg: 'Dit is de eerste keer dat je me bij mijn naam noemt,' en dat is zo, en ze klapt dubbel alsof ik haar in haar buik heb gestoken.

'Ik denk dat we moeten gaan,' zegt Tóti en ik wil me naar

hem omdraaien, maar ik kan het niet want we zijn helemaal onder water en ik kan niet zwemmen.

'Hier.' Een hand pakt mijn arm en ik word in de lucht getild. De hemel komt dichterbij en heel even bots ik bijna tegen de wolken, maar dan zie ik dat ze me op een paard hebben gezet en als een lijk gaan ze me ten grave dragen, als een dode vrouw zullen ze me in de aarde begraven, wegstoppen als een steen. Er zijn raven aan de hemel, maar welke vogel vliegt onder water? Welke vogel kan zingen zonder stenen onder zich om te luisteren?

Natan zou het weten. Ik moet niet vergeten het hem te vragen.

—

Sneeuw lag over de vallei als linnen, als een lijkwade die wachtte op het dode lichaam van de hemel die daarboven bezweek.

Het is allemaal voorbij, dacht Tóti. Hij spoorde zijn paard aan en bracht het naast Agnes. Hij nam de teugels in zijn ene hand, trok een handschoen uit en legde zijn andere hand op haar been. Toen hij dat deed, rook hij de warme stank van urine. Agnes keek hem met grote ogen aan. Haar tanden klapperden onbeheersbaar.

'Het spijt me,' zei ze geluidloos.

Tóti kneep in haar been. Hij probeerde haar blik te vangen, maar haar ogen schoten alle kanten uit door de vallei. 'Agnes,' fluisterde hij. 'Agnes, kijk me aan.'

Ze keek even naar hem en hij zag dat het lichtblauw van haar ogen tot bijna wit was verbleekt. 'Ik ben er,' zei hij en hij kneep weer in haar been.

Naast hem reed districtsambtenaar Jón met zijn mond in een vastberaden streep. Tóti zag tot zijn verbazing dat andere mannen zich bij hen hadden gevoegd, allemaal in het zwart gekleed, met sjaals hoog over hun mond getrokken tegen de vrieslucht. Ze reden in een slordige formatie, de paarden kauwden op hun bit en bliezen dikke stoomwolken uit.

'Dominee!' Er werd naar hem geroepen. Tóti keek om en zag een grote man met lang blond haar uit de achterhoede aan komen rijden. Toen de man dichterbij was, greep hij in zijn jas en haalde een kleine veldfles tevoorschijn. Hij gaf hem zonder een woord aan Tóti. Tóti knikte. Hij boog naar voren, pakte Agnes' hand en drukte de veldfles erin.

'Drink, Agnes.'

De vrouw keek naar de veldfles en toen naar Tóti, die knikte. Nadat ze de dop eruit had getrokken, bracht ze de veldfles met twee handen naar haar trillende mond en nam een slok waar ze van proestte en kuchte. Tóti stelde haar met vriendelijke woorden gerust.

'Neem er nog een, Agnes,' drong hij aan. 'Dat helpt.'

De volgende slok ging gemakkelijker naar binnen en Tóti merkte dat haar tanden niet meer zo heftig klapperden.

'Drink maar op, Agnes,' zei de blonde man. 'Ik heb het voor jou meegenomen.'

Agnes draaide zich om in het zadel om de man die gesproken had te zien. Ze streek haar lange donkere haar uit haar gezicht om beter naar hem te kunnen kijken.

'Dank je,' fluisterde ze.

Na een tijdje waren de ruiters boven op de bergkam die de vallei uit leidde en zagen ze de eerste heuvels van Vatnsdalshólar. De vreemde bulten zagen er spookachtig uit in het blauwe licht en Tóti rilde bij de aanblik.

Agnes had haar kin in de omslagdoeken om haar hals geduwd en haar haar was over haar gezicht gevallen. Tóti vroeg zich af of ze door de brandewijn in slaap was gevallen. Maar net toen hij zich dit afvroeg, bleven de paarden stilstaan en hief Agnes haar hoofd met een ruk omhoog. Ze keek naar het begin van de vallei en begon te beven.

'Zijn we er?' fluisterde ze tegen Tóti. De dominee steeg af en gaf snel zijn teugels aan een andere ruiter. Hij schudde de misselijkheid die hem overspoelde van zich af en stapte door de sneeuw, het knerpen van zijn voetstappen weerklonk door de bevroren lucht. Hij stak zijn armen uit naar Agnes.

'Laat me je van je paard helpen.'

Jón en een andere man hielpen hem om Agnes uit het zadel te tillen. Toen ze haar voeten op de grond zette, wankelde ze en viel.

'Agnes! Hier, pak mijn hand.'

Agnes keek op naar Tóti met tranen in haar ogen. 'Ik kan mijn benen niet bewegen,' zei ze schor. 'Ik kan mijn benen niet bewegen.'

Tóti boog zich en legde haar arm om zijn schouders. Toen hij haar probeerde op te tillen, klapten zijn knieën dubbel en vielen ze weer in de sneeuwhopen.

'Dominee!' Jón sprong naar voren om te helpen.

'Nee!' Het woord kwam eruit als een schreeuw. Tóti keek op naar de mannen die in een kring om hen heen stonden. Agnes klampte zich aan zijn arm vast. 'Nee,' zei hij weer. 'Alsjeblieft, laat mij haar optillen. Ik moet haar optillen.'

De mannen gingen naar achteren toen hij op zijn knieën ging zitten en zich langzaam overeind hees. Hij wankelde, rechtte zich, deed zijn ogen dicht en haalde diep adem tot hij niet meer zo licht in het hoofd was. Niet falen, zei hij tegen zichzelf. Hij bukte zich en bood Agnes zijn hand. 'Pak hem,' zei hij. 'Pak mijn hand.'

Agnes deed haar ogen open en greep hem, haakte haar nagels in zijn huid. 'Laat me niet los,' jammerde ze. 'Laat me niet los.'

'Ik laat je niet los, Agnes. Ik ben hier.'

Hij zette zijn tanden op elkaar en hees haar uit de sneeuw, legde haar arm om zijn nek om haar hoger te tillen. 'Daar ga je,' zei hij zacht, met een stevige greep om haar middel. Hij negeerde de poeplucht. 'Ik heb je.'

Rondom hem gingen de boeren van het district te voet naar de drie heuveltjes die op een kluitje bij elkaar stonden. Er stonden al meer dan veertig mannen rond de middelste heuvel, allemaal in het zwart gekleed. Ze zagen eruit als roofvogels die hun prooi omsingelen, dacht Tóti.

'Moeten we met hen mee?' vroeg Agnes, met overslaande stem.

'Nee, Agnes.' Tóti veegde met zijn vrije hand het haar uit haar ogen. 'Nee, we moeten een eindje lopen en dan wachten. Fridrik gaat als eerste.'

Agnes knikte en klampte zich aan Tóti vast terwijl hij langzaam door de opgewaaide sneeuw naar een bult liep, haar zo goed als hij kon in zijn armen. Zwaar ademend liet hij haar voorzichtig op de besneeuwde grond zakken en ging naast haar zitten. Jón hurkte naast hen en raapte de veldfles op die uit zijn gehandschoende hand was gegleden. Tóti zag de oudere man een snelle slok nemen en huiveren.

De minuten kropen voorbij. Tóti probeerde de kou, die als dodelijke naalden in zijn botten drong, te negeren. Hij hield Agnes' hand vast, haar hoofd lag op zijn schouder.

'Zullen we bidden, Agnes?'

De vrouw deed haar ogen open en staarde in de verte. 'Ik hoor zingen.'

Tóti draaide zijn hoofd naar de kant waar het geluid vandaan kwam. Hij herkende de begrafenispsalm, 'Gelijk een bloem'. Agnes luisterde aandachtig, trillend op de grond.

'Laten we dan samen luisteren,' fluisterde hij. Hij sloeg zijn armen om haar heen toen de verzen over het sneeuwveld opklonken en als mist op hen neerdaalden.

Links van Tóti was Jón op zijn knieën gezakt, zijn handen gevouwen, terwijl zijn lippen het Onze Vader mompelden. 'Onze Vader, vergeef ons onze schulden.' Tóti greep Agnes' hand steviger vast en haar adem hortte even.

'Tóti,' zei ze met paniek in haar stem. 'Tóti, ik denk niet dat ik klaar ben. Ik denk niet dat ze het kunnen doen. Kun je ervoor zorgen dat ze wachten? Ze moeten wachten.'

Tóti trok Agnes dichter naar zich toe en kneep in haar hand.

'Ik laat je niet los. God is overal om ons heen, Agnes. Ik zal nooit loslaten.'

De vrouw keek omhoog naar de kleurloze hemel. Het plotselinge geluid van de eerste bijlslag weergalmde door de vallei.

EPILOOG

De misdadigers Fridrik Sigurdsson en Agnes Magnúsdóttir zijn vandaag vanuit hun plaats van hechtenis naar de plaats van terechtstelling vervoerd, begeleid door de priesters dominee Magnús Árnason, dominee Gísli Gíslason, dominee Jóhann Tómasson en dominee Thorvardur Jónsson, een hulppriester. De misdadigers hadden de bijstand van deze laatste twee verzocht om hen voor te bereiden op de dood. Na een vermanende preek van de priester Jóhann Tómasson tegen de veroordeelde Fridrik Sigurdsson, werd Fridriks hoofd met één bijlslag afgehakt. De boer Gudmundur Ketilsson, die de taak had als beul op te treden, verrichtte het werk dat hem was opgedragen behendig en onbevreesd. Vervolgens werd de misdadigster Agnes Magnúsdóttir gehaald, die, terwijl dit alles plaatsvond, was vastgehouden op enige afstand, van waar ze de plaats van terechtstelling niet kon zien. Nadat de hulpdominee Thorvardur Jónsson haar naar behoren had voorbereid op haar dood, hakte dezelfde beul haar hoofd af, met dezelfde bedrevenheid als daarvoor. De levenloze hoofden werden vervolgens op twee staken gezet op de plaats van terechtstelling, en hun lichamen werden begraven in twee kisten van onbehandeld hout alvorens de mannen werden heengezonden. Terwijl de handeling plaatsvond, en tot deze voltooid was, verliep alles naar behoren rustig en geordend, en ter afsluiting volgde er een korte toespraak van dominee Magnús Árnason tot de aanwezigen.

Actum ut supra
B. Blöndal, R. Olsen, A. Árnason
Uit het Magistraatsboek van het District Húnavatn, 1830

OPMERKINGEN VAN DE AUTEUR

Hoewel deze roman fictie is, is het verhaal gebaseerd op werkelijke gebeurtenissen. Agnes Magnúsdóttir was de laatste persoon die in IJsland is geëxecuteerd, na haar veroordeling voor haar rol bij de moorden op Natan Ketilsson en Pétur Jónsson in de nacht van 13 op 14 maart 1828, op Illugastadir (Illugastaðir), op het schiereiland Vatnsnes, Noord-IJsland. In 1934 werden de overblijfselen van Agnes en van Fridrik Sigurdsson (Friðrik Sigurðsso) van Thrístapar (Þrístapar) overgebracht naar het kerkhof van Tjörn, waar ze een graf delen. Natan Ketilssons graf op hetzelfde kerkhof is niet meer gemarkeerd. Sigrídur Gudmundsdóttir (Sigríður Guðmundsdóttir) werd naar een spinhuis in Kopenhagen gestuurd, waar ze een paar jaar later schijnt te zijn overleden. Een tijdlang ging het verhaal dat ze uit de gevangenis was gered door een rijke man en nog lang en gelukkig leefde. Hoewel dit niet waar is, geeft het aan hoezeer zij in de jaren na de gebeurtenissen op het medeleven van de gemeenschap kon rekenen.

Mijn interpretatie van de moorden op Illugastaðir en de terechtstellingen is gestoeld op vele jaren van onderzoek, in ambtelijke stukken, parochiearchieven, volkstellingen, plaatselijke kronieken en publicaties, en gesprekken met vele IJslanders. Hoewel ik sommige historische personages heb verzonnen of weggelaten, en genoodzaakt was van anderen de naam te veranderen, heb ik de meesten, onder wie Björn Blöndal, hulpdominee Thorvardur (Þorvarður) Jónsson, de meeste leden van de familie op Kornsá, en de ouders en broer en zus van Agnes, in historische verslagen gevonden.

Het is niet mijn bedoeling nog levende verwanten van personages in verlegenheid te brengen omdat ik hun naam heb gebruikt om Agnes' verhaal te vertellen.

Veel van de brieven, documenten en fragmenten aan het begin van elk hoofdstuk zijn bewerkte vertalingen van oorspronkelijke bronnen. De resten van Natans werkplaats staan nog op Illugastaðir, en de plaats van de executie in Þrístapar is gemarkeerd met een stenen plaquette. Alle plaatsnamen in de roman zijn bestaande namen, en veel van de boerderijen waar Agnes en andere personages naar verwijzen, zijn tot op de dag van vandaag werkende boerderijen.

Veel bekende en vastgestelde feiten over Agnes' leven en de moorden zijn in dit boek weergegeven, en gebeurtenissen zijn hetzij rechtstreeks uit de verslagen afgeleid, hetzij het resultaat van speculatie; het zijn fictieve waarschijnlijkheden. De familie op Kornsá heeft Agnes inderdaad in hechtenis gehad nadat ze op Stóra-Borg had gezeten, en Agnes koos hulpdominee Thorvardur (Þorvarður) Jónsson om op te treden als haar priester tijdens haar laatste dagen. De aard van hun verhouding, waaronder hun eerste geheimzinnige ontmoeting en Agnes' droom, is geput uit plaatselijke verslagen en kronieken. De hoge graad van geletterdheid van de personages is historisch correct. IJslanders kunnen sinds het eind van de achttiende eeuw bijna allemaal lezen en schrijven.

Ik ben dank verschuldigd aan het onderzoek van wetenschappers als Gísla Águst Gunnlaugsson, Ólöf Garðarsdóttir, Loftur Guttormson, Gunnar Thorvaldsen, Sören Edvinsson, Richard Tomasson en Sigurður Magnússon, die uitputtend hebben gepubliceerd over onderwerpen als pleegkinderen en paupers, kindersterfte, onwettigheid en familienetwerken in het negentiende-eeuwse IJsland. Ik heb ook geput uit veel negentiende-eeuwse dagboeken van buitenlandse reizigers in IJsland, waaronder die van Ebenezer Henderson, John Barrow,

Alexander Bryson, Arthur Dillon, William Hooker, Niels Horrebow, Sir George Mackenzie en Uno Von Troil. Ook de *Húnavetningur*, de *Sagnaþættir úr Húnaþing*, en de *Hunavatnsþing Brandsstaðaannáll* bleken van onschatbare waarde.

Over de moorden op Illugastaðir en het leven (en de dood) van Natan Ketilsson zijn diverse interessante boeken en artikelen geschreven, waaronder *Enginn Má Undan Líta* door Guðlaugur Guðmundsson, *Yfirvaldið* door Þorgeir Þorgeirsson, *Dauði Natans Ketilssonar* door Gunnar S. Þorleifsson, *Dauði Natans Ketilssonar* door Guðbrandur Jónsson, *Dauði Natans Ketilssonar* door Eline Hoffman (in het IJslands vertaald door Halldór Friðjónsson), *Friðþæging* door Tómas Guðmundsson en *Agnes og Friðrik fyrir og eftir dauðann* door Sigrún Huld Þorgrímsdóttir. Hoewel ze buitengewoon nuttig waren, spreken sommige van deze publicaties elkaar tegen, en schilderen ze Agnes over het algemeen af als 'een onmenselijke heks, die aanzette tot moord'. Deze roman is geschreven om een genuanceerder portret van deze vrouw te schilderen.

DANKWOORD

Ik ben de vele mensen die me hebben geholpen bij het onderzoek en het schrijven van dit boek dank verschuldigd. Mijn oprechte dank gaat uit naar Knútur Óskarsson en zijn moeder voor hun gulheid en koffie, hulp bij het vertalen en alle gesprekken op Ósar tot 's avonds laat. Mijn kennismaking met hen is een bijzondere samenloop van omstandigheden en gelukkig toeval. Ook dank ik Jón Torfason en zijn mede-archivarissen bij Þjóðskjalasafn Íslands, voor hun hulp en enthousiasme, en voor het vinden van de oorspronkelijke brieven over het proces. Dank aan Guðmundur Jóhannsson voor zijn bijzonder nuttige brief. En de bibliothecarissen en de staf op het Þjóðminjasafn, het Árni Magnússon Institute for Icelandic Studies, de Kringlan-bibliotheek, het Árbæjarsafn en Glumbær, hen allen dank ik voor hun geduld en steun.

Ik dank mijn 'IJslandse familie' – *þakka þér kærlega fyrir.* Zonder hen had deze roman nooit geschreven kunnen worden. Mijn liefde en dankbaarheid gaan uit naar Pétur Björnsson, Regína Gunnarsdóttir, Hera Birgisdóttir, Halldór Sigurðsson, Sylvía Dögg Gunnarsdóttir en María Reynisdóttir, voor hun hartelijkheid, logeerbedden en gulheid. Ik ben ook de vele andere IJslanders dankbaar die op de meest uiteenlopende en vreemde manieren hebben bijgedragen aan deze roman. Ik hoop dat ze deze roman zien als de donkergetinte liefdesbrief aan IJsland die ik voor ogen had.

Dank aan de mensen op Flinders University, met name Ruth Starke, die me vanaf het allereerste begin heeft gesteund. Dank aan mijn eerste lezers, Kylie Cardell en Kalinda

Ashton, en aan Kate Douglas, David Sornig en Bec Starford voor hun vriendschap en de kansen die ze me hebben gegeven.

Geraldine Brooks, voor de wijze observaties en het mentorschap – heel erg veel dank. Aan de Writing Australia Unpublished Manuscript Award, het SA Writers' Centre en Peter Bishop, Valerie Parv, Patrick Allington en Mark Macleod voor hun grootmoedige commentaren: dank jullie wel.

Ook ben ik de fantastische Pippa Masson en die lieve Annabel Blay bij Curtis Brown Australia oneindig dankbaar. Ik dank Gordon Wise, Kate Cooper en collega's bij Curtis Brown UK, en Dan Lazar bij Writers House. Emma Rafferty, Sophie Jonathan, Amanda Brower en Jo Jarrah voor jullie scherpe oog en weloverwogen suggesties – dank jullie wel. Mijn geweldige uitgevers, Alex Craig en Paul Baggaley bij Picador, en Judy Clain bij Little, Brown, dank voor jullie geloof in dit boek.

Ten slotte gaat mijn allerwarmste dank uit naar Pam, Alan en Briony voor hun liefde en standvastigheid, en omdat ze evenveel gaven om Agnes Magnúsdóttir als ik. En als laatste, maar zeker niet de minste: dank je wel, Angharad, dat je nooit hebt getwijfeld en me elke dag, elk uur tot steun bent geweest.

Miep Boef